MELISSA DAVID

CHEETAH MANOR

DAS GEHEIMNIS DES PANTHERS

c/o Papyrus Autoren-Club
Pettenkoferstr. 16-18
10247 Berlin
Blog: www.mel-david.de
E-Mail: melissa@mel-david.de

Umschlaggestaltung: Juliane Schneeweiss
www.juliane-schneeweiss.de
Bildmaterial: © Depositphotos.com
© Shutterstock.com

Lektorat/Korrektorat: Lektorat Bücherseele, Natalie Röllig
www.lektorat-buecherseele.de

ISBN: 978-1549-84435-5

Cheetah Manor

Das Geheimnis des Panthers

MELISSA DAVID

PROLOG

„Du hast *was*?“ Völlig entgeistert starrte Ethan Washington seinen Mandanten, Vertrauten und besten Freund an. Er musste sich beherrschen, ruhig zu bleiben.

Darren winkte lässig ab. „Reg dich nicht auf. Ich habe alles unter Kontrolle.“

„Und was sagt Rayna dazu, dass du diesen Typen engagiert hast, damit er mit ihr ausgeht?“

„Sie wird es nie erfahren.“

Ethan verdrehte die Augen. Seiner Meinung nach war Rayna in einem Alter, in dem man ihr die Freunde nicht mehr aussuchen musste.

„Wenn sie sich mit Jungs treffen will, dann mit solchen, die ich kontrollieren kann und die nicht auf dumme Gedanken kommen.“

Ethan schüttelte den Kopf. „Sie ist deine Schwester und sie ist volljährig.“

„Meine Aufgabe ist es, auf sie aufzupassen.“

„Und das hältst du für den richtigen Weg?“

„Ja. Und du bist der Letzte, mit dem ich darüber diskutieren möchte. Als mein Anwalt stehst du unter Schweigepflicht“, beendete Darren das Gespräch.

Ethan überlegte einen Moment, ob er widersprechen sollte,

entschied sich jedoch, keine Konfrontation mit Darren einzugehen. Das war eine Familienangelegenheit und – so nahe er der Familie auch stand – er war kein Teil von ihr.

„Können wir jetzt über die Dinge sprechen, wegen denen du gekommen bist?", wollte Darren ungeduldig wissen.

Ethan richtete sich in seinem Sessel auf. Jetzt ging es ums Geschäft. Ein Thema, bei dem er ruhig und sachlich bleiben konnte. „Selbstverständlich."

Darren lehnte sich in seinem Stuhl zurück, legte die Arme auf die Lehnen und sah ihn aufmerksam an. „Was hast du herausgefunden?"

„Es ist leichter, einem Floh das Tanzen beizubringen, als mehr über diesen Ring herauszufinden."

Darrens Miene verdüsterte sich.

„Ich werde heute Abend eine Party besuchen, bei der ich Lenore Winnett treffe. Wenn sich jemand mit Schmuck auskennt, dann sie."

„Hoffen wir, dass du erfolgreich sein wirst."

Ethan erhob sich, schloss einen Knopf seines Sakkos und griff nach seiner Aktentasche. „Unabhängig davon werde ich nach Deutschland reisen." Für ihn war es wichtig, den Ort in Augenschein zu nehmen und die Unterlagen der Behörden einzusehen. Von hier aus waren ihm die Hände gebunden, aber in Deutschland könnte er etwas ausrichten.

„Hältst du das wirklich für eine gute Idee?"

„Ich bin alt genug, um auf mich aufzupassen, Darren", wies er seinen Freund zurecht.

„Ich möchte nur, dass du vorsichtig bist."

„Das bin ich immer." Er nickte Darren zum Abschied zu und verließ das Arbeitszimmer.

KAPITEL 1

Rayna blickte auf ihr mit Armreifen behangenes Handgelenk. Sie hatte die Hände auf den abgenutzten Bistrotisch gelegt, die Finger verkrampft ineinander verschränkt. Ihr gegenüber saß Dave auf einer Bank, deren hässliches rotes Kunstleder an mehreren Stellen aufgerissen war. Der Diner war in die Jahre gekommen. Warum hatte sie sich eigentlich so herausgeputzt? Für dieses blöde Restaurant hätten es auch ein einfaches T-Shirt und eine Bluejeans getan. Stattdessen saß sie hier in ihrer engen schwarzen Jeans und dem Neckholdertop mit den Glitzerpailletten, das sie sich von ihrer besten Freundin Alice geliehen hatte. Sie war definitiv viel zu overdressed.

„Wie kommst du mit deiner Hausarbeit voran?", fragte Dave und zog geräuschvoll an seinem Strohhalm.

„Ganz gut", wich ihm Rayna gelangweilt aus. Sie wollte nicht über die Hausarbeit sprechen. Seit zwei Stunden drehten sich ihre Gespräche um Professoren, Mitstudenten und andere Uni-Themen. Es war Samstagabend, und sie wollte Spaß haben, feiern.

Dave war bereits im letzten Semester und stand kurz vor seinem Abschluss. Im Gegensatz zu ihr als Neuling war er auf die richtig coolen Partys eingeladen. Das wusste sie von Erzählungen und Fotos, die in den sozialen Netzwerken verbreitet wurden. Dave war eigentlich kein Kind von Traurigkeit, denn zumindest auf den Bildern – die ihn so ganz nebenbei mit diversen Mädchen zeigten – konnte er Spaß haben. Deswegen verstand es Rayna überhaupt nicht, warum er sie hierhergebracht hatte.

Die ehemals roten Vorhänge des Diners waren verblichen, die Sitzgelegenheiten an etlichen Stellen aufgerissen und nur notdürftig geflickt. Die einzige Kellnerin in diesem Laden stand gerade in ihr Handy vertieft hinter der Theke und kümmerte sich nicht um die Gäste. Zeit dazu hatte sie, denn schließlich war hier kaum etwas los. Außer ihnen saß am Nebentisch noch ein älteres Ehepaar. Am Tresen hockte ein weiterer Mann, der ein Bier trank und das Footballspiel im Fernsehen verfolgte.

Frustriert griff Rayna nach ihrer Coke, ignorierte das Klimpern ihrer Armreife und nahm einen großen Schluck.

„Ich finde es so schön, dass wir uns endlich in Ruhe unterhalten können", beteuerte Dave und schenkte ihr ein warmes Lächeln.

Ruhe. Ja, Ruhe hatten sie hier definitiv. Nach ihrem Geschmack eindeutig zu viel. Rayna wollte nicht unhöflich sein, und so zwang sie sich dazu, ihn unverbindlich anzulächeln. Sie mochte Dave, sie mochte ihn wirklich. Er betreute in seinem letzten Semester die Neueinsteiger im Bereich Betriebswirtschaft und machte das ziemlich gut. Er war nett, durch den Leichtathletik-Sport äußerst durchtrainiert, freundlich, zuvorkommend und hatte etwas im Kopf. Er würde sein Betriebswirtschaftsstudium beenden und dann in das Papierverarbeitungsunternehmen seiner Familie einsteigen. Sein Leben schien ebenso vorgeplant zu sein wie ihres. Doch im Gegensatz zu ihr sah es bei ihm nicht so aus, als störte er sich daran.

„Hast du mitbekommen, wie weit ich beim letzten Wettkampf gesprungen bin?"

Rayna schüttelte den Kopf und hörte kaum zu, als Dave von seinem Triumph berichtete.

Sie dachte an die unbeschwerte Zeit am Anfang ihres

Studiums zurück. Damals hatte sie Dave super gefunden. Mit großen Augen hatte sie zu ihm aufgesehen, ihm zugehört, wie er von der Universität, den Eigenheiten der Professoren und dem Alltag auf dem Campus berichtet hatte. Er führte sie durch die Bibliothek und stellte ihr die Männer vom Sicherheitsdienst vor. Nicht nur sie, auch die anderen Erststudentinnen himmelten ihn an. Dave blieb nett, aber distanziert. Dann sprach er sie immer öfter an. Zuerst unverbindlich, dann häufiger, bis er sie letzte Woche um ein Date bat. Rayna war im siebten Himmel gewesen – zumindest bis sie den Diner betreten hatten. Noch immer kam sie sich vor wie im falschen Film. Wo war der Dave von den Bildern hin, der ein Mädchen im Arm hielt und ihr mit einem Cocktail zuprostete? Lag es an ihr? Empfand er sie als zu langweilig, zu jung? Mit ihren knapp zwanzig Jahren konnte sie ihm nicht zu alt sein. Sie wusste aber, sie hatte sich im letzten halben Jahr verändert. Natürlich war sie erwachsener geworden, aber seit sie nur knapp dem Tod von der Schippe gesprungen war, sah sie vieles anders. Damals entzog ihr ein auf Cheetah Manor vergrabenes Amulett die Lebensenergie, und wenn Darren sie nicht nach Hause geholt hätte, wäre sie tatsächlich gestorben. Seitdem fühlte sich das Leben nicht mehr so unbeschwert an. Sie dachte über viele Dinge nach, war in sich gekehrter und ruhiger geworden. Immer wieder ertappte sie sich dabei, dass sie sich ernsthaft fragte, worin der Sinn des Lebens bestand. Nie zuvor hatte sie ihren vorgezeichneten Lebensweg infrage gestellt. Wie auch zuvor ihre Brüder, Darren und Eric, studierte sie an der Loyola University Betriebswirtschaftslehre. Was sie mit diesem Wissen einmal anfangen wollte, wusste sie nicht. Darren leitete die Baumwollplantage, während sich Eric um die Weberei kümmerte. Was blieb da noch für sie übrig?

„Ich bin mal eben auf der Toilette.“ Eilig erhob sich Dave und verschwand.

Perplex sah ihm Rayna nach. War sie so eine schlechte Gesprächspartnerin? Sie lehnte sich zurück, verschränkte die Arme vor der Brust und starrte in die Dunkelheit hinaus. Vor dem Gebäude war es ruhig. Ein Auto verließ gerade im gemächlichen Tempo den Parkplatz. Rayna ließ ihren Blick durch den Diner gleiten. Das ältere Ehepaar war verschwunden. Die gelangweilte Kellnerin sammelte gerade das benutzte Geschirr am Nebentisch ein und trug es fort.

Daves Handy auf dem Tisch vibrierte. Das Display schaltete sich ein, und die neue Kurznachricht wurde sichtbar. Rayna wollte nicht spionieren. Daves Handy ging sie überhaupt nichts an. Aber ihr Blick glitt unwillkürlich über das beleuchtete Display. Im ersten Moment ergaben die Worte keinen Sinn.

Bring sie auf andere Gedanken und sei nett zu ihr. Aber denk daran, deine Finger bei dir zu behalten. Darren.

Sekundenlang saß Rayna einfach nur da, starrte das Handy an, dessen Bildschirm längst wieder schwarz war. Eine gähnende Leere breitete sich in ihr aus, betäubte alle anderen Gefühle. Vermutlich war das gut so, denn wenn sie vor Wut geschäumt hätte, wüsste sie nicht, ob sie die Gepardin zurückdrängen könnte. Eine Frage schwebte über allem, eine Frage, auf die sie einfach keine Antwort fand. Wie konnte Darren ihr so etwas antun?

Mit welchem Recht hatte er mit Dave Kontakt aufgenommen? Mit welchem Recht mischte sich ihr Bruder in ihr Leben ein? Darren war schon immer ein Kontrollfreak gewesen, deswegen war sie so froh, jetzt in New Orleans zu leben. Als sich andeutete, dass er häufiger vorbeischauen würde, hatte sie ihm kurzerhand Campusverbot erteilt, woran er sich zu ihrer Überraschung auch gehalten hatte.

Dave kam zurück. Er setzte sich ihr gegenüber und sah sie nachdenklich an: „Alles okay bei dir?"

„Nein", sagte Rayna ruhig und stand auf. War er mit ihr nur ausgegangen, weil Darren es so wollte?

„Kann ich dir helfen?", bereitwillig sprang Dave auf und beeilte sich, den Tisch zu umrunden.

Rayna hielt ihn mit einer Handbewegung zurück. „Du setzt dich hin und bleibst hier." Ihre Worte waren schärfer als beabsichtigt, aber zumindest zeigten sie Wirkung. Dave ließ sich brav auf seinen Stuhl nieder und blickte sie mit großen

Augen an.

„Was habe ich getan?“, fragte er kleinlaut.

„Ich werde jetzt gehen, und ich möchte, dass du mich nie, nie wieder ansprichst. Haben wir uns verstanden?“

Dave schien absolut nicht zu kapieren, was hier los war. Aber das war Rayna egal. Spätestens wenn er seine Handynachricht las, konnte er eins und eins zusammenzählen.

Hoch erhobenen Hauptes verließ Rayna den Diner. Bis zum Campus war es knapp ein Kilometer. Trotz des schwülen Abends begann sie zu frösteln und verschränkte die Arme vor der Brust. Glücklicherweise hatte sie flache Schuhe angezogen, sonst wäre der Fußmarsch äußerst schmerzhaft geworden. Die lähmende Fassungslosigkeit verwandelte sich in Wut. Rayna ballte die Hände zu Fäusten. Ihre Fingernägel gruben sich tief in ihre Handballen. Der Schmerz half, die Kontrolle über das Tier zu behalten, das dicht unter ihrer Haut saß. Es wollte in die Freiheit entlassen werden. Wie gerne hätte sie sich jetzt in einen Gepard verwandelt, wäre durch die Sümpfe von Cheetah Manor gestreift, um ihren Frust abzubauen. Sie wollte die Krallen ausfahren, an einer der alten Eichen wetzen oder so schnell sie ihre Beine trugen, durch das Unterholz rennen, bis ihre Lungen brannten. Stattdessen war sie in New Orleans in ihrem menschlichen Körper gefangen. Sich hier zu verwandeln, wäre viel zu gefährlich. Ein tierisch klingendes Knurren konnte sie allerdings nicht unterdrücken. Zum Glück war die Gegend menschenleer.

Die Wut auf Darren wuchs. Wie konnte er so etwas tun? Er mochte ihr Bruder sein und sie beschützen wollen, aber es stand ihm nicht zu, sich so in ihr Leben einzumischen und ihre Freunde auszusuchen. Das Schlimmste an allem war, dass Dave auch noch mitgespielt hatte. Mit ihm war sie definitiv fertig. Sollte er sich doch weiter mit seinen Party-Tussis amüsieren. Bei ihr brauchte er nicht mehr aufzutauchen.

Tränen brannten in ihren Augen. Sie wollte nicht weinen, nicht hier auf der Straße. So biss sie die Zähne zusammen und marschierte weiter.

KAPITEL 2

Die Tränen überkamen sie, als sie mit zittrigen Fingern die Eingangstür aufschloss. Glücklicherweise kam ihr keiner ihrer Kommilitonen entgegen. Es war schließlich Wochenende. Die meisten Studenten waren entweder nach Hause zu ihren Familien gefahren oder bereits auf ihren abendlichen Streifzügen. Alle schienen Spaß zu haben, alle außer ihr.

War Alice noch da? Ihre Mitbewohnerin wollte auf eine Party gehen. Schluchzend stieß Rayna die Tür zu ihrem Zimmer auf.

„Ich bin gleich fertig“, hörte sie die vergnügte Stimme ihrer Freundin.

Die Badezimmertür ging auf, und sie stand Alice gegenüber. Ihre dunklen Locken hatte sie bereits fein säuberlich nach oben gesteckt, und das grüne Minikleid, das sie letzte Woche gekauft hatte, saß wie angegossen. Fröhlich strahlte sie, als sie jedoch Rayna erblickte, wurde ihr Gesichtsausdruck ernst.

„Was machst du hier?“, stieß sie verblüfft hervor, kam langsam auf sie zu und schloss sie in die Arme. „Was ist passiert?"

Rayna barg den Kopf an der Schulter ihrer besten Freundin und schluchzte laut.

Beruhigend strich ihr Alice über den Rücken. „Sch… sch…", murmelte sie ihr ins Ohr.

Rayna weinte. Es tat gut, sich nicht mehr zurückhalten zu müssen. Mit Alice konnte sie fast alles teilen. Was auch immer sie für Probleme hatte, stets hörte ihre beste Freundin ihr geduldig zu. Oder manchmal, wie auch jetzt, benötigte sie keine Worte, um ihr Trost zu spenden. Es dauerte einige Zeit, bis Rayna ruhiger wurde.

„So, und jetzt erzählst du mir, was passiert ist", forderte Alice sie auf. Bestimmt schob sie Rayna zu ihrem Bett. Sie setzten sich nebeneinander mit dem Rücken zur Wand.

„Also, was ist passiert? Hat dich Dave versetzt?"

Rayna schüttelte den Kopf und griff dankbar nach dem Papiertaschentuch, das Alice ihr reichte. Geräuschvoll putzte sie sich die Nase, zerknüllte das Taschentuch in der Hand und wischte sich mit dem Handrücken über die tränennassen Wangen.

„Darren hat Dave damit beauftragt, mit mir auszugehen", brach es aus Rayna hervor.

„Oh!", machte Alice ein wenig überrascht.

Rayna schniefte. „Der Abend war eine einzige Katastrophe. Zuerst der Diner und dann auch noch Darren, der sich überall einmischt."

Alice legte den Kopf leicht schief, wie sie es immer tat, wenn sie aufmerksam zuhörte. „Diner?"

„Dave hat mich in einen Diner gebracht."

„Nun ja, aber zumindest kann man sich da in Ruhe unterhalten", warf Alice ein.

Rayna zog fragend eine Augenbraue nach oben. „Auf welcher Seite stehst du eigentlich?"

„Auf deiner natürlich." Beleidigt verzog Alice den Mund.

„Ich habe mich auf eine Party gefreut", erklärte Rayna. Alice, die mit ihr die Klamotten ausgesucht und ihr sogar das Neckholdertop geliehen hatte, sollte das eigentlich wissen.

Die Wut hatte sich inzwischen in Enttäuschung verwandelt. Sie fühlte sich von Darren und Dave verraten. Es schmerzte einfach nur unheimlich.

Alice zögerte einen Moment, dann legte sie einen Arm um Rayna und zog sie näher an sich. „Männer sind alles Arschlöcher, egal ob sie Brüder sind oder nicht."

Trotz der Tränen, die sich erneut in ihre Augen stahlen, musste Rayna lachen. Es tat gut, eine Freundin wie Alice zu haben, mit der sie reden konnte. Rayna fühlte sich schon ein kleines bisschen besser.

Ein Klopfen an der Tür unterbrach ihre Zweisamkeit.

„Moment!", rief Alice laut und fügte flüsternd hinzu, während sie aus dem Bett kletterte: „Ich sage Marc schnell ab."

Rayna griff nach dem Arm ihrer Freundin und hielt sie auf. „Nein!" Entschieden schüttelte sie den Kopf. Sie wollte nicht, dass Alice wegen ihr die Party sausen ließ. Sie freute sich schon seit zwei Wochen darauf, mit Marc, einem der Quarterbacks, ein Date zu haben. „Ich möchte, dass du gehst."

Alice zögerte. „Bist du sicher?"

„Verschwinde endlich!" Weinen und sich bemitleiden konnte sie auch allein. Somit musste sie zumindest kein schlechtes Gewissen haben, dass Alice wegen ihr ein Date verpasste.

Alice drückte Rayna noch einmal fest an sich, dann stand sie auf, schlüpfte in ihre Ballerinas, griff ihr Täschchen und winkte Rayna noch einmal zu. „Ich danke dir. Machs gut. Und wenn was ist, ruf an."

Damit war Alice weg. Sie öffnete die Tür nur einen Spaltbreit und huschte hindurch. Rayna war Alice dankbar, dass Marc sie nicht in diesem Zustand sah. Auch wenn sie allen Grund dazu hatte, hier völlig verheult herumzusitzen, wäre es ihr mehr als nur peinlich gewesen.

Vor der Tür war Gekicher zu hören, dann Schritte, die sich entfernten.

Rayna legte den Kopf gegen die Wand und schloss die Augen. Sie war müde. Eine ganze Weile saß sie einfach nur da, genoss die Stille. Sie fühlte sich leer und ausgebrannt und war zum Weinen einfach zu erschöpft.

Die Titelmelodie vom letzten Bond-Film schrillte durch den Raum. Überrascht hob Rayna den Kopf. Das war Alice' Handy. Hatte sie es vergessen? Suchend sah sie sich um. Ihre Freundin musste es in der Eile liegen gelassen haben. Schnell rutschte Rayna vom Bett und folgte der nervtötenden Melodie bis ins Bad. Auf dem Waschbecken lag das Telefon, dort, wo Alice es vermutlich abgelegt hatte. *Big Brother* stand auf dem Display. Wer bitte war *Big Brother*? Rayna kannte Alice, seit sie mit dem Studium angefangen hatte. Sie hatten keine Geheimnisse voreinander, was in dem kleinen Zimmer auch kaum möglich war. Bis auf die Sache mit dem Cheetah wusste Alice alles von ihr, und Rayna war bisher davon ausgegangen, auch alles über ihre Freundin zu wissen. Aber *Big Brother* sagte ihr absolut nichts, denn Alice hatte keinen Bruder. Nur eine ältere Schwester, die aber nicht hier lebte.

Entschlossen griff Rayna nach dem Telefon und nahm das Gespräch an. „Ja?", meldete sie sich.

„Dave ist aufgeflogen. Der Idiot hat es vermasselt. Ist Rayna schon bei dir angekommen? Sie wird am Boden zerstört sein und eine gute Freundin brauchen." Es folgte eine kurze Pause. „Alice?"

Raynas Augen weiteten sich entsetzt. Die Stimme kannte sie. Sehr gut sogar. Darren! Hastig legte sie auf und warf das Telefon zurück auf den Waschtisch. Sprachlos starrte sie das Gerät an, als könnte es etwas dafür, dass Darren am anderen Ende gewesen war. Sie stand sekundenlang einfach nur da. Ganz langsam rieselte die Erkenntnis durch, dass nicht nur Dave, sondern auch ihre beste Freundin Alice sie betrogen hatte. Hinter ihrem Rücken hatte ihre Zimmernachbarin gemeinsame Sache mit ihrem Bruder gemacht. Wie lange ging das schon so? Wie lange kontrollierte Darren ihr Leben? Erst seit dem Vorfall mit dem Amulett oder bereits davor? Rayna wusste nicht, ob sie darauf wirklich eine Antwort haben wollte.

Ihre rechte Hand überzog sich mit Fell, und ihre Fingernägel verwandelten sich in Krallen. Rayna gelang es gerade noch so, die Verwandlung zu unterdrücken. Sie musste etwas tun. So konnte es nicht weitergehen.

Rayna traf eine Entscheidung.

Es war genug. Sie war nicht bereit, sich länger kontrollieren zu lassen, wollte ausbrechen, frei sein. Es war an der Zeit, ihre eigenen Entscheidungen zu treffen. Schwungvoll machte sie auf dem Absatz kehrt, stürmte zurück in ihr Zimmer und riss den Kleiderschrank auf. Sie wollte Spaß haben, den Ärger mit Darren, Dave und Alice hinter sich lassen.

Das schwarze Spaghettikleid, das sie aus einer Laune heraus gekauft hatte, fiel ihr in die Hände. Es war so knapp geschnitten, dass es gerade so über den Po reichte. Ihre langen schlanken Beine kamen damit ebenso gut zur Geltung wie ihre Brüste. Dave hatte in ihrem Leben nichts mehr zu suchen, Alice war feiern und Darren zu weit weg, um sie aufzuhalten. Niemand würde ihr in die Quere kommen, wenn sie diese Nacht zu ihrer Nacht machte.

Sie zog die Jeans aus und zerrte das Top herunter. Die Unterwäsche folgte. Einen BH konnte sie unter diesem Kleid ohnehin nicht tragen, und ohne Höschen fühlte sie sich noch verruchter. Sie war wild entschlossen, endlich etwas zu erleben. Es war längst überfällig. Sie musste beginnen zu leben.

Das Kleid schmiegte sich wie eine zweite Haut an ihren Körper. Eilig erneuerte sie das verschmierte Make-up und trug eine Spur mehr auf, als sie es für gewöhnlich tat. Dann schlüpfte sie in ihre High Heels. Rayna warf noch einen prüfenden Blick in den Spiegel. Die Frau, die ihr entgegenblickte, kam ihr seltsam fremd vor. Eine Unbekannte. Sie lächelte ihrem Spiegelbild zu, zog aus ihrem Portemonnaie einen Geldschein heraus. Für das Taxi in die Innenstadt reichte es, und viel mehr würde sie heute Nacht nicht brauchen, beschloss Rayna. Dort, wo sie hinging, verkehrten Männer. Männer mit Geld, die Frauen wie sie einluden. Sie wollte sich beweisen, dass sich die Männerwelt auch ohne das Zutun ihres Bruders für sie interessierte. Adieu Langeweile. Adieu Uni-Partys. Heute Nacht eroberte sie New Orleans. Sie wollte Spaß haben, und sie würde die Leute, mit denen sie verkehrte, selbst aussuchen. Endlich begann sie, ein selbstbestimmtes Leben zu führen.

KAPITEL 3

Da es vor dem Club immer so voll war, hatte Rayna den Taxifahrer gebeten, sie etwas früher aussteigen zu lassen. So musste sie zwei Straßen laufen, nur um dann zu erkennen, dass die Schlange vor dem Nachtclub noch länger war als erwartet. Doch das Taxi war bereits weitergefahren. Rayna stellte sich an und wartete. Immer mehr Menschen standen hinter ihr. Am Eingang schien es kaum voranzugehen.

„So etwas Blödes", regte sich ein dünnes Mädchen lautstark auf, das ein paar Meter hinter ihr stand. „Ist der Club wegen Überfüllung geschlossen?"

Ihre Begleiter versuchten sie zu beruhigen. Schließlich marschierte die Gruppe davon.

Rayna sah sich unsicher um. Immer wieder verließen entnervte Wartende die Schlange. Rayna rutschte zwar weiter nach vorne, war aber noch immer weit vom Eingang entfernt.

Langsam stiegen Zweifel in ihr auf. Wie dumm war sie eigentlich? Das Geld, das von der Taxifahrt übrig geblieben war, reichte gerade noch für den Eintritt in den Club, jedoch nicht mehr für die Rückfahrt mit dem Taxi. Weder Busse noch Straßenbahnen fuhren um diese Uhrzeit. Rayna hatte absolut keine Lust, durch das nächtliche New Orleans zu laufen. Also verharrte sie weiter in der Schlange und hoffte darauf, dass es endlich weiterging. Gelangweilt blickte sie sich um. Die meisten waren zu zweit oder in größeren Gruppen hier und unterhielten sich. Rayna verschränkte schützend die Arme vor der Brust und trat von einem auf den anderen Fuß. Sie fühlte sich unwohl hier, so ganz allein. Niemand, den sie kannte, niemand, mit dem sie sich unterhalten konnte, um wenigstens die Zeit zu vertreiben.

„Hi“, sprach sie plötzlich jemand von hinten an.

Rayna drehte sich erschrocken um. Hinter ihr stand eine Frau, ein wenig älter als sie selbst. Lange dunkle Haare fielen ihr über die Schultern. Sie überragte Rayna um einen ganzen Kopf. Die dicken dunkelrot geschminkten Lippen zogen Raynas ganze Aufmerksamkeit auf sich.

„Sorry. Ich wollte dich nicht erschrecken. Ich bin Beatrice.“ Der dunkelrote Mund verzog sich zu einem Lächeln. „Bist du allein hier?“

Raynas Blick huschte nach rechts und links. Niemand schien sie zu beobachten. Langsam nickte sie.

„Echt schade, dass der Club schon voll ist. Aber die Nacht ist noch jung. Hast du Lust, mit ein paar Mädchen auf eine richtig coole Party zu gehen?“

Vorsichtig blickte sich Rayna um. Wer war die Frau? Was wollte sie von ihr?

„Nicht so ein lahmer Schuppen wie hier. Eine anständige Party mit erwachsenen Männern, die richtig Kohle haben.“

Rayna zögerte. Aber schließlich war sie hergekommen, um Spaß zu haben, zu feiern, zu trinken und um Männer kennenzulernen. Richtige Männer, keine Milchgesichter. Je länger sie über das Angebot nachdachte, umso verlockender erschien es ihr. Aber konnte sie der Frau trauen?

„Was kostet der Spaß?“, erkundigte sich Rayna, konnte ihr Interesse nicht ganz verbergen.

Beatrice lächelte. „Hast du schon etwas von der Starlight-Agentur gehört?“

Rayna nickte. Alice hatte ihr davon erzählt. Dort konnte man hübsche Mädchen für Partys oder Empfänge buchen. Rayna hatte nur nicht gedacht, dass die Agentur die Mädchen vor den Clubs einsammelte.

Beatrice reichte ihr eine Visitenkarte. „Ich bringe dich kostenlos auf eine Party. Die Getränke dort sind teuer, aber wenn du den Männern ein paar Freiheiten zugestehst, werden sie gerne bereit sein, dich einzuladen.“

Freiheiten? War es nicht genau das, was sie wollte? Fremden Männern ein paar Freiheiten zugestehen? Endlich etwas wagen? Nun, sie war nicht die Geübteste darin, aber es sollte doch nicht so schwer sein, angetrunkene Männer um den Finger zu wickeln. Sicher fand sie dort einen netten Kerl, mit dem sie sich amüsieren konnte.

Rayna ließ den Blick abwechselnd zwischen Beatrice und dem Club hin und her schweifen. Die Chancen, dass sich die Türen öffneten und die Türsteher sie einließen, standen gleich null. Der nächste Club war mindestens eine halbe Meile entfernt. Beatrice sah vertrauenserweckend aus, die Visitenkarte wirkte echt und von der Starlight-Agentur hatte sie nur Gutes gehört.

„Na, was ist? Die Mädels dort drüben kommen auch mit.“ Beatrice deutete mit einem Kopfnicken zur Seite. Dort standen drei junge Frauen etwas abseits und unterhielten sich aufgeregt.

Jetzt musste sich Rayna entscheiden. War sie bereit, ein Risiko einzugehen?

Sie lächelte Beatrice an. „Danke für die Einladung. Ich freue mich auf die Party.“

Die erwiderte das Lächeln. „Wunderbar. Dann los!“

Rayna trat aus der Schlange und folgte Beatrice, die sie zu den anderen führte.

„Ist es weit?“, fragte sie skeptisch und befürchtete, dass sie einen längeren Fußmarsch in den High Heels nicht überstehen würde.

Beatrice drehte sich im Laufen zu ihr um. „Nicht wirklich,

aber wir werden abgeholt."

Rayna blieb keine Zeit, sich darüber Gedanken zu machen, denn sie erreichten die anderen Mädchen.

„Meine Damen", verkündete Beatrice strahlend. „Darf ich euch miteinander bekannt machen." Sie deutete auf das Mädchen neben sich.

„Thordis?"

Verneinend schüttelte die Blonde mit den kinnlangen Haaren den Kopf. „Tamara."

„Tamara", wiederholte Beatrice und lächelte die Blonde entschuldigend an. „Carolin", fuhr sie fort und deutete auf eine hübsche Afroamerikanerin. „Mia." Die langbeinige Brünette nickte.

„Und wie heißt du?"

„Rayna."

„Wunderbar, dann kennen wir uns jetzt." Beatrice klatschte in die Hände. „Lasst uns fahren!"

Rayna wollte sich gerade nach einem Taxi umsehen, zumindest hatte sie damit gerechnet, dass sie so von hier fortkommen würden, als eine schwarze Stretchlimousine neben ihnen hielt. Beatrice öffnete die Tür und winkte die Mädchen zu sich. Mit großen Augen drängten sie näher. Carolin machte den Anfang, dann folgten Mia, Tamara und schließlich Rayna. Beatrice war die Letzte und zog die Tür hinter sich zu.

Rayna und die anderen staunten nicht schlecht. Sie saßen auf einer langgezogenen Lederbank, die mehr einer gemütlichen Couch glich. Ihnen gegenüber befand sich eine Minibar.

„Bevor es richtig losgeht, benötige ich noch eine Unterschrift von euch." Sie reichte jeder von ihnen ein paar Papiere. Das Licht in der Limousine ließ zu wünschen übrig. Das Logo der Agentur war gut lesbar, aber bei dem klein geschriebenen Text verschwammen die Buchstaben vor Raynas Augen.

„Bitte tragt euren Namen ein und unterschreibt. Es geht nur darum, dass die Agentur für nichts, was ihr auf der Party tut, verantwortlich gemacht werden kann."

Carolin griff als Erste nach dem Kugelschreiber, trug ihren Namen ein, setzte ihre Unterschrift darunter und reichte die

Papiere strahlend an Beatrice zurück. Mia und Tamara folgten Carolins Beispiel. Rayna versuchte zwar ein paar Zeilen zu lesen, gab aber schließlich auf. Nach ihrem Ermessen ging es wirklich nur um eine Absicherung der Agentur. Sie füllte das Formular aus und gab es zurück.

Die Mädchen plauderten entspannt und Rayna ließ sich davon anstecken.

Beatrice räumte die Papiere fort und öffnete die Minibar, um eine Flasche Champagner und Gläser zum Anstoßen zu holen.

Die Vorfreude auf die Party wuchs.

„Auf einen wunderbaren Abend."

Sie prosteten sich zu, und Rayna nahm einen großen Schluck. Alles fühlte sich wie in einem Traum an. Zu schön, um wahr zu sein. Es war die beste Entscheidung des Abends, mit Beatrice mitzugehen. Rayna fühlte sich rundum wohl. Der Champagner schmeckte gut, war nicht zu herb und prickelte angenehm in der Kehle.

„Wo geht es denn hin?", fragte Tamara neugierig.

„Auf eine Yacht", erklärte Beatrice geheimnisvoll.

„Eine Yacht?", quietschte Carolin vergnügt und hielt sich an Mia fest. Die beiden sahen sich an und brachen in lautes Gekicher aus.

Die Stimmung war ausgelassen. Nur zwei Gläser Champagner lang dauerte die Fahrt.

Dann hielt die Limousine an. Beatrice öffnete die Tür und kletterte als Erste ins Freie. Rayna folgte ihr. Eine kühle Brise schlug ihr entgegen und ließ sie einen Moment frösteln. Sie musste sich am Wagen festhalten, denn die Umgebung schwankte ein wenig. Vor sich sah Rayna das Meer. Nicht weit von ihnen lagen die ersten kleineren Boote, weiter hinten die Yachten.

In Raynas Bauch kribbelte es vor Vorfreude. Carolin hakte sich wie selbstverständlich bei ihr ein. Rayna war es ganz recht. Ihr war ein wenig schummrig. Die zwei Gläser Champagner in so kurzer Zeit waren wohl etwas viel gewesen. Dazu noch die High Heels. Da war es besser, sich an einer Freundin festhalten zu können.

„Auf, auf, meine Damen. Dort müssen wir hin“, spornte Beatrice die Mädchen an und scheuchte sie den Pier entlang.

Lachend und kichernd folgten sie Beatrice. Je weiter sie liefen, umso größer wurden die Schiffe.

„Dort ist die *Aurelia*“, erklärte Beatrice und deutete auf eine gigantisch hohe Yacht.

„Wow“, staunte Tamara. „Wie geil ist das denn?“

Rayna konnte Tamaras Begeisterung nur teilen. Sie war noch nie auf einem so großen Schiff gewesen. Als sie näher kamen, sah Rayna zwei schwarze Kerle, breit wie Schränke, auf der Gangway stehen. Beatrice hielt noch einmal an und drehte sich zu den Mädchen um. „Nur damit das klar ist. Ich bringe euch hinein. Dann seid ihr auf euch allein gestellt. Ihr seid alle alt genug und braucht keinen Babysitter mehr, oder?“

Rayna lachte mit den anderen zusammen. Wenn es nach ihr ging, konnte die Party beginnen. Sie hatte Lust zu feiern, zu tanzen und das ganze Chaos in ihrem Leben zu vergessen.

Beatrice betrat die Gangway und hielt direkt auf die zwei Kerle zu.

„Ich habe die Mädchen dabei“, erklärte sie und fuhr einem der Männer spielerisch über die Brust. Dieser ergriff ihren Arm so schnell, dass Rayna seinen Bewegungen nicht ganz folgen konnte.

„Pass auf, du Biest“, knurrte er Beatrice an, die ihre dunklen Haare in den Nacken warf und laut lachte.

Der Türsteher ließ Beatrice’ Hand los. Sie winkte die Mädchen hinter sich her. Rayna beeilte sich, an den Männern vorbeizugehen, die sie kommentarlos passieren ließen.

„Noch ein kleiner Tipp. Die älteren Herren sind die Spendabelsten“, sagte Beatrice, als sie das Deck betraten.

Dezente Musik aus dem Inneren war zu hören. Hier oben standen die Gäste – alle in eleganten Abendroben – an Stehtischen zusammen. Weiter hinten gab es auch ein paar Bistrosessel.

Keiner schien von ihnen Notiz zu nehmen. Die Gäste unterhielten sich angeregt. Nur ein hagerer Mann, Ende fünfzig, mit schütterem, bereits ergrautem Haar kam auf sie zu. Er trug einen teuer aussehenden schwarzen Anzug und strahlte über das ganze Gesicht, als er zu ihnen trat.

„Darf ich euch unseren Gastgeber, Isaak, vorstellen."

„Willkommen an Bord der *Aurelia*", begrüßte er die Mädchen. „Ich suche für heute Abend noch eine Begleitung an meiner Seite. Möchte mir jemand Gesellschaft leisten? Gerne zeige ich euch das Schiff und auch meine privaten Räumlichkeiten unter Deck."

Rayna schluckte und blickte betreten zu Boden. So viel Alkohol konnte sie überhaupt nicht trinken, dass sie diesen alten Kerl attraktiv fände. Der Typ war nicht nur viel zu alt, sondern sah halb verhungert aus mit den eingefallenen Wangen.

„Ich würde mich sehr freuen", erklärte Carolin schüchtern und trat vor.

Isaak strahlte sie an, reichte ihr eine Hand und zog sie an sich. Carolin ließ es zu, dass er sie auf beide Wangen küsste und dann besitzergreifend seinen Arm um ihre Mitte schlang.

„Reizendes Mädchen. Wie ist dein Name?"

„Carolin."

„Komm mit, wir besorgen dir erst mal etwas zu trinken." Isaak ging mit der jungen Frau fort.

„In der Kajüte ist mehr los als hier oben", erklärte Beatrice und deutete auf eine Tür, die gerade von innen aufgeschoben wurde, als ein älteres Paar an Deck kam. „Na los!"

Mia, Tamara und Rayna sahen sich an, dann folgten sie Beatrice.

KAPITEL 4

Ethan hätte beinahe alles dafür gegeben, den Abend auf der Couch zu verbringen. Die Kopfschmerzen hatten nicht nachgelassen, und auch die Schmerztabletten halfen nicht viel. Nur weil die Party wichtig war, um Lenore zu treffen, bevor er nach Deutschland reiste, ging er hin.

Er wusste, dass ihm der weiße Anzug hervorragend stand. Seine Haut wirkte dadurch noch dunkler, beinahe schwarz und verlieh ihm etwas Geheimnisvolles. Er würde auffallen heute Abend, und genau das war es, was er wollte.

Kurz vor Mitternacht parkte er seinen Lamborghini in der Nähe des Yachthafens. Seinen neuen Pick-up hatte er bewusst in der Garage gelassen. Hier ging es um Sehen und Gesehenwerden, und dieses Spiel beherrschte er ausgezeichnet, wenn es darauf ankam.

Die letzten Meter musste er zu Fuß zurücklegen.

In gemächlichem Tempo ging er den Anlegesteg entlang. Ganz hinten lag die Party-Yacht *Aurelia*. Er kannte den Weg.

Zwei breit gebaute Männer, die ihm finster entgegenstarrten, versperrten die Gangway. Ethan griff in seine Innentasche und zog die Einladung heraus, die ihm eine ehemalige Kundin, die er bei ihrer Scheidung unterstützte, hatte zukommen lassen. Er wäre auch über den Yachtinhaber Isaak Newman an eine Einladung gekommen, aber die Beziehung zu diesem Mann ließ er äußerst ungern spielen. Newman war bekannt für seine ausufernden Partys, die Nähe zum Rotlichtmilieu und die eine oder andere Aktivität, die sich nicht mit dem Gesetz vereinbaren ließ. In der Vergangenheit hatte es der Geschäftsmann immer wieder geschafft, seinen Kopf aus der Schlinge zu ziehen und mit einer weißen Weste zu glänzen. Ethan mochte solche Leute nicht, und Newman war ihm nicht geheuer. Um solche Menschen machte er lieber einen großen Bogen. Hin und wieder ließ sich ein Zusammentreffen auch in einer Stadt wie New Orleans nicht vermeiden.

Der Türsteher gab Ethan die Einladung zurück und trat zur Seite, sodass er die Gangway betreten konnte. Ethan holte noch einmal tief Luft, dann verließ er das Festland.

Auf dem Deck war verhältnismäßig wenig los. Einige wenige Grüppchen standen zusammen und unterhielten sich angeregt. Hin und wieder hörte man Gelächter. Die Stimmung war gut. Ethan hielt nach Lenore Winnett Ausschau, konnte sie jedoch nirgends entdecken. Er beschloss, an die Bar zu schlendern, und bestellte einen Whiskey. Auf einer Party ohne ein Getränk in der Hand zu sein, war wie Football spielen ohne Ball. Während er darauf wartete, sah er sich verstohlen um. Isaak Newman stand mit einer jungen Afroamerikanerin im Arm bei einer Gruppe Männern. Angewidert verzog er das Gesicht. Das Mädchen mochte gerade so volljährig sein.

Der Barkeeper stellte ihm den Whiskey hin und verlangte dafür einen horrenden Preis. Eigentlich war es eine Unverschämtheit, was er hier für einen mittelmäßigen Whiskey hinblättern musste. Grimmig zog er seine Geldbörse und machte sich eine Gedankennotiz, dass er die Auslagen Darren auf die Rechnung setzte.

Mit dem Glas in der Hand steuerte er auf die Tür zu, die

unter Deck führte. Beiläufig nahm er einen Schluck. Die brennende Flüssigkeit rann seine Kehle hinab und breitete sich warm in seinem Körper aus. Ethan schüttelte sich. Das Gesöff schmeckte furchtbar und trug völlig zu Unrecht den Namen *Whiskey*. Aber da er das Glas ohnehin nicht austrinken wollte – schließlich musste er noch fahren – war ihm das egal.

Die Tür schwang auf, als er gerade nach der Klinke fassen wollte. Eilig trat er zurück, um einer Blondine den Weg frei zu machen, die am Arm eines älteren Herrn hing. Sie kicherte viel zu laut, sodass sich etliche Gäste zu ihnen umdrehten. Ihr glatzköpfiger Begleiter nickte Ethan grinsend zu und führte die schwankende Frau an ihm vorbei. Nachdenklich sah Ethan ihnen hinterher. Das Mädchen war hübsch. Warum hatte sie so etwas nötig? Was veranlasste sie, auf so eine Party zu gehen und sich von einem Mann abschleppen zu lassen, der locker ihr Vater sein könnte? Die Frau war erwachsen, und es gab kein Gesetz, das sie vor ihrer eigenen Blödheit schützte.

Ethan besann sich auf seine Mission und trat unter Deck. Es war stickig und die Musik nach seinem Geschmack etwas zu laut. An Stehtischen standen Menschen zusammen und unterhielten sich. Die kleineren Sitzgruppen daneben waren ebenfalls gut besetzt. Ethan erkannte einige Gesichter. Geschäftsmänner mit und ohne ihre Ehefrauen und die Dame, wegen der er hergekommen war. Lenore Winnett war eine Rarität auf ihrem Gebiet. Sie handelte mit Schmuck, gehörte zu den reichsten Frauen New Orleans und konnte jedem Mann das Wasser reichen. Die bereits ergrauten Haare waren zu einer kunstvollen Hochsteckfrisur zurechtgemacht. Ihr hochgewachsener schlanker Körper steckte in einer seidenen Abendrobe in dunklem Grün. An jeder anderen Frau hätte dieses Kleid völlig deplatziert gewirkt, nicht jedoch an Lenore. Würdevoll stand sie neben ihrem Begleiter, einem südländischen Kerl, der nicht viel älter aussah als die Blondine, der er eben begegnet war.

Lenore befand sich gerade im Gespräch mit einer Unternehmergattin, die Ethan nur vom Sehen kannte.

„Guten Abend, die Damen“, grüßte er höflich und trat zu

den Frauen. Lenores Begleitung hielt sich so dezent im Hintergrund, dass er den Mann nicht ansprach.

„Ethan.“ Ein Lächeln huschte über Lenores Gesicht. Begeistert drehte sie sich zu ihrer Gesprächspartnerin um. „Ich muss dir unbedingt Ethan Washington vorstellen. Ethan, Luisa Portman. Ihr Mann ist in der Lebensmittelindustrie tätig.“

Ethan verbeugte sich leicht vor der rundlichen Frau und zwinkerte ihr verschwörerisch zu. „Es ist mir eine Ehre, Ihre Bekanntschaft zu machen.“ Im Prinzip interessierte ihn die Frau absolut nicht, aber es konnte nicht schaden, Kontakte zu knüpfen. Wer wusste schon, wofür die eines Tages gut waren?

„In welcher Branche sind Sie tätig?“, erkundigte sich Mrs. Portman.

„Ich bin Anwalt.“

„Oh!“ Die Augenbrauen der Dame zuckten, als sie Ethan ein weiteres Mal musterte.

„Ein äußerst gut bezahlter Anwalt“, fügte Lenore schmunzelnd hinzu. „Die Kunden stehen bei ihm Schlange.“

„Nun, ich kann mich nicht beklagen“, wich Ethan geschickt aus. „Allerdings bringen viele Kunden auch viel Arbeit mit sich. Ich bin heute Abend geschäftlich hier.“ Er legte eine kleine Kunstpause ein, ehe er fortfuhr. „Ich brauche deine Hilfe für einen sehr wichtigen Mandanten.“

Lenore schlug gekünstelt die Lider nieder. Doch Ethan hatte das Blitzen in ihren Augen wahrgenommen. Ihre Neugier war geweckt.

„Du entschuldigst mich doch sicher einen Moment“, wandte sie sich an ihre Freundin. „Guido, leiste doch Luisa etwas Gesellschaft, während ich mich mit Ethan unterhalte.“

Lenore hakte sich bei ihm ein, und sie gingen ein paar Schritte. „Jetzt hast du mich aber ziemlich neugierig gemacht, mein Lieber.“

Ethan lächelte in sich hinein. Genau das war seine Absicht gewesen. Vorsichtig sah er sich um. Es waren eindeutig zu viele Menschen hier.

„Begleite mich doch an Deck. Dort finden wir sicher ein Plätzchen, wo wir uns ungestört unterhalten können.“

Lenore ließ sich anstandslos fortführen.

„Wenn ich es nicht besser wüsste, würde ich vermuten, du möchtest ein Schäferstündchen mit mir abhalten“, scherzte sie.

„Aber Lenore …“ Ethan klang gespielt entrüstet. „… ich bin inzwischen über dreißig und damit für dich einfach zu alt.“

Lenore lachte. In ihren grünen Augen blitzte der Schalk vergnügt auf. „Auch ich werde nicht jünger.“

„Ach was“, schmeichelte ihr Ethan. „Du stehst in der Blüte des Lebens.“

„Charmeur!“ Spielerisch schlug ihn Lenore mit ihrem Ledertäschchen. „Für dich würde ich tatsächlich eine Ausnahme machen.“ Ihr Augenaufschlag war hollywoodreif.

„Ich bin gerührt“, entgegnete Ethan und seufzte tief.

Damit war das Thema erledigt. Auf Lenore wartete ein jugendlicher Begleiter, und Ethan hatte seinen Standpunkt, dass er an einem Techtelmechtel mit ihr nicht interessiert war, klargemacht.

Sie erreichten das Deck. Ethan führte Lenore an den Gästen vorbei und hielt erst an, als sie eine abgeschiedene Ecke erreichten. Die Musik war beinahe verstummt, und weit und breit war keiner der anderen Gäste zu sehen. An der Reling blieben sie schließlich stehen. Ethan stützte sich am Geländer ab und sah hinaus aufs tiefschwarze Wasser. In der Ferne konnte man die Lichter des Frachthafens erahnen.

„Du machst es aber wirklich spannend“, sagte Lenore. Sie brannte regelrecht darauf.

„Wie gesagt, es geht um einen geschätzten Mandanten. Ich vertraue auf deine Diskretion.“

Ethan sah aus dem Augenwinkel, wie Lenore eifrig nickte. Sie war nicht so erfolgreich, weil sie gerne plauderte. In erster Linie war Lenore Geschäftsfrau, und auf ihre Verschwiegenheit konnte man sich verlassen. Nur deshalb war Ethan bereit, ihr ein Foto zu geben. Er griff in die Innentasche seines Jacketts, wo er einen Abzug des Handyfotos aufbewahrte, und reichte es Lenore.

„Ich möchte wissen, wem dieser Ring gehört“, bat Ethan.

Lenore zog aus ihrer Handtasche eine Brille, setzte sie auf

und betrachtete das Foto genauer. „Nun, das Schmuckstück ist mir nicht bekannt." Der unverbindliche Plauderton war einem ernsten geschäftsmäßigen Ton gewichen.

„Kannst du trotzdem herausfinden, wem er gehört?"

„Aber sicher. Er scheint sehr alt zu sein. Staaten oder Europa?"

Ethan zuckte mit den Schultern. Woher sollte er das wissen? Theoretisch war beides möglich. „Das Foto ist in Deutschland aufgenommen, was aber nicht unbedingt etwas zu bedeuten hat."

Lenore nickte nachdenklich. „Ich habe ein paar Kontakte nach Europa, die ich für dich gerne spielen lassen kann. Darf ich das Foto behalten?"

„Selbstverständlich." Er hatte damit gerechnet. Auch wenn es ihn nicht glücklich machte, das Foto aus der Hand zu geben, stimmte er zu. „Ich weiß doch, dass es bei dir in sicheren Händen ist."

Lenore lächelte, nahm die Brille ab und verstaute sie zusammen mit dem Bild in ihrer Handtasche.

„Ich werde sehen, was ich für dich tun kann. Wirst du mir etwas über deinen Auftraggeber verraten?"

Er schüttelte den Kopf. Es war besser, wenn sie nichts wusste. Das Bild, das er ihr mitgegeben hatte, war ohnehin schon ein Zugeständnis.

„Schade", seufzte Lenore.

Er rechnete es ihr hoch an, dass sie nicht weiterbohrte.

„Bring mich zurück, mein Lieber!", forderte sie ihn auf und hakte sich bei ihm ein.

Ethan tat ihr den Gefallen und führte sie zurück unter Deck.

Als sie erneut den stickigen Raum betraten, musste Ethan gegen einen Anflug von Übelkeit kämpfen. Er lieferte Lenore bei ihrem Begleiter ab und überlegte, ob er sich noch einen Schluck des Pseudo-Whiskeys gönnen sollte, entschied sich jedoch dagegen. Wenn man sich lang genug in dieser stickigen Kajüte aufhielt, nahm man den beißenden Geruch nach Schweiß, Alkohol und verbrauchter Luft nicht mehr so intensiv wahr. Er tauschte mit Mrs. Portman und Lenore noch ein paar Belanglosigkeiten aus, dann verabschiedete er sich.

Er war fertig. Die restliche Nacht konnte er in seinem bequemen Bett verbringen. Leider allein, aber daran hatte er sich gewöhnt. Er umrundete weiträumig eine Gruppe, die größtenteils aus Politikern und wichtigen Geschäftsmännern bestand, auf deren Gespräche er heute Abend keine Lust hatte. Sein Blick fiel auf drei junge Frauen, die in der Nähe der Bar standen und lachten. Eine hochgewachsene dunkle Schönheit mit aufgespritzten Lippen und zwei blonde Mädchen, die eindeutig in sein Beuteschema passten. Die Vorstellung, eine der beiden für ein paar Stunden Spaß mit nach Hause zu nehmen, war äußerst verlockend. Er betrachtete die Frauen genauer. Eine hatte kinnlange Haare und trug zu einem ultrakurzen Minirock lediglich ein bauchfreies Top. Sie hatte ein hübsches Profil, aber die Hakennase war für seinen Geschmack zu groß. Die zweite – er sah sie leider nur von hinten – trug die Haare offen. Sie schien endlos lange Beine zu haben, die in schwarzen High Heels steckten. Die Beine gefielen ihm überaus gut. Sie war nicht besonders groß, aber durchaus sportlich. Das enge Spaghettiträgerkleid schmiegte sich an sie wie eine zweite Haut. Er überlegte gerade, ob er das Mädchen, auf einen Drink einladen sollte, als ihm ein anderer Mann zuvorkam.

Michael Fraser gehört eine Fitnessclub-Kette in der Stadt. Der Fitnessclub-Besitzer war ein Kraftsportler, wie er im Buche stand. Ethan beschloss, die Frau wäre die Mühe nicht wert, und besah sich noch einmal das Hakennasen-Mädchen. Aber die gefiel ihm nicht halb so gut wie die andere, die Fraser ausgesucht hatte. Er ärgerte sich ein wenig, dass er zu spät war, als sich die langbeinige Blondine umdrehte.

Ethan hielt mitten in der Bewegung inne.

„Nein!“, stammelte er fassungslos.

Unmöglich! Er musste sich getäuscht haben. Das konnte einfach nicht wahr sein. Er blinzelte, aber die heiße Braut, die an Frasers Arm hing, war niemand anderes als Rayna. Rayna Morgan, die kleine Schwester seines besten Freundes. Rayna, der sanftmütige Wirbelwind, den er hatte aufwachsen sehen. Rayna, die absolut heißeste Frau, die er seit Langem gesehen hatte. Mein Gott, was war nur mit ihr geschehen? Das brave, unschuldige Mädchen hatte sich in eine Nymphe verwandelt, die der Männerwelt gehörig den Kopf verdrehte. Inklusive ihm, und das war ganz und gar nicht gut.

Mit einem Mal kam Bewegung in Ethan. Er konnte Rayna nicht hierlassen, in einem Haifischbecken voller sexgeiler Männer. Fraser hin, Fraser her, er würde darauf bestehen, dass sie mit ihm die Party verließ. Was zum Teufel machte Rayna hier? Auf einer Aurelia-Party, die in der Geschäftswelt dafür bekannt war, dass es dort junge Mädchen gab, die bereit waren, für eine Nacht einem einsamen Mann das Bett zu wärmen?

Finster starrte er in Frasers Richtung. Er musste sich eine Strategie einfallen lassen, und zwar schnell.

„Verdammt!“, murmelte Ethan, als er sah, wie Rayna schwankte und sich vertrauensvoll an Frasers breite Schulter anlehnte.

Ethan ballte die Hände zu Fäusten, um nicht die Beherrschung zu verlieren, während es in seinem Kopf arbeitete. Er kannte zwei Herangehensweisen. Anschleichen oder Auflauern? Die zweite Variante würde zu lange dauern, also würde er sich anschleichen. Aufgeben kam in seinem Wortschatz nicht vor. Sein Jagdtrieb war geweckt. Das Tier in ihm streckte sich. Er freute sich darauf. Dumm nur, dass er am Ende trotzdem leer ausgehen würde.

KAPITEL 5

Die Party war großartig, befand Rayna. Das Licht war zwar ein bisschen grell und das Boot schwankte ab und an ziemlich heftig, aber der Kerl, der ihr den Drink ausgab, konnte sich durchaus sehen lassen. Er war längst nicht so alt wie Isaak, und wenn man auf muskelbepackte Männer stand, war er genau der Richtige.

„Du wohnst hier in New Orleans? Wie kommt es, dass ich so eine Hübsche wie dich noch nicht gesehen habe?"

Vermutlich, weil du an meinem Bruder nicht vorbeigekommen bist, dachte Rayna. Sie grinste ihn an. Mathew? Maxim? Manuel? Sie konnte sich an seinen Namen nicht mehr erinnern. Vielleicht sollte sie aufhören zu trinken, aber die Cocktails hier schmeckten total gut.

„Hoppla!" Als Rayna schwankte, griff er nach ihr und stützte sie.

Ihr Dauergrinsen blieb. „Das Boot schaukelt ganz schöööön."

„Oh ja."

Er hatte so lustige Grübchen auf den Wangen, wenn er lächelte. Und die Muskeln. Rayna ließ es zu, dass er sie an sich zog. Er fühlte sich gut an, durchtrainiert und männlich. Versonnen fuhr sie über seinen Bizeps.

„Was machst du gleich noch mal?", fragte sie und wusste nicht, ob sie schon darüber gesprochen hatten.

„Mir gehören die Fitness-Fraser-Clubs."

„Wow!", nuschelte Rayna und griff nach ihrem Cocktailglas, aus dem ein grüner Strohhalm ragte. Sie brauchte drei Anläufe, bis sie es schaffte, ihn in den Mund zu nehmen.

„Der Cocktail schmeckt echt total gut."

Behutsam nahm ihr der Kerl das Glas ab, als sie versuchte, es zurück Richtung Tisch zu balancieren.

„Kann man hier auch irgendwo … hicks …" Sie schlug sich eine Hand vor den Mund und kicherte.

„Möchtest du dich ein wenig setzen? Oben an Deck gibt es gemütliche Sessel", schlug ihr Begleiter vor.

Rayna zog die Lippe zwischen die Zähne und dachte nach. Eigentlich wollte sie tanzen. Als sie sich umsah, stellte sie betrübt fest, dass die Tanzfläche leer war. Vielleicht war es doch keine so gute Idee. Trotzdem gefiel es ihr in der Kajüte. Der Beat der Musik ließ ihren Körper vibrieren und dazu der herrlich süße Cocktail. Aber den könnte sie auch mitnehmen. Das war also kein Argument. Ein bequemer Sessel dagegen schon. Doch dann fiel ihr ein, dass sie an diesem Abend auf Unterwäsche verzichtet hatte.

„Sitzen is nich gut." Oh Mann, schon wieder drehte sich alles um sie, sodass sie sich an dem Fitness-Typen festhalten musste.

„Warum denn nicht?", hakte er freundlich nach.

„Ich hab keine Unterwäsche an." Dabei grinste sie ihn an, als wäre es die logischste Erklärung der Welt.

„Oh!"

Er schob sich noch etwas näher an sie ran. Rayna spürte die Wärme seines Körpers. War er der richtige Mann für ihre erste Nacht? Er roch gut, herb und männlich. Rayna erlaubte sich, ihren Kopf auf seine Brust zu legen, und seufzte zufrieden.

Seine Hände glitten über ihre nackte Schulter den Rücken hinab. Mit verhangenem Blick sah sie zu ihm auf.

„Was hältst du davon, wenn wir zu mir fahren? Ich habe einen Whirlpool. Dort könnten wir es uns gemütlich machen."

Rayna wollte gerade antworten, als ein Räuspern hinter ihr sie unterbrach.

„Michael Fraser", wurde ihr Begleiter angesprochen. Michael. Endlich hatte sie einen Namen zu diesem Prachtexemplar von Mann. War das ein Bekannter von Michael? Sie drehte sich zu der Stimme um und blinzelte ungläubig. Ihre Augen mussten ihr einen Streich spielen, denn vor ihr stand ein dunkelhäutiger Mann in einem schicken weißen Anzug, der ihr durchaus bekannt war.

Rayna kniff die Lider zusammen, aber der Kerl verschwand einfach nicht.

Irgendwie ergab das alles keinen Sinn. Was machte Ethan hier? Er durfte nicht hier sein. Sooft sie jedoch blinzelte, er verschwand einfach nicht.

„Ethan Washington." Die beiden Männer taxierten sich. „Ich hoffe, du nimmst es mir nicht übel, aber wir waren gerade im Begriff zu gehen."

„Ethan?", krächzte Rayna, und ihre Kehle fühlte sich plötzlich viel zu trocken an.

Panik durchflutete sie. Hatte Darren herausbekommen, wo sie sich versteckte? Hatte Ethan ihren Bruder informiert?

„Du kennst ihn?", fragte der Bodybuilder überrascht und legte besitzergreifend einen Arm um sie.

„Es tut mir leid, aber ich befürchte, du hast dir die Falsche ausgesucht."

Die beiden Männer maßen sich mit Blicken. Ethan war ein wenig kleiner und auch nicht so breit gebaut, dafür sehniger und wendiger als der Fitnessclub-Besitzer.

„Du kannst mich mal", stieß Michael verärgert hervor und wirbelte Rayna so schnell herum, dass sie das Gleichgewicht verlor und sich mit einem Aufschrei an ihn klammerte.

Ethan stellte sich ihnen in den Weg. Die Männer starrten

sich finster an. Noch immer lag Michaels beschützender Arm um sie.

Ethan blieb ruhig. Abwechselnd blickte er Michael und Rayna an, schien unschlüssig.

Mit klopfendem Herzen verfolgte Rayna die Szene. Sie wollte nicht mit Ethan mitgehen. Viel lieber begleitete sie Michael heim. Sie mochte ihn. Außerdem hatte sie sich geschworen, Spaß zu haben. Sie wollte frei sein, ihre eigenen Entscheidungen treffen. Sie hatte es satt, wie ein Mädchen behandelt zu werden, sie wollte eine Frau sein. Wenn der Fitnessclub-Besitzer bereit war, sie mit sich zu nehmen, würde sie sein Angebot nicht ablehnen.

„Du kannst nicht mit ihm gehen, und das weißt du." Ethans Blick bohrte sich in sie.

Michael schob Rayna von Ethan fort. „Lass mich und meine Begleitung einfach in Ruhe, ich will hier keinen Streit mit dir anfangen."

„Ich auch nicht", erklärte Ethan. „Aber ich kann nicht zulassen, dass du mit ihr verschwindest."

Michael hob drohend eine Faust in Ethans Richtung. „Ich weiß, warum ich dich noch nie leiden konnte und wir uns bisher aus dem Weg gegangen sind. Lass mich in Ruhe, oder du wirst es bereuen."

„Hast du überhaupt eine Ahnung, wen du da vor dir hast?"

Rayna schnappte nach Luft. Das konnte Ethan nicht tun. Das würde er nicht tun. Er machte gerade alles kaputt. Seine Worte verunsicherten ihren Beschützer. Sie spürte, wie er sich verspannte.

Beruhigend strich Rayna über seinen Rücken oder hielt sich an ihm fest, das wusste sie nicht so genau. „Hör nicht auf ihn. Lass uns einfach verschwinden", bat sie leise. Sie wollte das Weite suchen, weg von Ethan, der alles verderben konnte.

„Es ist mir egal. Sie will mit mir kommen", zischte Michael und drückte Rayna fest an sich.

Rayna schnappte nach Luft.

„Das ist Rayna Morgan", gab Ethan bereitwillig Auskunft.

Michael ließ sie los, als hätte er sich verbrannt, und wich

eilig einen Schritt zurück. Rayna schwankte. Sofort war Ethan an ihrer Seite, um sie zu stützen.

„Scheiße", fluchte Michael und fuhr sich aufgebracht durchs Haar. „Ich wollte nicht … ich wusste nicht …", stammelte er betroffen.

„Michael", jammerte Rayna, die merkte, dass der Kerl kurz davor war, sich aus dem Staub zu machen.

„Sorry, Süße. Du bist echt heiß, aber es leider auch nicht wert, sich wegen dir mit Darren anzulegen." Damit machte sich Michael eilig aus dem Staub.

„Scheißkerl!", schimpfte Rayna vor sich hin. Sie war sauer auf ihn, dass er einfach so aufgab, sobald der Name ihres Bruders gefallen war, und das Weite suchte.

Als Ethan sie fortführte, wollte sich Rayna von ihm losmachen. „Lass mich!"

Eisern hielt er sie umklammert und zog sie einfach mit sich.

„Du hast mir den ganzen Abend verdorben", warf sie ihm wütend vor.

„Nein, ich habe dir den Hintern gerettet. Hast du noch etwas dabei?", fragte Ethan und sah sich suchend um.

„Ich geh nich mit dir mit!", protestierte Rayna.

„Und ob du das tun wirst." Er war ihr ganz nahe, hatte leise in ihr Ohr gesprochen. Sein warmer Atem kitzelte sie.

„Ich muss mein' Cocktail noch austrinken." Vielleicht hatte sie so eine Chance, Ethan zu entkommen.

„Du hast schon mehr als genug getrunken. Entweder du verlässt mit mir jetzt freiwillig dieses Schiff, oder ich schmeiße dich über die Schulter und trage dich raus."

Rayna krallte sich in seinen Arm, dass es schmerzen musste, doch er gab keinen Laut von sich.

„Ich hasse dich!", knurrte sie und erschrak selbst, als es sich verdächtig nach Tier anhörte.

„Beruhig dich", flüsterte Ethan alarmiert und schob sich vor sie, sodass sie vor den Blicken der anderen Gäste geschützt war. „Hast du dich unter Kontrolle?"

Rayna spürte das Kratzen der Raubkatze unter der Haut. Vielleicht hatte sie tatsächlich ein wenig zu viel Alkohol getrunken. Sie drängte das Tier zurück.

„Alles okay." Sie machte sich von Ethan los und ging ein paar Schritte. Das dumme Schiff schwankte schon wieder bedrohlich. Komisch nur, dass die anderen Gäste davon nichts mitzubekommen schienen.

Ethan ergriff ihren Arm und stützte sie.

„Danke schön", murmelte sie und ergab sich ihrem Schicksal.

„Ich bringe dich jetzt erst mal von hier fort."

Rayna schwieg. Sie wollte, dass das Schwanken aufhörte, denn schon wieder begann sich alles zu drehen.

„Ist dir übel?", erkundigte sich Ethan besorgt und schob Rayna durch die Menschenmenge.

Sie schüttelte den Kopf und krallte sich an seinem Arm fest. Fürsorglich zog er sie an sich. Rayna genoss seine Nähe und ließ den Kopf gegen Ethan sinken. *Er riecht gut*, war ihr letzter Gedanke, bevor sie das Deck erreichten und eine kühle Brise vom Meer zu ihnen wehte. Rayna fröstelte und kuschelte sich näher an Ethan.

KAPITEL 6

Ethan war sauer. Unruhig strich das Tier in seinem Körper hin und her. Es kostete ihn einiges an Beherrschung, nach außen hin ruhig zu wirken. Nicht umsonst hatte er jahrelang an seiner Selbstkontrolle gearbeitet.

Am liebsten hätte er Rayna geschüttelt, bis sie wieder zur Vernunft kam. Wusste sie nicht, in welcher Gefahr sie schwebte? Sie konnte doch nicht einfach in einem so aufreizenden Outfit auf einer Party wie dieser auftauchen und damit rechnen, dass sie mit heiler Haut davonkam. Er war sauer auf Darren, dass er nicht besser auf seine Schwester aufpasste. Er war wütend auf die Kerle, die Rayna mit Blicken auszogen. Er war sauer auf Rayna, die betrunken in seinem Arm lag und die Ernsthaftigkeit der Situation nicht begriff. Und er war verdammt noch mal wütend auf sich selbst, weil sein Körper unmissverständlich auf Raynas Körper reagierte. Oh Gott, allein das Kleid, das seiner Fantasie nicht mehr wirklich viel Spielraum ließ. Ihre Anschmiegsamkeit, auch wenn sie auf ihren Alkoholkonsum zurückzuführen war, beflügelte sein Kopfkino. Immer wieder musste er sich vor Augen führen, dass es Rayna war, die sich kichernd an ihn schmiegte.

Er stieß die Tür auf und trat mit ihr hinaus. Kühle Luft wehte vom Meer zu ihnen. Rayna neben ihm schlotterte. Er lehnte sie vorsichtig gegen die Kajüte und zog sein Jackett aus, das er ihr fürsorglich über die Schultern hängte.

Raynas Augen klappten zu.

„Hey, wach bleiben." Er schüttelte sie leicht, legte wieder einen Arm um sie und führte sie weiter. Glücklicherweise blieben sie unbehelligt. Niemand nahm Anstoß an ihnen. Eigentlich furchtbar. Keiner der Gäste schien sich um Raynas Wohlergehen zu sorgen. Eine völlig betrunkene, willenlose Frau. Wenn sie in die falschen Hände geraten wäre … Er wollte sich das überhaupt nicht ausmalen. Schon allein deshalb nicht, weil es um ein Haar so weit gekommen wäre. Wäre er nicht zufällig da gewesen, hätte Fraser Rayna mitgenommen.

Sie erreichten die Gangway, und Ethans Griff um Rayna wurde etwas fester, damit sie nicht aus Versehen ins Meer stürzte. Mit einem Kopfnicken passierten sie die zwei Männer.

„Schönen Abend!", rief ihm einer der beiden hinterher.

„Danke schön", murmelte Ethan. Wenn er nur wüsste.

„Sind wir von Bord?", nuschelte Rayna.

„Ja."

Sie machte Anstalten, sich aus seiner Umarmung zu befreien, doch er ließ es nicht zu.

„Ich will weiterfeiern", verkündete sie und blieb stehen.

Ethan schloss für einen Moment die Augen und atmete tief durch. „Rayna, du bist betrunken."

„Na und? Ich bin erwachsen und kann tun und lassen, was ich will."

„Hm …", brummte er und schob sie weiter.

Etwas widerwillig setzte sie sich in Bewegung. Immerhin.

„Das habe ich ernst gemeint", beschwerte sich Rayna.

Ethan antwortete nicht. Mit logischen Argumenten würde er bei ihr nicht weiterkommen.

„Lass mich endlich los. Ich hab beschlossen, den Abend zu genießen.“ Sie machte sich von ihm los und schwankte ein paar Schritte, ehe sie sich zu ihm umdrehte. Er hielt sie an den Oberarmen fest, bevor sie das Gleichgewicht verlor. Wie ein Stein ließ sie sich gegen seine Brust plumpsen.

„Soll ich dir ein Geheimnis verraten?“ Sie kicherte.

Es fühlte sich so verdammt gut an, sie im Arm zu halten. Sie hatte die perfekte Größe. Ihr Kopf passte genau in seine Halsbeuge. „Hm …“, murmelte er, unsicher, ob er wirklich dieses Geheimnis erfahren wollte.

„Ich werde heute Nacht einen Kerl aufreißen.“

Ethan schluckte. Da stand er, mit einer äußerst willigen Frau im Arm, die ihm gerade …

„Ich will heute Nacht Sex haben“, präzisierte sie ihre Aussage.

Für eine halbe Sekunde dachte Ethan darüber nach, was geschehen würde, wenn er Rayna mit nach Hause nahm. Ihr biegsamer Körper in seinem Bett. Nein! Er verbot sich jeden weiteren Gedanken. Es war doch Rayna. Das musste er sich nur immer wieder vor Augen führen. Dennoch hielt es seinen Körper nicht davon ab, Blut in seine Lenden zu pumpen.

„Du bist zu betrunken, um weiterzufeiern. Verschiebe deine Abenteuer auf ein anderes Mal, wenn du nüchterner bist.“ Er führte sie weiter. Nur noch ein kleines Stück. Da vorne musste irgendwo sein Lamborghini parken.

„Ich bin nich betrunken. Die Welt schwankt nur ’n wenig. Das sind die Wellen.“

Es hatte einfach keinen Sinn. „Wir sind auf dem Festland. Hier schwankt absolut nichts mehr.“

Verblüfft, als würde Rayna ihre Umgebung zum ersten Mal sehen, blickte sie sich um. „Stimmt“, murmelte sie überrascht.

„Mein Wagen steht um die Ecke, ich fahr dich heim.“

Er spürte genau, wie sich Rayna in seinen Armen versteifte. Glücklicherweise blieb sie diesmal nicht stehen, sondern ließ sich von ihm weiterschieben.

„Heim?“, äffte ihn Rayna nach. „Wohin heim? Nach Cheetah Manor oder zum Campus? Weißt du was, ich verzichte drauf."

„Nun sei doch vernünftig", stöhnte er. Sie hatten den Lamborghini beinahe erreicht. „Mir ist egal, wo ich dich hinfahre, solange du nicht allein durch New Orleans streifst."

„Ich will nich nach Hause." Eine dicke Träne rollte über Raynas Wange. Weitere folgten.

Mein Gott, sie fing doch jetzt nicht auch noch zu weinen an. Er war doch ohnehin schon verzweifelt. Wenn sie jetzt weinte, wäre er vollkommen mit der Situation überfordert. Er nahm sie tröstend in den Arm. Bereitwillig ließ Rayna das zu und schmiegte sich vertrauensvoll an ihn.

„Du kannst auch mit zu mir kommen", bot er an und bereute es im selben Augenblick bereits. Das war keine gute Idee. Ganz und gar nicht.

„Danke", schluchzte Rayna und krallte sich an seinem Hemd fest, das bereits durchnässt war von ihren Tränen.

„Komm!" Ethan wollte doch nur diesen verdammten Wagen erreichen. „Wir sind gleich da." Er führte Rayna um ein parkendes Auto, entriegelte den Lamborghini und öffnete die Beifahrertür.

„Wow, is das deiner?" Bewundernd strich Rayna über den dunkelblauen Lack des Flitzers.

„Ja." Damit hob er sie einfach hoch und setzte sie auf den Beifahrersitz. „Kannst du dich allein anschnallen?"

Rayna nickte, und er schloss die Tür hinter ihr. Während er um den Lamborghini ging, atmete er mehrere Male tief durch. Der Abend entwickelte sich zum absoluten Albtraum. Gerne wäre er jetzt ein paar Schritte gelaufen, um einen klaren Kopf zu bekommen. Doch es blieb ihm nichts anderes übrig, als zu Rayna in den Sportwagen zu steigen.

Sie hatte den Kopf gegen die Fensterscheibe gelegt und die Augen geschlossen. Ethan startete den Motor und gab Gas. Schweigend fuhr er durch das nächtliche New Orleans. Immer wieder blickte er zu Rayna hinüber, die friedlich schlief. Wenn er jetzt nach rechts abbog, würde er zum Campus gelangen. Fuhr er weiter, käme er zu seiner Wohnung.

„Ich hab nachgedacht."

Sein Blick huschte zu seiner Beifahrerin, die wohl doch nicht so tief und fest schlief, wie er angenommen hatte.

Verdammt! Er hatte die Ausfahrt verpasst. Dann also doch zu ihm. „So?“, murmelte er und konzentrierte sich auf die Straße, um an einem Kleintransporter vorbeizuziehen.

„Findest du mich attraktiv?“

Ihre Frage verblüffte ihn. Sie hatte die Augen geöffnet, sah ihn abwartend an. Sein Blick wanderte weiter, über ihre fast nackten Schultern, die festen Brüste, das viel zu enge Kleid und die unglaublich langen Beinen, die es ihm ohnehin angetan hatten. Plötzlich war es im Wagen viel zu heiß. Er schluckte und konzentrierte sich hastig auf die Fahrbahn.

„Bin ich hübsch?“, fragte sie noch einmal und rutschte etwas näher an ihn heran.

Das Auto war doch schon so viel zu eng. Da musste sie nicht noch näher rutschen. „Natürlich bist du das“, erklärte er unwirsch, weil er ihre Gefühle nicht verletzen wollte. Sie war nicht nur hübsch, sie war verdammt sexy. Aber das konnte er ihr natürlich nicht sagen. Schließlich war sie Darrens kleine Schwester.

Ihre Hand legte sich auf seinen Oberschenkel, verdammt nah zwischen seine Beine. Er biss die Zähne zusammen. „Rayna“, knurrte er warnend. Seine Selbstbeherrschung hing an einem seidenen Faden. Er musste sich auf den Verkehr konzentrieren. Er musste seine Wohnung erreichen und aus diesem viel zu engen Wagen herauskommen. Schweiß bildete sich auf seiner Stirn.

„Willst du keinen Spaß mit mir haben?“

Seine Finger klammerten sich fester um das Lenkrad. Doch, das wollte er. Nein, das wollte er natürlich nicht! Solange sie ihre Hand dort hatte, konnte er nicht vernünftig denken. Womit verdiente er so eine Bestrafung? Er war doch auch nur ein Mann.

„Nimm deine Hand da weg!“, zischte er unfreundlich.

„Gefällt dir nich, was ich tu?“, fragte Rayna unschuldig.

Ethan hatte genug. Er griff nach ihrem Handgelenk und zog es von sich, als wäre es eine heiße Kartoffel.

Beleidigt verschränkte Rayna die Arme vor der Brust. Zumindest schwieg sie und brach nicht wieder in Tränen aus. Er ärgerte sich, dass er sich selbst um diese einmalige Chance brachte, aber wenn er Rayna gewähren ließ, würde es kein gutes Ende nehmen. Spätestens am nächsten Morgen würde sie ihn dafür hassen.

Verdammt, es war Rayna, die da neben ihm saß! Er versuchte sich Bilder von ihr ins Gedächtnis zu rufen, harmlose Bilder. Doch immer, wenn er neben sich schielte und einen Blick auf ihre phänomenalen Beine erhaschte, sah er sie zwischen zerwühlten Laken oder wie sie diese unendlich langen Beine um seine Mitte legte.

Erleichtert fuhr er in die Tiefgarage und parkte den Lamborghini neben seinem Pick-up. Er stieg aus, umrundete den Wagen und öffnete Rayna die Tür. Es dauerte ewig, bis sie ihre Beine auf den Boden setzte. Sie war leichenblass. Besorgt ging er vor ihr in die Hocke.

„Alles okay bei dir?“

„Mir is so übel.“

Ethan ahnte Schlimmes. Kurzerhand hob er sie hoch. Ihr Rock rutschte hoch, und er spürte ihren blanken Hintern unter seiner Hand. Ihm wurde noch heißer. Aber er hatte keine Zeit, sich mit Raynas Unterwäsche – oder präziser ausgedrückt, ihrer fehlenden Unterwäsche – auseinanderzusetzen. Er musste sie hinaufbringen, bevor ihr Magen vollkommen rebellierte.

Erschöpft ließ Rayna den Kopf gegen seine Schulter sinken. Hoffentlich schafften sie es noch bis nach oben. Mit schnellen Schritten steuerte er auf den Aufzug zu, drückte den Knopf zu seiner Wohnung, die unter dem Dach lag, und wartete ungeduldig darauf, dass sich der Lift endlich in Bewegung setzte.

Rayna stöhnte.

Ethans Blick war auf die Leuchtziffer gerichtet, die das Stockwerk anzeigte. Noch drei, zwei, eins. Ein *Bling* ertönte, und die Türen schoben sich auf. Mit ein paar langen Schritten durchquerte er den Flur. Eilig gab Ethan den Zahlencode ein, der seine Wohnungstür entriegelte, und drückte diese mit dem

Rücken auf.

„Mir ist so übel“, jammerte sie noch einmal.

Er beeilte sich einzutreten. Mit dem Fuß stieß er die Tür zu, die krachend ins Schloss fiel. Ohne weiter Zeit zu verschwenden, steuerte er direkt das Bad an. Sie hatten es geschafft. Vorsichtig ließ er Rayna runter, die sich am Waschbecken festklammerte und verwirrt um sich blickte.

„Wo bin ich hier?“

„Im Bad.“

Mit ihren großen Augen sah sie ihn fragend an. Dann veränderte sich ihre Miene. Sie schwankte, schaffte es gerade noch zur Toilette und ließ sich davor nieder. Ethan war mit zwei Schritten bei ihr, öffnete den Toilettendeckel und streifte Rayna die Haare aus dem Gesicht. Keine Sekunde zu früh. Ihr Mageninhalt ergoss sich in die Porzellanschüssel.

Immer und immer wieder erbrach Rayna. Ethan konnte nichts anderes tun, als daneben zu stehen und ihre Haare zu halten.

Schließlich würgte sie nur noch. Er ließ sie einen Moment allein, um ein Glas Wasser zu holen. Während sie schon halb schlief, flößte er ihr ein wenig der Flüssigkeit ein. Dann hob er sie hoch und trug sie ins Schlafzimmer. Kaum hatte er sie auf dem Bett abgelegt und die High Heels von den Füßen gezogen, rollte sie sich zusammen und schlief augenblicklich ein.

Etwas unschlüssig saß Ethan neben ihr und schaute ihr beim Schlafen zu. Sie sah so wunderschön aus. Dieses Bild, Rayna in seinem Bett, würde sich, so lange er lebte, in sein Gedächtnis einbrennen. Ethan schloss die Augen und rang um Fassung. Er musste raus aus diesem Zimmer, sonst täte er Dinge, die er bereuen würde. Eilig stand er auf und schloss leise die Tür hinter sich. Sein Begleiter in dieser Nacht würde die Couch sein.

KAPITEL 7

Rayna kuschelte sich in die warme Decke. Sie wollte nicht wach werden. Schon jetzt spürte sie das Pochen in ihrem Kopf und befürchtete, dass dieser explodierte, wenn sie die Lider öffnete. Das helle Tageslicht schien ihr jedoch direkt in die Augen, und sie blinzelte. Tatsächlich, ihr Schädel brummte noch mehr. Stöhnend zog sie die Decke über den Kopf, wurde eingehüllt von diesem unbekannten und gleichzeitig doch vertrauten Geruch, der ihr so gut gefiel.

Sie wollte weiterschlafen, sich dieser grausamen Welt entziehen, aber das Pochen in ihrem Kopf nahm zu, bis Rayna es einfach nicht mehr aushielt. Zuerst schlug sie die Decke beiseite. Dann linste sie vorsichtig zwischen zusammengekniffenen Lidern hindurch. Sie legte geblendet einen Arm über die Augen und wartete darauf, dass der Schmerz und die Übelkeit nachließen. Wo war sie hier? Vorsichtig, ja keine schnelle Bewegung machend, lugte sie an ihrem Arm vorbei und sah sich selbst in einem monströsen Spiegel, der über dem Bett hing. Perplex starrte sie sich an. Ihr Gehirn brauchte einige Augenblicke, bis ihr zwei Dinge klar wurden. Das war nicht ihr Zimmer, nicht ihr Bett. Und noch viel schlimmer, sie trug nichts als das Spaghettiträgerkleid, das über ihre Hüften gerutscht war und ihren nackten Unterleib entblößte.

Ruckartig setzte sie sich auf und bereute sofort die schnelle Bewegung, als ein stechender Schmerz sie zusammenzucken ließ. Sie hielt sich den Kopf und wartete darauf, dass das Pochen nachließ.

Es wurde ein wenig besser, allerdings nur so lange, wie sie sich nicht bewegte. Aber sie konnte doch nicht ewig unbeweglich sitzen bleiben. Wo war sie hier? Was machte sie in diesem fremden Bett? Den Schmerz, so gut es ging, ignorierend, sah sie sich um. Sie saß auf einem riesigen Kingsize-Bett mit einem Spiegel an der Decke. Ein großer Kleiderschrank zu ihrer Linken, ein Fenster ihr gegenüber, durch das die Sonne sie geweckt hatte. Zu ihrer Rechten zwei kleinere Kommoden, ein schwarzer Sessel neben der Tür. Alles sauber, alles aufgeräumt. Männlich.

Rayna kämpfte die aufkeimende Panik nieder, robbte zur Bettkante und schwang die Füße hinaus. Sie hatte nicht nur furchtbare Kopfschmerzen, sondern auch einen Filmriss. Ein Zustand, den sie in diesem Ausmaß noch nie erlebt hatte. Was war in der letzten Nacht geschehen? Sie konnte sich an absolut nichts erinnern. In wessen Wohnung war sie gelandet? Hatte sie … Sex gehabt? Irgendwie hatte sie sich ihr erstes Mal anders vorgestellt. Sie horchte in sich hinein. Klar, sie fühlte sich verschwitzt und klebrig, aber ansonsten unverändert.

Bevor noch jemand das Zimmer betreten konnte, stand sie eilig auf und zupfte ihr Kleid zurecht. So gut es mit dem kurzen Fetzen eben möglich war. Heute erschien ihr das Kleid viel zu knapp.

Angestrengt lauschte sie, hatte Angst davor, was sie am anderen Ende der Tür hören könnte. Es drangen jedoch keine verräterischen Geräusche an ihr Ohr. Nur das gleichmäßige Rauschen des Verkehrs.

Da es ihr an Mut fehlte, die Tür zu öffnen, trat sie ans

Fenster. Ein überwältigender Ausblick auf New Orleans.

„Wow!“, entfuhr es ihr. Gebannt starrte sie über die Dächer der Großstadt. So hatte sie New Orleans noch nie gesehen.

Sie versuchte abzuschätzen, wo sie in etwa war, fand jedoch keinen Anhaltspunkt. Auch die Zimmereinrichtung gab keinen Aufschluss über den Besitzer. Es würde kein Weg daran vorbeiführen, das Zimmer zu verlassen und sich dem, was sich auf der anderen Seite befand, zu stellen.

Rayna zupfte noch einmal an ihrem viel zu kurzen Kleid. Ohne Unterwäsche fühlte sie sich furchtbar entblößt, nackt. Es war eine totale Schnapsidee gewesen, auf einen Slip zu verzichten.

Sich selbst Mut zusprechend öffnete sie vorsichtig die Tür und spähte hinaus. Eine modern eingerichtete, sonnendurchflutete Wohnung. Alles offen. Eine Hochglanzküche, ein massiver Esstisch aus Eiche mit lederbezogenen Stühlen. Eine gemütliche Ledercouch mit einer teuer aussehenden Heimkinoanlage, die jeden Technikfanatiker in Entzücken versetzt hätte. Die Einrichtung war eindeutig männlich. Keine Pflanzen, nichts Verspieltes. Die breite Fensterfront, die sich ihr gegenüber befand, ließ sie auf eine riesige Dachterrasse blicken. Zumindest schien der Kerl nicht verheiratet zu sein.

Die Wohnung war leer. In was hatte sie sich da nur hineingeritten?

Rayna trat näher an den Esstisch und fand dort eine Packung Schmerztabletten, ein Glas Wasser und einen Zettel. Ohne groß nachzudenken, griff sie nach dem Blister, ließ zwei Tabletten in die Hand fallen und spülte sie mit dem halben Glas Wasser hinunter. Sie konnte nur hoffen, dass die Medizin schnell ihre Wirkung entfaltete und diese furchtbaren Kopfschmerzen rasch verschwanden.

Erst dann ließ sich Rayna auf einen Stuhl nieder und griff nach dem Zettel.

Für deinen Kater. Ich bin eine Runde joggen und bringe Frühstück mit. Dann reden wir.

Na super. Keine Unterschrift. Und sie konnte sich absolut nicht erinnern, wie sie hergekommen war, geschweige denn mit wem. Wie schlimm hatte sie sich aufgeführt? Hatte sie mit dem Kerl Sex gehabt? Sosehr sie versuchte, sich zu erinnern, das Letzte, was sie wusste, war, dass sie sich auf diesem Party-Schiff befunden hatte. *Aurelia.* Was dann passiert war – nichts. Nur ein schwarzes Loch.

Reden? Worüber wollte der Kerl mit ihr reden? Würde er sie abservieren? Ihr erklären, dass die Nacht nett gewesen war, sie aber aus seinem Leben verschwinden sollte? Eine seltsame Leere überkam sie, und Rayna wusste nicht einmal, weshalb. Sie kannte den Typ nicht, und er bedeutete ihr auch absolut nichts.

Sollte sie hierbleiben und warten, bis er kam, oder konnte sie sich einfach aus dem Staub machen? Wo befand sie sich eigentlich? Und Geld hatte sie immer noch keins. Natürlich könnte sie die Schränke nach etwas Bargeld durchsuchen, aber wer auch immer der Kerl war, er verdiente es nicht, bestohlen zu werden. Etwas unschlüssig saß sie herum und wartete. Sie konnte nicht einfach so abhauen, musste wissen, was in der letzten Nacht geschehen war. Und sie brauchte dringend eine Dusche, um sich den Schmutz der vergangenen Nacht vom Körper zu waschen. Das Gefühl, dreckig zu sein, war so übermächtig, dass sie sich am liebsten auf der Stelle das Kleid vom Leib reißen wollte. Suchend sah sich Rayna um. Neben dem Schlafzimmer fand sie eine weitere Tür. Sie öffnete diese und entdeckte dahinter ein geräumiges Büro mit einem riesigen Aktenschrank. Kurz spielte sie mit dem Gedanken, dort nach der Identität des Wohnungsbesitzers zu suchen. Nein, zuerst eine Dusche.

Mit dem zweiten Anlauf hatte sie Glück. Ein schickes Badezimmer mit einer herrlich einladenden Duschkabine lag vor ihr. Sie zögerte nicht lange, suchte in den Schränken nach einem Handtuch und Seife und streifte das Kleid ab.

Das warme Wasser war herrlich. Rayna rubbelte über ihre Haut, bis diese rosig glänzte. Aus Angst, ihr Gastgeber würde bald wieder zurückkehren, beeilte sie sich fertig zu werden und verließ schnell die Dusche. In ein Handtuch gewickelt stand sie wenig später im Schlafzimmer und suchte im Kleiderschrank nach etwas zum Anziehen. Der Kerl musste ziemlich viele Anzüge tragen, zumindest hing der Schrank voll davon. Schließlich entschied sie sich für ein T-Shirt, das mindestens so lang war wie ihr Kleid. In der Kommode fand sie Unterwäsche. Die Boxershorts waren aber viel zu weit. In die würde sie glatt zweimal reinpassen. Zum Glück wurde sie in der untersten Kommodenschublade fündig. Dort lag eine Trainingshose mit Kordel. Von der Länge her musste sie die Hosenbeine zwar etliche Male umstülpen, aber zugeknotet rutschte ihr die Hose zumindest nicht von der Hüfte.

Der Summer an der Wohnungstür sprang an, und mit einem *Klack* öffnete sich die Tür.

„Ich bin zurück!", rief eine Männerstimme.

Völlig panisch hastete Rayna aus dem Schlafzimmer und erstarrte, als sie ihren Gastgeber sah. Das war der Mann, mit dem sie die Nacht verbracht hatte? Ihr wurde abwechselnd heiß und kalt. Vor ihr stand Ethan. Ethan Washington, der beste Freund ihres Bruders. Der Anwalt der Familie. Er ging auf Cheetah Manor ein und aus, kannte sie, seit sie denken konnte. Jeder Fremde wäre besser gewesen. Warum ausgerechnet Ethan?

KAPITEL 8

Ethan war zurück. Hoffentlich glaubte ihm Rayna, dass er gejoggt war. Wie jeden Morgen war er zum Waldrand gefahren und mit seinem Sportoutfit zwischen den Bäumen verschwunden. Natürlich war er durch das Unterholz gerannt, nur nicht so, wie sie annahm.

Sie kann damit umgehen, wisperte eine Stimme tief in seinem Inneren. Nein, das konnte sie nicht. Sie mochte selbst eine Gestaltwandlerin sein, aber sein Geheimnis blieb am besten das, was es war: ein Geheimnis. Lediglich Darren wusste davon, sonst niemand, und so sollte es auch bleiben.

Als Ethan seine Wohnung betrat, war er weder ausgepowert noch verschwitzt. Ganz so, als wäre er lediglich zum nächsten Supermarkt gefahren und hätte Einkäufe erledigt.

„Ich bin zurück!“, rief er, um sie vorzuwarnen. Er glaubte zwar nicht, dass sie noch im Bett lag, aber es war dennoch ein seltsames Gefühl, in seine Wohnung zurückzukehren und zu wissen, sie war da.

Rayna kam aus dem Schlafzimmer gehastet. Als sie ihn erblickte, erstarrte sie zu Eis.

Er schluckte. So hatte er sich den Empfang nicht vorgestellt. Sie blickte ihn an, als wäre er plötzlich grün anstatt braun im Gesicht.

Eigentlich hatte er sich gefreut, sie zu sehen. Sie trug eines seiner T-Shirts und die Jogginghose, die er ganz unten in der Schublade aufbewahrte, weil sie ihm eigentlich zu klein war. An ihr wirkte alles viel zu groß. Sein Kopfkino sprang an, und vor seinem inneren Auge manifestierte sich das Bild von Rayna, wie sie sich in seinem Bett rekelte.

„Wie ich sehe, geht es dir besser", stellte Ethan nüchtern fest, um sich wieder auf den Boden der Tatsachen zu katapultieren. Hastig ging er an ihr vorbei in die Küche. Er musste sich bewegen, etwas tun. Dort stellte er die Papiertüte ab und begann die Einkäufe einzuräumen.

Noch immer sagte Rayna kein Wort.

„Ich habe Frühstück mitgebracht. Was hältst du von Pancakes?" Er lächelte vor sich hin. Natürlich wusste er, dass Rayna Pancakes liebte. Viel zu oft hatte er schon mit ihr gemeinsam auf Cheetah Manor gefrühstückt. Doch jetzt hier in seiner Wohnung, war es anders, vollkommen anders.

„Rayna?", fragte er noch einmal, da sie immer noch schwieg. Er ging auf sie zu, wollte sie berühren, sie in die Wirklichkeit zurückholen.

Der gehetzte Ausdruck auf ihrem Gesicht vertiefte sich. „Bleib weg!" Sie wich zurück, schlang die Arme um sich, als bräuchte sie etwas, an dem sie sich festhalten konnte.

Ethan zwang sich, ihrem Wunsch nachzukommen und auf Abstand zu bleiben. Dabei sehnte er sich danach, sie in die Arme zu schließen, ihr Halt und Trost zu spenden.

„Ich … wir haben doch nicht … ich lag in deinem Bett", stammelte Rayna ängstlich.

Ethans Kiefer mahlte, so fest biss er die Zähne zusammen. Warum war er eigentlich so sauer? Weil er in der vergangenen Nacht einen klaren Kopf behalten hatte? Weil er sich nicht das genommen hatte, wonach ihm verlangte? Weil sich Rayna an nichts erinnerte? Letzteres war bei ihrem Zustand gestern Nacht nicht wirklich verwunderlich.

„Beruhige dich. Es ist nichts passiert, also zumindest nicht zwischen uns.“

Erleichtert atmete Rayna aus und ließ sich auf einen Stuhl nieder. „Ich kann mich an absolut nichts erinnern“, gestand sie.

Ethan begann in einer Schüssel die Zutaten für die Pancakes zu mischen. „Du warst völlig betrunken.“

„Wie hast du mich gefunden? Hat Darren dich geschickt?“ Ein leichter Anflug von Panik schwang in ihrer Stimme mit.

„Nein.“ Ethan blickte nicht zu ihr auf. „Es war eher Zufall. Ich hatte etwas Geschäftliches auf der *Aurelia* zu erledigen.“ Er wollte nicht zu viel preisgeben. Rayna wusste nichts von dem Video oder von dem Mord an ihrem Bruder Brain. Für sie war es ein bedauerlicher Unfall gewesen, und so sollte es auch bleiben. Immer wieder ertappte er sich dabei, dass er Rayna beschützen wollte. Hatte Darren so auf ihn abgefärbt? Er kannte Rayna lange, sehr lange. Eigentlich seit er mit Darren befreundet war. Nur zu gut erinnerte er sich an den dunkelblonden Wirbelwind, der sie damals gewesen war. Sie hatte sich verändert, war erwachsen geworden. Gerade seit jenem Vorfall. Aus Unwissenheit hatte Sarah, Darrens jetzige Frau, ein Amulett mit nach Cheetah Manor gebracht, das die Lebensenergie der Gestaltwandler aussog. Rayna hätte es beinahe nicht überlebt. In letzter Minute war es Darren gelungen, sie zu retten.

Ethan wandte sich ab, holte eine Pfanne aus der Schublade und stellte sie auf den Herd. Dann griff er nach dem Öl und gab etwas hinein.

Er war nicht ganz unschuldig an der Situation gewesen. Noch heute machte er sich Vorwürfe deswegen. Schließlich war er es, der Rayna von Cheetah Manor zurück zum Campus gefahren hatte. Er hätte merken müssen, in welcher Verfassung sie war, hätte sie nicht allein lassen dürfen.

Er goss drei Teigkleckse in die Pfanne. Es zischte, und er schaltete die Temperatur niedriger.

„*Aurelia*?“, fragte Rayna nachdenklich. „War das nicht diese

Yacht?“

„An die erinnerst du dich also noch“, stellte er fest.

„Ja. Ich wollte in einen Club gehen, aber der war bereits voll. Dann kam …“ Sie überlegte kurz. „Beatrice von der Starlight-Agentur.“

Ethans Meine verfinsterte sich.

„Sie brachte mich und die anderen Mädchen auf die Yacht. An viel mehr kann ich mich nicht erinnern.“

„Ist vielleicht besser so“, murmelte Ethan vor sich hin und wendete die Pancakes.

„Habe ich mich schlimm aufgeführt?“

Er überlegte, was er ihr erzählen sollte. Dass sie mit Michael Fraser mitgehen wollte, dass sie ihn angebaggert, oder dass sie sich in seinem Bad übergeben hatte? „Ich habe dich mitgenommen, und da du nicht nach Hause wolltest, sind wir hierhergefahren.“ Es war zumindest keine Lüge. „Du im Bett, ich auf der Couch.“

Ein Schatten huschte über Raynas Gesicht. War sie ein wenig enttäuscht? Nein, er musste sich irren.

Er holte die Pancakes aus der Pfanne, legte sie auf einen Teller und goss die nächsten Teigkleckse hinein.

„Findest du es nicht etwas unverantwortlich, dich nachts allein in New Orleans herumzutreiben? Das hätte auch ganz schön schiefgehen können.“ Den Seitenhieb konnte er sich einfach nicht verkneifen.

Rayna blickte zu Boden. Oha, da hatte er wohl in ein Wespennest gestochen. Etwas musste vorgefallen sein. War sie vielleicht überhaupt nicht allein gewesen und hatte sich dann mit ihren Begleitern gestritten? Vielleicht mit ihrer Mitbewohnerin Alice?

Ganz in Ruhe briet er die Pancakes fertig. Dann stellte er sie zusammen mit zwei Tellern, Ahornsirup und einem Glas mit roten Früchten auf den Tisch. Mit zwei Tassen frischem Kaffee setzte er sich Rayna gegenüber.

Sie hatte noch immer kein Wort gesagt. Schweigend belud sie ihren Teller und gönnte sich eine große Portion Ahornsirup.

Er schaute ihr zu, wie sie die erste Gabel in den Mund steckte und vor Genuss die Augen verdrehte. „Die schmecken köstlich“, stöhnte sie. „Mindestens so gut wie die von Mary.“

Ethan grinste. Wenn das kein Lob war. Die Kochkünste der Haushälterin auf Cheetah Manor waren legendär.

Ethans Handy vibrierte. Er zog es hervor und sah auf das Display.

„Darren“, erklärte er, ehe er das Telefongespräch annahm.

„Was gibt es Wichtiges, dass du mich beim Frühstück stören musst?“

„Rayna ist verschwunden. Du musst sofort los und sie suchen“, erklärte ihm sein Freund am anderen Ende der Leitung.

„So, Rayna ist also verschwunden?“ Belustigt blickte er die Frau ihm gegenüber an, die heftig den Kopf schüttelte. Ihr Bruder sollte also nicht wissen, dass sie bei ihm war.

„Sie hat mitbekommen, dass Dave und Alice mir Bericht erstatten“ gestand Darren zerknirscht.

„Also ehrlich, dann wundert es mich nicht, dass sie abgehauen ist.“

„Du musst sie finden. Ich muss mit ihr reden!“

Ethan sah zu Rayna hinüber, die unruhig auf ihrem Stuhl hin und her rutschte.

„Hör zu! Ich bin nicht allein hier. Lass mich in Ruhe fertig frühstücken. Dann werde ich Rayna suchen und sie nach Cheetah Manor bringen“, versprach er seinem Freund.

„Danke dir. Entschuldigung für die Störung. Ich hoffe, die Kleine ist heiß.“

Ethan legte ohne Gruß auf. Ja, das war sie. Rayna war definitiv heiß, vor allem in seinen Klamotten. Aber das würde er schön für sich behalten.

Er legte das Telefon beiseite und sah Rayna an.

„Danke für den Aufschub.“

„Möchtest du nicht darüber reden?“, erkundigte er sich.

„Worüber?“ Sie glich einer verwundeten Antilope, die sich verzweifelt gegen ihren Angreifer zur Wehr setzte. Aber er war nicht der Jäger. „Darüber, dass Darren den Typ bezahlt hat, den ich nett fand, um mit mir auszugehen? Anstatt mit mir eine Party zu besuchen, hat er mich in einen langweiligen Diner geschleift." Rayna lachte freudlos auf. „Er hat auch Darrens Anweisungen befolgt und schön brav seine Finger bei sich gelassen. Weißt du, wie sich das anfühlt?"

Tränen sammelten sich in ihrem Augenwinkel, und Rayna versuchte verzweifelt sie wegzublinzeln. Hilflos saß Ethan da, wusste nicht, was er tun sollte.

„Und dann muss ich auch noch erfahren, dass sich meine beste Freundin heimlich und hinter meinem Rücken ebenfalls mit Darren austauscht. Ich fühle mich so …" Sie brach ab und barg ihr Gesicht in ihren Händen.

Ethan wusste nicht, was er tun sollte. Er kam sich ebenso hilflos vor wie Rayna. Zögernd erhob er sich, ging um den Tisch herum. Dann stand er vor ihr. Was sollte er tun? Er konnte Raynas Frust nachvollziehen. Vermutlich hätte er anders reagiert als sie. Er wäre auf direktem Weg zu Darren gefahren und hätte ihm eine reingehauen. Und genau das war er gerade versucht zu tun. Darren war schuld, dass Rayna litt. Kein Mann hatte das Recht, sie zum Weinen zu bringen, egal ob es ihr Bruder war oder nicht. Er wollte Rayna beschützen. Vor der Welt, vor Männern wie Fraser und ganz besonders vor Darren. Was da in ihm keimte, waren alles andere als brüderliche Gefühle. Verdammt.

Hilflos strich er über Raynas Haar, wollte sie irgendwie trösten. Mit einem Seufzen schlang sie die Arme um seine Mitte und barg ihr Gesicht an seinem Bauch.

Ethan erstarrte. Rayna so dicht an sich zu spüren, hatte absolut nichts mehr mit Trösten zu tun. Wenn sie nur ein wenig tiefer ginge … Er hielt die Luft an, um keine falsche Bewegung zu machen.

Rayna dagegen schmiegte sich an ihn, weinte in sein T-Shirt.

Er musste die Bilder, die Gefühle verbannen. Es war der falsche Zeitpunkt, und er war der Falsche für sie. Sanft strich er über ihr Haar. Es fühlte sich wunderbar weich an, wie es durch seine Finger glitt.

Nach einer Ewigkeit löste sich Rayna von ihm. Eilig trat er zurück, wandte sich ab, damit sie durch die enge Hose nicht seine Bereitschaft mitbekam. In der Küche hatte er doch ein Päckchen Papiertaschentücher gesehen? Er fand sie und legte die Packung vor Rayna ab, während er sich auf die andere Seite des Tisches verkrümelte, um ein wenig Abstand zwischen sie zu bringen.

„Danke, dass du zugehört hast." Rayna schniefte in das Taschentuch und wischte sich anschließend mit dem Handrücken über die Augen. Dann lächelte sie ihn an.

Es traf ihn mitten ins Herz und er fühlte sich noch schuldiger als davor. Natürlich hatte er davon gewusst, dass Darren „auf Rayna aufpasste". Auch wenn er Darrens Methoden nicht guthieß, unternommen hatte er dagegen nichts.

„Ich habe zu Darren gesagt, ich bringe dich später nach Cheetah Manor."

Rayna blickte zur Seite. „Ich will nicht mit ihm reden."

„Dann wird er herkommen, und ich weiß nicht, ob das so viel besser ist."

Sie sah ihn wütend an. „Und was soll ich deiner Meinung nach tun? Ist es in Ordnung, wenn er jeden meiner Schritte von Dritten überwachen lässt? Ich glaube kaum, dass Dave und Alice die Einzigen sind."

Nein, das waren sie nicht. Da waren noch der Chef vom Sicherheitspersonal und ein paar weitere Studenten, mit denen Rayna regelmäßig Kontakt hatte. Aber er würde nicht derjenige sein, der Rayna das sagte.

„Ich kann an der Uni niemandem mehr trauen. Bei jedem, den ich treffe, muss ich mich fragen, ob er von Darren angestiftet wurde."

„Jetzt aber mal halblang, Rayna", versuchte er sie zu beruhigen. „Darren mag seine Fehler haben, aber er tut es doch nur, um dich zu beschützen."

„Wovor bitte muss er mich beschützen? Ich bin in New Orleans."

Ethan biss sich auf die Innenseite seiner Wange, um nichts

Falsches zu sagen. New Orleans war gefährlich. Die Stadt wimmelte von Chowilawu-Indianern. Und Brains Mörder wurde auch noch nicht gefasst. Solange er nicht herausfand, wer ihn umgebracht hatte, konnte Rayna durchaus in Gefahr schweben.

„Rayna, versuche ihn doch zu verstehen."

Trotzig verschränkte sie die Arme vor der Brust. „Ich bin keine drei Jahre alt. Wovor auch immer Darren glaubt mich beschützen zu müssen, es rechtfertigt nicht, in meinem Leben zu schalten und walten, wie es ihm gerade passt."

Ethan nickte. Er saß ziemlich in der Zwickmühle. Dabei verstand er Rayna, aber eben auch Darren, und wenn dieser seiner Schwester mehr erzählen würde, hätte auch Rayna Verständnis für sein Handeln.

„Bitte sag ihm nicht, dass ich bei dir war", bat Rayna.

Er nickte, war erleichtert, dass sie von sich aus das Thema wechselte.

„Ich bin nächste Woche geschäftlich unterwegs. Wenn du möchtest, kannst du einen Schlüssel zu der Wohnung haben." Ethan hätte sich am liebsten geohrfeigt. Warum tat er so etwas? Allein die Vorstellung, sie würde während seiner Abwesenheit hier leben, in seinem Bett schlafen, trieb ihm den Schweiß auf die Stirn.

„Wo fährst du hin?" Rayna klang ernsthaft interessiert.

„Nach Deutschland. Ich muss dort ein paar Nachforschungen anstellen." Er hätte ihr gerne erzählt, dass er nach dem Mann suchte, der Brain umgebracht hatte, damit sich so ein tragischer Unfall nicht noch einmal wiederholte. „Sarah hat mir angeboten, ein paar Tage in ihrem Haus zu wohnen. Wie du weißt, steht es noch immer leer."

Rayna nickte.

„Und wann fliegst du los?", wollte sie wissen.

„Morgen gegen acht."

„Also gut." Sie sprang auf. „Fahr mich zum Campus, ich muss mich umziehen, bevor es nach Cheetah Manor geht."

Verblüfft sah er sie an. Was für ein Sinneswandel. Die verzweifelte, eingeschüchterte junge Frau, die er bei seinem Eintreffen vorgefunden hatte, war binnen Sekunden einer lebenslustigen Rayna gewichen. So kannte er sie, und so mochte er sie noch mehr.

Er stand auf, um den Tisch abzuräumen.

KAPITEL 9

Wenig später brachen sie Richtung Campus auf. Während Ethan im Auto wartete, zog sich Rayna schnell um. Alice war nicht da, und das war vielleicht auch gut so. Raynas Wut auf ihre Freundin hatte sich noch nicht gelegt, und sie wusste nicht so recht, wie sie mit ihr umgehen sollte. Etwas Abstand würde ihnen beiden guttun.

Sie hatte auch schon einen Plan, wie sie den Abstand bekommen würde, aber das musste vorerst ihr Geheimnis bleiben. Weder Darren noch Ethan würden ihre Idee gutheißen, und wenn sie davon erführen, würden sie alle Hebel in Bewegung setzen, sie aufzuhalten. Deswegen war es das Beste, sie vor vollendete Tatsachen zu stellen.

Sie legte ein wenig Make-up auf. Mit einer modischen Caprihose, einem ärmellosen Top und bequemen Sandalen kam sie schließlich zum Pick-up zurück. In Ethans T-Shirt und Hose hatte sie sich wohlgefühlt, viel zu wohl, aber nun in ihrer Kleidung war sie wieder Rayna. Eine erwachsene Frau, die das

Leben selbst in die Hand nahm, kein verschüchtertes Mädchen, das ihren ersten Rausch inklusive Filmriss erlebt hatte.

Rayna griff nach ihrer Sonnenbrille und machte es sich auf dem Beifahrersitz gemütlich. Ethan lenkte den Pick-up durch New Orleans Richtung Cheetah Manor. Jeder hing seinen Gedanken nach. Er hatte die Musik aufgedreht. Sein Pick-up besaß eine Klimaanlage, ein Luxus, den ihr kleines Auto nicht hatte. Wenn Rayna nach Cheetah Manor fuhr, ließ sie die Fenster herunter, damit ihr der Fahrtwind ins Gesicht wehte und ihr ein klein wenig Abkühlung verschaffte. Dank der Klimaanlage war es auch so angenehm kühl.

„Was soll ich Darren erzählen, wo ich dich gefunden habe?", fragte Ethan schließlich und schaltete das Radio aus.

Die Schonfrist und die Ruhe waren dahin. Ethan wollte reden. Gut.

Eigentlich hatte er es nicht verdient, dass sie sauer auf ihn war. Ganz im Gegenteil. Ethan hatte sich nicht nur gestern Abend, sondern auch heute Morgen rührend um sie gekümmert. Dennoch konnte sie das beklemmende Gefühl in ihrem Magen nicht abstellen. Lag es daran, dass er der beste Freund ihres Bruders war und damit schon von vornherein auf der falschen Seite stand? Oder weil er sie in ihrem schwachen Moment erlebt hatte – sowohl gestern Nacht als auch heute Morgen?

Rayna stützte den Ellenbogen seitlich an der Tür ab und bettete ihren Kopf darauf. „Erzähl einfach, dass du zum Campus gefahren bist und mich dort eingesammelt hast."

„Und wo hast du die Nacht verbracht?"

„Bei einer Freundin."

Rayna war nicht um Antworten verlegen. Jetzt konnte sie nur hoffen, dass Ethan mitspielte.

„Bist du sicher, es ist der richtige Weg, Darren zu belügen?", fragte Ethan, ohne den Blick von der Fahrbahn zu wenden.

„Das ist mein Problem, und mir gegenüber war er auch nicht ehrlich. Es geht ihn nichts an, was ich treibe, und das werde ich ihm auch in aller Deutlichkeit sagen." Rayna holte tief Luft, bevor sie fortfuhr. „Du bist Anwalt, du beherrschst es ausgezeichnet, Leuten das Wort im Mund herumzudrehen.“ Sie hatte Ethan mehr als einmal in Aktion erlebt, und es war jedes Mal phänomenal gewesen. „Kann ich mich auf dich verlassen?“

„Ja, das kannst du“, erklärte er wenig begeistert.

„Ich danke dir.“ Das meinte sie wirklich so.

„Schon gut.“

„Nicht nur, weil du mir Rückendeckung gibst, auch dafür, dass ich heute Nacht bei dir schlafen durfte.“ Sie schluckte. „Und für das Angebot, einen Schlüssel zu deiner Wohnung zu bekommen.“

„Das Angebot steht noch immer.“

„Ich weiß, aber ich gehe nicht davon aus, dass ich es in Anspruch nehmen werde.“ Jetzt musste sie den Mund halten, sonst würde Ethan erahnen, was sie vorhatte. Das durfte nicht passieren. Sie musste ihn vor vollendete Tatsachen stellen, ihm keinen Ausweg lassen. Lächelnd legte sie den Kopf zurück auf die Lehne und schloss die Augen.

„Solltest du es dir anders überlegen, kannst du mich noch bis morgen früh erreichen.“

„Hm …“ , murmelte sie unverbindlich und war wild entschlossen, nicht auf sein Angebot einzugehen. Wenn alles nach Plan lief, wäre sie morgen früh ohnehin nicht mehr in der Stadt.

KAPITEL 10

Zwanzig Minuten später fuhren sie die schmale von alten Eichen gesäumte Auffahrt entlang und erreichten schließlich das Hauptgebäude. Es bestand aus einem lang gezogenen Bau mit einem in weiß abgesetzten Vorbau, der von neoklassischen Säulen gestützt wurde. Ethan parkte direkt vor dem Haus.

Rayna stieg aus und sog tief die Luft ein. Es roch nach Cheetah Manor, so sauber und rein, ganz im Gegensatz zu dem Smog in der Stadt. Sie liebte die Baumwollplantage ihrer Familie. Hier war sie zu Hause, hier gehörte sie hin. Auch wenn sie auf Darren sauer war, sie freute sich darauf, Sarah und ihre Mutter zu sehen. Sicher waren sie bei dem schönen Wetter im Garten.

Rayna winkte Ethan ums Haus, der bereits im Begriff war, die Eingangsstufen hinaufzugehen.

„Sie sind bestimmt im Garten", erklärte sie ihm und ging voran.

Tatsächlich, auf der Terrasse saßen Sarah, Darren und ihre Mutter Moira zusammen. Sie tranken Limonade und unterhielten sich angeregt.

„Rayna." Moira Morgan erhob sich überrascht und kam freudestrahlend auf sie zu. „Ich wusste überhaupt nicht, dass du heute kommen wolltest." Sie küsste ihre Tochter auf beide Wangen und drückte sie kurz an sich. Dann wandte sich Moira Ethan zu, während Sarah Rayna in Empfang nahm.

„Schön, dich zu sehen. Es tut mir so leid, was Darren da verzapft hat. Du musst wissen, ich hatte keine Ahnung", flüsterte Sarah ihr eifrig zu, als sich die beiden Frauen umarmten.

„Ich weiß", seufzte Rayna und blickte ihre Schwägerin an.

Darren trat hinter Sarah hervor. Rayna musste sich zusammenreißen. Die Gepardin wollte die Meinungsverschiedenheit mit einem Kampf aus dem Weg schaffen. Doch gegen ein ausgewachsenes Männchen war das Tier chancenlos und Rayna war nicht bereit, sich Darrens Wünschen unterzuordnen. Also würde sie ihren Streit auf menschliche Art lösen, und so strafte sie ihn mit Nichtachtung und ging ohne Begrüßung an ihm vorbei. Aus dem Augenwinkel sah sie, wie er ihr stirnrunzelnd nachblickte.

„Kommt, setzt euch!", lud Moira sie ein. „Ich werde Mary bitten, noch etwas Limonade und zwei Gläser zu bringen." Geschäftig verschwand sie im Haus.

Rayna setzte sich neben Sarah und schloss für einen Moment die Augen, um den Duft von Cheetah Manor tief in sich aufzunehmen. Wie sehr würde sie die Plantage und alles, was dazugehörte, vermissen. Noch nie hatte sie eine so große Distanz zwischen sich und dem Ort gehabt, an dem die Gepardin verwurzelt war.

„Möchtest du mir erklären, wo du die Nacht verbracht hast?", schnauzte Darren sie an, als ihre Mutter außer Hörweite war.

„Möchtest du mir erklären, warum du alle meine Freunde bestichst?", blaffte sie zurück.

Darren verzog wütend das Gesicht und wandte sich dann an Ethan. „Wo war sie?"

Ethan zuckte etwas ratlos mit den Schultern. „Ich bin zum

Campus gefahren und habe sie, wie du wünschtest, eingeladen und hergebracht."

Darren starrte finster zu Rayna. Sie starrte finster zurück. Es war ihm anzusehen, wie auch sein Tier die Auseinandersetzung durch einen Kampf bereinigen wollte. Aber darauf würde sie sich nicht einlassen. Sie würde sich nicht von ihrem großen Bruder einschüchtern lassen. Wenn sie diesen Kampf austrugen, verlöre sie und wäre für immer das kleine schützenswerte Mädchen. Darren musste ein für alle Mal begreifen, dass sie nicht klein beigeben würde und dass sie erwachsen war. Sie würde kämpfen wie eine Raubkatze für ihre Jungen. Das lag ihr im Blut. Aber diesen Kampf würde sie verbal austragen, wie es Menschen für gewöhnlich taten.

„Ich möchte wissen, wo du gewesen bist."

Rayna biss sich auf die Lippe, um ja keinen Ton zu sagen. Von ihr aus konnte er vor Ungewissheit verrückt werden.

„Sie hat bei einer Freundin geschlafen", erklärte Ethan ruhig.

„Einer Freundin also. Kenne ich sie?", richtete Darren das Wort abermals an Rayna.

Sie würde ihm nicht sagen, wo sie gewesen war. Sollte er doch jeden ihrer Freunde durchtelefonieren, niemand würde ihm Auskunft geben können, wo sie die Nacht verbracht hatte. Das erfüllte sie mit einer Spur von Stolz. „Selbst wenn ich unter der Brücke geschlafen hätte, es geht dich absolut nichts an, mit wem und wo ich meine Zeit verbringe."

„Rayna, ich will dich doch nur schützen." Darren merkte wohl, dass er zu weit gegangen war, und versuchte eilig, die Wogen zu glätten.

„Ich mag deine kleine Schwester sein, aber ich bin keine siebzehn mehr. Hast du mitbekommen, dass ich studiere und mein eigenes Leben in New Orleans habe? Ich wasche meine Wäsche selbst, koche für mich und komme wunderbar allein klar."

„Dagegen sagt doch keiner etwas", schaltete sich nun auch Sarah in die Unterhaltung mit ein. „Was Darren getan hat, tat er nur, um dich zu schützen."

„Mich zu schützen?“, blaffte Rayna nun ihre Schwägerin an. „Auf wessen Seite stehst du eigentlich?“

„Ich stehe auf keiner Seite“, verteidigte sich Sarah.

Rayna hob abwehrend die Hand. „Sprich nicht weiter. Ich bin alt genug, meine eigenen Entscheidungen zu treffen, und möchte nicht weiter mit euch darüber diskutieren.“

In diesem Moment kam Moira zurück, und die Unterhaltung war beendet.

„Ich freue mich so über deinen spontanen Besuch.“ Freudestrahlend blickte Moira ihre Tochter an. „Und du bist natürlich auch immer willkommen.“ Sie legte Ethan eine Hand auf die Schulter. „Gibt es einen bestimmten Grund für dein Kommen?“

Ethan lächelte Moira unverbindlich an. „Ich habe später noch etwas mit Darren zu besprechen, aber zuerst genieße ich ein wenig die Sonne.“

Alarmiert blickte Rayna auf.

„Nur ein Auftrag, an dem ich schon länger arbeite“, fügte Ethan hinzu.

Rayna entspannte sich.

Nur mit halbem Ohr folgte sie dem weiteren Gesprächsverlauf. Sarah berichtete von ihrem Job im Krankenhaus. Sie musste dort ein halbes Jahr arbeiten, um eine Zulassung als Ärztin zu bekommen. Danach war geplant, dass sie auf Cheetah Manor eine Praxis eröffnete, für die Bewohner von Cheetahville, die sie schon jetzt behandelte.

„Bitte entschuldigt mich“, sagte Rayna plötzlich ohne Vorwarnung und sprang auf. „Ich möchte noch ein wenig Zeit für mich haben.“ Sie hielt es einfach nicht mehr aus, wollte sich verwandeln und durch das Unterholz streifen, eins sein mit Cheetah Manor.

„Geh ruhig!“, rief ihre Mutter ihr schmunzelnd nach.

„Ich bin in einer Stunde zurück.“

Ethan nickte. „In Ordnung. Bis dahin habe ich mit Darren alles geregelt.“

Rayna streifte die Sandalen ab, ließ sie einfach auf der Terrasse liegen und rannte barfuß über das Gras. Klare Luft, feuchte Erde und der leicht modrige Geruch, der vom Lake Maurepas zu ihr herüberwehte, umgab sie. Sie erreichte die ersten Bäume. Der Garten lag hinter ihr, während sich vor ihr die endlosen Sümpfe erstreckten. Sie war außer Sichtweite. Mitten im Lauf ließ sie sich nach vorne fallen und landete auf den Vorderpfoten. Es dauerte nur Sekunden, bis sich ihr Sichtfeld veränderte, die Umgebungsgeräusche lauter wurden, die Düfte intensiver. Das Unterholz strich über ihr Fell, als Rayna den Weg zum Lake Maurepas einschlug.

KAPITEL 11

Ethan trat hinter Darren in dessen Büro und schloss die Tür. Er nahm auf dem Zweisitzer Platz und wartete darauf, dass sich Darren in den Sessel ihm gegenüber setzte.

„Wie war es gestern auf der Party?“, wollte Darren ungeduldig wissen. „Hast du alles erledigen können?“

Ethan lächelte seinen Freund an. „Ich hatte mörderische Kopfschmerzen. Für den Partybesuch schuldest du mir etwas.“

Darren grinste zurück. „Ach was. Du hattest doch heute Nacht ein anschmiegsames Betthäschen.“

„Hm“, brummte Ethan. Wenn Darren wüsste, wer in seiner Wohnung übernachtet hatte, würde er sicher nicht von einem *anschmiegsamen Betthäschen* reden. Ganz im Gegenteil. Er würde jeden Kerl einen Kopf kürzer machen, der es nur wagte, sich an Rayna anzuschmiegen.

Aber er musste sich nichts vorwerfen. Er hatte absolut vorbildlich gehandelt und die Nacht auf dem unbequemen Sofa verbracht, auch wenn ihm der Sinn nach etwas ganz anderem gestanden hatte. Aber als er eine völlig panische Rayna in seiner Wohnung vorgefunden hatte, war er froh gewesen, dass nichts passiert war.

„War die Kleine so schlecht im Bett?“, bohrte Darren weiter.

„Lass es gut sein“, erklärte Ethan. „Die Party war okay. Ich werde wohl nie ein Fan dieser Yachtpartys sein, aber ich habe Lenore getroffen, und wegen ihr war ich schließlich da.“

„Was hat sie gesagt?“ Interessiert beugte sich Darren nach vorne, stützte die Ellenbogen auf den Oberschenkeln ab.

„Sie wird versuchen, etwas über den Ring herauszufinden. Wenn es jemandem gelingt, dann ihr. Ich habe ihr ein Foto gegeben und sie um Verschwiegenheit gebeten.“

„Wie lange wird das dauern?“

Ethan lächelte über Darrens Ungeduld. „Sie meldet sich bei mir. Wenn ich Nachricht von ihr bekomme, werde ich mich umgehend mit dir in Verbindung setzen.“

Ethan wusste, dass es Darren zu langsam ging, aber daran konnte er nichts ändern. Wenn Lenore etwas über den Ring herausfand, wären sie endlich einen Schritt weiter. Seit zwei Monaten suchte er nach Brains Mörder, und bisher war er keinen Schritt vorangekommen. Ob ihn seine Reise nach Deutschland näher an sein Ziel brachte, war ungewiss.

Ethan holte aus seiner Tasche ein längliches Etwas, das in ein weißes Tuch eingehüllt war.

„Wie immer?“, erkundigte sich sein Freund.

Ethan nickte.

Es war nicht das erste Mal, dass er die goldene Pantherskulptur Darren übergab. Immer wenn er Louisiana verließ, brachte er das Tier hierher. Cheetah Manor war der sicherste Ort, den Ethan kannte, denn die Skulptur war für ihn von unschätzbarem Wert. Dabei ging es nicht um den Rohstoff, aus dem das Tier gemacht war – reines Gold –, sondern darum, was es verkörperte. Während Darren und seine Familien sich an einen Ort, an Cheetah Manor, gebunden hatten, war seine Kraft in dieser Skulptur verwurzelt.

Darren öffnete den Safe und legte das Bündel neben den

rituellen Dolch, den er dort verwahrte.

Ethan würde seinen mit auf die Reise nehmen. Wenn er Magie wirken wollte, war der Dolch unabdingbar, denn nur mit einer geweihten Klinge verband sich sein Blut mit der Erde.

„Dein Panther wird hier auf dich warten", erklärte Darren und schloss die Türen des kleinen Tresors.

„Danke. Hast du die Dokumente für mich?", erkundigte er sich und wechselte damit das Thema.

Darren ging hinüber zu seinem Schreibtisch und kam mit einer Mappe wieder. „Sarah hat jede einzelne Vollmacht unterschrieben."

„Wunderbar." Er nahm die Mappe an sich und warf einen schnellen Blick hinein. Die Papiere wiesen ihn als Anwalt und Vertreter von Sarah aus und würden ihn in Deutschland handlungsfähig machen. Ob er den Mörder von Brain fand, wusste er nicht. Aber er würde alles Menschenmögliche unternehmen, um die Sicherheit der restlichen Morgan-Familie zu garantieren. Zu viel hing davon ab. Sein Leben war eng mit dem von Darren verbunden und das nicht nur auf geschäftlicher Ebene. Würden die Morgans untergehen, wäre er der Nächste.

„Gibt es sonst noch etwas zu besprechen?", erkundigte sich Ethan.

„Ich möchte, dass du dich sofort meldest, wenn du etwas herausfindest."

„Selbstverständlich, Boss."

Darren verzog spöttisch den Mund. „Als ob ich dein Boss wäre …"

Ethan zuckte nur mit den Schultern und verstaute die Papiere in seiner Aktentasche.

„Rayna ist ziemlich wütend auf mich", begann Darren nachdenklich.

„Hast du etwas anderes erwartet?"

„Nein, aber hätte der Idiot es nicht vermasselt, hätte sie nichts mitbekommen. Ich sorge mich doch um sie, vor allem seit Brain tot ist."

„Und deswegen spionierst du Rayna auf Schritt und Tritt

aus, seit sie auf dem Campus wohnt? Da war Brain noch sehr lebendig." Ethan verschränkte die Arme vor der Brust.

„Auf welcher Seite stehst du eigentlich?" Darren funkelte ihn wütend an.

„Ich habe nicht gewusst, dass ich mich für eine Seite entscheiden musste. Soweit ich mich erinnere, habe ich nie einen Hehl aus meiner Meinung gemacht."

„Du hast keine Ahnung, wie es ist, eine kleine Schwester zu haben." Darren war sichtlich angefressen.

Ethan atmete tief durch. Damit mochte Darren recht haben, aber dennoch war ihm Rayna wichtig.

„Ich muss wissen, wo Rayna heute Nacht war", stieß Darren zwischen zusammengebissenen Zähnen hervor.

„Warum?" Ethan konnte sich die Frage nicht verkneifen.

Darrens Stimme wurde laut. „Weil ich wissen muss, wer diese Freundin ist."

Ethan erhob sich und schloss sein Jackett. „Damit du auch sie kontrollieren kannst?"

„Stell dir vor, sie war bei einem Kerl."

Ethan erstarrte. Ahnte Darren etwas? „Und?", wollte er vorsichtig wissen.

„Dann würde ich den Typ auseinandernehmen."

„Mal abgesehen davon, dass ich Rayna glaube, denkst du nicht, sie ist alt genug, um ihre eigenen Entscheidungen zu treffen?"

„Sie hat keine Ahnung, was es bedeutet, eine Beziehung zu führen. Du müsstest das doch wissen."

Ethan wandte sich ab, wollte nicht, dass Darren den Schmerz in seinem Gesicht lesen konnte. „Sie wird aus ihren Fehlern lernen. Aber gib ihr die Chance, eigene Erfahrungen zu machen. Sonst …" Er brach ab.

„Sonst?"

„Sonst wirst du sie verlieren." Ethan griff sich seine Tasche und ging zur Tür.

„Allein die Vorstellung, sie im Arm eines Mannes zu sehen, bringt mich um."

Ethan wandte sich noch einmal seinem Freund zu. „Auch

sie hat ein Recht darauf, so glücklich zu werden, wie du es mit Sarah bist.“ Er legte eine kurze Pause ein. „So wie Brain es mit Alex war.“

Darren schnaubte. „Ich werde nicht zulassen, dass sie die falsche Wahl trifft. Sie braucht einen Mann, der ihrer ebenbürtig ist.“

„Und wie soll sie den finden, wenn du ihr keine Luft zum Atmen lässt?“ Er öffnete die Bürotür und trat hinaus. „Oder planst du ihr einen Ehemann vor die Nase zu setzen? Es tut mir leid, dich enttäuschen zu müssen, aber diese Zeiten sind selbst auf Cheetah Manor Geschichte. Du kannst sie nicht wie einen Vogel in einen goldenen Käfig stecken. Sie ist ein Raubtier, sie muss frei sein und die Chance haben, sich auszuprobieren.“

Er ging, und Darren blieb allein zurück.

Ethan verstand seinen Freund besser, als dieser es für möglich hielte. Rayna in den Armen eines anderen Mannes zu sehen, gefiel auch ihm überhaupt nicht. Aber im Gegensatz zu Darren verstand er, dass Rayna ihren eigenen Weg gehen musste. Sie sollte glücklich sein, und wenn er ihr dabei helfen konnte, würde er es tun.

Er ging durch das Speisezimmer hinaus auf die Terrasse. Rayna war noch nicht zurück, also setzte er sich zu Sarah.

„Moira hat sich ein wenig hingelegt“, erklärte Sarah.

Ethan nickte wissend. Es gab eine Zeit nach Brains Tod, da hatte Moira Morgan kaum noch ihr Zimmer verlassen. Seit Sarah auf Cheetah Manor lebte, ging es ihr besser. Vielleicht lag es daran, dass sie Ärztin war, vielleicht einfach nur an der Anwesenheit einer Frau. Sarah tat nicht nur ihrer Schwiegermutter äußerst gut, sondern auch Darren. Er war viel ausgeglichener, und seine üblen Launen kamen viel seltener zum Vorschein.

„Bist du sicher, dass es für dich okay ist, wenn ich mich in deinem Haus in München einquartiere?“

„Natürlich!“ Sarah strich sich eine blonde Strähne hinter das Ohr. „Ich liebe dieses Haus, es ist der Ort meiner Kindheit, und ich habe viele glückliche Jahre dort erleben dürfen. Aber mein Zuhause ist jetzt hier. Es ist völlig in Ordnung, wenn du dort ein paar Tage wohnst."

„Dann danke ich dir herzlich dafür." Ethan war nicht ganz sicher, ob Sarah die Situation wirklich so nüchtern betrachtete. Seit sie aus Deutschland zurückgekehrt war – und das war inzwischen ein paar Monate her –, hatte sie keine Anstalten mehr unternommen, nach Deutschland zu fliegen oder das Haus ausräumen zu lassen. Deswegen war es noch immer unvermietet. Ethan sollte es recht sein. Es war nicht seine Baustelle. Sollte sich Darren darum kümmern. Er griff nach seinem Limonadenglas und trank einen großen Schluck. Wenn es nach ihm ginge, konnte Rayna jetzt auftauchen. Er hatte mit Darren alles besprochen und war bereit für die Rückfahrt. Bevor es morgen losging, musste er noch ein paar Angelegenheiten klären. Es würde also eine lange Nacht werden. Dafür hätte er am nächsten Tag mehr als genug Zeit, Schlaf nachzuholen.

KAPITEL 12

Rayna fuhr mit Ethan zurück nach New Orleans, wo er sie auf dem Campus abgesetzte.

Über das Handy reservierte sie sich einen Flug in der Business Class. Dank dem Familienfonds war ihr Konto gut gedeckt.

Sie zerrte ihren Koffer hervor. Was um Himmels willen sollte Rayna nur einpacken? Sie musste sich beeilen, bevor Alice nach Hause kam. Würde ihre Mitbewohnerin sie beim Packen erwischen, wüsste Darren im Handumdrehen Bescheid und würde ihre Flucht verhindern. Eine Flucht, ja das war es. Rayna war weder dumm noch auf den Kopf gefallen. Sie wusste, Darren würde sie nie gehen lassen. Es gab nur einen einzigen Ausweg für sie. Eine Person, der Darren sogar Sarahs Leben anvertraut hatte. Wenn es eine Chance gab, von hier zu verschwinden, dann nur mit ihm.

Eilig warf sie einige T-Shirts und Hosen in den Koffer. Es war schon bald Sommer, so kalt würde es an ihrem Zielort schon nicht sein. Außerdem würde sie ihre Jeansjacke mit ins Handgepäck nehmen. Um sie nicht zu vergessen, holte sie diese gleich aus dem Schrank und legte sie über den Stuhl.

Hastig suchte Rayna Unterwäsche zusammen. Damit konnte sie wenigstens nichts falsch machen. Auch ein paar besondere Stücke, die sie sich einmal gekauft, aber noch nie getragen hatte, wanderten mit in den Koffer. Dort herrschte das reinste Chaos, aber das war ihr egal. Solange sie nur rechtzeitig fertig war. Schuhe. Sie benötigte noch Schuhe. Zwei Paar landeten im Koffer, eines würde sie anziehen. Mehr als drei Paar würde sie schon nicht brauchen. Etwas Bequemes, etwas Schickes und ein Paar Turnschuhe. Schnell verschwand Rayna im Badezimmer und packte dort unauffällig ein paar Sachen zusammen. Es durfte nicht zu viel sein, nicht dass Alice Fragen stellte. Ihre Schminksachen und die Zahnbürste legte sie nebeneinander. Diese würde sie morgen früh noch schnell einpacken. Dann, wenn Alice noch schlief oder es ohnehin zu spät war, Alarm zu schlagen.

Rayna kehrte zu ihrem Bett zurück, auf dem der Koffer lag. Es benötigte einige Anläufe, bis es ihr gelang, das Gepäckstück zu schließen und unter ihrem Bett zu verstecken. Damit hatte sie alles getan, was sie tun konnte. Erleichtert atmete Rayna durch.

Keinen Moment zu früh, denn in diesem Augenblick ging die Tür auf und Alice kam herein. Ihre ehemals beste Freundin hatte sich sorgfältig zurechtgemacht. Den Tüten an ihrem Handgelenk nach zu urteilen, war sie shoppen gewesen. Allein? Es versetzte Rayna einen Stich. Sonst gingen sie immer zusammen, waren nie ohne die andere in ihren Lieblingsgeschäften gewesen. Dass Alice aber genau diese Tradition gebrochen hatte, bezeugten die Tüten in ihrer Hand.

„Rayna“, sagte Alice überrascht und schloss langsam die Tür.

Sie standen sich gegenüber wie zwei Fremde.

„Ich muss mich wohl bei dir entschuldigen.“

„Ja.“ Rayna kostete es Mühe, ruhig zu bleiben. Am liebsten hätte sie Alice angesprungen, sie zu Boden gedrückt und ihr das hübsch geschminkte Gesicht zerkratzt.

„Also es tut mir wirklich, wirklich leid. Ich wollte dich nicht hintergehen.“ Sie stellte die Taschen auf ihrem Bett ab. „Lass uns die Sache einfach vergessen. Es ist ja nicht viel passiert.“

Rayna ballte die Hände zu Fäusten. Ihre Selbstbeherrschung hing am seidenen Faden.

„Ich habe mir Sorgen um dich gemacht“, fuhr Alice fort.

Rayna wandte sich ab. Sie konnte ihr nicht ins Gesicht sehen.

„Wo hast du die ganze Nacht gesteckt?“

„Das geht dich nichts an.“ Sie würde Alice nichts verraten. Nie wieder. Sie hatte ihre Freundschaft mit Füßen getreten. Raynas Herz schmerzte so sehr, als hätte es ihr jemand aus dem Brustkorb gerissen. Fühlte es sich so an, hintergangen zu werden? Alice hatte sie nicht nur verraten, sondern ihr damit auch die beste Freundin genommen. Wie sollte sie ihr je wieder vertrauen?

„Aber, Rayna, wir können doch über alles reden.“ Alice kam auf sie zu, versuchte sie am Arm zu berühren.

Abwehrend hob Rayna die Hand. Sie wollte nicht von Alice angefasst werden, die eine Heuchlerin, eine Verräterin war.

„Ich hasse dich, für das, was du getan hast.“

Betroffen senkte Alice den Kopf. „Es tut mir leid, ehrlich.“

Rayna konnte die Tränen nicht zurückhalten. Eilig wischte sie diese mit der Hand fort. Sie würde nicht weinen, nicht jetzt und nicht vor Alice.

„Wie konntest du Darren nur alles erzählen?“

„Es war doch nur zu deinem Besten“, verteidigte sich Alice.

„Zu meinem Besten?“ Rayna war fassungslos. „Wie würdest du dich fühlen, wenn ich jedem brühwarm von deinem Gefühlsleben berichte?“

„Darren tut das, weil er auf dich aufpassen muss. Von mir aus kannst du meiner Schwester alles erzählen. Damit habe ich kein Problem.“

Alice trug ihr Herz gerne auf der Zunge herum, erzählte allem und jedem von ihren Problemen. So war Rayna aber nicht.

„Alice, du warst meine Freundin." Sie wählte bewusst die Vergangenheitsform. „Meine allerbeste Freundin. Wir haben so viel miteinander geteilt. Du hast mich tief verletzt."

Alice blickte betreten zu Boden. „Es tut mir leid", beteuerte sie noch einmal „Wenn du möchtest, werde ich mit Darren zukünftig kein Wort mehr wechseln."

Rayna schüttelte den Kopf. So einfach war das nicht. Sie konnte sich nicht mit ihrer ehemaligen Freundin aussöhnen und alles wäre vergessen. Ihr Vertrauen in Alice war gründlich erschüttert, und sie wusste nicht einmal, ob sie weiter mit ihr befreundet bleiben wollte.

„Tut mir leid, ich brauche etwas Zeit."

Alice baute sich vor Rayna auf, verschränkte die Arme vor der Brust. „Nun hab dich doch nicht so. Glaubst du, du bist die Einzige, die darunter leidet?"

Jetzt war Rayna verblüfft. Sprachlos blickte sie ihre Freundin an und wartete auf eine Erklärung.

„Als Darren mich erreichte, war ich außer mir vor Sorge. Das Treffen mit Marc habe ich sausen lassen, um dich zu suchen. Ich bin deine Freundin, und ich hatte wirklich Angst um dich. Wo bist du gewesen?"

Rayna atmete tief durch. Es hatte keinen Sinn, sich weiter mit Alice zu unterhalten. Sie wollte ihren Fehler einfach nicht einsehen. Ohne eine Antwort zu geben, drehte sich Rayna um und verschwand im Bad, um sich bettfertig zu machen. Sie waren die längste Zeit Freundinnen gewesen. Morgen wäre Rayna fort. Sie brauchte Zeit, um ihr Leben neu zu sortieren und sich zu überlegen, ob das Betriebswirtschaftsstudium wirklich das war, was sie wollte. Dass sich ihre Abwesenheit negativ auf einige Fächer auswirken konnte, war Rayna egal. Darum würde sie sich kümmern, falls sie den Entschluss fasste, weiterzumachen. Sollte sie nämlich abbrechen, war es ohnehin egal. Eines stand jedoch schon jetzt fest. Sie würde sich nicht länger in einen goldenen Käfig stecken lassen – weder von Darren noch von Alice. In Zukunft würden sie getrennte Wege gehen.

KAPITEL 13

Rayna betrat das Gate. Es war nicht schwer gewesen, herauszufinden, welche Maschine Ethan nehmen würde. Er hatte ihr den Zielort und die Abflugzeit verraten, und das hier war der einzige Flug, mit dem man über Philadelphia nach München gelangen konnte. Der nächste – dann über Boston – würde erst gegen Abend gehen. Vor ihr befand sich ein Paar. Der Mann war so breit gebaut, dass sich Rayna gut hinter ihm verstecken konnte. Ihr Gepäck hatte sie bereits am Schalter aufgegeben und auch die Sicherheitskontrollen problemlos passiert.

Sie war unruhig. Endlich ging es los. Vor Aufregung schlug ihr Herz schnell, und das beklemmende Gefühl in ihrer Magengegend verstärkte sich. Sie würde fliegen – das erste Mal.

Im Stillen beglückwünschte sie sich selbst zu diesem mutigen Schritt. Von nun an würde sie ihre eigenen Entscheidungen treffen. Sie freute sich auf Deutschland, das Heimatland von Sarah. Mit eigenen Augen wollte sie sehen, was ihren Bruder Brain an dem Land so fasziniert hatte, dass er es dem warmen Louisiana vorzog.

Das Pärchen ging in den Wartebereich und setzte sich. Rayna trat eilig hinter eine Säule und spähte vorsichtig in Richtung der Sitzgelegenheiten. Mit den Augen suchte sie die Sitzreihen ab. Da. Seitlich am Rand saß Ethan, den Laptop auf dem Schoß und vollkommen in seine Arbeit vertieft.

Rayna lehnte sich mit dem Rücken an der viereckigen Säule an und schloss die Augen. Ihr Herz schlug immer noch viel zu schnell. Sie versuchte sich zu beruhigen, was ihr jedoch nicht wirklich gelang.

„Sehr geehrte Passagiere, Flug American 1767 nach Philadelphia ist jetzt zum Einsteigen bereit. Wir bitten zunächst nur die Passagiere der Business Class einzuchecken. Bitte halten Sie Ihre Bordkarte bereit."

Ethan blickte auf, klappte den Laptop zu und verstaute ihn in seiner Tasche. Dann ging er mit langen Schritten auf die zwei Stewardessen zu. Nur eine Handvoll Passagiere drängten zum Einsteigen.

Rayna lugte vorsichtig um die Ecke. Sie wagte kaum Luft zu holen. Die Angst, Ethan könnte sie entdecken, war unglaublich groß. Aus dem Augenwinkel sah sie zu, wie Ethan die Fluggastbrücke betrat und Richtung Flugzeug verschwand.

Wie angewurzelt stand Rayna da. Was, wenn er – warum auch immer – zurückkäme? Sie zwang sich dazu, ruhig zu atmen, schloss kurz die Augen und zählte langsam bis hundert.

„Sehr geehrte Passagiere, Flug American 1767 nach Philadelphia, ist nun für alle Passagiere zum Einsteigen bereit. Bitte halten Sie Ihre Bordkarte bereit."

Als bestünde die Möglichkeit, dass das Flugzeug ohne sie abheben könnte, strömten die Menschen zum Schalter. Die Stewardessen hatten alle Hände voll zu tun. Nach und nach leerte sich das Gate. Rayna wagte sich langsam hinter der Säule hervor. Vom Flugzeug aus konnte man sie im Gebäude nicht sehen, also war sie sicher. Sie setzte sich in den Wartebereich auf einen der Stühle und wippte nervös mit dem Fuß. Die Minuten krochen im Schneckentempo dahin.

Rayna hielt es vor Anspannung kaum noch aus. Sie wollte endlich in das Flugzeug, sich Ethan stellen. Die Vorstellung, sein Gesicht zu sehen, ließ sie grinsen. Ob sie von Ethans entsetztem Gesicht ein Foto machen könnte?

„Letzter Aufruf Flug American 1767 nach Philadelphia. Die Passagiere werden aufgefordert, ihre Bordkarte bereitzuhalten."

Rayna sprang auf. Das war ihr Stichwort. Mit der rechten Hand krallte sie sich an den Riemen ihrer Umhängetasche, während sie die andere Hand um die Bordkarte legte, die in ihrer Tasche bereitlag. Da es vermutlich in Deutschland kälter war als hier, hatte sie sich dafür entschieden, eine Jeansjacke über das T-Shirt zu ziehen. Der Flughafen war gut klimatisiert, daher schwitzte sie nicht.

Die Stewardess lächelte sie freundlich an und streckte auffordernd ihre Hand aus. „Miss?"

Mit einem scheuen Lächeln reichte ihr Rayna die Bordkarte.

„Ich wünsche Ihnen einen angenehmen Flug", erklärte die junge Frau strahlend und wandte sich ab, um den Schalter zu schließen.

War sie wirklich die Letzte, die an Bord ging? Wie lange würde es dauern, bis das Flugzeug startete? Hätte Ethan die Möglichkeit, den Flug aufzuhalten? So viele Fragen gingen ihr durch den Kopf, während sie über die Fluggastbrücke marschierte. Durch das Fenster sah sie, wie sie dem Flugzeug immer näherkam. Ihre Beine fühlten sich wie Gummi an und das Herz wollte ihr beinahe aus der Brust springen. War jeder Flug so nervenaufreibend?

Am Eingang zum Flugzeug warteten eine Stewardess und ein Steward. Beide lächelten ihr freundlich entgegen.

„Business Class?", erkundigte sich die Stewardess freundlich und warf einen flüchtigen Blick auf Raynas Bordkarte.

Sie nickte unsicher.

„Wunderbar. Ich bringe Sie zu Ihrem Platz." Die Stewardess wandte sich an ihren Kollegen. „Du kannst zumachen, es sind alle an Bord."

Rayna stieß erleichtert einen leisen Seufzer aus. Es lief

besser als gedacht. Wenn die Tür zu war, gab es kein Zurück mehr. Sie folgte der Flugbegleiterin, die sie durch den Gang der Economy Class führte. Die Sitze waren eng beieinander und erinnerten Rayna an das Innere eines Busses. Jetzt war sie froh, dass sie sich an ein Gespräch mit Darren erinnert hatte, in dem er meinte, dass die Familie Morgan nur Business Class flog. Deshalb hatte auch sie sich dafür entschieden. Als die Stewardess einen Vorhang zur Seite hielt und Rayna bedeutete durchzugehen, wurde ihr klar, was der Unterschied zwischen den Klassen war. Hier gab es viel weniger Sitze. Anstatt Dreierreihen auf jeder Seite und noch einen Mittelblock gab es nur vier Sessel pro Reihe, auf jeder Seite zwei. Der Abstand zum Vordermann war deutlich größer. Die freundliche Stewardess deutete auf einen Fensterplatz gleich in der zweiten Reihe von hinten.

„Danke", murmelte Rayna und setzte sich auf ihren Platz.

Die Flugbegleiterin nahm ihr die Tasche ab und verstaute sie über Rayna in den dafür vorgesehenen Fächern.

„Bitte legen Sie den Gurt an. Wir starten in wenigen Minuten", erklärte sie freundlich und verschwand.

Rayna warf einen neugierigen Blick aus dem Fenster. Sie musste sich ziemlich weit oben im Flugzeug befinden. Eilig griff sie nach dem Gurt und schnallte sich an. Auf dem Bildschirm vor ihr lief ein Filmchen, wie sie im Notfall die Weste anlegen musste. Schnell sah sie weg. Dass das Flugzeug abstürzen könnte, damit wollte sie sich nicht auseinandersetzen. Stattdessen reckte sie sich und hielt nach Ethan Ausschau. Es gab nur einen Dunkelhäutigen, der drei Reihen vor ihr auf der anderen Seite saß.

Eine Durchsage ließ Rayna aufhorchen, aber der Mann sprach so undeutlich, dass sie kaum etwas verstand. Die Stewardess, die eben noch an ihr vorbeigelaufen war, kehrte zu ihrem Platz zurück und schnallte sich ebenfalls an. Das Flugzeug setzte sich mit einem Ruck in Bewegung und fuhr der Start- und Landebahn entgegen. Rayna krallte sich unwillkürlich an den Seitenlehnen fest. Vielleicht war es keine so gute Idee gewesen, zu fliegen. Doch für einen Rückzieher war es jetzt zu spät. Das gleichmäßige Brummen des Motors ließ ihren Magen noch mehr flattern.

Neben ihr bewegte sich etwas, und als Rayna aufsah, setzte sich Ethan auf den freien Platz neben ihr.

Sie biss die Zähne zusammen. Er hatte sie also entdeckt. Okay, sie waren schon auf dem Rollfeld. Das Flugzeug würde sicher nicht mehr anhalten. Und gerade hatte Rayna größere Probleme als Ethan.

„Verdammt, Rayna, was machst du hier?", begrüßte er sie.

„Mister." Die vorhin noch so freundliche Stewardess wirkte sichtlich verstimmt. „Wenn Sie dort sitzen wollen, von mir aus, aber würden Sie sich bitte anschnallen!"

Ethan warf ihr einen genervten Blick zu und ließ den Gurt einschnappen. Zufrieden machte sich die Flugbegleiterin auf den Rückweg zu ihrem Platz.

Das Flugzeug ruckelte leicht, und Rayna krallte ihre Nägel noch tiefer in die Seitenlehnen.

„Kannst du mir bitte erklären, was du hier tust?", forderte Ethan sie auf.

Rayna öffnete zwar den Mund, brachte jedoch kein Wort heraus. Aufgeregt schnappte sie nach Luft. Ihr Magen vollführte Saltos, als das Flugzeug an Tempo zulegte. Wenn es jetzt schon so schlimm war, wie würde sich erst das Fliegen anfühlen?

„Na wunderbar", stöhnte Ethan und griff nach einer Papiertüte.

„Was soll ich damit?", fragte Rayna verdutzt und schaffte es nicht, ihre verkrampften Finger von der Lehne zu nehmen, um nach der Tüte zu greifen.

„Nur für den Fall, dass du dich übergeben musst."

„Das muss ich ni…" Ihr blieb die Luft weg, als das gigantische Flugzeug der Schwerkraft trotzte und sich in den Himmel erhob. Ihre Ohren wurden taub und fühlten sich an, als steckte Watte in ihnen.

„Du musst schlucken", riet ihr Ethan.

Rayna tat es. Einmal. Zweimal. Das taube Gefühl verschwand. Sie stiegen noch immer steil nach oben. Rayna hielt sich fest, glaubte für einen Augenblick zu sterben. Dann neigte sich das Flugzeug nach vorne, und ihre Welt geriet wieder ins Lot. Sie hatten ihre Flughöhe erreicht.

Ethan lehnte sich entspannt zurück. „In knapp drei Stunden sind wir in Philadelphia. Bis dahin will ich wissen, was du in diesem Flugzeug zu suchen hast."

Rayna konzentrierte sich auf ihren Atem. Ein und aus. Sie hatte irgendwo gelesen, dass das helfen sollte. Und tatsächlich. Von Atemzug zu Atemzug wurde sie ruhiger.

„In drei Stunden landen wir schon wieder?", fragte sie ängstlich. Der Start war nervenaufreibend gewesen, und vor der Landung graute ihr schon jetzt.

„Ja", bestätigte Ethan. „In drei Stunden sind wir in Philadelphia, und wenn ich bis dahin nicht weiß, was du vorhast, sitzt du im nächsten Flieger nach New Orleans, von wo dich Darren abholen wird."

Das war Drohung genug. Rayna hatte damit gerechnet, dass er sauer sein würde. Ihr blieben drei Stunden, um ihn davon zu überzeugen, sie mit nach Deutschland zu nehmen.

„Ich habe beschlossen, dass ich etwas Abstand von New Orleans brauche."

Ethan lachte halbherzig auf. „Abstand hättest du auch auf Cheetah Manor bekommen."

„Nein, da ist Darren."

„Also willst du Abstand zu Darren", schlussfolgerte er.

Rayna zuckte mit den Schultern. Wenn er es so nennen wollte, von ihr aus.

„Weiß Darren, dass du hier bist?"

„Denkst du, er hätte mich in dieses Flugzeug einsteigen lassen, wenn er davon gewusst hätte?", stellte Rayna eine Gegenfrage.

„Was hast du in Philadelphia überhaupt vor?"

„Ich bleibe nicht in Philadelphia. Ich werde mit dir nach Deutschland fliegen."

Ethan riss entsetzt die Augen auf. „Das geht nicht. Du kannst nicht mit nach Deutschland."

Rayna verschränkte die Arme vor der Brust. Sie hatte mit

Gegenwehr gerechnet, doch Ethans Reaktion verletzte sie mehr, als sie zugeben wollte. „Du gehst einfach deiner Arbeit nach, und ich mache ein paar Tage Urlaub."

Eine Stewardess kam vorbei und erkundigte sich nach den Getränkewünschen. Ethan bestellte eine Coke mit Schuss, während Rayna um ein Glas Wasser bat.

Ethan wartete, bis die Flugbegleiterin verschwunden war, dann führte er das Gespräch fort: „Was machst du, wenn ich mich weigere, dich mitzunehmen?"

Damit hatte Rayna gerechnet. „Du kannst mir nicht verbieten, nach Deutschland zu fliegen. Ich weiß, dass du bei Sarah wohnen wirst. Aber wenn du mich nicht dort haben willst, suche ich mir ein Hotel. In München soll es ein paar ganz passable Unterkünfte geben."

Ethan starrte finster vor sich hin. „Ich halte das für keine gute Idee."

„Ich wohne auch gerne bei dir in Sarahs Haus", entgegnete Rayna.

„Ich bin nicht in Deutschland, um Urlaub zu machen. Ich muss arbeiten. Da habe ich keine Zeit, mich auch noch um dich zu kümmern."

„Ich bin erwachsen, Ethan. Ich komme sehr gut allein klar."

„Du sprichst nicht einmal Deutsch."

Rayna verschränkte die Arme vor der Brust. „Ach was, mit Amerikanisch wird man sich schon verständigen können."

Die Stewardess kam zurück, reichte Rayna das Glas mit Wasser und Ethan die Coke. Dankend nahm Rayna das Getränk entgegen und trank einen Schluck.

„In ein paar Minuten werde ich das Frühstück auftragen. Möchten Sie bei der Lady speisen?", erkundigte sich die Flugbegleiterin freundlich bei Ethan.

„Ja, danke", meinte er beiläufig. Die Stewardess ging einige Sitzreihen weiter, um die nächsten Passagiere mit Getränken zu versorgen.

„Das ist eine absolute Schnapsidee. Du gehörst in den nächsten Flieger zurück nach New Orleans", schimpfte Ethan.

„Wenn du mich dazu zwingst, werde ich in ein anderes

Flugzeug steigen. Ich habe gehört, Paris soll auch ganz nett sein oder Melbourne."

Warnend blickte Ethan zu ihr. Sie grinste ihn herausfordernd an. Das war ihr letzter Trumpf, den sie ausspielen konnte. Eigentlich hatte sie keine Lust, allein nach Paris oder in eine andere Stadt zu fliegen. Sie wollte mit Ethan nach München.

„Du wirst mir nicht von der Seite weichen und auch keinen Blödsinn machen. Keine Partys, keine Alleingänge und keine Fremden", zählte er seine Bedingungen an den Fingern ab.

Brav nickte Rayna und strahlte dabei übers ganze Gesicht. Sie hatte es geschafft. Sie durfte Ethan nach Deutschland begleiten.

„Darren werde ich in Philadelphia darüber informieren, dass du bei mir bist", erklärte er noch immer verstimmt.

„Klar, kein Problem." Damit nahm er ihr sogar ein großes Problem ab. Sie wollte nicht, dass sich Darren ins nächste Flugzeug setzte, um sie zurückzuholen. Wenn Ethan mit ihm sprach, bestand die Chance, dass er ihren Ausflug billigte.

Ethan lehnte sich in seinen Sitz zurück und wartete auf das Frühstück. Rayna tat es ihm gleich. So saßen sie nebeneinander und schwiegen sich an. Dabei fühlte sich die Stille zwischen ihnen gut an.

KAPITEL 14

Das Flugzeug landete in Philadelphia. Rayna krallte sich wieder in den Sitz, und Ethan saß machtlos neben ihr. Warum tat sie sich das Fliegen eigentlich an, wenn ihr das Starten und Landen so große Probleme bereitete? Insgeheim bewunderte er sie für ihre Willensstärke. Wenn sie sich etwas in den Kopf setzte, ging sie ihrem Ziel entgegen, egal welche Schwierigkeiten auftauchten. Die Aussicht, mit ihr die nächsten Tage zu verbringen, löste zwiespältige Gefühle in ihm aus. Er freute sich darauf, mehr Zeit mit ihr zu verbringen, sie ganz für sich allein zu haben. Dennoch würde es ihn vor eine Herausforderung stellen, die Finger von ihr zu lassen. Wie er über Brains Tod recherchieren wollte, ohne dass sie etwas davon mitbekam, war ihm auch noch ein Rätsel.

Ein weiterer Vorteil der Business Class bestand darin, dass sie als Erstes von Bord gehen durften. Das Shuttle, das sie zum Flughafengebäude brachte, war nur halb gefüllt. Während sich die meisten Fluggäste im vorderen Bereich des Busses aufhielten, gingen sie bis fast nach hinten durch.

„Wir haben zwei Stunden Aufenthalt?“, fragte Rayna.

„Die Zeit wird schneller vergehen, als dir lieb ist. Es reicht gerade aus, um eine Tasse Kaffee zu trinken.“

Mit großen Augen blickte Rayna aus dem Fenster. Sie schien das Treiben auf dem Flughafengelände unglaublich interessant zu finden.

„Welche Suite hast du gebucht?“ Er überlegte, ob man die Suiten zusammenlegen konnte. Wenn Rayna schon mit ihm flog, wollte er zumindest ein Auge auf sie haben.

Jetzt sah ihn Rayna fragend an. „Suite?“ Sie kramte in ihrer Tasche und zog das Bordticket heraus.

„Du hast Business Class gebucht?“, fragte Ethan skeptisch, nahm das Ticket an sich. Auch nach mehrmaligem Hin- und Herdrehen veränderte sich die Beschriftung nicht.

„Ja, warum?“

„Ich werde sehen, ob sich das umbuchen lässt“, erklärte er und schob die Karte in seine Jackettinnentasche.

„Fliegst du nicht Business Class?“ Rayna war ehrlich erstaunt.

Ethan verdrehte die Augen. „Nein, natürlich nicht. Das ist ein Langstreckenflug.“

Verlegen wickelte Rayna eine Strähne um ihren Finger. „Also nur Economy Class?“

Ethan konnte sich das Lachen nicht verkneifen. Er gab sich alle Mühe und täuschte einen Hustenanfall vor. „Ich werde sehen, ob ich deinen Flug umbuchen kann“, wiederholte er.

Sie erreichten das Flughafengebäude. Ethan schob sie zielsicher in Richtung VIP-Lounge, die sich zwischen den Gates A15 und A16 befand. Der Eingang wurde ihnen von einem Uniformierten versperrt, der Ethan zwar höflich, aber reserviert entgegenlächelte.

Ethan berührte Rayna an der Schulter. „Warte du hier, ich regle das.“

Er ging auf den Mann hinter dem Schalter zu und schenkte ihm seinerseits ein höfliches Lächeln.

„Guten Tag“, grüßte der Uniformierte.

„Guten Tag. Ich hoffe, Sie können mir helfen."
„Sicher."
„Ich habe einen Anschlussflug nach München, Deutschland, in der First Class. Auf dem Weg von New Orleans habe ich eine alte Bekannte getroffen. Ich möchte gerne das Ticket der jungen Dame von Business Class in First Class umbuchen."
Der Mann ihm gegenüber griff nach den Bordkarten und studierte sie nachdenklich.
„Ich bedauere. Der Einlass in die VIP-Lounge ist kein Problem, aber das Umbuchen ist in so kurzer Zeit leider nicht möglich. Dafür braucht die Fluggesellschaft mindestens vier Stunden. Die junge Dame wird sich sicherlich auch in der Business Class wohlfühlen."
Ethan war noch nicht bereit aufzugeben. „Ich habe eine Suite gebucht. Da haben vier Personen Platz."
„Bitte verstehen Sie doch, es geht nicht um den Platz, sondern um den Akt der Umbuchung."
Ethan griff in seine Hosentasche, wo er für Notfälle immer ein paar Scheine bei sich trug. Unauffällig schob er einen Hundert-Dollar-Schein zu dem Mann hinüber.
Der Uniformierte sah sich schnell nach allen Seiten um, dann griff er nach dem Schein und ließ ihn verschwinden. Das machte er sicher nicht zum ersten Mal.
„Nun …" Eilig tippte er etwas in seinen kleinen Computer ein. „Eine Umbuchung ist in der Tat schwierig, aber es bestünde die Möglichkeit, Ihrer Begleiterin einen neuen Flug zu buchen. Sagen wir in der First Class, in Ihrer Suite?"
Ethan lächelte. Am liebsten hätte er diesem Halsabschneider, der diese Information nur mit einem dicken Schein preisgab, an die Gurgel gefasst und ihn so lange geschüttelt, bis sein fieses Grinsen verschwand. „Gerne", entgegnete er aber nur.
„Darf ich Sie um Ihre Kreditkarte bitten?" Er streckte auffordernd die Hand aus. Ethan griff in seine Innentasche und überlegte kurz, welche Kreditkarte er benutzen sollte. Mit einem überheblichen Lächeln hielt er dem Uniformierten seine

Platinum-Karte vor die Nase.

Dankend nahm er diese entgegen und zog sie durch den Scanner. Es dauerte weitere drei Minuten, dann hatte er für Rayna eine neue Bordkarte in der Hand.

Er verabschiedete sich höflich und ging zurück zu Rayna.

„Sind wir hier wirklich richtig?“, fragte sie unsicher, als er sie durch die Schiebetür in den exklusiven VIP-Bereich führte, der an eine noble Hotelhalle erinnerte. Ethan war hier schon ein paar Mal gewesen, daher dirigierte er Rayna zielsicher in den Restaurantbereich.

„Wir sind hier richtig. Setz dich!“, forderte er sie auf und schob ihr einen Stuhl zurecht. Kaum hatte er sich ihr gegenüber gesetzt, kam ein Kellner und fragte nach ihren Wünschen.

Rayna bestellte einen Latte, während er sich für einen Espresso entschied.

„Ich bin kurz dort drüben.“ Er deutete mit einer Kopfbewegung Richtung Fenster, von wo aus man wunderbar die startenden und landenden Flugzeuge beobachten konnte. „Ich muss Darren anrufen, und dort habe ich besseres Netz.“

„Sag ihm, ich komme nicht zurück, selbst wenn er nach Deutschland fliegt, um mich abzuholen.“

Ethan grinste Rayna an. „Ich werde versuchen, ihm genau das auszureden.“

Rayna verzog den Mund und murmelte: „Danke schön.“

Sein dummes Herz machte vor Freude einen Hüpfer. Eilig ging er außer Hörweite. Das mit dem Netz war gelogen. Hier in der VIP-Lounge hatte man überall hervorragenden Empfang. Aber er wollte in Ruhe mit Darren sprechen. Er wählte dessen Nummer und wartete, bis die Verbindung aufgebaut war.

„Es ist noch nicht einmal Mittagszeit. Gibt es Probleme?“, begrüßte ihn Darren.

„Nein, eigentlich nicht. Aber ich bin gerade in Philadelphia gelandet, und ich bin nicht allein hier.“

„Was?“ Nebengeräusche übertönten Darren. „Warte mal kurz.“

Ethan hörte, wie er sich von der Geräuschquelle entfernte.

„Wer ist bei dir?“, wollte Darren wissen.

„Deine Schwester.“

„Spinnst du?“, donnerte Darren. Ethan hatte mit schlimmeren Beschimpfungen gerechnet. „Bist du von allen guten Geistern verlassen? Was hat dich geritten, sie mitzunehmen? Philadelphia sagst du? Ich erwarte, dass du sie auf der Stelle in den nächsten Flieger nach New Orleans steckst. Ich werde sie persönlich am Flughafen abholen.“

„Jetzt atme erst mal tief durch“, redete Ethan auf seinen besten Freund ein. „Ganz ruhig!“

„Das sagst du so einfach“, schnaubte Darren. „Nein, Seth, jetzt nicht.“

Wenn Darrens Vorarbeiter in der Nähe war, musste sich Darren auf den Baumwollfeldern befinden.

„Ich habe Rayna nicht mitgenommen. Sie hat den Flug selbst gebucht.“

„Das ändert absolut nichts an der Tatsache …“

„Sie ist wild entschlossen, die Welt kennenzulernen. Wenn ich sie zwinge zurückzufliegen, wird sie in den nächsten Tagen in ein anderes Flugzeug steigen.“

Darren stieß einen verächtlichen Ton aus. „Das hat sie gesagt?“

„Ja.“

Er knurrte. „Traust du ihr das zu?“, fragte Darren noch immer mühsam seine Wut unterdrückend. Ethan konnte sich bildlich vorstellen, wie er, einem gefangenen Raubtier gleich, hin und her schlich.

„Ja.“

„Verdammt. Was schlägst du vor?“

Ethan atmete tief durch. Wenn er Darren diesen Vorschlag unterbreitete, gab es kein Zurück mehr. Wollte er das wirklich? „Ich werde Rayna mit nach Deutschland nehmen. Dann kann ich auf sie aufpassen und dafür sorgen, dass sie keine Dummheiten anstellt.“

Am anderen Ende der Leitung war Gemurmel zu hören. „Mir gefällt das nicht.“

„Du hast genau zwei Alternativen.“ Es war Zeit, Klartext

zu sprechen. „Entweder Rayna begleitet mich und ich passe auf sie auf oder sie reist allein in der Welt umher."

Eine Reihe von Flüchen in diversen Sprachen folgte. Ethan hielt den Hörer etwas weiter vom Ohr entfernt.

„Dir würde ich sogar mein Leben anvertrauen, das weißt du."

Ethan atmete tief durch. „Und ich dir meins."

Darren resignierte. „Pass bitte auf sie auf. Ich könnte es nicht verkraften, wenn ihr etwas zustoßen würde."

„Das wird nicht passieren", versprach Ethan und meinte es genau so. Wenn es sein musste, würde er Rayna mit seinem Leben beschützen.

„Melde dich, wenn etwas ist", bat Darren.

„Mach ich."

„Und melde dich auch mal so, damit ich weiß, dass es euch gut geht."

Ethan verdrehte die Augen. Nur weil Rayna jetzt bei ihm war, musste sich Darrens Kontrollwahn nicht auf ihn ausbreiten. Er würde ganz sicher nicht jeden Abend anrufen, um Bericht zu erstatten.

„Ich muss weiter. Bye." Bevor Darren es sich anders überlegen oder ihm ein Versprechen abringen konnte, das er bereuen würde, legte Ethan auf.

Er lächelte Rayna an und ging auf sie zu.

„Und?", fragte sie ungeduldig.

Ethan grinste. „Deine Reise wurde genehmigt."

Rayna sprang auf und fiel ihm lachend um den Hals. Zuerst etwas erschrocken, legte er vorsichtig eine Hand auf ihren Rücken. Ja, sie im Arm zu halten, fühlte sich definitiv gut an. Verboten gut.

„Ich danke dir", sagte sie sichtlich gerührt und strahlte ihn mit ihren großen Augen glücklich an.

KAPITEL 15

Die Suite, die Ethan im Flugzeug gebucht hatte, war der absolute Hammer. Rayna kam sich vor wie eine Prinzessin, der jeder Wunsch von den Augen abgelesen wurde, sobald sie nur daran dachte. Sogar der Start war erträglich, was aber mehr an Ethan lag, der sie gekonnt ablenkte. Neun Stunden würde der Flug etwa dauern. Das Mittagessen schmeckte unglaublich lecker, und Rayna war der Ansicht, noch nie so guten Fisch gegessen zu haben. Nach dem Essen riet ihr Ethan zu schlafen. Die Sitze, die sich in Windeseile in ein Bett umbauen ließen, waren geräumig und ziemlich bequem. Während Ethan ihr gegenüber saß und schon wieder auf seinen Laptop starrte, schlief Rayna ein.

Kurz vor der Landung weckte sie Ethan. Etwas schlaftrunken setzte sie sich auf, verschwand noch schnell im angrenzenden Bad und kam rechtzeitig zurück, um sich anzuschnallen.

Müde sah Rayna auf ihre Armbanduhr, die zehn Uhr

abends anzeigte.

„In Deutschland ist es jetzt fünf Uhr morgens", informierte Ethan sie. „Du hast ja ein wenig geschlafen. Dem Jetlag ist am besten entgegenzuwirken, wenn du versuchst, den Tag wach zu bleiben."

„Hm …", brummte Rayna. „Hast du auch geschlafen?"

„Ein wenig."

Rayna fühlte sich unglaublich erschöpft und müde. Wenn es jetzt fünf Uhr morgens war, dann war es noch viel zu früh, um aufzustehen.

Das Flugzeug verlor an Höhe, und Rayna versteifte sich in ihrem Sitz. Fliegen würde nie zu ihren Lieblingsbeschäftigungen gehören. Sie versuchte, sich abzulenken und nicht aus dem Fenster zu sehen. Ethan war ihr diesmal leider keine große Hilfe. Ihr Magen machte schon wieder Purzelbäume, und sie wollte Ethan gerade nach einer Papiertüte fragen, als sie auf der Rollbahn aufsetzten und Rayna fest in den Sitz gedrückt wurde. Das Flugzeug wurde langsamer, bis sie schließlich in gemächlichem Tempo zu ihrem Halteplatz rollten.

Rayna atmete tief durch. Sie hatte auch diese Landung überlebt.

„Und nun?", fragte sie neugierig.

„Jetzt checken wir erst aus und suchen uns dann ein Taxi", erklärte Ethan, während er aufstand und seine Sachen zusammensuchte. Über seine Anzugjacke zog er einen warmen Mantel. Skeptisch sah er Rayna zu, wie sie ihrerseits die Jeansjacke anzog.

„Das ist nicht dein Ernst, oder?", fragte er.

Rayna blickte an sich hinab und konnte einfach nicht verstehen, was an ihrer Jeansjacke anstößig sein sollte.

Ethan schüttelte den Kopf. „Wir werden dir eine anständige Jacke kaufen."

Rayna kam sich vor wie ein kleines Kind, das einfach nichts richtig machen konnte. Sie griff nach ihrer Umhängetasche und trottete hinter Ethan her. Als eine der Ersten durften sie das Flugzeug über die Fluggastbrücke verlassen.

Ethan hatte dabei ein flottes Tempo angeschlagen. Er schien sich bestens auszukennen. Okay, er war mindestens schon einmal in München gewesen, damals, als er Sarah aufgesucht hatte. Sie liefen durch die Gänge Richtung Passkontrolle, als Ethan auf ein Geschäft mit Damenmode zeigte.

„Dorthin“, kommandierte er.

Ethan hatte es also wirklich ernst gemeint, ihr eine Jacke kaufen zu wollen. Bevor sie jedoch dagegen protestieren konnte, hatte er sie bereits in den Laden hineingeschoben. Eine topgestylte Verkäuferin kam lächelnd auf sie zu.

„Wie kann ich Ihnen helfen?“, erkundigte sie sich auf Englisch. Ihr Blick wanderte von Rayna zu Ethan und wieder zurück.

Rayna stemmte eine Hand in die Hüfte und wollte gerade etwas sagen, als Ethan ihr zuvorkam und auf Deutsch antwortete. Rayna verstand von der Unterhaltung kein Wort und ärgerte sich maßlos über Ethan. Die Verkäuferin lachte Ethan an, und er flirtete schamlos mit ihr. Grimmig stand Rayna daneben und kam sich etwas überflüssig vor. Dann rückte sie in den Mittelpunkt der Unterhaltung. Sie merkte es daran, dass die Verkäuferin sie ausführlich musterte.

„Kommen Sie bitte mit!“, forderte die Verkäuferin Rayna auf. Zumindest auf Englisch, sodass Rayna sie verstand.

Ethan nahm ihr die Umhängetasche ab. Vor einer großen Spiegelwand probierte Rayna die Jacken an, die ihr die Verkäuferin reichte. So wirklich gefallen wollte Rayna nichts. Der Mantel mit dem Fell am Kragen – ob nun Kunstfell oder echtes – kam absolut nicht infrage. Der violette Blazer unterschied sich nicht viel von ihrer Jeansjacke. Die Lederjacke saß nicht richtig, Rayna fühlte sich darin eher wie eine Rockerbraut. Das war definitiv nicht sie. Schließlich fiel ihr Blick auf einen sandfarbenen Trenchcoat, der allein an einem Kleiderständer hing.

Rayna deutete darauf und bat die Verkäuferin, ihr diesen zu holen.

„Der ist gänzlich ungeeignet“, belehrte die Frau Rayna und wollte schon ihre Bitte übergehen.

„Den Trenchcoat bitte“, untermauerte Ethan ihre Forderung.

Die Verkäuferin überlegte kurz, dann nickte sie, ging zu dem Ständer und holte den gewünschten Mantel.

Rayna probierte ihn an. Er war gut zu tragen, warm, und Rayna fühlte sich darin unglaublich wohl.

„Das ist das Richtige“, entschied Ethan.

Rayna lächelte ihn glücklich an. Ja, der Mantel war einfach perfekt.

Sie drehte sich noch einmal vor dem Spiegel hin und her, während Ethan die Rechnung beglich.

„Ich hätte den Mantel auch selbst zahlen können“, meinte sie ein wenig später, als sie auf die Passkontrolle zugingen.

„Ich dachte, es bereitet dir eine gewisse Genugtuung, wenn ich meine Spesen mit Darren abrechne“, entgegnete er geschäftsmäßig.

Rayna konnte sich ein Grinsen nicht verkneifen. Ethan war unglaublich gerissen. Zum Glück stand er auf ihrer Seite, denn ihn wollte sie ganz sicher nicht zum Feind haben.

Als sie kurz darauf das Flughafengebäude verließen, war Rayna dankbar für die warme Jacke. Deutschland war wirklich ungemütlich kalt. Es regnete zwar nicht, dennoch war der Himmel wolkenverhangen. Die Temperatur erinnerte eher an den tiefsten Winter in Louisiana.

Ethan wechselte ein paar Worte mit dem ihnen am nächsten stehenden Taxifahrer. Dieser nickte eifrig und verstaute das Gepäck im Kofferraum, während Ethan Rayna die Tür aufhielt, damit sie einsteigen konnte. Sie rutschte durch. Ethan folgte ihr. Der Taxifahrer setzte sich hinters Steuer.

„Do you come from America or Africa?“, fragte der Fahrer Ethan in einem schauderhaften Englisch.

„Amerika“, erklärte Ethan und fügte noch eine Erklärung auf Deutsch hinzu, was Rayna nicht verstand. Eifrig nickte der Mann und antwortete Ethan, während er sein Navi programmierte. Dann fuhren sie los.

„Er ist erst seit zwei Wochen Taxifahrer“, klärte Ethan

Rayna auf.

„Okay." Sie zog skeptisch eine Augenbraue nach oben.

Ethan lachte über ihre Unsicherheit. „Aber er hat ein Navi dabei und hat mir versprochen, uns auf dem kürzesten Weg zu unserem Ziel zu bringen."

„Na dann", murmelte Rayna. Sie fühlte sich vollkommen erledigt und ließ den Kopf gegen die Scheibe fallen. Trotz der frühen Uhrzeit waren vor dem Flughafen unglaublich viele Menschen unterwegs.

Rayna versuchte die Augen offen zu halten. Aber sie war so unglaublich müde, und schon bald klappten ihr die Lider einfach zu.

KAPITEL 16

Ethan blickte immer wieder zu Rayna hinüber, deren Kopf an der Autoscheibe lehnte. Sie war tatsächlich noch einmal eingeschlafen. Der Flug hatte sie doch mehr erschöpft, als sie sich eingestehen wollte. Dabei hatte sie sich so tapfer geschlagen.

Er musste schmunzeln, wenn er sich an ihre ungläubigen Augen erinnerte, als sie die Suite betreten hatten. Sie versuchte, sich nicht anmerken zu lassen, wie begeistert sie von all diesem Luxus war. Seine Eltern hatten ihm so viel Geld hinterlassen, dass er gut davon leben konnte, und auch als Anwalt verdiente er ziemlich gut. Dennoch war er im Gegensatz zu Rayna regelrecht arm. Trotz des Reichtums der Familie Morgan lebte Rayna äußerst bescheiden. Wusste sie schlichtweg nichts über die Höhe ihres Vermögens oder war es ihr einfach nicht wichtig?

Die kindliche Freude, mit der sie die Welt für sich entdeckte, gefiel ihm ausgesprochen gut, und er hoffte, dass sie das noch lange beibehalten würde.

Zum wiederholten Male blickte er zu Rayna hinüber. Er freute sich über ihre Gesellschaft, dennoch stellte sie ihn vor eine große Herausforderung. Rayna ging davon aus, dass Sarah, die jetzt mit Darren verheiratet war, davor mit Brain Morgan glücklich gewesen war und Sarahs Bruder Alex einfach so mit im Münchner Haus gelebt hatte. Das entsprach nur bedingt den Tatsachen. Natürlich hatten sowohl Sarah als auch ihr Bruder in dem Haus ihrer verstorbenen Mutter gelebt, genau wie Brain. Allerdings war Brain mit Sarah nur auf dem Papier verheiratet gewesen. In Wahrheit hatte er eine Liebesbeziehung mit Alex geführt. Davon durfte aber Rayna nichts wissen. Die nächste Hürde, die vor ihm lag, war also, vor Rayna in die Wohnung zu gehen und alle verräterischen Beweise, die darauf hindeuteten, dass Alex und Brain ein Paar waren, verschwinden zu lassen.

„Bleiben Sie länger in Deutschland?“, erkundigte sich der Taxifahrer, der froh zu sein schien, dass Ethan seine Muttersprache verstand.

„Nicht wirklich. Ein, maximal zwei Wochen“, gab er gelangweilt Auskunft. Der Fahrer wollte sicher nur höflich sein, doch er hatte absolut keinen Nerv, höfliche Konversation zu betreiben.

Nachdenklich sah er aus dem Fenster. Sie fuhren von der Autobahn ab. Der Verkehr wurde immer dichter. Sarahs Haus lag in einer kleineren Seitenstraße in der Nähe des Klinikums. Beste Lage, eigentlich unbezahlbar. Die Häuser waren zwar in die Jahre gekommen, hatten aber ihren ganz eigenen Charme. Die Umgebung war so vollkommen anders als in Louisiana. Dennoch würde er das warm-feuchte Klima jederzeit dem kalten Deutschland vorziehen. Vielleicht lag es auch einfach an seinen schlechten Kindheitserinnerungen. Als seine Eltern, beide Diplomaten, mit ihm nach Bonn, der damaligen Regierungshauptstadt, zogen, war er zehn Jahre alt. Er war schlecht in der Schule, hasste die schwere Sprache und noch mehr die deutschen Jungs, die mit einem *Neger* wie ihm nichts anfangen konnten. Als er dann nach fünf Jahren halbwegs Fuß gefasst hatte, wurden die Zelte abermals abgebrochen, und sie zogen in die Staaten zurück. Louisiana wurde sein neues Zuhause, das war es auch bis heute geblieben.

Der Taxifahrer hielt vor dem Haus.

„Würden Sie bitte einen Augenblick warten?“, fragte Ethan. Er musste allein in die Wohnung, und solange Rayna noch schlief, war dies der perfekte Zeitpunkt.

„Ich kann gerne eine Runde um den Block drehen“, bot der Taxifahrer an.

Ethan war es egal, wenn der Fahrer etwas auf den Preis aufschlug, aber der Gedanke, dass der Kerl mit Rayna allein durch die Gegend fuhr, gefiel ihm nicht. „Fünfzig Euro lege ich obendrauf, wenn Sie vor dem Haus stehen bleiben und warten.“

Der Fahrer bekam große Augen, der Motor erstarb. „Ich werde mich nicht vom Fleck rühren“, versprach er aufgeregt.

Ethan stieg aus, kramte aus seiner Hosentasche den Schlüssel hervor und schloss auf. Vorsichtig schob er die Tür auf. Abgestandene Luft schlug ihm entgegen. Auf dem Boden türmten sich kostenlose Zeitungen und Briefe. Von Sarah wusste er, dass ab und an eine Freundin vorbeikam, um die Post wegzuräumen. In den letzten Wochen schien sie jedoch nicht hier gewesen zu sein. Mit dem Fuß schob er die Briefe und Werbeprospekte zur Seite, um sich einen Weg zu bahnen. Er musste die Beweise verschwinden lassen, die Rayna verraten würden, dass Brain in Wahrheit keine Liebesbeziehung mit Sarah geführt hatte, sondern mit ihrem Bruder Alex zusammen gewesen war. Wie alle anderen sollte auch Rayna glauben, Brain sei mit seinem besten Freund durch einen Unfall ums Leben gekommen. Im Vorbeigehen sammelte er die Fotografien ein, die Alex und Brain zusammen zeigten. Die, auf denen alle drei oder Sarah und Alex zu sehen waren, rückte er ein wenig zurecht, damit die fehlenden Bilderrahmen nicht auffielen. So ging er durch den kleinen Flur, den Wohnbereich und landete schließlich im Arbeitszimmer. In der untersten Schublade fand er Platz, die Bilder zu verstauen. Das Schlafzimmer der beiden Männer, das ebenfalls im Erdgeschoss lag, war ziemlich verstaubt. Auch hier räumte er Fotografien weg und entfernte ein größeres Bild, das an der Wand hing. Dann machte er sich auf den Weg in den ersten Stock. Etwas ratlos stand er in Sarahs ehemaligem Zimmer und sah sich um. Rosa Bettwäsche und Blümchentapete. Wie sollte er Rayna weismachen, dass hier Sarahs Bruder gelebt hatte? Die persönlichen Gegenstände, auch im angrenzenden Badezimmer, waren verschwunden, im Kleiderschrank herrschte gähnende Leere. Das würde also sein Zimmer werden, damit Rayna es nicht betrat.

Er kehrte zum Taxi zurück. Während der Fahrer das Gepäck auslud, schüttelte er Rayna vorsichtig.

„Wir sind da."

Verschlafen rieb sie sich die Augen.

„Wir sind angekommen", erklärte er geduldig.

Rayna richtete sich auf und blickte sich um. „Wir sind da?" Ein Lächeln huschte über ihr Gesicht. „Ich bin so aufgeregt", gestand sie.

Er bezahlte den Fahrer und griff nach den beiden Koffern. Andächtig stand Rayna vor dem Haus.

„Lass uns reingehen. Es ist ziemlich verstaubt und muffig, wir haben also einiges zu tun." Er stupste sie an und ging voraus.

Kommentarlos stellte er ihren Koffer im Schlafzimmer ab, öffnete die Schränke und suchte Bettwäsche heraus. So ein Mist, die Schränke waren nur mit Männerkleidung bestückt. Eilig legte er einige Stapel aufeinander, damit es so aussah, als wären Teile des Kleiderschranks leer geräumt worden.

Rayna ging zum Fenster und öffnete es weit. Frische, klare Luft drang zu ihnen herein.

„Du kannst schon mal die Bettwäsche abziehen", sagte er.

Rayna blickte panisch auf das Ehebett. „Vielleicht schlafe ich lieber im Wohnzimmer. Dort habe ich ein geräumiges Sofa gesehen."

Ethan grinste in sich hinein und schloss den Schrank. „Das Bett ist für dich allein gedacht. Ich schlafe oben im ersten Stock." Er klopfte vorsichtig auf die Bettdecke. Staub wirbelte um sie herum.

„Ach so", stotterte Rayna und begann mit hochrotem Kopf

die Bettwäsche abzuziehen.

Sie sah unheimlich niedlich aus mit ihren geröteten Wangen. Es klingelte an der Tür. Das musste das Essen sein.

Überrascht hob Rayna den Kopf und sah ihn mit fragenden, großen Augen an.

„Ich gehe schon. Das muss der Lieferdienst vom Supermarkt sein." Ethan schob sich an Rayna vorbei und trat hinaus in den Flur. Er umrundete den Posthaufen und öffnete die Tür. Ein junger Kerl mit zwei großen Papiertüten, auf dem dasselbe Logo des Supermarkts wie auf seiner Schirmmütze prangte, sah ihn gelangweilt an.

„Lieferung für Washington?", fragte er.

„Ja." Er nahm dem jungen Mann die Einkaufstaschen ab und trug sie in die Küche. Auch hier hatte Rayna alle Fenster aufgerissen. Er kehrte zurück, bezahlte den Lieferanten und schloss hinter ihm die Tür.

KAPITEL 17

Es schmeckte so unglaublich gut. Rayna nahm sich eine volle Gabel von dem Gemüse, das Ethan zubereitet hatte. Wo hatte er gelernt, so gut zu kochen? Zuerst die Pancakes, jetzt Gemüse mit Kartoffeln und Fisch.

„Das ist total lecker", erklärte Rayna und konnte sich nicht schnell genug den nächsten Happen in den Mund stecken.

„Danke", entgegnete er und grinste sie an.

Den Vormittag hatten sie arbeitend verbracht. Nachdem Rayna im Schlafzimmer fertig gewesen war, hatte sie im kompletten Erdgeschoss Staub gewischt und gesaugt, während Ethan im ersten Stock sein Zimmer bezogen und dann dieses herrliche Essen gezaubert hatte. Endlich hatte sich der abgestandene Geruch fast vollständig verflüchtigt. Lediglich im Badezimmer roch es noch ein wenig streng. Die Abflüsse waren komplett ausgetrocknet gewesen, und der Gestank der Kanalisation war ins Haus gezogen. Doch auch das Putzmittel und eine große Portion Wasser, um die Abwasserrohre zu füllen, konnten den Geruch nicht restlos vertreiben. Aber es war zumindest erträglich geworden.

„Was hast du heute noch vor?“, erkundigte sich Rayna beiläufig. Sie war hier, um Urlaub zu machen, wusste jedoch, dass Ethan arbeiten musste.

„Nichts mehr. Wenn du Lust hast, können wir die DVD-Sammlung durchstöbern und uns einen gemütlichen Nachmittag auf der Couch machen.“

Rayna strahlte ihn an. „Das hört sich großartig an. Allerdings weiß ich nicht, wann mir die Augen zufallen“, warnte sie ihn vor. Rayna griff nach ihrem Wasserglas und trank es leer.

Unaufgefordert goss Ethan ihr nach.

„Du musst mir nur sagen, ob ich den Film allein zu Ende schauen oder dich wecken soll.“

An seinen Wangen bildeten sich kleine Grübchen, wenn er lachte. War das schon immer so gewesen?

„Ich glaube, ich würde Schlaf bevorzugen“, gestand Rayna.

Sie räumte die leeren Teller zusammen und stellte sie in die Spülmaschine. Ethan half ihr beim Abräumen.

Es hatte durchaus seine Vorzüge, in einem komplett eingerichteten Haus wohnen zu dürfen. Rayna gefiel es ziemlich gut, und sie fühlte sich ausgesprochen wohl in den vier Wänden, die einst Brains und Sarahs Zuhause gewesen waren. Die Einrichtung war dezent, modern und in erster Linie zweckmäßig. An Ethans Heimkinoanlage reichten der Flachbildschirm und die Lautsprecher zwar nicht heran, aber auf Rayna wirkte alles, was größer als ihr Laptopbildschirm war, wie purer Luxus.

„Trinkst du ein Gläschen Wein mit mir?“, fragte Ethan.

Rayna nickte. „Aber ich hätte gerne einen weißen.“

„Ich werde sehen, was ich finde.“ Damit ließ er sie allein in der Küche zurück. Sie holte zwei Weingläser aus dem Schrank und ging hinüber ins Wohnzimmer. Dort stellte sie sich vor das Regal und sah die vorhandenen DVDs durch. Ihr Blick fiel auf eine hölzerne Skulptur, die auf dem Regal über den DVDs stand. Es handelte sich um eine meisterliche Nachbildung eines sitzendes Gepards. Ehrfürchtig strich sie über das blank polierte Holz, und für einen Moment hatte sie das Gefühl, als würde ein Funke Energie auf sie überspringen. Erschrocken zog Rayna die Hand zurück und starrte das Holztier feindselig an. Das konnte nicht sein. Sie musste sich vergewissern. Langsam streckte sie die Hand wieder aus, um die Skulptur vorsichtig zu berühren. Sie spürte das glatte Holz unter ihren Fingerspitzen. Nicht mehr und nicht weniger. In diesem Stück totem Baum steckte ungefähr so viel Magie wie in einem Besen. Sie hatte sich schlichtweg geirrt. Vielleicht sehnte sich ihre Gepardin so sehr nach Cheetah Manor, dass sie sich einfach wünschte, ein magisches Objekt vor sich zu haben.

Energisch riss sich Rayna von dem Gedanken los und wandte sich den DVDs zu. Die meisten Titel sagten ihr nichts. Die Klappentexte waren ohnehin auf Deutsch. Sie begann auf den Rückseiten nachzusehen, ob die DVDs auch englische Sprache beinhalteten.

„Na, schon fündig geworden?“, erkundigte sich Ethan und kam mit einer seltsamen kleinen Flasche zurück.

„Was hast du ausgesucht?“, wollte Rayna neugierig wissen.

„Das ist ein *Bocksbeutel*. Ein Wein aus Franken, einer Region hier in der Nähe.“

Interessiert beobachtete Rayna, wie Ethan die Flasche entkorkte und ihnen beiden eingoss. Sie hielt eine DVD hoch. Ein Actionfilm. Damit konnte man sicher nicht viel falsch machen.

„Leg rein!“, stimmte ihr Ethan zu. Sie tat es, reichte ihm die Fernbedienung und kuschelte sich unter eine Decke, die sie im Hohlraum des Fußschemels gefunden hatte.

„Möchtest du auch?“, bot sie Ethan ein Stück der Decke an.

Er schüttelte den Kopf.

Rayna zog die Decke bis unters Kinn und sah zu, wie Ethan die Sprache umstellte, dann aber auf Pause drückte.

Ethan nahm die Weingläser reichte ihr eins, und sie stießen miteinander an. „Auf einen netten Abend und deinen Urlaub in Deutschland.“

Rayna nickte und trank einen Schluck. Der Wein schmeckte

gut. Süßlich, aber dennoch nicht nach Saft.

„Was hast du für die nächsten Tage geplant?“, fragte Rayna beiläufig. Sie brannte darauf, mehr über Ethan zu erfahren. Leider war der Anwalt meist sehr sparsam mit seinen Informationen.

„Arbeiten“, antwortete er einsilbig.

Auch diesmal schien sie nicht wirklich etwas aus ihm herauszubekommen. „Und an *was* arbeitest du?“

Er sah sie direkt an, seufzte und schüttelte den Kopf. „So gerne ich mit dir über alles reden würde, du weißt doch, dass ich über meine Mandanten stets Stillschweigen bewahre.“

Rayna war nicht dumm, aber sie war auch noch nicht bereit aufzugeben. „Selbst wenn es sich um meinen Bruder handelt?“

Sie merkte, wie er zurückzuckte, sich vor ihr verschloss. Hatte sie etwas Falsches gesagt?

„Wie meinst du das?“, erkundigte er sich.

„Du arbeitest doch für meinen Bruder.“

„Ach so. Ja, natürlich.“

Klang Ethan da gerade erleichtert? War er überhaupt nicht für Darren tätig, sondern für Eric? Oder für Sarah? Rayna war gerade ziemlich durcheinander.

„Startest du bitte den Film?“, bat sie, um in Ruhe über das eben Gesprochene oder viel mehr über Ethans Reaktion nachdenken zu können.

Ethan griff zur Fernbedienung, und die ersten Bilder mit einer melodramatischen Musikuntermalung flimmerten über den Bildschirm.

Warum hatte Ethan so reagiert, als sie auf ihren Bruder angespielt hatte? Wenn es in Deutschland Arbeit für ihn gab, lag es nahe, dass Darren ihn beauftragt hatte oder es um Sarahs Belange ging. Eric unterhielt, soweit sie wusste, keine geschäftlichen Beziehungen nach Deutschland. Vielleicht irrte sie sich da aber auch, und Ethan war hier, um Verträge zu überprüfen oder aufzusetzen und diverse Vereinbarungen zu verhandeln. Egal, wie sie es drehte und wendete, keine dieser Erklärungen erschien ihr besonders schlüssig.

Die Handlung des Films nahm an Fahrt auf, aber Rayna

bekam nur die Hälfte mit. Gedankenverloren griff sie nach dem Weinglas und nahm einen Schluck.

Zuerst ganz sanft, dann immer vehementer spürte sie das Kratzen der Katze nahe unter ihrer Haut. Rayna drängte das Tier zurück, aber aus unerfindlichen Gründen wollte ihr das nicht so recht gelingen. Sie nahm noch einen Schluck Wein. Vor Schreck riss sie die Augen auf, als sie sah, wie sich ihre Fingernägel zu Krallen verlängerten. Sie stellte eilig das Weinglas ab, bevor sie es mit der Pfote nicht mehr halten konnte. Panisch befahl sie der Gepardin, sich zurückzuziehen.

Ethan blickte sie überrascht an.

„Alles in Ordnung", beeilte sie sich zu sagen und verkroch sich unter der Decke, sodass nur noch ihr Kopf herausschaute.

Sie konzentrierte sich auf den Film und stellte fest, dass es sogar einen sinnvollen Handlungsstrang gab. Der Held versuchte alles, um die Welt zu retten. Ihm zur Seite stand ein komischer Kauz, der nichts auf die Reihe bekam.

Müdigkeit befiel Rayna. Sie fühlte sich unglaublich erschöpft. Die Putzaktion und der Kampf gegen das Tier in ihr hatten ihr ziemlich zugesetzt. Aber vor Ethan würde sie sich keine Blöße geben. Außerdem wollte sie den Film zu Ende anschauen.

Immer wieder klappten ihr die Lider zu, immer wieder öffnete sie diese. Die Handlung am Bildschirm nahm an Tempo zu, doch das bekam Rayna kaum noch mit.

Ihre Augen waren schwer wie Blei und fielen endgültig zu. Ihr Kopf sank an eine warme Schulter. Sie war eingeschlafen.

KAPITEL 18

Als Raynas Kopf gegen seine Schulter sackte, spannte er sich unwillkürlich an. Jedes Mal, wenn sie ihm nahe kam, zuckte er zusammen. Die Berührungen waren süße Folter. Er verspannte sich automatisch. Ihre Nähe zu spüren war immer schön, versetzte ihn jedoch in Alarmbereitschaft. Er durfte sich nicht gehen lassen, musste wachsam sein.

„Rayna", sagte er und wartete vergeblich auf eine Antwort.

Vorsichtig, damit ihr Kopf nicht von seiner Schulter rutschte, beugte er sich etwas vor, um sie anzusehen. Sie war eingeschlafen.

Für Sekunden verharrte er reglos, wusste nicht, was er tun sollte. Aber er wollte nicht allein sein, also lehnte er sich zurück und verfolgte den Spielfilm. Sein Interesse daran war gleich null. Er war nicht nur unglaublich langatmig und langweilig, sondern auch technisch die reinste Katastrophe. Eine Schande für die Action-Welt.

Aber Rayna war bei ihm, und das machte die Situation

mehr als wett. Sie an seiner Schulter zu spüren, war ein großartiges Gefühl, das er bewusst nicht weiter ergründen wollte. Deswegen genoss er einfach ihre Nähe. Das Tier in ihm schnurrte zufrieden, und Ethan musste einen kehligen Laut zurückhalten, der sich eindeutig mehr nach Katze als nach Mann angehört hätte. Seine Gedanken schweiften ab, und sein Blick wanderte in der Wohnung umher, bis er auf einen aus Holz geschnitzten Gepard fiel, der auf dem Regal über den DVDs thronte. Auch ohne die Skulptur zu berühren, wusste er, was er da vor sich hatte. Für jeden normalen Menschen sah die Raubkatze wie ein Einrichtungsgegenstand aus, der vielleicht noch an eine Reise erinnerte. Doch in Wahrheit war das hölzerne Tier viel wertvoller. Der Gepard war Brains Energiequelle gewesen, das Objekt, an das er sich gebunden hatte, als er Cheetah Manor verließ. Für Ethan war es unvorstellbar, einem so magischen Ort wie der Baumwollplantage den Rücken zu kehren. Jeder Gestaltwandler, der mit so einem Ort verwurzelt war, war ein Privilegierter. Alle anderen – wie er – mussten sich mit einem Objekt begnügen. Das alles hatte Brain freiwillig aufgegeben.

Jetzt, nach Brains Tod, war die Skulptur jedoch nur noch das, was sie augenscheinlich war: ein lebloser Einrichtungsgegenstand. Das würde sie auch bleiben, sollte nicht ein anderer Gestaltwandler das Objekt auswählen, es weihen und dadurch mit Magie füllen. Ethan schluckte und sah Rayna aus dem Augenwinkel an. Wenn er ihr doch nur sein Geheimnis anvertrauen könnte. Aber es wäre nicht gut. Es war am sichersten, wenn niemand davon wusste. Den Fehler, den er einmal begangen hatte, würde er nie wiederholen. Aber Rayna war nicht Curley. Sie hatte absolut keine Ähnlichkeit mit ihr. Weder äußerlich noch charakterlich. Raynas Lieblingsbeschäftigung war nicht, das Familienvermögen zu verprassen und Partys zu feiern. Seit er mit ihr zusammen war, hatte sie nicht einmal ihr Handy gezückt, um ein Foto von sich in den sozialen Netzwerken online zu stellen.

Ethan starrte vor sich hin auf den Bildschirm. Er wagte nicht, sich zu bewegen, denn er wollte nicht, dass Rayna aufwachte.

Sie roch wunderbar. Blumig, frisch und einfach nach Rayna. Für einen Moment schloss er die Augen, um in ihrem Duft zu baden, ihn sich ganz fest einzuprägen. Er würde sie unter Tausenden wiedererkennen. Rayna war einfach einmalig, besonders. Sie in seinem Bett, die … Nein! Seine Gedanken nahmen eine vollkommen falsche Richtung an.

Der Abspann lief. Die Zeit rannte ihm davon. Wenn es nach ihm ginge, könnte er die ganze Nacht hier sitzen. Aber irgendwann würde sie aufwachen, und abgesehen davon, dass ihr dann alles wehtun würde, wäre sie vermutlich auch ziemlich sauer auf ihn.

Vorsichtig schob er seine Hand unter ihren Kopf, damit er aufstehen konnte, ohne dass sie umfiel. Es war ein ziemlicher Balanceakt, aber dann hatte er es geschafft. Er hob sie vorsichtig hoch, bettete ihren Kopf an seiner Halsbeuge und trug sie hinüber in das geräumige Schlafzimmer. Langsam legte er sie auf der einen Bettseite ab und deckte sie zu. Sie bewegte sich, rollte sich zur Seite und zog die Beine an. Ethan wagte nicht, sich zu rühren. Hatte er sie geweckt? Sie seufzte, aber die Augen blieben fest geschlossen. Minuten verstrichen, und Ethan tat nichts weiter, als dazustehen und sie anzusehen. Das könnte er die ganze Nacht tun. Die andere Seite des Bettes war noch frei, da wäre es bequemer. Er schüttelte den Kopf und musste sich dazu zwingen, das Zimmer zu verlassen.

Darauf bedacht, keine Geräusch zu machen, schloss Ethan vorsichtig die Tür. Dann atmete er tief durch. Nur zu gerne hätte er sich neben sie gelegt, sich an ihren Rücken gekuschelt und ihre Nähe gespürt. Er ballte die Hände zu Fäusten. Es war gut, dass er gegangen war. Er tat das Richtige. Das Richtige für sich und für Rayna. Alles andere musste er ausblenden.

In Gedanken noch immer bei der Frau, die nur wenige Meter von ihm entfernt schlafend in einem Ehebett lag, ging er ins Wohnzimmer, räumte ein wenig auf und stieg die Treppenstufen hinauf zu seinem Zimmer. Da an Schlaf nicht zu denken war, holte er seinen Laptop und begann zu arbeiten. Er rief E-Mails ab, beantwortete einige und arbeitete dann an einem aktuellen Fall, der auf ihn wartete, wenn er in die Staaten zurückkehrte.

Der Zeiger war bereits weit nach Mitternacht vorgerückt, und er konnte noch immer nicht einschlafen. Der Jetlag setzte ihm diesmal enorm zu. Er hätte auf dem Flug nicht schlafen sollen. Die Katze in ihm streifte unruhig hin und her, sehnte sich nach Auslauf und Bewegung. Er blickte auf die Uhr. Konnte er es wagen? Wie viele Menschen wären um diese Uhrzeit noch unterwegs? Es war natürlich ein Risiko. Eine Entdeckung würde schwerwiegende Folgen haben. Aber er machte so etwas nicht zum ersten Mal. Er war daran gewöhnt, aufzupassen und Gefahren aus dem Weg zu gehen.

Ethan legte den Laptop weg, holte Laufschuhe, Hose und T-Shirt heraus und zog sich um. Leise schlich er durch das Haus. Vor Raynas Zimmertür hielt er kurz an, lauschte. Keine verdächtigen Geräusche drangen an sein Ohr. Sie musste tief und fest schlafen und würde seine Abwesenheit nicht bemerken. Darauf bedacht, so wenig Geräusche wie möglich zu machen, schnappte er sich den Haustürschlüssel und stahl sich fort.

KAPITEL 19

Es war dunkel. Die Straßen in dieser Wohngegend verlassen. Doch Ethan war es zu hell. Viel zu nah standen die Laternen, leuchteten die Straße aus. Eilig machte er sich auf den Weg. Niemand würde sich über einen nächtlichen Jogger wundern. Es mochte ungewöhnlich sein, aber in einer Großstadt wie München durchaus vorkommen. Er kannte den genauen Weg nicht, sondern konnte nur die grobe Richtung einschlagen. Sein Ziel lag im Herzen von München, direkt an der Isar. Aber er war sich sicher, den Park trotzdem zu finden. Als er bei seinem letzten Besuch in Deutschland hier in der Nähe in einem Hotel abgestiegen war, hatte er den Englischen Garten ein paar Mal aufgesucht. Natürlich war die Grünanlage nicht mit der unberührten Natur Louisianas zu vergleichen – weder von der Größe noch von der Vegetation. Aber es war besser als nichts, und in der Dunkelheit würde eine schwarze, etwas zu groß geratene Katze nicht auffallen.

Der Weg war tatsächlich einfach zu finden, und Ethan

erreichte schnell die Ausläufer des Englischen Gartens. Nur vereinzelt traf er noch auf Menschen. Zwei halbstarke Kerle, die etwas zu viel getrunken hatten und durch die Gegend schwankten. Ein Penner, der auf einer Bank schlief. Er vergewisserte sich, dass keine Menschenseele in Sichtweite war, verließ den Weg und verschwand zwischen den Büschen.

Die Katze wetzte ihre Krallen. Sie wollte in die Freiheit entlassen werden, endlich die Oberhand gewinnen. Er ließ es zu, und die Verwandlung begann. Muskeln streckten sich, Knochen schrumpften zusammen oder dehnten sich aus. Ein Fauchen entwich seiner Kehle, während Fell seinen ganzen Körper bedeckte und er sich auf die Vorderpfoten fallen ließ.

Er streckte sich, nahm die Umgebung intensiv wahr. Fremde Gerüche, andersartige Geräusche. Eine ihm völlig fremde Welt, an die sich etwas in ihm jedoch zu erinnern schien. Der harzige Geruch der Kiefer, neben der er stand, weckte Erinnerungen. Vorsichtig setzte er eine Pfote vor die andere. Sein schwarzes Fell bot ihm Schutz in der Dunkelheit. Wenn er nicht so groß wäre, würde er als Hauskatze durchgehen. Doch er war ein Raubtier, gehörte zu den schnellsten Landtieren der Welt.

Er senkte die Nase auf den Boden, schnappte einen Geruch auf. Beute. Der Panther drehte den Kopf mit dem Wind, sodass er lauschen konnte, vernahm leises Scharren auf Holz. Seine Schnurrhaare vibrierten. Es war ein ungleicher Kampf. Sein Opfer hatte keine Ahnung, dass es die nächsten Minuten nicht überleben würde. Er bog den Rücken durch, dann jagte er los. Zweige brachen unter seinen Pfoten, er duckte sich unter Ästen hinweg und legte die Strecke in unglaublicher Geschwindigkeit zurück. Er liebte den Wind im Gesicht. Seine Aufmerksamkeit ließ nicht nach. Während er sich auf seine Beute konzentrierte, scannte er regelmäßig die Umgebung ab. Kein Mensch war in der Nähe. Er mied die großen Liegewiesen, suchte die dicht bewachsenen Gebiete auf und nahm dafür sogar einen Umweg in Kauf. Es war ihm egal, dass er von der falschen Seite aus angreifen würde und das Tier ihn riechen konnte. Es war ohnehin viel zu langsam.

Das Fellknäuel kam bereits in Sicht. Es hob den Kopf, hatte mit dem Nagen aufgehört und starrte ihm entgegen. Mit einem schwarzen Ungetüm, größer als ein Labrador, konnte das unwissende Tier nichts anfangen. Als er die Zähne bleckte und der Biber im Watschelschritt das Weite suchte, war er nur einen Sprung entfernt. Er grub seine Krallen in das Fell des Tieres, rang es zu Boden. Ein schneller, gezielter Biss in die Kehle, und der Biber rührte sich nicht mehr.

Der Panther sog gierig die Luft ein. Die Jagd hatte ihn angestrengt. Er ließ sich neben dem toten Tier nieder und verschnaufte einige Zeit, bevor er zu fressen begann. Hin und wieder brauchte die Raubkatze dies, und Ethan hatte sie bereits viel zu lange zurückgehalten. Nach der Mahlzeit schlich er zum Wasser. Der Panther nahm ein kurzes Bad in der Isar und schüttelte sich, während er zurück ins Unterholz trottete, um sich auf den Rückweg zu machen.

KAPITEL 20

Rayna war wütend. In erster Linie auf sich selbst. Weshalb war sie eingeschlafen? Es war ihr total peinlich. Vor allem, dass Ethan sie ins Bett getragen haben musste, anstatt sie zu wecken.

Es war schlimm genug, dass er sie nur als kleine Schwester seines besten Freundes sah, aber sich behandeln lassen wie eine Fünfjährige wollte sie absolut nicht.

Rayna trug etwas Make-up auf. Ihr Gesicht war ein wenig blass, und trotz der Extraportion Schlaf fühlte sie sich noch immer müde. Von nebenan aus der Küche waren bereits Geräusche zu hören. Ethan bereitete das Frühstück vor.

Eilig, um ihm nicht die ganze Arbeit zu überlassen, schlüpfte sie in eine Jeans und zog sich einen Pullover über den Kopf. Sie seufzte, als sie in den Koffer blickte. Das Wetter in Deutschland hatte sie komplett falsch eingeschätzt. Eine ganze Handvoll T-Shirts hatte sie eingepackt, aber nur zwei Pullover und eine Jacke. Sie hatte doch nicht ahnen können, dass es hier unter zwanzig Grad hatte. Wenn Ethan arbeiten war, würde sie eine Runde einkaufen gehen.

Rayna schnappte sich ihren Haargummi, der auf einer Kommode lag, und band sich das noch feuchte Haar zu einem Pferdeschwanz. Dann ging sie in die Küche, immer dem Geklapper entgegen.

„Guten Morgen“, begrüßte Ethan sie mit einem umwerfenden Lächeln. „Gut geschlafen?“

Er hatte geduscht, denn seine Haare waren noch ein klein wenig feucht. Selbst in Jogginghose und einem einfachen T-Shirt machte er eine ausgesprochen gute Figur. Warum war er so gut gelaunt?

„Guten Morgen“, erwiderte sie etwas lahm.

„Kaffee?“, fragte er und kippte einen Schluck Milch in die Tasse, ehe er sie ihr zuschob. Der Mann war ein Traum. Er konnte nicht nur Gedanken lesen, sondern wusste natürlich auch, wie sie ihren Kaffee trank. Und was sie gerne aß. Ein herrlicher Geruch zog durch die Küche, und Rayna schnupperte genüsslich. „Pancakes“, seufzte sie glücklich.

Ethan verwöhnte sie viel zu sehr. Wenn er so weitermachte, hatte sie nach dem Urlaub zehn Kilos mehr auf den Hüften. Es sei denn, sie fand eine Möglichkeit, sie wieder abzutrainieren. Cheetah Manor lag momentan in unerreichbarer Ferne, und als Gepardin konnte sie schlecht durch München laufen.

„Kann ich dir helfen?“, erkundigte sich Rayna, als ihr Blick auf den bereits gedeckten Tisch fiel.

„Nein. Setz dich und leiste mir ein wenig Gesellschaft, bis die Pancakes fertig sind.“

Rayna kam seiner Bitte nach und sah zu, wie er die erste Ladung wendete. Sie dufteten herrlich.

„Tut mir leid, dass du gestern den Film allein anschauen musstest.“

Er blickte auf, lächelte. Seine Zähne, die im Kontrast zu seiner dunklen Hautfarbe strahlten, wirkten schneeweiß. Normalerweise stand sie auf hellhäutige Männer mit dunklen Haaren. Ethan war dennoch ungemein attraktiv. Groß, durchtrainiert, breit gebaut. Sie fragte sich gerade, wie sich seine schokoladenfarbige Haut unter ihrer Hand anfühlen würde, als Ethan sie unvermittelt aus ihren Tagträumen riss.

„Du hast nichts verpasst."

Er stapelte die Pancakes auf einem Teller und goss neuen Teig in die Pfanne.

Sie blinzelte verständnislos. Dann dämmerte ihr, dass er über den Actionfilm sprach.

„Oh", murmelte sie verlegen. „Vielleicht hätte ich dir besser die Wahl des Films überlassen sollen."

Ethan winkte mit dem Pfannenwender in der Hand ab. „Passt schon. Hast du gut geschlafen?"

Bei dem Gedanken daran, dass er sie ins Bett getragen hatte, wurden ihre Wangen ganz heiß.

„Das Bett war sehr bequem", eierte sie herum. Sie sollten über etwas anderes reden als über Schlafen und Betten. Das machte sie ganz hibbelig.

„Wo hast du eigentlich das Kochen gelernt?", fragte Rayna neugierig und lehnte sich in sicherer Entfernung von ihm an die Arbeitsplatte.

„Meine Mom hat sehr gerne gekocht."

Rayna versuchte sich an Ethans Mutter zu erinnern. War sie jemals auf Cheetah Manor gewesen? Sie wusste es nicht, hatte aber auch kein Bild vor Augen, wie Ethans Mom ausgesehen hatte. Seine Eltern waren kurz nach seiner Volljährigkeit bei einem Verkehrsunfall ums Leben gekommen. Damals war Rayna gerade in die Schule gekommen und hatte als Sechsjährige kaum verstanden, was das für Ethan bedeutete. Sie erinnerte sich, dass Darren damals viel bei ihm gewesen war, und vermutete, dass in dieser Zeit das unumstößliche Vertrauen ineinander entstanden war.

„Und von ihr hast du das Kochen gelernt?"

Ethan nickte knapp.

„Wie war deine Mom so?", hakte Rayna nach.

Ein gequälter Ausdruck legte sich auf Ethans Gesicht, als er mit den Schultern zuckte.

Rayna biss sich auf die Lippe. Sie wollte ihn nicht verletzen oder an schmerzhafte Dinge erinnern. Aber sie war neugierig und wollte mehr über ihn erfahren.

„Das erzähle ich dir ein anderes Mal", beendete er das Thema.

Rayna sah Ethan zu. Der Pancake-Stapel auf dem Teller wuchs. Wer sollte das nur alles essen?

„Du bist heute also unterwegs?", fragte Rayna.

„Ja."

Er hatte ihr gestern Abend ziemlich deutlich klargemacht, dass er mit ihr nicht über seine Arbeit sprechen wollte. Rayna respektierte das.

Als Ethan nun die letzten Pancakes aus der Pfanne nahm, ging sie um die Kochinsel herum und griff an Ethan vorbei nach dem Teller. Dabei stand sie so dicht hinter ihm, dass sie gegeneinanderstießen, als er sich ruckartig umdrehte, um die Pfanne ins Spülbecken zu legen. Sie hielten beide inne und sahen sich an. Raynas Herz klopfte schneller. Ethan war so viel größer als sie, dass sie ihm nur bis zum Kinn reichte. Sie könnte sich aber auf Zehenspitzen stellen, um …

Er trat einen Schritt zurück und wich ihr damit aus. Rayna klammerte sich am Teller fest, als hinge ihr Leben davon ab, und trug die Pancakes zum Tisch.

Sie saßen sich schweigend gegenüber. Rayna wusste nicht, worüber sie mit Ethan sprechen sollte, und er machte keine Anstalten, sich mit ihr zu unterhalten.

Zu den Pancakes gab es keinen Ahornsirup. Aber die Himbeer-Marmelade schmeckte auch sehr gut dazu. Rayna tat einen großen Klecks auf die Pancakes und ließ es sich schmecken.

Sie musste Ethan aus der Reserve locken. Ihr Urlaub würde eine Katastrophe werden, wenn sie sich weiter anschwiegen. Dabei war sie doch hier, um sich zu amüsieren, und da außer ihm kein Mann in der Nähe war … Doch er war so viel älter als sie, erfahren, wortgewandt und ihr in so vielen Dingen überlegen. Während des Frühstücks brütete sie darüber. Eine vage Idee wurde zu einem verrückten Plan. Sollte sie ihn wirklich umsetzen? Eigentlich war sie nicht der Typ Frau, der sich Männern sprichwörtlich an den Hals warf, aber bei Ethan würde sie eine Ausnahme machen.

„Du hast Frühstück gemacht, ich räume auf", bot Rayna an, als sie fertig gegessen hatten.

„Danke", murmelte Ethan und stand auf. „Dann werde ich mich umziehen, damit ich loskann."

Rayna sprang auf. „Ich glaube, ich muss mich noch bei dir bedanken", beeilte sie sich zu sagen und kam auf ihn zu.

„Das musst du nicht." Er wich etwas zurück.

Rayna war aufgeregt, die Hände schweißnass. Eilig strich sie die Handflächen an der Jeans ab. Jetzt oder nie. Sie stand vor ihm, stellte sich auf die Zehenspitzen und näherte sich seinen Lippen. Das Kribbeln in ihrer Magengegend nahm zu. Sie hatte sich getraut, die Initiative zu ergreifen. Endlich würden sie sich küssen.

KAPITEL 21

Unschlüssig starrte Ethan Rayna an. Er hatte schon kein gutes Gefühl gehabt, als sie verkündete, sie müsse sich bei ihm bedanken. Das konnte nicht gut gehen. Als sie nun vor ihm stand, so nah, dass er ihre Körperwärme spürte, und sich dann auch noch auf die Zehenspitzen stellte, um ihn zu küssen, wusste er nicht, ob er panisch fortlaufen oder sie freudig an sich ziehen sollte.

Das Blut sammelte sich an einer Stelle seines Körpers, die sich augenblicklich verhärtete. Wenn ihn Rayna jetzt küsste, würde es nicht bei einem Kuss bleiben. Er würde mehr wollen, viel mehr. Selbst ein winziger Danke-Kuss war zu viel. Sie durfte ihn nicht küssen.

Eilig drehte er den Kopf zur Seite und spürte ihre warmen Lippen an seiner Wange. Schon diese Berührung war beinahe mehr, als er ertragen konnte. Sein Körper war angespannt, die Hände zu Fäusten geballt. Er wagte kaum zu atmen, dachte krampfhaft an etwas Harmloses. In Gedanken begann er die

Präambel der Verfassung der Vereinigten Staaten aufzusagen.

Wir, das Volk der Vereinigten Staaten, von der Absicht geleitet …

Wort für Wort kämpfte er gegen das unbändige Verlangen an, Rayna in die Arme zu schließen und mit ihr ins nächste Bett zu steigen. Oder sie gleich hier auf dem Küchentisch zu nehmen.

… setzen und begründen diese Verfassung für die Vereinigten Staaten von Amerika.

Rayna trat zurück. Die Enttäuschung stand ihr ins Gesicht geschrieben. Er musste schlucken. Was er doch für ein unsägliches Arschloch war. Es zerriss ihm beinahe das Herz, Rayna so enttäuscht zu sehen. Aber es war besser so, versuchte er sich einzureden. Eine Beziehung mit Rayna würde nicht gut gehen. Er war nicht bindungsfähig, und Rayna war zu jung, um neben ihrem eigenen Geheimnis auch noch seine Lasten zu tragen.

„Ich bin oben“, krächzte er und trat die Flucht an.

Mit großen Schritten stürmte er die Treppe hinauf und warf die Tür hinter sich zu. Erleichtert lehnte er sich gegen das Holz und schloss für einen Moment die Augen. Er konnte stolz auf sich sein, denn er hatte es geschafft, der Versuchung zu widerstehen. Aber warum fühlte er sich dann so miserabel? Er hätte Rayna haben oder zumindest seine Chancen bei ihr ausloten können. Aber er musste natürlich das Richtige tun.

Ethan trat an den Schreibtisch und warf einen Blick auf die Akten. Dann sah er auf die Uhr. Es war schon ziemlich spät, und eigentlich wollte er um diese Uhrzeit bereits bei der Staatsanwaltschaft sein. Hoffentlich hatte er heute Glück und fand etwas in den Unterlagen. Er zückte sein Handy und wählte die eingespeicherte Telefonnummer eines Taxiunternehmens. Nachdem der Fahrer ihm versprochen hatte, ihn in fünfzehn Minuten abzuholen, packte Ethan die benötigten Papiere zusammen und schlüpfte in einen Anzug.

Für den Krawattenknoten hatte er keine Zeit mehr, denn schon klingelte es an der Tür. Er griff nach dem Aktenkoffer und seinem Mantel, hängte sich die Krawatte um den Hals und stürmte die Treppe hinunter.

Rayna hatte bereits die Tür geöffnet. „Dein Taxi ist da“,

erklärte sie ihm, als er immer zwei Stufen auf einmal nahm. Ihre Stimme war zurückhaltend und distanziert.

Es versetzte ihm einen Stich mitten ins Herz. Aber hatte er etwas anderes verdient?

„Ich bin schon da." Er huschte an ihr vorbei und kam ihr schon wieder viel zu nahe.

Als er sich noch einmal zu ihr umdrehte, war er schon fast die Stufen hinunter. „Du bleibst doch heute im Haus, oder?"

Rayna stutzte, dann zuckte sie ein wenig hilflos mit den Schultern.

„Am besten bleibst du hier", entschied er für sie. Er wollte nicht, dass sie allein unterwegs war. Nicht in München, einer Stadt, in der sie sich nicht auskannte und deren Sprache sie nicht verstand. Außerdem wusste er nicht, wo sich Brains Mörder herumtrieb. Er konnte über alle Berge, aber ebenso gut noch immer in der Nähe sein und Rayna auflauern.

„Versprich es mir!", forderte Ethan sie auf. Er musste sichergehen, dass sie seinen Anweisungen Folge leisten würde.

Rayna lehnte sich gegen den Türrahmen und verschränkte die Arme vor der Brust. Ihre Miene war finster. Er ahnte schon, dass er mit Widerworten zu rechnen hatte.

„Ich wollte shoppen gehen. In ein Einkaufszentrum oder so."

Entschieden schüttelte er den Kopf. „Du bleibst hier! Deine Shoppingtour können wir gemeinsam die Tage nachholen." Er würde sich die Zeit freischaufeln, wenn sie einkaufen gehen wollte.

Als Rayna abermals Luft holte, kam er ihr zuvor: „Die Abmachung war, dass du nach meinen Spielregeln spielst." Er zog warnend eine Augenbraue nach oben.

Rayna presse die Lippen fest aufeinander, nickte knapp und trat zurück ins Haus. Noch ehe er das Taxi erreicht hatte, schloss sie bereits die Tür hinter sich.

Verdammt! Nun war sie richtig sauer auf ihn. Er konnte es ihr nicht einmal übel nehmen, so wie er sich benommen hatte. Zuerst stieß er sie vor den Kopf und ließ sie einfach stehen. Dann spielte er sich auf wie ein Tyrann und verbot ihr jegliche

Freiheiten. Er hasste sich selbst dafür, aber zumindest würde Rayna in Sicherheit sein. Er durfte nichts riskieren. Sie war einfach zu wertvoll, und wenn ihr etwas zustieße, würde er sich das nie verzeihen können.

Ethan fluchte in Gedanken, als ihm bewusst wurde, dass er sich bereits wie Darren anhörte.

KAPITEL 22

Rayna knallte die Tür hinter sich zu. Was dachte sich Ethan eigentlich dabei, sie so abzufertigen? Schon wieder behandelte er sie wie ein kleines Kind. Das mit dem Kuss war eine idiotische Idee gewesen. Sie wusste nicht, ob sie mehr auf Ethan oder auf sich selbst sauer war. Aber wie er sie vor der Haustür zurechtgewiesen hatte, mit der eindeutigen Anweisung, das Haus nicht zu verlassen, ließ das Fass überlaufen. Sie war kein Kleinkind, dem man befehlen konnte, was es zu tun hatte. Sie war volljährig und hatte beschlossen, ihr Leben selbst in die Hand zu nehmen.

Wütend stapfte sie zurück ins Wohnzimmer, stemmte die Hände in die Hüfte und sah sich um. Zu dumm, dass sie nichts fand, worauf sie einschlagen konnte. Sarah würde es ihr sicher übel nehmen, wenn sie die Möbel demolierte. Außerdem wäre das dann tatsächlich das Verhalten einer Zehnjährigen.

Rayna musste einen anderen Weg finden, und der würde darin bestehen, Ethans Anweisungen zu ignorieren. Sie war alt genug, um ein Einkaufszentrum zu finden, und auch das mit der Sprachbarriere würde sich regeln lassen. Sie brauchte nur ein Taxi, das sie hinbrachte. Woher bekam sie jetzt nur die Telefonnummer eines Taxiunternehmens? Ratlos sah sie sich in der Wohnung um. Wo würde Brain ein Telefonbuch aufbewahren? Sie schlug sich mit der Hand an den Kopf. Natürlich im Arbeitszimmer. Es lag direkt neben dem Schlafzimmer. Rayna hatte kurz hineingesehen, es aber nicht betreten. Jetzt holte sie das nach. An der Wand stand ein großer Schrank voll mit Ordnern. Eine dicke Staubschicht bedeckte das Regal und den Schreibtisch. Rayna strich mit dem Zeigefinger über das Holz des Tisches und hinterließ eine staubfreie Spur. Sie drehte den Bürostuhl und setzte sich. *Ist Ethan hier gewesen?*, fragte sie sich, als sie vier Fingerabdrücke am Rand der Arbeitsfläche fand, als hätte sich jemand dort abgestützt. Sie warf einen Blick unter den Schreibtisch, aber da stand nur ein leerer Papierkorb. Dann schmunzelte sie. Natürlich war Ethan hier gewesen. Er hatte die Post durchsortiert und die wichtigen Briefe auf einen fein säuberlichen Stapel auf den Schreibtisch gelegt.

Rayna suchte die Arbeitsfläche nach einem Telefonbuch ab, fand aber nichts, was annähernd danach aussah. Dann zog sie die erste Schublade auf. Heftgerät, Locher, Büroklammern, unbenutzte Briefumschläge, Briefmarken und diverse andere Büromaterialien befanden sich darin. Rayna schloss das Schubfach wieder und versuchte mit dem nächsten ihr Glück. Zwei leere Hefter, Briefbogen und unbeschriebenes Papier. Sie zog die dritte und dann die vierte Schublade auf, aber auch dort war kein Telefonbuch zu finden. Blieb noch ein letzter Versuch. Sie öffnete das unterste Schubfach und stutzte, als ihr Brain und ein Mann entgegenlachten. Rayna legte den Kopf schief, betrachtete das Bild nachdenklich. Den Mann hatte sie bereits auf diversen Fotografien im ganzen Haus gesehen. Er sah Sarah ziemlich ähnlich und musste ihr Bruder Alex sein. Sie verstand nicht, warum jemand das gerahmte Bild in der untersten Schublade versteckte. Hatte es Sarah dorthin geräumt? Rayna griff nach dem Foto, um es wieder auf den Schreibtisch zu stellen, als ein weiterer Rahmen zum Vorschein kam. Sie holte ihn ebenfalls heraus und legte ihn neben das andere Bild. Weitere Fotografien folgten. Alle unterschiedlich, und doch hatten sie eine Gemeinsamkeit. Zwei Männer waren auf ihnen abgebildet. Einmal grinsten sie sich an, einmal lachten sie in die Kamera. Auf einem Bild umarmten sie sich sogar. Brain schien glücklich zu sein. Das letzte traute sich Rayna nicht herauszunehmen. Es zeigte Brain und Alex, wie sie sich küssten. Rayna lehnte sich im Stuhl zurück und sah verständnislos das Bild in der Schublade an. Brain und Alex. Das machte so absolut keinen Sinn. Sarah war doch mit Brain verheiratet gewesen. Und warum lagen all diese Fotos gut versteckt in einer Schublade? Wahllos griff sich Rayna eines der Bilder und sah es sich genauer an. Alex, ein blonder Mann mit ebenso blauen Augen wie Sarah. Eine gewisse Ähnlichkeit konnten weder Alex noch Sarah leugnen. Er sah gut aus. Die Haare kurz geschnitten, frech nach oben gegelt. Rayna hätte ihn gerne kennengelernt. Wenn er ein ebenso herzlicher Mensch gewesen war wie Sarah, wäre sie gut mit ihm klargekommen.

Brains Haare waren etwas länger als auf den Fotografien im Wohnzimmer. Seine Hand ruhte auf Alex' Schulter, während beide Männer in die Kamera lächelten. Waren sie ein Paar gewesen? Aber wie passte dann Sarah ins Bild? Sie war definitiv Brains Witwe. Hatte Brain erst mit Alex und dann mit Sarah eine Beziehung geführt? Sosehr es Rayna auch drehte und wendete, die Geschichte ergab einfach keinen Sinn. Sie würde warten müssen, bis Ethan zurückkam, und dann erwartete sie Antworten. Ethan wusste sicher etwas. Wenn jemand eingeweiht war, dann er. Rayna stand auf. Die Fotografien ließ sie auf dem Schreibtisch liegen. Sie trat aus dem Büro und schloss die Tür. Unschlüssig stand sie einen Moment in dem kleinen Flur, dann öffnete sie die Schlafzimmertür. Es war ihr von Anfang an komisch vorgekommen. Sie ging hinüber zum Schrank und schob die Türen auf. T-Shirts, Pullover, Hosen. Nur Männerkleidung befand sich darin. Aber vielleicht hatte Sarah ihre Kleidung einfach mitgenommen? Rayna ging zur Kommode. Sie kam sich vor wie ein Einbrecher, der in der

Privatsphäre anderer herumwühlte. Eine Schublade nach der anderen zog sie auf. In einer befanden sich Boxershorts, in einer Slips und zwei waren mit Strümpfen gefüllt. Suchend sah sie sich im Raum um. Kein weiterer Schrank, kein weiterer Stauraum, um Damenwäsche zu beherbergen. Wenn Brain mit Sarah in diesem Raum geschlafen hatte, dann lag Alex' Zimmer oben. Rayna drehte sich um, rannte die Stufen hinauf und stieß die Tür auf. Es war ihr egal, dass es vorübergehend Ethans Zimmer war und sie nun in sein Reich eindrang. Sie musste die Wahrheit herausfinden. Wenn Ethan es nicht für nötig hielt, sie aufzuklären, musste sie es selbst herausfinden. Rayna stutzte. Das Bett war mit einer Blütenbettwäsche in Rosa, Pink und Lila bezogen. Durchaus passend zu der Blumentapete, die nicht nach Großmutter, sondern durch seine stilisierte Art modern und frisch wirkte. Nur definitiv nicht männlich. Ethan konnte ihr erzählen, was er wollte. Das war das Zimmer einer Frau. Ein Foto stand auf dem Nachttisch. Es zeigte Sarah, ihren Bruder und eine ältere Frau, vermutlich Sarahs Mutter. Daneben lag ein Schnellhefter mit diversen Papieren, der Ethan gehören musste. Der Schreibtisch war, wenn man von Ethans Sachen absah, aufgeräumt. Ein Kugelschreiber mit einer riesigen Plüschfeder schmückte den Stifteköcher. Rayna hatte genug gesehen. Sie machte sich auf den Weg nach unten. Ihre Gedanken überschlugen sich. Wenn Sarah oben gewohnt hatte, dann gehörte das Schlafzimmer Brain und Alex. Die beiden Männer waren ein Paar gewesen. Aber warum hatte niemand davon gewusst? Warum hatte Brain ihnen Alex nie vorgestellt? Gut, er hatte sie auch nie mit Sarah bekannt gemacht. Sie kam schließlich erst nach Cheetah Manor, als Ethan sie über die Plantage informiert hatte. Rayna setzte sich auf das Sofa und starrte den schwarzen Bildschirm an. Heute würde sie keinen Film brauchen, ihr Leben fühlte sich gerade schon unreal genug an. Nur dass sie in diesem Drama die Hauptrolle zu spielen schien. Jeder wusste Bescheid, nur sie war die unwissende, dumme kleine Schwester. Sie würde sich nicht von der Stelle rühren, bis Ethan kam und ihre Fragen beantwortete. Entschlossen verschränkte sie die Arme vor der Brust.

KAPITEL 23

Ethan war müde. Der Tag war frustrierend gewesen, und so befand er sich bereits auf dem Rückweg. Der Staatsanwalt hatte ihn trotz Zeitmangel empfangen. Allerdings war er ansonsten wenig kooperativ gewesen und hatte ihm den Zugang zu den Akten verwehrt. Der Grund war simpel. Er als Sarahs Anwalt hatte kein Anrecht auf Akteneinsicht, weil er aus Louisiana stammte. Entweder Sarah beantragte die Akteneinsicht persönlich und vor Ort, oder ein deutscher Anwalt tat dies in ihrem Namen. Ethan war von der deutschen Bürokratie total genervt. Wie sollte er von Sarah eine unterschriebene Vollmacht für einen deutschen Kollegen bekommen? Sie war auf Cheetah Manor und somit außer Reichweite.

Seine Reise entpuppte sich als überflüssig. Ohne diese Akten würde er hier nicht weiterkommen. Missmutig starrte er auf sein Handy. Er hatte Darren über das Desaster informiert, von ihm aber bisher keine Rückmeldung erhalten.

Bis er einen deutschen Anwalt fand, der ihn in seinen

Belangen unterstützen könnte, würden Wochen vergehen. Wenn er allein in München gewesen wäre, hätte er sofort einen Rückflug gebucht und wäre abgereist. Aber Rayna war hier. Sie hatte sich auf ein paar Tage Urlaub und Abstand gefreut. Das wollte er ihr nicht verderben.

Vielleicht konnte er mit ihr diese Shoppingtour machen und sie danach überreden, schon einige Tage früher mit ihm zurückzufliegen. Und wenn nicht? Dann würde er wohl oder übel hierbleiben müssen. Rayna allein in Deutschland zu lassen, stand nicht zur Diskussion.

Das Taxi hielt vor dem Haus. Er bezahlte den Fahrer und stieg aus.

Es war noch immer kühl. Der Frühling schien dieses Jahr in Deutschland nicht kommen zu wollen. Es war bereits Ende April, aber noch immer kalt. Zumindest fühlte es sich für ihn so an. In Louisiana hatte es bereits dreißig Grad. Die fünfzehn Grad hier waren definitiv zu kalt. Er war ein Kind der Wüste, liebte die Sonne und die Hitze.

Ethan schloss die Haustür auf. Es war ein seltsames Gefühl, zu wissen, dass Rayna auf ihn wartete.

„Ich bin zurück!“ Er zog den Mantel aus und hängte ihn an die Garderobe. Den Aktenkoffer stellte er an die Treppe, damit er nicht vergaß, ihn mit hinauf zu nehmen. Dann betrat er den Wohnbereich.

Rayna saß auf dem Sofa im Schneidersitz, die Arme vor der Brust verschränkt. Schweigend sah sie ihn mit ernstem Gesicht an.

Sein Herzschlag setzte für einen Moment aus, nur um danach noch schneller zu schlagen. Etwas stimmte nicht.

„Was ist passiert?“, fragte er erschrocken. Fieberhaft dachte er nach. Was konnte Rayna in seiner Abwesenheit zugestoßen sein? Unerwarteter Besuch? Ein Anruf?

„Setz dich doch“, bat sie ihn und rang sich zu einem Lächeln durch.

Ethan war auf der Hut. Er konnte die Spannung, die im Raum lag, förmlich spüren. Ihr gegenüber im Sessel nahm er Platz und wappnete sich.

„Es wird Zeit, dass du mich wie eine Erwachsene behandelst“, forderte sie.

Ethan schluckte. Was meinte Rayna damit?

„Ich möchte, dass du ehrlich zu mir bist und mir alles über Sarah, Brain und Alex erzählst.“

Scheiße! Sie hatte es herausgefunden. Jetzt war nur die Frage, wie viel sie bereits wusste.

„Was genau meinst du?“, fragte er sachlich, während seine Gefühle Achterbahn fuhren. Er war Profi genug, um sich nichts anmerken zu lassen. Vor Gericht lernte man sehr schnell, seine Emotionen unter Kontrolle zu halten.

„Mit wem war mein Bruder zusammen?“

Sie hatte es definitiv herausgefunden. Es jetzt noch zu leugnen, wäre absoluter Blödsinn. Dennoch zuckte er nur hilflos mit den Schultern. Jedes Wort, das er sich sparen konnte, war gut. Je mehr er redete, umso höher die Wahrscheinlichkeit, dass er zu viel erzählte. „Wie bist du darauf gekommen?“ Es wurmte ihn immer noch, dass Rayna es selbst herausgefunden hatte.

Sie hob den Zeigefinger. „Auf der Suche nach einem Telefonbuch bin ich im Büro über weggeräumte Bilder von den beiden gestolpert.“ Sie streckte den Mittelfinger aus. „Im Schlafzimmer befindet sich nur Männerkleidung. Ich kann mir nicht vorstellen, dass Brain mehr Platz für seine Wäsche gebraucht hat als Sarah, und ich glaube auch nicht, dass sie sich mit vier Schrankfächern zufriedengegeben hätte.“ Sie streckte den Ringfinger aus. „Ich war oben in Alex’ Zimmer. Oder soll ich eher sagen: in Sarahs Zimmer?“

Rayna war nicht dumm, wie hatte er nur annehmen können, sie so hinters Licht zu führen? Er stützte die Arme auf seine Oberschenkel und starrte den Boden zwischen seinen Beinen an. Wie viel konnte er ihr erzählen? Wie viel würde sie verkraften?

„Ich will alles wissen. Alles.“

Sie war eindeutig aufgebracht, und er konnte es ihr nicht einmal verübeln.

„Speise mich nicht mit Halbwahrheiten ab!“ Ihr wütender

Blick bohrte sich in ihn.

Ethan seufzte, atmete tief durch und sah sie dann an. Ja, verdammt, sie hatte das Recht, die Wahrheit zu erfahren, aber warum blieb es an ihm hängen, ihr die Geschichte zu erzählen? Eigentlich sollte dies Darrens Job sein. Aber der hatte sich mal wieder ganz charmant aus der Affäre gezogen.

„Sarah und Brain waren verheiratet." So ein Mist. Schon jetzt suchte er nach den richtigen Worten. „Aber Brain und Alex waren zusammen, ein Paar", fuhr er fort. „Sarah hat unter dem Dach ihr Zimmer gehabt."

Rayna starrte Ethan noch immer missmutig an. „Das weiß ich schon. Erzähl mir lieber etwas, was ich noch nicht weiß."

Ethan fuhr sich mit der Hand durchs Haar. „Eigentlich sollten dir Darren und Sarah alles erzählen."

„Die sind aber nicht hier."

Ethan seufzte. Er hatte es zumindest versucht.

„Sarah sagte, Brain und Alex waren sehr glücklich miteinander."

„Warum hat er dann Sarah geheiratet?"

„Was denkst du, was passiert wäre, wenn sich Brain in Louisiana als Schwuler geoutet hätte?"

Raynas Augen wurden immer größer. „Die Bewohner von Cheetahville hätten ein großes Problem damit gehabt."

Ethan nickte zustimmend. „Ja, und auch die Geschäftspartner der Plantage sind sehr konservativ eingestellt. Er hat es verschwiegen, um euch zu schützen."

Rayna griff nach einem Kissen und umarmte es. Gerne wäre er zu ihr gegangen und hätte ihr Trost gespendet, aber er traute sich selbst nicht über den Weg. Deshalb blieb er in sicherer Entfernung sitzen.

„Das tut mir so leid für ihn", murmelte Rayna betroffen.

„Ich glaube …" Ethan zögerte einen Moment. „… Brain war hier in Deutschland sehr glücklich." Davon war er ernsthaft überzeugt.

„Ich hätte ihn gerne noch einmal gesehen."

Ethan sah Rayna an und traf eine Entscheidung. Darren mochte ihn dafür einen Kopf kürzer machen, aber auch Rayna hatte das Recht, die Wahrheit über den Tod ihres Bruders zu erfahren.

„Es war kein Unfall. Wir sind uns ziemlich sicher, dass es Mord war."

Raynas Augen weiteten sich vor Schreck. „Was für ein Mord? Wen meinst du mit *wir*?"

„Alex' und Brains Unfall war Mord. Zumindest glauben das Sarah, Darren und ich."

„Und Eric?"

Ethan schüttelte den Kopf.

„Warum glaubst du, dass es Mord war? Wer sollte Brain etwas antun wollen? Und was hat Alex mit der ganzen Sache zu tun?"

Ethan fixierte einen Punkt auf dem Fußboden. Noch hatte er die Möglichkeit, Rayna mit ein paar Worten abzuspeisen. Aber sie hatte um Aufrichtigkeit gebeten. Er zog sein Handy aus der Tasche. Unschlüssig hielt er es zwischen den Handflächen. Wenn er Rayna das Beweismaterial zeigte, gab es kein Zurück mehr.

Doch sie war auch Brains Schwester und damit eine nahe Angehörige. Im Gegensatz zu Sarah war sie vor Ort. Mit ihrer Hilfe könnte er sogar seine Recherche fortsetzen. Einerseits gefiel ihm der Gedanke, mit Rayna zusammenzuarbeiten, andererseits wollte er sie auch beschützen. Aber was konnte bei ein paar Nachforschungen schon schiefgehen? Er war ja schließlich auch noch da und würde die Augen offen halten.

Ethan stand auf, ging zu Rayna und setzte sich neben sie. Neugierig blickte ihn Rayna an. Er entriegelte den Bildschirmschoner und rief das Bild auf, das er in den vergangenen Wochen stundenlang angestarrt hatte. Es zeigte eine wettergegerbte braune Hand und diesen klobigen Ring, auf den er Lenore angesetzt hatte.

„Was ist das?", wollte Rayna wissen.

„Der Mann, nach dem ich suche. Ich gehe davon aus, dass er der Mörder ist."

„Aber warum?" Rayna strich sich eine Haarsträhne hinter das Ohr und beugte sich näher zu ihm, um das Foto besser sehen zu können.

„Wenn ich das wüsste, wäre ich vermutlich nicht hier."

„Woher hast du das Foto überhaupt?"

Ethan starrte den Ring an. „Sarah hat es auf dem Handy ihres Bruders gefunden."

„Und woher willst du wissen, dass es der Mann war, der Brain umgebracht hat? Vielleicht war es ein ganz normaler Unfall."

Sollte er ihr noch mehr zeigen? Das Video würde seine Vermutung untermauern. Aber konnte er Rayna wirklich so tief mit in die Sache hineinziehen? Darren wäre wütend. Gut, das würde er ohnehin sein, wenn er mitbekäme, was er Rayna bereits alles erzählt hatte. Mit der Wut seines besten Freundes konnte er ganz gut leben. Darren beruhigte sich schon wieder.

„Also im Prinzip habt ihr überhaupt nichts außer diesem Foto, auf dem nicht einmal eine Person zu sehen ist. Und ob er wirklich etwas mit dem Tod meines Bruders zu tun hat, ist lediglich eine Vermutung", fasste Rayna die Situation nüchtern zusammen.

„Hm …", brummte Ethan.

Noch war es nicht zu spät. Er blickte Rayna an. Eine junge, kluge Frau saß ihm gegenüber, die darum gebeten hatte, dass er sie als Erwachsene behandelte.

„Möchtest du wirklich alles wissen?", fragte er noch einmal nach, nur um ganz sicherzugehen.

Er hatte mit einem schnellen Ja gerechnet, doch Rayna sah ihn lange schweigend an.

KAPITEL 24

Wollte sie wirklich die ganze Wahrheit hören? Sie konnte einfach nicht glauben, dass Brain ermordet worden sein sollte. Mit seinem Tod hatte sie sich abgefunden und auch damit, dass sie ihn nie wiedersehen würde. Aber Mord? Das war so absurd, so weit hergeholt. Dieses Foto mit dem Ring und die These, dies sei der Mörder, schien ihr ganz schön weit hergeholt. Sie war der festen Überzeugung, dass Brain und Alex bei einem tragischen Unfall ums Leben gekommen waren. Etwas anderes wollte sie nicht glauben. Zögerte sie deshalb, als Ethan sie fragte, ob sie die *ganze Wahrheit* hören wollte? War sie dafür bereit? Oder war es nicht viel einfacher, in ihrem Elfenbeinturm sitzen zu bleiben und die Welt so zu sehen, wie sie es gerne hatte?

Nein. Es war an der Zeit, endlich erwachsen zu werden.

„Ich will alles erfahren", sagte sie und sah Ethan direkt in die Augen, damit er die Ernsthaftigkeit dieser Entscheidung erkannte. Ihr Entschluss stand fest. Dieser Tag hatte so viele

Neuigkeiten mit sich gebracht, Dinge, die sie nie für möglich gehalten hätte. Auf das, was Ethan ihr noch sagen würde, kam es jetzt auch nicht mehr an. Was auch immer es war, es konnte nicht noch schlimmer kommen.

„Gut", murmelte Ethan und tippte auf seinem Handy herum, bevor er es ihr entgegenstreckte.

Zögernd nahm sie ihm das Gerät ab. Ein Standbild war zu sehen, und der Film wartete darauf, abgespielt zu werden.

„Was ist das?", wollte sie wissen.

„Die Wahrheit." Auffordernd blickte Ethan das Handy an und bedeutete ihr, die Aufnahme abzuspielen.

Raynas Herzschlag beschleunigte sich. Sie spürte instinktiv, dass dieses Video vieles in ihrem Leben verändern würde. Für einen Moment schloss sie die Augen, rang um Fassung, dann startete sie mit zittrigen Fingern den Film.

Eine panische Männerstimme, die auf Deutsch sprach. Rayna verstand nicht, was gesagt wurde, schnappte nur Brains Namen auf. War das Alex, der da redete? Steine waren zu sehen, dann erschien Alex im Bild. Er sprach direkt in die Kamera, doch auch diesmal auf Deutsch. Dafür erkannte sie die Angst in seinen Augen, und das genügte ihr völlig. Die Kamera schwenkte und verzerrte die Umgebung. Es sah so aus, als würde Alex mit dem Handy in der Hand rennen.

„Brain!", hörte sie ihn kreischen. „Brain! Nein!" Eines der wenigen Worte, deren Bedeutung ihr klar war. Das Handy fiel zu Boden. Das Bild wurde schwarz. Schritte waren zu hören. Alex schrie. Ein Lachen. Alex war nicht mehr allein. Es musste noch eine Person bei ihm sein. Da hörte Rayna eine dunkle Männerstimme, die etwas krächzte. Wieder Geräusche. Tumult. Dann war alles still.

Ethan drückte auf Pause.

„Das Video läuft noch ein paar Minuten, bevor es abbricht. Es passiert aber nichts mehr", erklärte er.

Rayna ließ sich das Handy aus der Hand nehmen. In Gedanken war sie noch immer bei der eben gesehenen Szene.

„Wie wurden sie ermordet?" Rayna hatte Tränen in den Augen. Sie hatte gedacht, über den Tod ihres Bruders hinweg zu sein. Jetzt mit der Tatsache konfrontiert zu werden, dass es kein Unfall war, riss bereits verheilte Wunden wieder auf. Sie schniefte und wischte sich mit der Hand über die Wangen.

Ethan legte ihr tröstend einen Arm um die Schulter, und Rayna ließ es zu. Bei Ethan war ihre Welt in Ordnung. Auf ihn war Verlass. Bei ihm fühlte sie sich sicher und geborgen, in seiner Nähe konnte ihr nichts passieren.

„Da war ein Mann bei Brain und Alex“, hauchte Rayna.

„Ja.“

„Glaubst du, es war der Mann mit dem Ring?“ Sie machte sich von ihm los, um ihn anblicken zu können.

„Ich weiß es nicht, aber ich hoffe es, denn es ist der einzige Hinweis, den wir haben.“

Rayna fühlte sich wie gelähmt. Eine bleierne Schwere hatte sich auf ihre Glieder gelegt.

„Ich bin hier, um diesen Mann zu finden.“

„Und dann?“ Panik keimte in Rayna auf. „Denkst du, er hat gewusst, was Brain war? Was ich bin?“

„Ich hoffe nicht, aber wir müssen vom Schlimmsten ausgehen“, gestand Ethan.

Rayna wurde noch mulmiger zu Mute.

„Ich vermute, dass der Anschlag Brain galt. Alex hatte nur Pech, dass er dabei war.“

Ethans Worte, die ihr die Realität so schonungslos vor Augen führten, brachten Rayna noch mehr aus dem Konzept. Sie fühlte sich, als hätte ihr jemand mit voller Wucht in den Bauch geboxt. Wer bitte sollte ein Interesse daran haben, sie oder ihre Familie umzubringen? Sie brauchte nicht lange zu überlegen. Es war noch nicht lange her, da hätten es die bei ihnen in der Nähe beheimaten Chowilawu-Indianer fast geschafft. War der Braunhäutige ein Indianer? Aber wie hatten die Chowilawus erfahren, wo sich Brain aufhielt?

„Hast du eine Vermutung, welcher Nationalität der Mörder angehört?“, wollte Rayna wissen.

„Der Unbekannte sagte: *Mögen die ewigen Jagdgründe euch verschlingen und nie wieder freigeben*“, zitierte Ethan ihr einen Teil des Videos.

Rayna blickte starr vor sich hin. Diese Worte ließen nicht mehr viel Spielraum. Außer den Indianern kannte sie niemanden, der von den ewigen Jagdgründen sprach. Eine feine Gänsehaut überzog ihre Arme und ließ ihre Haare hochstehen.

„Kann ich etwas tun, um dir bei der Suche zu helfen?" Rayna fühlte sich hilflos und verspürte den Drang, etwas dagegen zu unternehmen.

Ethan sah sie nicht an und ließ sich mit seiner Antwort sehr viel Zeit: „Da gibt es in der Tat etwas, was du tun könntest."

Raynas Herzschlag beschleunigte sich, als sie gespannt seinen Worten lauschte.

„Ich hatte heute eine Unterredung mit dem zuständigen Staatsanwalt. Er war nicht bereit, mir Einblick in Brains Akten zu gewähren."

„Aber du bist doch Anwalt."

Ethan zuckte mit den Schultern. „So eine deutsche Formsache. Entweder ein deutscher Anwalt beantragt im Auftrag eines nahen Angehörigen Akteneinsicht oder die Betroffenen selbst stellen den Antrag vor Ort."

„Und was hat das mit mir zu tun?" Rayna runzelte die Stirn.

„Du kannst Akteneinsicht beantragen. Brain war dein Bruder."

Ihre Augen wurden groß. „Ich soll ins Gericht fahren und die Akten durchsehen? Ich verstehe doch überhaupt kein Deutsch."

Ethan lächelte sie an. „Keine Sorge, du musst nicht zu Gericht. Die Akten werden bei der Staatsanwaltschaft aufbewahrt. Ich gehe natürlich mit. Du musst nur unterschreiben, damit ich die Unterlagen einsehen kann."

Rayna blieb skeptisch. Aber Ethan war so hoffnungsvoll, dass sie ihn nicht enttäuschen wollte.

„Gleich morgen werden wir dorthin fahren, dann sind wir endlich einen großen Schritt weiter. Die Reise nach Deutschland hat sich doch gelohnt."

Rayna lächelte matt. Sie wusste nicht, was der nächste Tag für sie bereithalten würde. Die Erkenntnisse, dass ihr Bruder schwul und sein Tod in Wahrheit ein gemeiner Mord war, hatten sie bereits genügend aus der Bahn geworfen. Sie wusste nicht, ob der Mörder nur hinter Brain oder hinter ihrer gesamten Familie her war, weshalb sie sich jetzt wirklich sorgte.

„Ich bin ziemlich erschöpft“, gestand Rayna.

„Natürlich.“ Ethan beugte sich zu ihr und streichelte mit dem Handrücken sanft über ihre Wange. Eine nahezu zärtliche Geste.

Raynas Puls beschleunigte sich. Die Katze in ihr schnurrte zufrieden und streckte sich genüsslich aus. Ethans Berührung gefiel ihr. Rayna mahnte sich, die Sache nüchtern zu betrachten. Sie durfte nicht zu viel in Ethans Annäherung hineininterpretieren. Erst heute Morgen hatte er sie abblitzen lassen.

„Ich werde uns etwas zum Abendessen kochen“, verkündete Ethan und stand auf. Er lächelte sie an, und Rayna wurde ganz warm ums Herz. Sie zog die Beine an und machte es sich auf dem Sofa bequem. Ethan ging hinüber in die Küche und begann die Zutaten für das Essen zusammenzusuchen.

KAPITEL 25

Rayna war total überrascht, wie einfach es war, in diese Staatsanwaltschaft zu spazieren. Die Menschen, denen sie begegneten, waren äußerst freundlich und zuvorkommend. Ethan hatte das Reden übernommen, und in kürzester Zeit saßen sie einer zierlichen Frau gegenüber, deren ergrautes Haar zu einem strengen Dutt zurückgebunden war.

Ethan übersetzte ihr das deutsche Dokument und half ihr beim Ausfüllen. Nachdem Rayna ihre Unterschrift daruntergesetzt und Ethan die Papiere der Justizbeamtin zurückgegeben hatte, wies diese auf einen quadratischen Tisch aus Buche mit schwarzen Metallbeinen.

„Wir sollen uns dorthin setzen“, flüsterte Ethan ihr zu und schob Rayna zum Tisch. Er selbst schnappte sich einen zweiten Stuhl, der ein wenig abseits stand.

Die Beamtin kam mit zwei dicken Mappen, in denen sich unzählige Papiere befinden mussten.

Rayna schnappte nach Luft. Es würde Stunden dauern, bis

Ethan die Dokumente durchgesehen hatte. Sie konnte sich also auf einen längeren Aufenthalt hier einstellen.

Ethan bedankte sich und schlug die Akte auf. Während sich die Dame wieder hinter ihren Schreibtisch begab, jedoch immer wieder zu ihnen herüberblickte, vertiefte sich Ethan in die Papiere. Nur Rayna hatte nichts zu tun. Gelangweilt saß sie neben Ethan und sah ihm zu. Da sie nichts zu tun hatte, schaute sie sich um. Ein einziges Fenster mit einer Grünpflanze, dazu hässliche weiße Vorhänge. Auf dem Schreibtisch stapelten sich unzählige Akten. Ein Kopiergerät stand nicht weit von ihnen. War das auch für die Besucher gedacht?

„Hast du etwas gefunden?", fragte Rayna nach einiger Zeit.

„Pst", war alles, was sie als Antwort bekam. Dann herrschte wieder minutenlang Stille.

Die Justizbeamtin hinter ihrem Schreibtisch stand auf, ging zum Fenster und zupfte an ihrer Pflanze herum. Dann kehrte sie zu ihrem Schreibtisch zurück.

Wie lange würde es noch dauern? „Ethan?", versuchte Rayna es abermals.

„Ich lese diesen Bericht noch. Gib mir bitte einen Augenblick."

Rayna seufzte und versuchte geduldig zu warten, bis Ethan fertig war. Ewigkeiten verstrichen, zumindest fühlte es sich so an. Rayna blickte auf die Uhr und stellte frustriert fest, dass sie hier bereits eine Stunde nutzlos herumsaß.

„Also", begann Ethan schließlich und schob ihr eine Akte zu, an der die Fotografie eines jungen Mannes angeheftet war. „Er hat die Toten als Erster gefunden. Ich will mit ihm sprechen, vielleicht hat er etwas gesehen."

„Ist das der Dieb?" Rayna erinnerte sich, dass Sarah erzählt hatte, Brain und Alex seien nach ihrem Unfall – der ja jetzt ein Mord war – ausgeraubt worden. Der Täter war allerdings nicht weit gekommen und erwischt worden.

„Ja. Ich versuche schon länger herauszufinden, wer der Kerl ist, aber bisher durfte oder wollte mir niemand Auskunft geben. Er hat etliche Sozialstunden ableisten müssen." Ethan tippte mit dem Zeigefinger auf eine Stelle, wo das Strafmaß vermerkt sein musste.

„Seine Adresse ist auch dabei.“ Ethan blickte sich suchend um und nickte schließlich in Richtung Kopiergerät. „Kannst du mir von der Akte eine Kopie machen?“, bat er Rayna.

Froh, endlich etwas tun zu können, sprang sie auf, griff sich die Akte und machte sich an die Arbeit. Ein paar Seiten, an denen Büroklammern steckten, legte sie zur Seite. Den Rest packte sie in den automatischen Einzug. Ethan hatte sich zwischenzeitlich in die zweite Mappe vertieft.

Neben Rayna ratterte der Kopierer. Interessiert griff sie nach dem ersten Blatt, auf dem das Foto des Täters angeheftet war. Es zeigte einen pickligen Rothaarigen, der höchstens Anfang zwanzig sein konnte. Die Haare an der Stirn hingen ihm fast in die Augen. Er wirkte ungepflegt, und Rayna bezweifelte, dass sie einen Kerl wie ihn auf der Straße eines zweiten Blickes gewürdigt hätte. Das Kopiergerät war fertig, und Rayna legte noch einige Blätter per Hand ein. Dann packte sie die Originale zurück in die Mappe und sammelte die Kopien ein. Ethan hatte von der zweiten Mappe einige Fotos mit dem Handy gemacht, aber auch er schien gerade fertig geworden zu sein, denn er sammelte die Papiere zusammen.

„Lass uns die Kopien bezahlen, und dann machen wir uns auf den Weg zu Thomas Huber.“

Der Name kam Rayna irgendwie bekannt vor. Wo hatte sie den noch mal gelesen? Ach ja, Pickelgesicht hieß so.

Rayna reichte Ethan die Kopien. Die Beamtin kam zu ihnen, um die Akten abzuholen. Ethan wechselte ein paar Worte mit der Frau und entlockte ihr sogar ein verlegenes Lächeln. Rayna wünschte sich, etwas besser Deutsch zu verstehen. Zu gerne hätte sie gewusst, was Ethan der Dame gerade erzählt hatte. Augenzwinkernd schob er ihr einen Geldschein zu und ließ die Kopien in seiner Aktentasche verschwinden. Breit grinsend ließ die Beamtin sie allein, um sich abermals hinter ihrem Schreibtisch zu verkriechen.

Ganz der Gentleman hielt Ethan Rayna den Mantel hin. Sie schlüpfte hinein, und schon machten sie sich auf den Weg zu Pickelgesicht.

KAPITEL 26

Ethan saß neben Rayna im Fond des Taxis. Er hatte dem Fahrer die Adresse der Kfz-Werkstatt mitgeteilt, in der Thomas Huber arbeitete, und dorthin waren sie jetzt unterwegs. Es war noch vormittags, und der Kerl war vermutlich eher bei seiner Arbeitsstelle anzutreffen als zu Hause.

Ethan sah zu Rayna hinüber, die nachdenklich aus dem Fenster blickte. Er wusste, dass sie sich bei der Staatsanwaltschaft ziemlich gelangweilt hatte, aber er hatte sie gebraucht, um an die Akten zu kommen. Sie zum Kopierer zu schicken, war eine gute Idee gewesen. Die Fotos vom Tatort, die Leichen und der Bericht der Gerichtsmedizin waren Dinge, die Rayna nicht zu sehen brauchte. Es genügte, wenn er sich mit so unschönen Dingen herumärgerte.

Rayna dabeizuhaben, wenn er den Dieb Thomas Huber aufsuchte, war vermutlich auch nicht optimal, aber er konnte sie schlecht zu Hause absetzen. Sie wollte dabei sein. Also würde er versuchen, sie so gut wie möglich mit einzubeziehen, was nicht so leicht war angesichts der Tatsache, dass sie kein Deutsch verstand. Das war allerdings auch ein Vorteil, denn so bekam sie nicht alles mit.

„Wir sind gleich da", verkündete der Fahrer.

Sie befanden sich in einem Industriegebiet am Rande von München. Ein Betonklotz reihte sich an den anderen, dazwischen gigantische Parkplätze für Lkws.

„Hier wären wir." Das Taxi hielt vor einem zwei Meter hohen Industriezaun.

„Wartest du hier?", fragte Ethan an Rayna gewandt. Einen Versuch war es zumindest wert. Er wusste nicht, was ihn auf dem Gelände der Kfz-Werkstatt erwartete, und es wäre ihm natürlich lieber, wenn Rayna im sicheren Taxi blieb. Wie zu erwarten schüttelte diese den Kopf und stieg aus.

Ethan seufzte, schloss kurz die Augen und atmete durch. Es wurde schon alles gut gehen, sprach er sich selbst Mut zu.

„Bitte warten Sie! Wir sind gleich zurück", bat er den Taxifahrer, bevor Rayna folgte.

Das Tor stand offen. Auf dem riesigen, gepflasterten Hof standen Autos, Transporter und sogar ein Lkw. Menschen waren auf den ersten Blick keine zu sehen.

„Gehen wir!", murmelte er in Raynas Richtung und betrat den Hof. Er hörte ihre Schritte hinter sich und warf einen unauffälligen Blick zurück. Ihre Körpersprache verriet, dass sie sich in dieser Umgebung nicht wirklich wohlfühlte. Immer wieder sah sie scheu in alle Richtungen.

Ethan ging auf das Betongebäude zu. Dort würde er hoffentlich jemanden finden, der ihm sagen konnte, wo Thomas Huber zu finden war. Er öffnete die quietschgelbe Eingangstür und trat ein.

„Kann ich Ihnen helfen?" Ein breitgebauter, glatzköpfiger Kerl kam auf ihn zu. Er trug einen Blaumann und ein kariertes rotes Hemd. Die verschmierten Hände wischte er sich an einem dreckigen Tuch ab. Ethan bezweifelte, dass die Handflächen dadurch sauberer würden.

„Guten Tag", grüßte er den Mann höflich. „Ethan Washington. Ich würde gerne mit Thomas Huber sprechen."

Der Glatzköpfige kniff die Augen zusammen und musterte ihn. „Warum möchten Sie ihn sprechen, Herr Washington? Hat er was ausgefressen?“

Ethan verschränkte die Arme vor der Brust und hob eine Augenbraue. „Darf ich fragen, wer Sie sind?“

„Karl Eckstein. Mir gehört die Werkstatt. Wenn einer meiner Mitarbeiter Ärger hat, möchte ich das gerne wissen.“

„Ich mache keinen Ärger, ich will mich lediglich mit Herrn Huber unterhalten. Ist er nun hier oder nicht?“

Der Werkstattbesitzer wirkte nicht begeistert. Er schob die Oberlippe vor und spähte nun verkniffen an Ethan vorbei. Dann erschien ein Lächeln auf seinen Lippen, ein Lächeln, das Ethan ganz und gar nicht gefiel. Er kannte es nur zu gut, hatte es schon viel zu häufig an Männern gesehen, die eine neue Beute ins Visier genommen hatten.

„Sie gehört zu mir“, sagte Ethan schärfer als beabsichtigt und winkte Rayna an seine Seite.

Zwar konnte dadurch der Glatzköpfige Rayna noch offensichtlicher mit den Augen verschlingen, aber indem er ihr einen Arm um die Schulter legte, machte er seinen Besitzanspruch deutlich. Er hoffte nur, dass der Werkstattbesitzer den Wink verstehen würde.

„Tom ist da hinten unter dem Bus“, gab er endlich Auskunft und deutete in die Ecke der Halle. „Dein Mädchen kannst du gerne bei mir lassen, ich kümmere mich um sie.“

„Danke, nicht nötig.“ Er dachte nicht daran, Rayna loszulassen, sondern schob sie mit sich in Richtung des Kleintransporters.

„Was hat der Kerl gesagt?“, wollte Rayna wissen.

„Nicht so wichtig“, wich Ethan ihr aus und suchte den Bus mit den Augen ab. Von Thomas Huber oder Tom, wie ihn sein Chef genannt hatte, war keine Spur zu sehen. Hoffentlich hatte sich der Kerl nicht still und leise aus dem Staub gemacht. Da entdeckte er unter dem Kleintransporter ein Paar Beine, die herausschauten.

„Thomas Huber?“, fragte Ethan laut und wartete darauf, dass er unter dem Bus hervorkroch.

Es dauerte nicht lange, und der Typ, der auf einem Rollbrett lag, erschien. Er setzte sich auf und blinzelte zu Ethan hinauf.

„Thomas Huber?", fragte er noch einmal. Der Kerl hatte sich kaum verändert. Noch immer waren die roten Haare ungepflegt und klebten in fettigen Strähnen an seiner Stirn. Die Akne, die sein Gesicht verunstaltete, war noch schlimmer geworden als auf dem Foto.

„Wer will das wissen?" Er griff nach einem schmutzigen Lappen und rieb sich die Hände daran ab.

„Ethan Washington, Anwalt der Familie Morgan." Er verkniff sich, dem Kerl die Hand entgegenzustrecken, was er unter normalen Umständen getan hätte.

Der Typ wirkte überrascht. „Sie müssen mich verwechseln. Ich habe nichts getan."

Er wollte spielen? Gut, das konnte er haben. Aber Ethan beherrschte das Spiel wesentlich besser als der Rotschopf.

„Vielleicht erinnern Sie sich noch an Alex Beck und Brain Morgan."

„Kann schon sein."

Ethan merkte, wie sein Gegenüber unruhig wurde und sich eine verschwitzte Strähne aus dem Gesicht pustete, die natürlich sofort wieder in die Augen fiel. „Ich habe meine Strafe abgearbeitet."

„Tatsächlich?" Er lächelte süffisant. „Nun, Sie wissen schon, dass die Familie darüber nachdenkt, den Fall erneut aufzurollen und noch einmal gegen Sie Anzeige zu erstatten?"

Thomas Huber wurde aschfahl im Gesicht. „Das hat Frau Beck bereits getan. Ich wurde zu Sozialstunden verdonnert, die ich alle abgearbeitet habe. Sie können mir überhaupt nichts."

„Sind Sie da so sicher?" Ethan ging einen Schritt nach vorne, achtete darauf, dass Rayna hinter ihm blieb und sein Gesicht nicht sehen konnte.

„Frau Beck ist mir egal. Ich bin im Auftrag der Familie Morgan hier", bluffte Ethan. „Die Familie überlegt, Sie in die Staaten einfliegen zu lassen und Sie dort vor Gericht zu stellen." Natürlich war das vollkommener Unsinn. Weder

Darren noch sonst ein Familienmitglied interessierte sich für diesen Kerl. Dazu wäre es dem Gericht in Louisiana vollkommen egal, was Rotschopf in Deutschland angestellt hatte. Das fiel nicht in ihren Zuständigkeitsbereich. Aber das wusste der Kerl glücklicherweise nicht.

Rotschopf vor ihm schluckte nervös. „Nein, bitte nicht. Hören Sie, es war eine blöde Idee, die Handys und die Wertsachen mitzunehmen."

„Wie ich den Akten entnehmen konnte, lassen Sie öfters Dinge mitgehen."

„Nein, nein", beeilte sich Rotschopf zu sagen. „Ich mach so was nicht mehr. Ehrlich. Das können Sie mir glauben, Mann."

Ethan kam noch einen Schritt näher. „Ich möchte wissen, was Sie gesehen haben, als Sie die beiden Toten entdeckten."

Thomas Huber fuhr sich mit der Hand durch das Haar und hinterließ dabei einen schwarzen Schmierer auf der Stirn. „Nichts. Sie waren tot."

„Das war nicht meine Frage. Denken Sie nach." Ethan fixierte den Kerl und ließ zu, dass der Panther an die Oberfläche drängte. Seine Pupillen veränderten sich, wurden zu Raubkatzenaugen.

Rotschopf wäre vor Schreck beinahe von seinem Rollbrett gefallen. Mit panischen, weit geöffneten Augen blickte er Ethan an.

„Denken Sie gut nach", warnte ihn Ethan. Er drängte die Katze zurück und war wieder ganz Mensch, dann warf er einen prüfenden Blick nach hinten. Rayna hatte nichts mitbekommen.

„Ich frage noch einmal, was haben Sie gesehen?", fuhr er den jungen Kerl an.

Rotschopf schnappte nach Luft wie ein Fisch an Land. „Ich weiß nicht … ehrlich nicht … das war …", stammelte er.

„Gibt es ein Problem, Tom?" Der Glatzkopf sah zu ihnen herüber und schien sich nicht entscheiden zu können, ob er sich einschalten oder sie ignorieren sollte.

„Nein, alles in Ordnung, Karl", sagte Rotschopf schnell.

„Also, Tom.“ Ethan benutzte mit Absicht die vertrauliche Anrede. „Ich warte noch immer auf eine Antwort.“

„Hey, Mann.“ Er knetete nervös die Hände. „Da war nichts. Echt nicht. Sie haben sicher die Fotos vom Tatort gesehen. Mehr war da nicht. Und mit ihrem Tod habe ich nichts zu tun, das hat das Gericht bewiesen. Sagen Sie das Ihren Leuten.“

Na wunderbar. Ethan war frustriert, wusste aber, dass es ihm nicht helfen würde, wenn er dem Jungen an die Kehle ging. Er hatte leider nichts gesehen. Schon wieder waren sie in einer Sackgasse gelandet. Eine weitere Spur, die sich im Nichts verlief. Er ballte die Hände zu Fäusten.

„Wenn Ihnen noch etwas einfällt, melden Sie sich bitte.“ Ethan reichte ihm eine Visitenkarte, auf der seine Handynummer vermerkt war.

„Werde ich tun. Ganz sicher.“ Rotschopf lächelte breit und ruderte dabei wild mit den Armen.

Ethan drehte sich zu Rayna um, die sich dezent im Hintergrund gehalten hatte.

„Der Kerl weiß nichts. Lass uns nach Hause fahren.“ Ganz konnte er seinen Frust nicht verbergen. Rayna war nicht minder enttäuscht. Mit gesenktem Kopf schlich sie neben ihm her. Sie verließen die Halle und liefen über den Hof. Dort war der Glatzkopf damit beschäftigt, Reifen aufeinanderzustapeln. Er glotzte Rayna an, und Ethan musste sich zusammenreißen, um nicht die Krallen auszufahren und dem Kerl ein für alle Mal klarzumachen, dass Rayna tabu war.

Ihre enttäuschten Worte lenkten ihn glücklicherweise ab.

„Dann waren wir hier völlig umsonst?“

„Wie man es nimmt. Zumindest wissen wir jetzt, dass wir in der Richtung nicht weitersuchen müssen“, brummte er unzufrieden.

Sie erreichten das wartende Taxi, und Ethan öffnete Rayna die Tür. Er blickte noch einmal in Richtung Autowerkstatt und stieg dann ebenfalls ein.

KAPITEL 27

Zwei Tage später befanden sich Rayna und Ethan auf dem Weg nach Kleinzinn, einem malerischen Dorf am Fuße eines Berges, dessen Name Rayna längst wieder vergessen hatte. Sie freute sich auf ihren Ausflug, auch wenn der Aufenthalt in Kleinzinn nicht so ganz erfreulicher Natur war. Der Ort lag nahe der Stelle, an der Brain und Alex ums Leben gekommen waren. Sie und Ethan hatten sich in einem kleinen Gasthaus einquartiert und würden von dort aus in den nächsten Tagen den Platz aufsuchen, wo die zwei Männer gefunden worden waren.

Je näher sie den Bergen kamen, umso beeindruckter war Rayna. Sie konnte sich nicht sattsehen an den kahlen Bergspitzen, die bis in den Himmel ragten. So etwas Überwältigendes gab es in Louisiana nicht.

„Hast du gewusst, dass man zu Fuß über diese Berge laufen kann?“, fragte Rayna begeistert.

„Nun ja, geübte Bergsteiger wohl schon. Aber ich hoffe, du

willst dich daran nicht versuchen."

Rayna lachte vergnügt. „Wer weiß?"

Gestern hatte Ethan sie mit auf eine Shopping-Tour genommen. Neben dicken Pullovern nannte sie nun auch eine Strickjacke und Wanderstiefel ihr eigen. Einer ausgiebigen Bergtour stand also nichts mehr im Weg. Auch Ethan hatte sich festes Schuhwerk gekauft. Und er hatte einen Leihwagen organisiert. Mit diesem Allrad waren sie nun seit knapp einer Stunde unterwegs. In etwa zehn Minuten sollten sie laut dem Navi ihren Zielort erreichen. Rayna bezweifelte dies ein wenig. Schon seit ein paar Minuten sahen sie nichts außer Wäldern und Wiesen. Trotz der kurvigen Straßen fuhr Ethan relativ zügig.

Kühe weideten auf einer Wiese. Sie standen einfach da, kauten und sahen dem Auto gelangweilt entgegen. Nichts schien sie aus der Ruhe bringen zu können.

„Bist du sicher, dass wir hier richtig sind?", erkundigte sich Rayna zweifelnd.

„Das Navi kennt den Weg."

Rayna warf einen prüfenden Blick auf das Gerät, das zwischen ihr und Ethan an der Windschutzscheibe befestigt war. Dem Navi zufolge mussten sie nach der nächsten Kurve rechts abbiegen. Tatsächlich. Die Straße schlängelte sich um einen Baum, und dann endete sie plötzlich. Sie hatten nur die Möglichkeit, auf einer breiteren Querstraße weiterzufahren.

Da weit und breit außer den Kühen niemand zu sehen war, verzichtete Ethan auf den Blinker und fuhr nach rechts. Es dauerte nicht lange, bis die ersten Gebäude in Sicht kamen. Zweistöckige Häuser mit Holzgiebeln, ausladenden Balkonen und prächtigen Geranien geschmückt. In den gepflegten Vorgärten blühten wunderschöne Blumen.

Ethan wurde langsamer, als sie Kleinzinn erreichten. „Hier irgendwo muss dieser Gasthof sein", erklärte er und sah suchend aus dem Fenster.

Ein großes, lang gezogenes Haus kam in Sichtweite, an deren Front der Schriftzug „Zum goldenen Lamm" aufgemalt war.

„Da ist es!“, rief Rayna aufgeregt und deutete auf das Gebäude.

Ethan hielt auf einem der vier Parkplätze vor dem Haus an, die alle frei waren.

„Wir sind da“, seufzte Rayna. Sie freute sich, endlich angekommen zu sein. München war schon eine ihr völlig fremde Welt, aber gegen diesen Ort doch noch immer eine pulsierende Großstadt. Hier auf dem Land ging alles viel langsamer, gemütlicher. Rayna war gespannt, was sie in dem Gasthaus erwartete.

„Wollen wir die Koffer gleich mitnehmen?“, fragte sie Ethan und konnte es kaum noch abwarten, ihr Zimmer zu beziehen.

Ethan schüttelte den Kopf. „Wir schauen erst einmal rein.“

Sie gingen ein paar Stufen hinauf, und Ethan öffnete ihr die hölzerne Tür mit dem grünlichen Milchglasfenster.

Der Eingangsbereich war ziemlich dunkel. Ein langer Flur. Hinten stand ein klobiger Zigarettenautomat, der schon einmal bessere Tage gesehen hatte. Der Boden war gefliest, die weißen Wände uneben verputzt. Zu beiden Seiten gingen Türen ab. Auf der einen stand *Privat*, auf der anderen *Gaststube.* Rayna war froh, dass Ethan voranging. Sie traten in eine rustikale Wirtsstube. Die Einrichtung bestand größtenteils aus dunklem Holz. Die Plätze waren leer. In diesem Moment schwang die Tür hinter dem Tresen auf, und zwei Männer kamen heraus.

„Danke dir, Seb“, meinte der Jüngere der beiden.

„Immer gerne, Rudolph“, entgegnete der kleinere Mann. Als er Rayna und Ethan erblickte, blieb er stehen.

Auch der andere hielt inne, und jetzt wurde der Unterschied zwischen den beiden Männern noch deutlicher. Der Kleine mit dem schütteren Haar trug eine Schürze um den Bauch, die irgendwann einmal weiß gewesen sein musste. Der jüngere Mann war etwa so groß wie Ethan, trug einen weißen Anzug und ein schwarzes Hemd. Er passte mit seiner schicken Kleidung nicht in diesen düsteren Gastraum. Seine Hautfarbe war ungewöhnlich dunkel, und auch die Gesichtszüge verrieten, dass seine Vorfahren nicht von hier kamen. Er lächelte, als er sie sah, und entblößte dabei eine Reihe weißer Zähne.

Der kleinere Mann sagte etwas. Rayna schnappte nur das Wort *München* auf.

Ethan nickte.

Rayna verstand nicht alles, aber der Wirt stellte sich als Sebastian Meyer vor, wollte aber Seb genannt werden und schüttelte Ethan die Hand. Die Männer lachten über eine Bemerkung, die der Anwalt machte, dann bat Seb Ethan, ihm zu folgen.

Rayna blieb unschlüssig stehen. Sollte sie mitgehen oder hier auf Ethan warten? Sie warf dem hochgewachsenen Mann einen scheuen Blick zu.

Er fragte sie etwas, und Rayna verstand kein Wort.

„Tut mir leid, ich spreche kein Deutsch", gestand sie und strich sich verlegen eine Strähne hinter das Ohr.

Sofort wechselte der Mann ins Englische. „Sorry. Ich habe gefragt, wie lange Sie bleiben."

Rayna zuckte mit den Schultern. „Ein paar Tage, denke ich."

„Wollen Sie wandern gehen?"

Der Mann war ziemlich neugierig. „Vielleicht", wich ihm Rayna aus. Sie kannte ihn nicht und wollte einer flüchtigen Bekanntschaft nicht zu viel über sich und Ethan erzählen.

Rayna spähte in die Richtung, in der Ethan verschwunden war.

„Ihr Mann wird sicher gleich zurück sein."

„Oh, nein", beeilte sich Rayna zu sagen. „Ethan ist nicht mein Mann."

„Entschuldigung, Sie wirkten nur sehr vertraut."

Rayna lächelte schüchtern. „Das liegt vermutlich daran, dass wir beinahe wie Geschwister aufgewachsen sind."

„Sie sind also nicht liiert?"

Rayna schüttelte den Kopf. „Nein", gestand sie.

„Das trifft sich ausgezeichnet." Er lächelte. „Ich habe mich noch nicht vorgestellt. Rudolph von Zinn."

Rayna versuchte sich ihre Überraschung nicht anmerken zu

lassen. Sie hatte von den Adeligen in Deutschland gelesen, war aber noch nie einem solchen Menschen begegnet. Ihre Familienstammbäume reichten teilweise Jahrhunderte zurück. Musste sie nun etwas tun, sich verneigen oder knicksen?

„Ich wollte Sie nicht in Verlegenheit bringen." Er streckte ihr eine Hand entgegen. „Rudolph."

Damit konnte sie umgehen und gewann so ihre Sicherheit zurück. „Rayna", erklärte sie und schlug ein. Sein Händedruck war fest, aber nicht schmerzhaft.

„Rayna", wiederholte er, während er noch immer ihre Hand hielt. „Sehr schön. Gefällt mir. Rayna." Er ließ sich den Namen auf der Zunge zergehen. „Ich bin öfter hier im Dorf und hoffe, wir sehen uns bald wieder."

Er ging an ihr vorbei. Sein maskuliner Duft wehte zu ihr herüber. Während die Gepardin in Angriffsstellung ging und die Zähne bleckte, war Rayna angetan von dem deutschen Adeligen. Er war nett, drückte sich gepflegt aus, und er sah auf seine ganz individuelle Art gut aus.

Ethan kam zurück, kaum dass Rudolph sie verlassen hatte und überreichte ihr einen Schlüssel. „Holen wir das Gepäck und beziehen wir unsere Zimmer."

KAPITEL 28

Rayna fand ihr Zimmer super. Die Einrichtung war rustikal. Ein Schrank, ein Tisch mit zwei Stühlen, ein Sideboard und ein Doppelbett mit weißer, steifer Baumwollbettwäsche. Das Badezimmer war für eine Person gerade groß genug. Raynas Blick fiel auf das gehäkelte Deckchen auf dem Tisch und die Vase mit frischen Wiesenblumen. Einfach, aber doch so wirkungsvoll. Sie schob die schweren Vorhänge beiseite, öffnete die Balkontür und trat hinaus. Zwei Klappstühle und ein kleiner Tisch standen an der Wand. Der Balkon gehörte nicht nur zu ihrem Zimmer. Rayna zählte drei weitere Balkontüren.

Ethan hatte ihr erzählt, dass sie momentan die einzigen Gäste waren, von daher hatten sie den Balkon ganz für sich.

Der Blick auf die Berge war atemberaubend. Rayna lehnte sich an die hölzerne Brüstung und zog den Duft der Geranien ein, als nebenan die Balkontür geöffnet wurde und Ethan zu ihr heraustrat.

„Bist du zufrieden mit deinem Zimmer?“, erkundigte er

sich.

„Es ist wundervoll. Die Einrichtung ist ganz zauberhaft. So alt, etwas klobig und einfach, aber trotzdem sauber."

Ihre Begeisterung entlockte Ethan ein Lächeln. „Das freut mich."

„Und bei dir?" Sie hatte bemerkt, dass Ethan nicht ganz so glücklich schien.

„Kein WLAN, kein Handyempfang", murmelte er verdrossen. „Wie soll ich so nur arbeiten?"

Rayna kicherte. „Vielleicht machst du einfach ein paar Tage Urlaub", schlug sie gut gelaunt vor.

„Ich werde mit Seb sprechen, damit ich wenigstens WLAN-Empfang habe und zumindest vom Hotel aus telefonieren kann." Ethan kam zu ihr, trat neben sie und stützte sich mit den Unterarmen auf der Holzbrüstung ab. „Wir sind nicht hier, um Urlaub zu machen, zumindest ich nicht", sagte er und blickte gedankenverloren in die Ferne.

Raynas Lächeln verschwand. Augenblicklich bekam sie ein schlechtes Gewissen. Natürlich wusste sie, dass Ethan die Reise nicht zum Vergnügen angetreten hatte. Sie hatte sich Ethan aufgedrängt, wurde ihr bewusst. Die vergangenen zwei Tage mit ihm waren so wundervoll und unbeschwert gewesen, dass ihr schlichtweg entfallen war, weshalb er nach Deutschland gekommen war. Sie hatte es in vollen Zügen genossen, Ethan um sich zu haben. Sich mit ihm zu unterhalten, mit ihm zu lachen und zu scherzen. Die Zeit mit ihm war wundervoll gewesen.

Raynas Puls beschleunigte sich. Ihr Herz pochte so laut, dass es in ihren Ohren widerhallte. Das Geräusch ließ alles andere in den Hintergrund treten. Ihr schwindelte, und sie klammerte sich an der Balkonbrüstung fest.

Die Gepardin fauchte, kratzte an ihrer Haut und wollte freigelassen werden. Sie verstand das Bedürfnis des Tieres, die neue Gegend zu erkunden, aber hier war der falsche Ort und der falsche Zeitpunkt, um sich zu verwandeln. Gegen das Tier anzukämpfen, kostete sie unglaublich viel Kraft. Rayna schwankte, merkte, wie ihr die Kontrolle entglitt.

Ethan griff nach ihr. Wie durch einen dichten Nebel hörte sie ihn. Mit fester Stimme sprach er auf sie ein, versuchte sie zu beruhigen. Sie wollte sich an ihn klammern, sich an ihm festhalten. Doch es gelang ihr nicht, eine Verbindung zu ihm aufzubauen. Immer wieder entglitt er ihr, fast so, als wehrte er sich dagegen, ihr Halt zu sein.

Ihr Sichtfeld veränderte sich. Sie keuchte auf und fiel gegen Ethans Brust. Ihre Hände griffen ins Leere. Die Finger waren verschwunden, einer Tatze gewichen. Nein! Sie durfte sich nicht verwandeln! Nicht auf dem Balkon, wo sie jeder sehen konnte. Sie spürte, wie Ethan sie hochhob, fühlte, wie sich ihr Rückgrat dehnte und wieder zusammenschrumpfte. Gefangen in einem Körper, der weder Tier noch Mensch war, kämpfte sie gegen die Gepardin. Ihre Umgebung schwankte, oder lag es daran, dass Ethan sie trug? Sie schloss die Augen, versuchte ganz in sich zu ruhen, um der Gepardin Einhalt zu gebieten. Doch das Tier kämpfte mit Zähnen und Krallen, war nicht bereit, sich Rayna zu fügen. Sie riss die Augen auf, starrte die Zimmerdecke an. Ethan kam in ihr Sichtfeld. Wo war sie? Erst jetzt bemerkte sie das Laken unter ihren Fingern. Er hatte sie auf ihr Bett gelegt. Als sie jedoch an sich hinabsah, entdeckte sie ein Gepardenbein. Sie war halb Mensch, halb Tier. Weder das eine noch das andere. Als sie alle Kraft auf den Fuß konzentrierte, um sich zurückzuverwandeln, war es die Hand, die zur Pfote wurde.

„Lass es zu, Rayna“, drang Ethans Stimme an ihr Ohr. Sanft und doch kraftvoll. „Du bist hier in Sicherheit. Niemand wird dich sehen.“ Sie spürte seine Hand in ihrem Nacken.

Er war da, würde auf sie aufpassen. Sie hatte sich schon seit Jahren nicht mehr vor jemand anderem verwandelt, und noch nie hatte sie es vor einem Fremden getan. Aber sie war zu erschöpft, um sich jetzt darüber Gedanken zu machen. Bei Ethan fühlte sie sich sicher, und so ließ sie los.

Rayna fiel in ein Vakuum. Vollkommen schwerelos und leicht. Ihr Körper veränderte sich, alles fand einen neuen Platz und kehrte zu einer Ordnung zurück. Dann war die Wandlung abgeschlossen. Sie war ganz Tier.

Noch lag Ethans Hand in ihrem Nacken.

„Gut so“, erklärte er ihr und strich ihr beruhigend über das Fell.

Die Gepardin schnurrte, und auch Rayna genoss die Berührung. Vertrauensvoll schmiegte sie sich seiner Hand entgegen. Als Frau hatte sie sich so sehr nach seiner Nähe gesehnt, und er hatte ihr das verweigert. Als Tier hingegen gestand er ihr die langersehnten Berührungen endlich zu. Die Katze schmiegte sich an ihn und leckte Ethans Hand ab.

„Du bist wunderschön“, sagte er und ließ zu, dass sie seinen Hals beschnupperte. Er roch männlich, erdig, nach Wald und feuchtem Moos, doch dies erinnerte sie schmerzhaft an die geliebten Sümpfe von Cheetah Manor.

Zu ihrer Überraschung vergrub Ethan sein Gesicht in ihrem Fell. Er schien absolut keine Berührungsängste zu haben, ganz so, als wäre sie eine einfache Hauskatze und nicht eine der schnellsten Raubkatzen der Welt. Seine Hand wanderte über ihre Flanke, kraulte sie da, wo sie es am meisten mochte. Woher wusste er so viel über sie? Die Katze schloss die Augen, schnurrte zufrieden und glücklich.

„Ich weiß, wie sehr du dich nach Freiheit sehnst. Weit weg von Cheetah Manor ist das vollkommen normal“, erklärte Ethan der Gepardin.

Rayna fragte sich abermals, woher er so viel über sie wusste. Für den Augenblick war es ihr egal. Sie wollte es nicht weiter hinterfragen, wollte den Moment, das Hier und Jetzt genießen. Sie lechzte nach Ethans Streicheleinheiten. Von ihr aus konnte er ewig so weitermachen.

„Wenn es dunkel ist, bringe ich dich in den Wald. Du musst zwar vorsichtig sein, aber etwas Auslauf wird dir sicher guttun.“ Er blickte ihr in die Augen und lächelte sie an.

Rayna wurde es ganz warm ums Herz. Seine Fürsorge war so wohltuend. Sie schloss die Augen, bettete den Kopf auf ihren Vorderpfoten.

„Wie ich sehe, gefällt dir mein Vorschlag“, stellte er zufrieden fest.

Als Bestätigung stupste sie ihn an.

Rayna atmete tief durch. Sein Duft war betörend. Immer wieder schnupperte sie, zog den erdigen Geruch tief ein, damit sie ihn sich für alle Zeit einprägte. Ethan so nahe zu sein, erfüllte sie mit einer Ruhe und Zufriedenheit, wie sie es noch nie erlebt hatte.

„Bleib einfach hier“, flüsterte ihr Ethan zu. „Ich werde ein paar Vorbereitungen treffen. Solange du in diesem Zimmer bleibst, solltest du in Sicherheit sein.“ Er löste sich von ihr und stand auf.

Die Gepardin war unzufrieden und fauchte Ethan an. Er ließ sich davon nicht einschüchtern, tätschelte ihr den Kopf und machte sich dann auf den Weg zur Tür.

„Wir treffen uns zum Abendessen, bis dahin sei schön brav und stell keine Dummheiten an“, warnte er sie.

Dann war Rayna allein.

KAPITEL 29

Es war Ethan schwergefallen, Rayna zu verlassen. Gerne wäre er noch länger geblieben, hätte sie angeschmachtet und seine Nase in dem wunderbar warmen und weichen Fell verkrochen. Und noch viel lieber hätte er sich neben ihr ausgestreckt, ihr sein Geheimnis offenbart.

Nein, es war gut gewesen, die Flucht anzutreten. Außerdem hatte er ihr versprochen, dass er sie heute Abend in den Wald brachte. Dieses Versprechen wollte er unbedingt halten, aber er würde Rayna dabei keiner Gefahr aussetzen. Deshalb musste er die Gegend vorher sorgfältig erkunden. Nur so konnte er sichergehen, dass es für sie ungefährlich war.

Eilig schlüpfte er in seine Laufschuhe, griff nach dem Autoschlüssel und verließ das Gasthaus. Glücklicherweise begegnete er niemandem. Es ging ihm nicht darum, dass er nicht gesehen werden wollte, sondern vielmehr darum, dass er keine Zeit und keine Lust auf Small Talk hatte. Weder mit dem redseligen Wirt noch mit dem Mädchen für alles, Vroni, die ihm bei der Anmeldung schöne Augen gemacht hatte. Sie war das, was man in dieser Gegend unter einem strammen Madl verstand. Sie konnte mit anpacken, hatte ein hübsches Gesicht und ordentlich Holz vor der Hütte. Damit war sie völlig anders als Rayna und für ihn uninteressant. Wann hatte er eigentlich begonnen, alle Frauen mit Rayna zu vergleichen?

Er blickte noch einmal zu ihrem Zimmer hoch und hoffte, dass die Gepardin drinnen blieb. Rayna würde die Kontrolle nicht kampflos aufgeben, und auch wenn Darren etwas anderes behauptete, war sie eine vernünftige junge Frau. Sie kannte das Risiko, entdeckt zu werden, und würde es sicher nicht eingehen.

In den letzten Tagen waren sie vertrauter miteinander geworden, und er hatte die Zeit mit ihr unwahrscheinlich genossen. Ihre Gesprächsthemen waren abwechslungsreich, und ihre Ansichten hatten ihn mehr als einmal überrascht. Sie war nicht mehr das sorglose kleine Mädchen, sondern eine reflektierte, selbstständige junge Frau. Und diese Rayna, die er kennenlernen durfte, gefiel ihm noch um Längen besser.

Ethan seufzte und atmete tief durch. Er musste zurück in die Gegenwart finden. Seit wann war er so unkonzentriert? Seit wann schweiften seine Gedanken ständig ab? Er wollte sich doch beeilen, um Rayna nicht so lange allein lassen zu müssen.

Schon vor ihrer Abreise hatte er über das Internet nach einem nahen Waldstück gesucht. Der Wald um Kleinzinn herum war größtenteils in Privatbesitz und daher nahezu perfekt. Etwa drei Kilometer von hier entfernt hatte er eine optimale Stelle gefunden. Ein Areal von mehreren Hektar Wald, in dem sich eine Raubkatze austoben konnte. Damit Rayna keine unliebsamen Überraschungen bevorstünden, würde er vorab das Areal ablaufen und sich vergewissern, dass auch wirklich keine Gefahr drohte.

Die Fahrt dauerte nicht lange. Einige hundert Meter vom Waldrand entfernt parkte er das Auto und machte sich zu Fuß auf den Weg. Der Schotterweg wurde zu einem Trampelpfad. Seit er Kleinzinn verlassen hatte, war ihm keine Menschenseele mehr begegnet. Dennoch sah er sich aufmerksam um. Im

Schutz der Bäume hielt er inne. Er schloss die Augen, um sich besser auf seine anderen Sinne zu konzentrieren. Es schien alles in Ordnung zu sein. Außer Ethan befand sich weit und breit niemand hier.

Der Panther in seinem Inneren schlug mit der Tatze nach ihm. Auch er fühlte sich in der fremden Umgebung unwohl. Die Raubkatze dürstete danach, freigelassen zu werden und die Umgebung zu ihrem Revier zu machen. Dabei hatte er erst vor wenigen Tagen seinen Trieben freien Lauf gelassen. Wie viel schlimmer musste es dann Rayna gehen? Kein Wunder, dass die Gepardin so verrücktspielte. Er hätte früher daran denken und ihr eine Möglichkeit geben sollen, dem Drang des Tieres nachzugeben. Aber wie nur? Der Englische Garten in München wäre viel zu heikel gewesen. Selbst er, der häufig durch fremde Gebiete streifte, musste auf der Hut sein. Für Rayna, die völlig unerfahren in solchen Dingen war, eine viel zu große Gefahr.

Ethan ließ sich auf die Vorderpfoten fallen, während schwarzes Fell seinen kompletten Körper verschlang. Er schüttelte sich, öffnete und schloss sein Maul. Muskeln spannten sich unter seiner Haut. Er fuhr die Krallen aus und grub sie tief in den Waldboden. Dann senkte er den Kopf und schnupperte. Die Katze war auf der Hut, wie immer, wenn sie fremdes Territorium betrat. Die Waldtiere stellten für ihn keine Gefahr da. Selbst mit einem Wildschwein oder einem Wolf konnte er es aufnehmen. Er musste lediglich die Entdeckung eines Menschen fürchten. Gegenüber einem Messer oder noch schlimmer, einer Schrotflinte, war auch er machtlos.

Nachdem sich Ethan vergewissert hatte, dass er – abgesehen von ein paar harmlosen Kleintieren – allein war, trabte er los. Der Drang, sein Revier zu markieren, war fast übermächtig. Also fuhr er die Krallen aus und riss tiefe Furchen in den Stamm eines dicken Baumes. Wenn er Rayna heute Abend herbrachte, sollte sie ruhig merken, dass sie sich im Territorium eines Männchens befand.

Ethan, der sich gerne völlig dem Panther überließ, musste das Tier zurückhalten, neben den Kratzspuren nicht auch noch an jedem zweiten Baum eine Duftspur zu hinterlassen, die Rayna signalisieren würde, dass er zur Paarung bereit war. Ja, verdammt, er war mehr als bereit, dennoch musste er vernünftig bleiben.

Er umrundete das weitläufige Areal, konzentrierte sich ganz auf seine Umgebung. Der Panther genoss den schnellen Lauf, den Waldboden unter den Pfoten und den Duft der unberührten Natur. Dennoch wusste er, dass er sich beeilen musste. An keiner Stelle verweilte er länger als nötig.

Es drängte ihn, zu Rayna zurückzukehren, sich zu vergewissern, dass es ihr gut ging. Er wollte sie zu sich holen, mit ihr um die Wette rennen, sich neben ihr im Moos rekeln und sie einfach bei sich haben. Ob ihre Tiere ebenso gut harmonieren würden, wie sie es als Menschen taten?

Ethan verbot sich diese Gedanken und beschleunigte das Tempo. Wenn er sich noch mehr verausgabte, wäre er am Ende des Tages zu müde zum Denken, und das war durchaus verlockend. Nach einer Viertelstunde erreichte er wieder seinen Ausgangspunkt, wechselte die Gestalt und machte sich auf den Weg zum Auto. Ethan hatte sich ausgepowert. Das Tier war ebenfalls zufrieden und zog sich erschöpft zurück. Ein Blick auf die Uhr verriet ihm, dass er sich durchaus noch im Zeitplan befand. Vor dem Abendessen würde er noch genug Zeit für eine Dusche haben. Er startete den Wagen und fuhr zum Gasthaus zurück.

KAPITEL 30

Rayna war bald nach Ethans Weggang einfach eingeschlafen. Als sie Stunden später wieder aufwachte, lag sie in Menschengestalt auf dem Bett. Die Gepardin hatte sich ein wenig beruhigt, lauerte aber noch immer unter der Oberfläche. Ethans Versprechen hallte in Raynas Kopf nach, und sie wusste, das Tier wartete darauf, dass er es einhielt.

Als es Zeit zum Abendessen wurde, ging sie hinunter in die Gaststube. Ethan und sie waren die einzigen Gäste. Sie aßen schweigend.

Rayna entgingen die Blicke nicht, die Vroni Ethan zuwarf. Sie fand das Mädchen durchaus hübsch. Die braunen Haare waren zu beiden Seiten zu einem langen Zopf geflochten. Das Dirndl, die typische Landestracht, und eine Puffärmelbluse betonten ihre ausgeprägten Kurven. Immer wieder sah sie zu Ethan, stieß ihn beim Bedienen versehentlich an oder streifte ihn. Bemerkte Ethan es wirklich nicht oder wollte er es einfach nicht sehen?

„Bei dir alles in Ordnung?“, fragte Ethan schließlich, als Vroni in der Küche verschwunden war.

Rayna blickte auf.

Ethan war ungewöhnlich ernst. Es rührte sie, dass er sich um sie Gedanken machte.

„Ja, für den Moment schon.“

Ethan nickte zufrieden. „Gegen zehn Uhr dürfte die Dämmerung hereingebrochen sein. Wir treffen uns am Auto.“

Rayna nickte und kam sich vor wie ein Teenager, der sich zu seinem ersten Date verabredete. Sie war aufgeregt und konnte die Zeit bis dahin kaum abwarten.

Einen Nachtisch lehnte sie dankend ab. Sie war satt. Das Essen hatte gut geschmeckt, war aber ziemlich sättigend gewesen. Ethan begleitete Rayna zurück zu ihrem Zimmer. Vor ihrer Tür blieben sie stehen, standen sich gegenüber und sahen sich an. Rayna hatte den Eindruck, als wollte Ethan etwas sagen. Doch dann wandte er sich ab und verschwand wortlos in seinem Zimmer.

Rayna öffnete die Tür und trat ein. Wie sollte sie die kommenden Stunden totschlagen? Sie setzte sich an den Tisch, starrte die Blumen an. Dann versuchte sie ein wenig zu lesen, aber wirklich konzentrieren konnte sie sich nicht. Auch Musik hören, wie sie es gerne zur Entspannung tat, bereitete ihr keine Freude. Also saß sie wieder auf dem Stuhl und sah zum Fenster hinaus. Als sich endlich der große Zeiger der vollen Stunde näherte und es Zeit war aufzubrechen, sprang sie auf. Es waren nur noch ein paar Minuten bis zur vereinbarten Uhrzeit. Sie griff nach ihrer Strickjacke, schlüpfte in die Wanderschuhe, die deutlich besser als High Heels, Turnschuhe oder Sandalen waren, und machte sich auf den Weg nach unten.

Ethan saß bereits im Auto. Fehlte nur noch, dass er mit laufendem Motor auf sie wartete. Sie öffnete die Beifahrertür und schlüpfte auf den Sitz.

„Kann es losgehen?“

Sie nickte knapp.

Ethan hörte sich ungeduldig an. Bereute er bereits, ihr das Angebot gemacht zu haben, sie in den Wald zu bringen?

Abschätzend sah sie zu ihm hinüber. Er richtete den Blick auf die Straße.

Die Gepardin in ihr jubilierte. Sie wusste, wohin die Fahrt ging, ja sie freute sich darauf, frei und ungestüm durch den Wald zu laufen. Sie wollte den Boden unter ihren Pfoten spüren, den Duft des Waldes in sich aufnehmen. Vielleicht würde sie die Spur eines Tieres wittern und es jagen. Auch wenn die Gepardin noch nie ein Tier getötet hatte, gefiel es ihr dennoch, ihrem Jagdinstinkt nachzugeben. Es bereitete ihr große Freude, die Beute in die Enge zu treiben und sie dann wieder laufen zu lassen. Ein Tier zu töten, wenn sie es nicht zum Überleben brauchte, erschien ihr nicht richtig. Wie ihre Brüder das handhabten, wusste sie nicht einmal. In der Regel zog jeder von ihnen allein los, obwohl Darren und Eric hin und wieder auch zusammen ihre Runden drehten.

Sie ließen das Dorf hinter sich. Am Rande der Straße befanden sich keine Laternen mehr, und so waren die einzigen Lichtquellen die Scheinwerfer. Ethan bog auf einen geschotterten Weg ein. Es rumpelte, und Rayna wurde kräftig durchgeschüttelt. Dann parkte er den Wagen.

Sie hielt es kaum noch aus, musste den Drang unterdrücken, sich augenblicklich zu verwandeln. Die Gepardin drängte, wollte endlich freigelassen werden. Ethan war ebenfalls ausgestiegen.

„Das Areal ist etwa zehn Hektar groß“, informierte er sie. „Nördlich und östlich wird es durch eine wenig befahrene Straße begrenzt. Im Süden schließen Felder und Wiesen an.“

Woher wusste er das? Hatte er die ganze Umgebung akribisch abgelaufen? Das musste zu Fuß ewig gedauert haben und war in den paar Stunden, die er am Nachmittag verschwunden war, eigentlich nicht machbar.

„Ich möchte, dass du innerhalb des Waldes bleibst.“

Rayna sah ihn an. „Glaub mir, ich bin alt genug, um auf mich selbst achtzugeben. Es ist nicht das erste Mal, dass ich durch die Wildnis streife.“

„Es ist das erste Mal, dass du dich nicht auf Cheetah Manor befindest. Du wirst …“ Er wollte noch etwas sagen, verstummte jedoch.

„Ich werde was?“, hakte sie neugierig nach.

Ethan schüttelte den Kopf. „Nun verschwinde schon. Ich werde hier auf dich warten.“

Rayna rührte sich nicht von der Stelle. Die Gepardin in ihr wollte toben, sie musste sich jedoch noch ein paar Minuten gedulden. Zuerst würde Rayna das Gespräch mit Ethan beenden.

„Was möchtest du mir nicht sagen, Ethan?“ Sie legte den Kopf schief und sah ihn forschend an.

Er zeigte ein Lächeln, das seine Augen nicht erreichte. „Es ist alles in Ordnung. Ich wünsche dir viel Spaß.“

Sie verschränkte die Arme vor der Brust. „Nein, es ist nicht alles in Ordnung. Etwas verschweigst du mir. Ich habe das Gefühl, dass du mich besser kennst als ich mich selbst.“

Ethan wandte den Kopf ab, sah in die Ferne und vermied damit jeden Blickkontakt. „Ich kenne deine Familie lange genug. Darren ist mein bester Freund.“

Das mochte alles stimmen, dennoch spürte sie, da war noch mehr. Viel mehr. Dass Ethan hartnäckig schwieg, schmerzte. Sie hatten so viel Zeit zusammen verbracht, und Rayna hatte geglaubt, sie wären sich nähergekommen. Ethans Schweigen verletzte sie mehr, als sie sich selbst eingestehen wollte. So flüchtete sie sich in ihre Wut und funkelte ihn an. Da er sie jedoch nicht anblickte, blieb es völlig wirkungslos.

„Manchmal kannst du ein ziemliches …“ Sie verstummte. Atmete tief durch und wechselte dann das Thema. Es hatte ohnehin keinen Sinn, weiter auf ihn einzureden. Ethan konnte unglaublich stur sein. Auch das hatte sie in den letzten Tagen über ihn gelernt. „Wirst du hier warten?“ Noch immer war sie ärgerlich, aber die Gepardin tobte, und lange würde sie sich nicht mehr zurückhalten lassen. Wenn sich Rayna nicht vor Ethan verwandeln wollte, musste sie zusehen, dass sie von hier fortkam.

„Ich werde in der Nähe bleiben.“

Rayna warf ihm einen letzten finsteren Blick zu, dann verschwand sie zwischen den Bäumen. Sie vertraute ihm uneingeschränkt und wünschte sich, dass er dasselbe Vertrauen auch in sie setzte und ihr deshalb alles erzählte. Rayna schluckte die Tränen, die in ihren Augen brannten, hinunter und eilte davon. In seiner Sichtweite wollte sie sich nicht verwandeln. Sie würde es nicht ertragen, wenn er der Gepardin erneut den Vorzug gab. Zu ihr gehörte doch beides – Mensch und Tier –, und beide wünschten sich Ethans Zuneigung, nicht nur die Katze. Mit dem Ärmel wischte sie eine einzelne Träne fort, die sie nicht mehr zurückhalten konnte. Es war nicht der richtige Zeitpunkt, um Ethan nachzutrauern. Rayna wollte durch den Wald rennen und alle menschlichen Probleme vergessen.

KAPITEL 31

Die Gepardin brannte darauf, endlich durch den Wald zu streifen. Es dauerte nicht lange, bis die Verwandlung einsetzte. Sie ließ sich nach vorne fallen und landete auf den Pfoten. Die Katze hielt irritiert inne, und auch Rayna horchte auf. Etwas stimmte nicht, etwas fehlte. Verunsichert machte das Tier einen vorsichtigen Schritt nach vorn. Nichts war, wie es sein sollte. Der Wald roch vollkommen fremd. Nichts war der Gepardin vertraut. Die neuen, unbekannten Gerüche verwirrten sie. Der Boden unter den Pfoten war hart und gab kaum unter ihrem Gewicht nach. Kleine vertrocknete Tannennadeln bohrten sich in ihre Tatzen. Dies war sie von den Sümpfen nicht gewohnt. Das Schlimmste jedoch war die fehlende Verbindung. Auf der Plantage hatte sie sich frei gefühlt, war eins gewesen mit der Umgebung. Cheetah Manor lebte, atmete, und ihr Herz schlug im Gleichklang mit der Natur. Der Wald hier war nur ein Stück tote Erde. Er besaß weder eine Seele noch ein Herz.

Hier war nichts, was ihr Halt gab. Rayna fühlte sich völlig

alleingelassen. Die Katze wusste nicht, wie sie mit der Situation umgehen sollte, und maunzte kläglich. Nie zuvor hatte sie sich so allein gefühlt, nie zuvor so verlassen. Auf der Suche nach etwas Lebendigem rannte sie los. Doch da war nur die fade Resonanz ein paar kleinerer Tiere. Ein trostloser Abklatsch der mächtigen Präsenz von Cheetah Manor.

Raynas Herz blutete. Sie brach beinahe unter der Last zusammen. Es schmerzte so sehr. War das Heimweh? Rayna versuchte sich die vertrauten Sümpfe vorzustellen, redete beruhigend auf die Gepardin ein, die immer noch ziellos umherstreifte und völlig außer sich geriet. Sie hoffte, dass es besser wurde, dass sich auch das Tier mit der Zeit daran gewöhnte, keine Verbindung zu haben, am anderen Ende nur ein schwarzes Loch zu fühlen, das keine Resonanz geben konnte.

Die Gepardin war noch immer unruhig, jagte planlos durch den Wald. Aber die Bewegung tat dem Tier gut, und so ließ Rayna sie gewähren. Der ursprüngliche Plan, die Jagd nach einem Kleintier, war ohnehin längst hinfällig. Schließlich setzte die Gepardin zu einem schnellen Spurt an. Die Bäume flogen nur so an ihr vorbei. Rayna spürte bereits die Müdigkeit. Sie verlor an Geschwindigkeit. Ihre Muskeln verkrampften, die Lunge brannte. Licht blendete sie, die hellen Scheinwerfer eines Autos, wie Rayna augenblicklich klar wurde. Die Straße. Nur noch wenige Meter trennten sie davon. Die Gepardin fauchte, machte sich zum Sprung bereit und wollte auf den Feind, das Licht, zulaufen. Doch Rayna hielt sie zurück. Zwang das Tier in den schützenden Schatten eines dicken Stammes. Die Katze tobte, wollte sich mit dem vermeintlichen Angreifer messen. Rayna wusste es besser. Ein Scheinwerfer bedeutete Menschen, und Menschen waren gefährlich. Sie konnte der Gepardin nicht gestatten, den Wald zu verlassen.

Die Lichtkegel wurden immer größer, blendeten sie. Rayna betete, dass der Fahrer sie nicht entdeckte, und zwang das Tier, sich noch weiter in den Schatten zu verstecken. Die Lichtkegel wurden wieder kleiner, das Auto war vorbeigefahren. Erleichtert sank Rayna in sich zusammen. Der Mensch war nicht wegen ihr gekommen, und da das Fahrzeug nicht anhielt, hatte es sie nicht entdeckt.

Die Gepardin begehrte auf. Sie wollte rennen, hatte noch immer nicht genug. Rayna zog sich zurück, als klar war, dass das Tier nicht den Weg Richtung Straße einschlug, sondern in entgegengesetzter Richtung lief. Aber schon nach einigen hundert Metern wurde die Gepardin zunehmend langsamer. Schließlich blieb sie keuchend stehen.

Ein Geräusch ließ Mensch und Tier gleichermaßen zusammenfahren. Die Katze drehte den Kopf, lauschte angestrengt. Da. Wieder dieses Geräusch. Sie konnte es einfach nicht deuten, und das behagte Rayna überhaupt nicht. Sie schnupperte und schnappte einen Hauch von feuchtem Moos auf, der sie schmerzhaft an die Sümpfe in Louisiana erinnerte. Aber das war nicht möglich, das musste ein Trugschluss sein. Noch einmal wollte sie den herrlich vertrauten Duft einatmen, sich in die ferne Heimat träumen, doch da war nichts mehr. Hatte sie sich getäuscht? Immer wieder innehaltend setzte die Katze ihren Weg fort, hatte kein Ziel. Mal hier, mal da blieb sie stehen, schnupperte. Ab und an bildete sie sich ein, feuchtes Moos zu riechen. Doch wenn sie den Geruch lokalisieren wollte, war er fort. Rayna kam zu dem Schluss, dass ihr überreizter Geist ihr einfach einen Streich spielte.

Ein Knacken, nicht weit von ihr, ließ sie zusammenfahren. Reflexartig duckte sie sich, ging in Deckung und verharrte reglos. Dort, ganz in ihrer Nähe, war etwas. Etwas Großes. Sie lauschte angestrengt. Die Waldbewohner um sie herum waren verstummt. Das war kein gutes Zeichen. Nicht einmal der neugierige Dachs, der vorhin noch hier herumgehuscht war, regte sich noch. War der Mensch mit dem Auto nicht vorbeigefahren, sondern hatte doch gehalten? Hatte er sie gesehen und war ihr nun auf der Spur? Sie durfte sich nicht erwischen lassen. Gerade überlegte Rayna, ob sie zu Ethan zurücklaufen oder sich gleich hier in ihre menschliche Gestalt zurückverwandeln sollte. Aber wenn der Eindringling kein Mensch war, wäre sie ihm auf zwei Beinen eindeutig unterlegen. Um zu Ethan zurückzukehren, würde sie vermutlich eine Stunde brauchen. Auf einen Fußmarsch hatte Rayna keine Lust, nicht wenn sie noch ein wenig auf vier Pfoten durch den Wald streifen konnte. Außerdem war noch lange nicht bewiesen, dass sie ein Mensch verfolgte. So beschloss sie, vorsichtig zu sein. So leise wie möglich schlich die Gepardin durch das Unterholz. Tiere ihrer Gattung waren Meister im Anschleichen, und Rayna hatte sich mehr als einmal einen Spaß daraus gemacht, genau an dieser Fertigkeit zu feilen, um ein Kleintier zu erschrecken. Das kam ihr nun zugute, denn der Unbekannte war nicht so leise wie sie. Deutlich konnte sie durch das Knacken der Äste seinen Weg verfolgen. Wieder wehte der Duft von feuchtem Moos zu ihr herüber und erweckte vor ihrem geistigen Auge Bilder der üppig grünen Sümpfe Louisianas.

Rayna verharrte. Ihr Verfolger kam immer näher. Sollte sie sich aus dem Staub machen? Zu gern wollte sie wissen, wo der wunderbare Geruch von Heimat seinen Ursprung hatte. Neugierig geworden fasste Rayna einen gewagten Plan. Sie würde den Spieß umdrehen. Die Gejagte würde zur Jägerin werden. Sie wollte herausfinden, wer sie verfolgte und woher der Duft kam.

Leise kletterte sie auf einen kleinen Baum. Es war nicht so einfach, mit den Krallen sicheren Halt zu finden, aber schließlich erreichte sie einen blickgeschützten, stabilen Ast. Ihr Versteck war nicht hoch, aber doch so weit oben, dass sie den Bereich unter sich gut überblicken konnte. Jetzt musste sie nur noch reglos verharren.

Sie hörte ihren Verfolger. Er kam näher, blieb stehen. Wieder ein paar Schritte. Suchte er nach ihr? Raynas Puls beschleunigte sich vor Aufregung. Der Angreifer würde sein blaues Wunder erleben. Was auch immer er gedachte zu jagen, mit einer Gepardin würde er sicher nicht rechnen.

Wieder knackten Äste. Durch die Blätter der Bäume konnte Rayna etwas Schwarzes ausmachen. Es musste ziemlich groß sein. Vielleicht ein Wildschwein. Sie hatte gehört, dass es in deutschen Wäldern ein paar der hässlichen Tiere geben sollte. Mit ihren Hauern waren sie ernst zu nehmende Gegner.

Jetzt war das Tier beinahe unter ihr. Durch das Blätterdach

und die Entfernung konnte sie es noch immer nicht richtig erkennen. Der Geruch nach feuchtem Moos wurde stärker, und nun war sich Rayna ganz sicher, dass er von diesem Wesen ausging.

Wenn sie das Überraschungsmoment nutzen wollte, musste es jetzt sein. Geräuschlos erhob sie sich auf ihrem Ast, setzte zum Sprung an und stieß sich ab. Mit einer geschmeidigen Bewegung landete sie direkt vor ihrem Verfolger.

Rayna hatte geplant zu knurren und die Zähne zu fletschen, aber als sie nun ihr Gegenüber sah, wich sie erschrocken zurück.

Vor ihr stand ebenfalls eine Raubkatze. Ein schwarzer Panther, der genauso wenig hierhergehörte wie sie selbst.

KAPITEL 32

Finster starrte Ethan Rayna hinterher. Er fühlte sich hin- und hergerissen. Er wollte sie vorwarnen, sie auf das vorbereiten, was passieren würde, und gleichzeitig konnte er genau das nicht tun, ohne sich zu verraten.

Ich habe das Gefühl, dass du mich besser kennst als ich mich selbst, hatte sie gesagt. Und damit hatte sie vermutlich recht. Er kannte das Tier besser, als sie es jemals tun würde, und das war auch gut so. Was er durchgemacht hatte, wünschte er niemandem. Nach dem Tod seiner Eltern hatte er mehrere Monate in seiner Tiergestalt verbracht, hätte sich fast völlig in sich verloren, wäre da nicht Darren gewesen. Seinem besten Freund verdankte er es, den Weg zurück in die Menschlichkeit gefunden zu haben. Er kannte die brutale Welt der Tiere wahrlich besser als Rayna, aber das musste sie nie erfahren. Das durfte sie nicht erfahren.

Ethan konzentrierte sich auf seinen Atem, versuchte Klarheit in seine Gedanken zu bringen. Er musste endlich lernen, seine Gefühle in Raynas Gegenwart zu kontrollieren. Diese Frau machte ihn einfach nur wahnsinnig. Er war froh, dass sie fort war. Auch wenn er ihr am liebsten sofort nachlaufen und sich vergewissern wollte, dass das Tier mit der fehlenden Resonanz von Cheetah Manor umgehen konnte, zwang er sich zu warten. Langsam zählte er bis hundert. Erst dann erlaubte er sich, ihr in den Wald zu folgen. Er blieb zwischen den Bäumen stehen, sah sich suchend um. Weder von Rayna noch von der Gepardin war eine Spur zu sehen. Er ging in die Hocke, berührte einen abgebrochenen Ast, der noch ganz frisch war. Hier musste sie vorbeigekommen sein.

Ethan gedachte nicht, sich zu Fuß auf den Weg zu machen. Mit einer geschmeidigen Bewegung verwandelte er sich. Der Panther schüttelte sich und war bereit, die Verfolgung aufzunehmen. Für das Tier war es ein Leichtes, der anderen Raubkatze zu folgen. Ethan bremste den Panther aus, der am liebsten der Gepardin hinterhergejagt wäre. Doch er wollte nicht mit Rayna fangen spielen, er wollte ihr ihre Freiheit lassen. Sie im Auge zu behalten, diente lediglich dazu, sie im Zweifelsfall beschützen zu können. Im gehörigen Abstand lief er hinter ihr her. Es gefiel ihm nicht, dass sie sich so weit der Straße näherte. Er hatte doch deutlich gesagt, dass sie in diesem Waldgrundstück bleiben sollte. Ethan ließ den Panther laufen, der immer mehr an Tempo zulegte. Die Gepardin musste ziemlich gerannt sein. Nach einer so langen Zeit der Gefangenschaft konnte er das der Raubkatze kaum verübeln. Auch er hatte es am Nachmittag genossen, durch das Waldstück zu streifen, dabei hatte er dem Panther erst vor ein paar Tagen gestattet, seiner Natur nachzukommen.

Er wurde langsamer, als er bemerkte, dass er nicht mehr weit von der Gepardin entfernt war. Motorengeräusch war zu hören. Verdammt. Er befand sich bereits in der Nähe der Straße, und Rayna war noch ein ganzes Stück vor ihm. Die Katze duckte sich und schlich durch das Unterholz. Da vorne, im Schatten eines Baumes, erhaschte er einen Blick auf die Gepardin, die im Halbdunkel verborgen kauerte und abwartete. Erleichterung ergriff ihn. Rayna hatte das Tier unter Kontrolle.

Ethan zwang den Panther zum Rückzug. Rayna würde nicht auf die Straße rennen, sie wusste um das Risiko des Entdecktwerdens und würde nicht so unvernünftig sein. Dennoch war er angespannt, deshalb wartete er, bis das Auto an ihnen vorbeigefahren war.

Mit einem Mal drehte sich die Gepardin um und rannte los. Direkt in seine Richtung. Der Panther konnte gerade noch zur Seite hechten, um sich im Unterholz zu verbergen, als die andere Raubkatze nur wenige Meter an ihm vorbeisprang. Noch immer in seinem Versteck verharrte er reglos. Glücklicherweise lief die Gepardin an ihm vorbei. Er wartete noch ein paar Sekunden, ehe er ihr folgte. Vollkommen ohne Ziel streifte sie durch das Unterholz, und Ethan begann sich ernsthaft Sorgen um Rayna zu machen. Setzte ihr der Entzug von Cheetah Manor so sehr zu, dass sie völlig orientierungslos geworden war? Schon zum zweiten Mal waren sie genau an derselben Stelle vorbeigekommen. Er schnupperte, hielt inne und senkte abermals die Nase. Ihr vertrauter Duft hing in der Luft, aber er konnte nicht mehr mit Sicherheit sagen, ob er frisch war oder noch von vorhin den Ästen anhaftete. Der Panther hielt an, unsicher, welchen Weg er einschlagen sollte. Vorsichtig, Schritt für Schritt, schlich er vorwärts. Er war sich ganz sicher, in der Nähe der anderen Raubkatze zu sein. Doch er sah sie nirgendwo. Ein Knacken über ihm. Er machte einen großen Satz zurück. Zum Fortlaufen war es bereits zu spät, als die Gepardin direkt vor ihm geschmeidig auf den Beinen landete. Ihre Augen weiteten sich, und sie trat entsetzt einen Schritt zurück. Rayna hatte ihm eine Falle gestellt, und er war vollkommen blind hineingetappt. Eilig ging er sämtliche Optionen durch, die ihm blieben. Er konnte davonlaufen und in Kauf nehmen, dass sie ihn verfolgte. Er konnte sich ihr stellen und abwarten, wie sie reagierte. Natürlich konnte er sich ihr auch zu erkennen geben, indem er sich einfach in einen Menschen verwandelte.

Reglos stand er da, wartete auf ihre Reaktion. Zählte sie eins und eins zusammen? Die Gepardin beäugte ihn, kam dann langsam auf ihn zu. Der Panther ließ sich von ihr beschnuppern. Es kostete Ethan unglaubliche Anstrengung, das Tier unter Kontrolle zu halten. Rayna war ihm vertraut, und die Raubkatze wollte mit ihr spielen. Doch er musste ihr die Gelegenheit geben, ihn kennenzulernen. Umso überraschter war er, als sie mit dem Kopf gegen ihn stieß. Sie hatte ihn erkannt. Sein Herz klopfte laut, jubilierte vor Freude. Der Panther schnurrte vergnügt, schnappte spielerisch nach ihr. Die Gepardin wich aus, bleckte die Zähne. Sie drehte sich um die eigene Achse, duckte sich und stupste ihn ihrerseits an. Sie balgten einige Zeit miteinander, und sowohl Ethan als auch der Panther genossen das Zusammensein mit ihr in vollen Zügen.

Schließlich ließ sich Ethan auf den Boden nieder. Rayna schlich um ihn herum, stieß ihn von der Seite an. Doch er hatte genug, wollte nicht weiterspielen. Das begriff sie nun auch und ließ sich dicht neben ihm auf den Boden sinken. Ihren Kopf bettete sie an seine Flanke, und er ließ es zu. Eine ganze Zeit lagen sie so da. Ethan lauschte den Geräuschen der Natur, hörte Raynas regelmäßige Atemzüge. Die Gepardin hatte sich deutlich mehr verausgabt als er. Kein Wunder, dass sie nach kurzer Zeit einschlief. Der Panther war ebenfalls müde, doch Ethan erlaubte sich nicht, in seiner Wachsamkeit nachzulassen. Er würde wach bleiben und auf Rayna aufpassen.

KAPITEL 33

Rayna blinzelte verschlafen. Sie befand sich noch immer in Tiergestalt. Etwas stupste gegen ihre Flanke.

Der Wald. Ethan.

Mit einem Mal sprang sie auf die Pfoten, sah sich hellwach um. Sie stand am Fuße der Berge in einem Waldstück und ihr gegenüber ein Panther. Noch immer war es dunkel, doch am Horizont konnte man die ersten Lichtstrahlen erahnen.

Der Panther stupste sie abermals an, eine stumme Aufforderung, ihm zu folgen. Sie setzte sich in Bewegung, lief Ethan hinterher. Ethan. Sie konnte es einfach nicht glauben. Die Katze war begeistert. Hätte Rayna sie nicht zurückgehalten, hätte sie mit dem Panther Fangen gespielt. Mit Ethan. Es klang so unglaubwürdig, so vollkommen surreal. Vielleicht befand sie sich in einem Traum. Sie starrte vor sich auf die wunderschöne Raubkatze. Das Fell war so schwarz, dass sich das Tier kaum von seiner Umgebung abhob.

Das konnte nicht sein. Ethan war kein Gestaltwandler. Es

gab außer ihrer Familie keine Gestaltwandler, zumindest war sie noch niemandem begegnet. Dabei ging es Rayna nicht um ihre Einzigartigkeit, sondern schlichtweg darum, dass Ethan es ihr hätte sagen müssen. Wie konnte er ihr so etwas Existenzielles verschweigen? Das Grummeln in ihrem Magen nahm zu. Sie war gespannt auf seine Antworten und fürchtete sich gleichzeitig davor.

Der Waldrand kam näher. Rayna wurde immer unruhiger. Die Gepardin hingegen war bereit, sich zurückzuziehen. Sie hatte genug Freiheiten genossen und war erst einmal zufriedengestellt. Rayna blieb stehen. Nur noch wenige Meter trennten sie vom Waldrand. Den Panther schien das wenig zu stören, er hielt direkt darauf zu. Kurz bevor er die letzten Bäume erreichte, richtete er sich auf. Sein Fell verschwand. Für einen Moment blitzte seine nackte Haut durch, dann legte sich die Kleidung, die er davor getragen hatte, über seine Haut. Nichts erinnerte mehr an den Panther, der noch vor wenigen Minuten durch den Wald gelaufen war. Vor ihr stand Ethan, in Laufshirt, -hose und Turnschuhen.

Nun waren auch die letzten Zweifel aus dem Weg geräumt. Ethan war der Panther, eine Raubkatze wie sie. Sie gehörten der gleichen Gattung an, einzig die Fellzeichnung unterschied sie.

Der Klumpen in ihrem Magen wuchs. Ethan drehte sich zu ihr um und blickte sie abwartend an. Die Gepardin versteckte sich hinter einem Baum, da sie es nicht fertigbrachte, sich vor Ethan zu verwandeln, als wäre dies das Normalste der Welt. Sie nahm menschliche Gestalt an, trat dann aus ihrem Versteck und legte die restlichen Meter zu Fuß zurück.

Ethan wartete auf sie, und gemeinsam gingen sie zu dem geparkten Auto. Warum sagte er nichts? Es war an ihm, ihr eine Erklärung zu liefern, eine Entschuldigung, was auch immer. Sie fühlte sich ihm unendlich nahe, verbunden, und gleichzeitig wuchs die Mauer zwischen ihnen beharrlich. Sie hatte nicht den Mut, ihn anzusprechen, redete sich ein, dass er es tun musste. Schließlich war er derjenige, der ihr ein paar interessante Details verschwiegen hatte – schon wieder. Rayna fühlte sich ausgegrenzt. Stumm setzte sie sich auf den Beifahrersitz und wartete, bis Ethan den Wagen startete. Noch immer hatten sie kein Wort gesprochen. Schweigend, den Blick auf die Straße gerichtet, fuhr er zurück Richtung Hotel.

Rayna starrte aus dem Fenster. Es war noch zu dunkel, um mehr als ein paar Umrisse zu erkennen. Der Zorn in ihr nahm zu. Warum redete er nicht? Sie fand, zumindest eine Erklärung habe sie durchaus verdient. Wütend sah sie zu ihm hinüber. Er war völlig auf das Fahren konzentriert, nahm sie nicht einmal für einen Augenblick wahr. Rayna musterte sein Profil und fragte sich, ob sie etwas übersehen hatte. Ethan war ein Gestaltwandler? Das war so unrealistisch. Mit keiner Geste, mit keinem Wort hatte er sich verraten. Wenn sie mit ihm nicht nach Deutschland geflogen wäre, hätte sie vermutlich nie die Wahrheit erfahren. Wusste Darren davon? Sicher. Etwas anderes war kaum vorstellbar. Dazu verband die beiden Männer eine zu lange Freundschaft. Wusste Sarah davon? Eric? War sie vielleicht sogar die einzige Unwissende? Hatten sie hinter ihrem Rücken über ihre Naivität gelacht? Sie öffnete den Mund, um Ethan anzusprechen, presste dann aber eilig die Lippen aufeinander. Nein, das würde sie nicht tun. *Er* musste reden. Was sie Ethan jetzt an den Kopf geworfen hätte, wären nichts als Vorwürfe gewesen, und sie wollte ihm eine Chance geben, sich zu erklären. Absichtlich wandte sie sich wieder dem Fenster zu und starrte in die Dunkelheit hinaus. Als Ethan vor dem Gasthaus parkte, war sie regelrecht erleichtert und gleichzeitig maßlos enttäuscht.

Er wollte nicht mit ihr reden, ihr die Situation nicht erklären. Lag es daran, dass sie nur die dumme kleine Schwester seines besten Freundes war?

Rayna schluckte. Sie hatte die vergangenen Tage mit Ethan sehr genossen, hatte geglaubt, da wäre eine gewisse Vertrautheit zwischen ihnen. Aber vermutlich hatte sie sich das alles nur eingebildet. Sie fühlte sich so unendlich dumm.

Eilig stieg Rayna aus, hastete zur Eingangstür und fand diese verschlossen vor. Irgendwo in ihrer Tasche musste der Zimmerschlüssel sein, mit dem sie die Haustür aufschließen konnte. Während sie noch suchte, schloss Ethan die Tür auf und hielt sie ihr auf. Rayna stürmte an ihm vorbei, die Treppe hinauf. Deutlich hörte sie Ethans Schritte hinter sich, wagte aber nicht, sich umzudrehen.

Sie klammerte sich an dem Schlüssel fest, den sie inzwischen gefunden hatte, eilte zu ihrem Zimmer. Die blöde Tür ging einfach nicht auf.

Eine Hand legte sich über ihre, drehte den Schlüssel, und die Holztür sprang geräuschlos auf. Rayna wollte sich an Ethan vorbei in den Raum schieben, doch er hielt sie zurück.

„Rayna."

Sie wagte nicht, ihn anzusehen, sonst würde er die Tränen in ihren Augen bemerken. Nur mit Mühe gelang es ihr, diese zurückzuhalten. Ethan hatte sie nicht nur enttäuscht, sondern auch unglaublich verletzt. Dass er jetzt so ruhig blieb, machte sie nur noch wütender.

„Verschwinde!", stieß sie aufgebracht hervor, machte sich von ihm los und betrat ihr Zimmer. Sie musste nur noch die Tür schließen, dann konnte sie endlich ihren Gefühlen freien Lauf lassen. Doch Ethan stemmte sich von der anderen Seite dagegen und verschaffte sich so Einlass.

„Hey", protestierte er.

Rayna bekam Panik. Sie musste allein sein. Lange würde sie die Tränen nicht mehr verbergen können. Er musste gehen. Sofort. Sie versetzte der Tür einen Tritt mit dem Fuß. Krachend fiel sie ins Schloss. Aber Ethan war schneller gewesen. Mit einer geschickten Bewegung hatte er den Raum bereits betreten und sah sie nun irritiert an.

„Was ist los mit dir?", fragte er verwundert.

„Ich möchte, dass du gehst!", fauchte ihn Rayna an und ging mit den Fäusten auf ihn los. Zwei Schläge ließ er zu, dann fing er ihre Fäuste auf und hielt sie an den Handgelenken fest.

„Kannst du mir bitte verraten, was das hier soll?" Verärgert blitzte er sie an.

„Du bist los!", warf sie ihm vor und gab auf, sich gegen ihn zu stemmen. Es hatte ohnehin keinen Sinn, sich körperlich mit Ethan zu messen. Er war nicht nur deutlich größer als sie, sondern hatte auch viel mehr Muskeln. Diesen Kampf musste sie unweigerlich verlieren.

„Was habe ich dir getan?", wollte er von ihr wissen.

„Du hast mich belogen", stieß sie hervor.

„Daher weht also der Wind", murmelte er und ließ sie endlich los.

Rayna massierte sich die Handgelenke. Nicht weil sie schmerzten, sondern weil sie nicht wusste, was sie sonst mit ihren Händen machen sollte.

„Ich habe dich nicht belogen." Er sah sie direkt an.

Es war Rayna, die den Blickkontakt abbrach. „Du hast mir nicht gesagt, dass du ein Gestaltwandler bist."

„Du hast mich nicht danach gefragt."

„Ach ja? Und woher hätte ich das wissen sollen?"

„Rayna …" Er schüttelte den Kopf. „Wenn es nach mir ginge …" Der Satz blieb unvollständig.

„Dann was?" Herausfordernd verschränkte sie die Arme vor der Brust.

Sie sah ihm förmlich an, wie er in die Offensive ging. „Lass es einfach gut sein", wich er ihr aus und drehte sich um.

„Ich bin ja auch nur Darrens dumme kleine Schwester." Freudlos lachte sie.

„Das ist nicht wahr, Rayna." Ethan hatte die Hand bereits an der Türklinke.

„Wer weiß alles davon? Hast du dich über mich amüsiert, weil ich so dumm und unwissend war? Hat es dir große Freude bereitet, mich hinters Licht zu führen?"

„So ist das nicht", redete er sich heraus.

Die erste Träne rollte Rayna über die Wange.

„Natürlich, so ist das nicht", äffte sie ihn nach. „Weiß Darren davon?"

Langsam drehte sich Ethan zu ihr um. „Natürlich."

„Sarah?"

Ethan schüttelte den Kopf.

„Eric?"

„Nein!" Seine Antwort kam ziemlich scharf, sodass Rayna zusammenzuckte. „Der Panther geht niemanden etwas an!

Auch dich nicht! Es ist allein meine Sache. Wenn ich es irgendwie rückgängig machen könnte, dass du davon erfahren hast, würde ich es sofort tun."

So aufgebracht hatte sie Ethan noch nie erlebt.

Eingeschüchtert nickte Rayna. „Warum?", flüsterte sie. Sie konnte einfach nicht verstehen, warum er sie zurückstieß.

„Jeder, der über mich Bescheid weiß, bedeutet Gefahr. Das müsstest du doch wissen."

Natürlich wusste sie das, aber sie war doch nicht irgendjemand. Sie saßen schließlich im gleichen Boot, hatten dasselbe Geheimnis.

„Ich würde nie jemandem …", begann Rayna, wurde aber von Ethan unterbrochen, der sie grob an sich zog. Noch ehe Rayna begreifen konnte, was geschah, lagen seine Lippen auf ihren.

Unwillkürlich versteifte sie sich. So lange hatte sie sich immer und immer wieder diesen Moment im Geiste vorgestellt. Aber das, was gerade passierte, fühlte sich vollkommen falsch an. Ethan war nicht zärtlich, sondern unnachgiebig, beinahe brutal. Sein Mund presste sich hart auf ihren. Besitzergreifend ruhte seine Hand auf ihrer Hüfte. Seine Zunge zwängte sich zwischen ihre Lippen, erforschte sie unbarmherzig und hart. Er drückte sie mit seinem Körpergewicht gegen die Kommode. Seine andere Hand packte sie im Nacken, hielt sie beinahe schmerzhaft dort fest. Sie wollte ihn, aber nicht so.

Mit einem Ruck setzte er sie auf die Kommode, drängte sich zwischen ihre Beine. Seine Hände erkundeten ihren Körper. Sein Kuss wurde sanfter, zärtlicher. Rayna bog sich ihm entgegen, wollte mehr. Endlich schenkte er nicht nur der Katze Aufmerksamkeit. Alles in ihr jubilierte.

„Ethan", keuchte sie atemlos.

Mit einem Mal ließ Ethan sie los und trat einen Schritt zurück, als hätte er sich an ihr verbrannt. Rayna schnappte nach Luft und hatte Mühe, auf der Kommode die Balance zu finden.

„Das war ein Fehler", murmelte er, drehte sich um und floh

regelrecht aus dem Raum.

Benommen blieb Rayna sitzen, hörte nebenan das Klicken seiner Zimmertür. Sie konnte noch immer nicht so richtig glauben, was da eben passiert war. Die Starre, die sie ergriffen hatte, ließ nach. Was blieb, war eine gähnende Leere, da, wo einmal ihr Herz gewesen war. Er hatte es ihr regelrecht aus dem Körper gerissen. Tränen liefen über ihre Wangen, als sie von der Kommode glitt, um die Tür zu schließen. Ihre Beine zitterten, und Rayna war froh, als sie sich auf das Bett werfen konnte. Hemmungslos schluchzte sie in die Kopfkissen.

Diese Nacht gehörte zu den schlimmsten ihres Lebens. Sie fühlte sich so dumm, so ungenügend. Als Frau war sie eine Versagerin auf der ganzen Linie. Sie würde nie gut genug für Ethan sein. Was machte sie nur falsch? Waren es ihre Haare, die Körpergröße, oder besaß sie nicht genug Rundungen? Er hatte sie einfach zurückgelassen, mit den Scherben ihres Lebens.

KAPITEL 34

„Scheiße!“ Am liebsten hätte er auf etwas eingeschlagen. Er lief in seinem Zimmer auf und ab, strich sich mit den Händen durchs Haar. Was hatte er sich nur dabei gedacht? Überhaupt nichts, und genau das war das Problem. Er ballte die Hände zu Fäusten und schlug gegen die Wand. Verzweifelt schloss er die Augen und fuhr sich mit der Hand übers Gesicht. Er hatte Rayna geküsst. Konnte er noch bescheuerter sein? Verdammt! Sie war Darrens Schwester. Je öfter er sich das wie ein Mantra vorsagte, umso weniger störte es ihn. Was war nur los mit ihm? Er betrachtete Rayna immer weniger als Darrens Schwester und immer mehr als das, was sie war. Eine begehrenswerte junge Frau, mit der er sich vielleicht sogar eine Zukunft vorstellen konnte. Sie war klug, hatte Humor und verbreitete so viel Freude und Leichtigkeit, dass ihm sein Leben in ihrer Anwesenheit heller erschien. Er genoss es, sich mit ihr zu unterhalten, sie zum Lachen zu bringen und sie einfach um sich zu haben.

Ethan erreichte die Balkontür und blieb davor stehen. Das, was sich vor seinen Augen befand, sah er überhaupt nicht. Er durfte sich nichts vormachen. Er war nicht bindungsfähig. Nach Curley hatte er sich geschworen, nie wieder eine Frau so nahe an sich heranzulassen, dass sie ihn verletzen konnte. Bisher hatte das auch wunderbar funktioniert. Es fehlte ihm nie an Bettgespielinnen, die er nach einer aufregenden Nacht einfach und unkompliziert wieder loswurde. Gefühle machten das Leben unnötig schwer, und das konnte er sich einfach nicht leisten. Noch einmal würde er so etwas nicht überleben. Er war eben nicht für eine Beziehung gemacht, und Darren würde ihm zu Recht den Kopf abreißen, wenn er Rayna das Herz brach. Denn auch mit ihr konnte es auf Dauer nicht funktionieren, selbst wenn sie nun sein Geheimnis kannte, selbst wenn sie sein Geheimnis teilte.

Irgendwann würde auch Rayna feststellen, dass ihr andere Dinge wichtiger waren als er. Curley hatte stets das Bedürfnis gehabt, im Mittelpunkt zu stehen. Er schluckte schwer, als die längst verdrängten Gefühle wieder in ihm hochkamen. Er hatte ihr vertraut, ihr all seine Geheimnisse offenbart. Nach dem anfänglichen Entsetzen hatte sie ihn akzeptiert, wenngleich sie sich weigerte, den Panther zu berühren. Ja, ihm sogar verbot, sich in ihrem Beisein zu verwandeln. Er hatte darunter sehr gelitten. Aber auch das war noch nicht genug. Curley war bereit gewesen, für einen winzigen Moment Berühmtheit seine komplette Existenz aufs Spiel zu setzen. Nur dank der weitverzweigten Kontakte der Morgan-Familie hatte er dies verhindern können.

Er schloss die Augen, als er daran zurückdachte, wie sie ihre Sachen gepackt hatte und gegangen war, mit all den Dingen, die er ihr gekauft hatte. Sie hatte ihm vorgeworfen, dass er an allem schuld sei, weil er nicht dazu imstande sei, sie glücklich zu machen. Er war sich vorgekommen wie ein Versager, bis er schließlich begriffen hatte, dass er nicht bindungsfähig war.

Genau deswegen musste er Abstand zu Rayna gewinnen, und wenn er seine Gefühle wieder halbwegs unter Kontrolle hatte, würde er den Versuch starten, zu retten, was zu retten war. Momentan war sie ziemlich sauer auf ihn, und er konnte es ihr nicht einmal übel nehmen.

Er ließ die Stirn gegen das Glas der Fensterscheibe sinken und genoss die Kühle. Sein Leben war ein einziges Durcheinander, und schuld daran war nur Rayna mit ihren großen Augen, den ewig langen Beinen und dem seidenen blonden Haar.

Sein Handy klingelte. Er fluchte und zog es aus der Hosentasche. Es war Darren. Na wunderbar. Einen Moment überlegte er, den Anruf zu ignorieren und später zurückzurufen, aber da Darren durch die Zeitverschiebung sieben Stunden hinter ihm lag, würde er bis zum Abend warten müssen. Ethan seufzte und nahm das Gespräch an.

„Bist du noch wach?“, begrüßte er seinen besten Freund.

„Ja, aber du anscheinend noch nicht richtig.“

„Hm …“, brummte Ethan. Tatsächlich hatte er kein Auge zugetan.

„Ich wollte nachfragen, wie es euch geht? Macht Rayna Probleme?“

„Nein, überhaupt nicht. Sie war mir eine große Hilfe.“

„Hilfe?“, hakte Darren nach.

Ethan hätte sich ohrfeigen können. In Gedanken war er so damit beschäftigt, Darren nicht aufs Brot zu schmieren, was für ein riesiges Arschloch er war, dass er völlig vergaß, ihm zu verschweigen, dass Rayna das Geheimnis über ihren verstorbenen Bruder gelüftet hatte. Er hatte es Darren schonend beibringen und nicht mit der Tür ins Haus fallen wollen. Doch dazu war es jetzt zu spät. Kurz fasste er die Ereignisse zusammen. Dabei verschwieg er jedoch, was in der Nacht geschehen war und dass Rayna den Panther kennengelernt hatte.

„Und jetzt seid ihr wo genau?“, wollte Darren wissen.

„In Kleinzinn. Einem Dorf in der Nähe des Unfallortes, den ich mir unbedingt anschauen möchte.“

Darren schwieg viel zu lange. Ahnte der Freund, dass er etwas Unorthodoxes plante?

„Du weißt, dass ich dir uneingeschränkt vertraue. Ich bitte

dich aber, diesmal besonders vorsichtig zu sein. Pass auf dich auf."

„Als ob ich das nicht immer tun würde", murmelte Ethan.

„Ich weiß deine Risikobereitschaft sehr zu schätzen, aber nicht, wenn Rayna dabei ist. Was passiert mit ihr, wenn dir etwas zustößt?"

Ethan verkniff sich einen Kommentar, in dem er Darren darauf hinwies, dass Rayna eine durchaus vernünftige Frau war, die auch auf sich allein gestellt in einem fremden Land klarkommen würde. Denn davon war er fest überzeugt.

„Ich werde vorsichtig sein." Das konnte er bedenkenlos versprechen, denn es war ihm nicht daran gelegen, demnächst ins Gras zu beißen.

„Bestell Rayna einen schönen Gruß von mir."

„Warum rufst du sie nicht an?" Im selben Moment, da er Darren das vorschlug, bereute er bereits seine Worte. Wenn Rayna mit ihrem Bruder telefonierte, würde dieser vielleicht merken, dass nicht alles in Ordnung war, wie er ihn gerade glauben ließ. Und wenn Rayna auspackte, sah er sich bereits mit Darren duellieren.

Sein Freund seufzte. „Das habe ich bereits versucht, aber sie weigert sich, mit mir zu reden. Immer wieder drückt sie mich weg, auch auf Sarahs Handy."

Ethan runzelte die Stirn. Rayna und ihre Schwägerin verstanden sich eigentlich ganz gut. Es sah Rayna nicht ähnlich, einfach so Anrufe zu ignorieren.

„Okay, das erste Mal ist sie drangegangen, aber sobald sie bemerkte, dass ich es bin und nicht Sarah, hat sie sofort aufgelegt."

Trotz allem musste Ethan schmunzeln. Zum Glück sah Darren das nicht. Was hatte er denn erwartet? Er verstand Raynas Reaktion vollkommen.

Ethan hatte keine Lust, sich auch noch mit den Problemen seines Freundes zu beschäftigen. Er hatte wahrlich genug um die Ohren.

„Ich werde Rayna einen schönen Gruß von dir bestellen", versprach er. Darren musste ja nicht wissen, dass er nicht einmal wusste, ob Rayna überhaupt noch mit ihm sprach.

„Meldest du dich, wenn du Neuigkeiten hast?"

„Selbstverständlich."

Die Männer verabschiedeten sich. Ethan beendete das Gespräch und steckte sein Mobiltelefon wieder ein. Sehnsüchtig starrte er auf sein Bett. Nach dieser Nacht fühlte er sich tatsächlich ziemlich müde und erschöpft. Vielleicht war es besser, erst einmal eine Runde zu schlafen. Dann konnte Rayna in der Zwischenzeit ein wenig runterkommen, und er würde ihr später in Ruhe alles erklären.

KAPITEL 35

Rayna weinte sich in den Schlaf. Als sie erwachte, war es beinahe Mittag.

Nach einer ausgiebigen Dusche beschloss sie, sich das Dorf anzusehen und dort einen kleinen Happen zu essen. An Ethan wollte sie nicht denken. Der Kerl hatte es einfach nicht verdient, dass sie sich wegen ihm die Augen aus dem Kopf heulte. Ab sofort konnte er ihr gestohlen bleiben.

Allerdings war sie auch noch nie so geküsst worden wie gestern. Bei dem Gedanken daran schoss ihr die Röte in die Wangen. Ihr wurde heiß. Wie Ethan sie berührt, ihren Körper gestreichelt hatte … So etwas hatte sie noch nie erlebt. Sie sehnte sich danach, noch einmal dieses berauschende Gefühl zu erleben, aber sie hatte beschlossen, sich tunlichst von ihm fernzuhalten. Sie würde es nicht ertragen, wenn er sie noch einmal von sich stieß. Überhaupt hatte sie ihn lange genug angeschmachtet. Es wurde Zeit, dass sie erwachsen wurde und ihre Kleinmädchenträume begrub.

Es war der wärmste Tag in Deutschland seit Raynas Ankunft. Im T-Shirt und mit ihrer neuen Strickjacke über dem Arm marschierte sie los. Sie wollte sich nicht die Laune verderben lassen, und daran würde sie sich unbedingt halten. Der Hauptstraße folgend, kam sie immer weiter ins Innere des Dorfes. Den Mittelpunkt bildete ein Springbrunnen. Der Platz außen herum war kreisrund angelegt mit hübschem Kopfsteinpflaster. Wohnhäuser und ein paar kleine Geschäfte drängten sich um den Dorfplatz: Ein kleines Café, das gleichzeitig ein Bäcker war, ein Metzger mit integrierter Poststelle und ein kleiner Laden, der alles und nichts verkaufte, soweit es Rayna durch das Schaufenster beurteilen konnte. Die Wohnhäuser waren alle unterschiedlich. Keins glich dem anderen. Ganz anders als in Cheetahville, das in etwa ähnlich viele Einwohner vorweisen konnte. Dort war jedes Haus gleich hoch, von einem weißen Gartenzaun eingefasst, mit einer grau gepflasterten Einfahrt und einer Doppelgarage. Hier gab es ein sehr baufälliges gelbes Häuschen mit einem wunderbar idyllisch blühenden Vorgarten. Große Mehrfamilienhäuser mit dunklen Holzbalkonen, auf denen herrliche Geranien blühten, wechselten sich mit einem ausladenden Bauernhof, einem winzigen windschiefen Häuschen und mehreren Einfamilienhäusern ab. Und überall blühten Blumen in den herrlichsten Farben: auf Fensterbrettern, Balkonen oder in Töpfen.

Rayna schlenderte zum Springbrunnen. Steinerne Ornamente schlossen das Wasser ein, während drei Fische Wasserfontänen in die Mitte spritzten. Sie hielt ihre Hand ins Wasser, zog sie aber gleich wieder zurück, weil es ziemlich kalt war.

Ihr Blick glitt hinüber zum Metzger, wo zwei Jungs mit einem Ball angerannt kamen und im Laden verschwanden.

Rayna beschloss, ins Café zu gehen. Von den drei Tischen war kein einziger besetzt. Sie suchte sich ein schattiges Plätzchen und setzte sich. Von hier aus konnte sie alles beobachten, was auf dem Dorfplatz geschah. Im Hintergrund erhoben sich majestätisch die Berge. Es war einfach wunderschön.

„Hi“, grüßte eine dralle Frau mit einer weißen Kittelschürze und lächelte Rayna an. „Wohnen Sie im Gasthaus?"

„Äh … ja", stotterte Rayna, verwundert darüber, dass die Frau sie auf Englisch angesprochen hatte.

„Sie sind mit einem jungen Mann hier, der nicht Ihr Freund ist", fuhr die Bäckerin ungeniert fort.

Überrascht legte Rayna den Kopf schief. Woher wusste die Frau das?

„Sie haben getrennte Zimmer. Wenn er Ihr Freund wäre, hätten Sie nur ein Zimmer genommen."

Rayna bekam große Augen. Wer war die Frau, dass sie so viel wusste?

„Er soll gut aussehen, Ihr Begleiter. Sehr gut sogar." Sie mochte über vierzig sein, benahm sich aber in diesem Augenblick wie ein verliebter Teenager. „Schwarz ist er, exotisch. Ich habe gehört, dass schwarze Männer ein unglaubliches Stehvermögen besitzen und gut im Bett sein sollen."

„Kann ich bitte einen Kaffee haben?", unterbrach Rayna die Bäckerin. Sie hatte kein Interesse daran, sich über Ethans Stehvermögen Gedanken zu machen, vor allem nicht im Beisein dieser Frau. Ob er gut im Bett war, würde sie wohl nie erfahren.

„Aber natürlich", erwiderte sie gönnerhaft, warf Rayna noch ein verträumtes Lächeln zu und verschwand dann in der Bäckerei.

Eigentlich hatte Rayna vorgehabt, nach einer Kuchenempfehlung zu fragen, aber gerade wünschte sie sich, möglichst schnell ihren Kaffee zu bekommen, diesen auszutrinken und dann von hier zu verschwinden.

Die Bäckerin kam zurück und stellte Rayna lächelnd eine Tasse Kaffee vor die Nase.

„Wie heißen Sie denn?", erkundigte sich die neugierige Verkäuferin.

„Rayna Morgan", gab sie gelangweilt Auskunft und hoffte, dass sie vielleicht dadurch endlich Ruhe haben würde.

„Morgan?", fragte die Frau nach. „Kannten Sie Brain Morgan?"

Rayna hob den Kopf. Sie war ehrlich überrascht. „Ja."

Die Bäckerin ließ sich ihr gegenüber auf einen Stuhl nieder. „Er war ein so netter junger Mann. Ebenso wie sein Freund, mit dem er die Touren machte.“ Sie schüttelte gedankenverloren den Kopf. „Wirklich tragisch, was mit den beiden jungen Leuten passiert ist.“

Der Kaffee war vergessen. „Sie haben ihn gekannt?“ Rayna spürte ein Prickeln im Nacken. Wusste die redselige Dame noch mehr?

„Natürlich. Sie waren oft hier. Es hat uns alle erschüttert, als wir von dem tragischen Tod erfuhren.“

„Er war mein Bruder“, sagte Rayna mit belegter Stimme.

„Oh, das tut mir so leid für Sie. Ich mochte die beiden sehr. Sie kamen oft für ein verlängertes Wochenende her und starteten von hier aus zu ihren Touren in die Berge.“

„Wann haben Sie sie zuletzt gesehen?“

„Es muss einen Tag vor dem Unfall gewesen sein. Sie kamen zu mir, um Proviant für ihren Ausflug zu kaufen. Alles schien so wie immer. Sie haben sich verabschiedet und wollten Sonntag zurück sein. Es konnte ja keiner ahnen, dass sie abrutschen und dabei ums Leben kommen würden.“

Rayna wünschte sich, der Frau die Wahrheit über den Tod ihres Bruders erzählen zu können. Alle sollten wissen, dass es kein Unfall, sondern Mord war. Doch solange sie nicht wusste, wer dahintersteckte, durfte sie nichts sagen. Womöglich konnte das Klatschweib ihren Mund nicht halten, und binnen kürzester Zeit wüsste das gesamte Dorf Bescheid. Vielleicht lebte der Täter in der Nähe, kannte die Menschen hier oder gehörte sogar zu ihnen. Nein, sie durfte kein Wort darüber verlieren.

„War schön, mit Ihnen zu plaudern“, erklärte die Frau und stand auf. „Wenn Sie etwas brauchen, kommen Sie ruhig rein.“ Mit diesen Worten kehrte sie in den Laden zurück.

Rayna betrachtete den Springbrunnen mit dem atemberaubenden Panorama der Berge im Hintergrund. Die Sonne schien, und am Himmel waren nur ein paar wenige Quellwolken zu sehen. Wäre sie nicht unter so traurigen Umständen hier, hätte sie den Moment in vollen Zügen genießen können.

KAPITEL 36

Rayna hatte ihren Kaffee bereits zur Hälfte ausgetrunken und überlegte, ob sie hineingehen und sich ein Stück Kuchen aussuchen sollte, als sich ein Schatten auf ihren Tisch legte.

„Das ist aber eine Überraschung", ertönte eine dunkle Männerstimme.

Sie musste den Kopf in den Nacken legen, um den Mann anzusehen. Da er in der Sonne stand, konnte sie nur seine Umrisse erahnen. Ethan war es nicht, den hätte sie auch blind erkannt.

„Entschuldigung", sagte der Mann und trat zur Seite.

Jetzt konnte Rayna in sein Gesicht blicken. Ein dunkler Teint, eine exotische runde Gesichtsform und hohe Wangenknochen. Es war Rudolph. Rayna freute sich, ihn wiederzusehen, denn sie fand den Adeligen, dem sie bei ihrer Ankunft im Gasthaus begegnet war, durchaus nett.

„Darf ich mich zu dir setzen?", erkundigte er sich höflich und wies auf den Stuhl ihr gegenüber.

„Natürlich." Rayna nickte eifrig. „Das ist aber eine nette Überraschung."

Er lachte, und winzige Lachfältchen bildeten sich in seinen Augenwinkeln und um den Mund herum. Rudolph von Zinn war definitiv ein gutaussehender Mann, wenn auch nicht im klassischen Sinne. Die Nase war etwas zu groß, die Augenbrauen ein wenig zu buschig. Dennoch hatte er etwas Faszinierendes an sich, das Rayna in seinen Bann zog. Heute war er viel legerer gekleidet als bei ihrem letzten Zusammentreffen. Zu einer weißen Leinenhose trug er ein hellblaues Hemd, das am Kragen offen stand und den Ansatz seiner Brusthaare entblößte.

Rudolph ließ sich auf dem Stuhl nieder und streckte die Beine aus. Er schien sich vollkommen wohlzufühlen.

In diesem Augenblick erschien die Frau aus dem Bäckerladen, warf Rudolph ein strahlendes Lächeln zu und erkundigte sich: „Wie immer?"

„Danke, Irmi!", rief er ihr hinterher, während sie bereits wieder ins Ladeninnere verschwand.

Rudolph musterte Rayna von oben bis unten. Sie fühlte sich unter seinem Blick unwohl und schaute verlegen zu Boden.

„Genießt du deinen Urlaub hier?", erkundigte er sich.

Seine Frage entlockte Rayna ein Lächeln. „Die Umgebung ist einfach wundervoll", gestand sie. „Ich habe in meinem ganzen Leben noch nie so beeindruckende Berge gesehen."

„Dann bist du noch nicht viel herumgekommen. Auch in den Staaten gibt es ein paar hohe Gebirge."

Damit hatte er recht. Es war ihre erste größere Reise, und viel weiter als nach New Orleans hatte sie es bisher nicht geschafft. „Louisiana ist nun mal sehr flach."

„Ja, das stimmt, aber dafür wunderbar grün, habe ich mir sagen lassen."

Rayna nickte.

„Meine Familie mütterlicherseits stammt aus Oregon. Ohne Berge und Wälder halten wir es einfach nicht aus." Er zwinkerte ihr verschwörerisch zu.

„Du stammst auch aus den Staaten?" Rayna war sichtlich

überrascht, fühlte sich aber gleich auf eine völlig neue Art und Weise mit ihm verbunden.

„Nicht ganz. Ich bin hier in Deutschland geboren und aufgewachsen. Meine Mutter hat ihre Kindheit in Detroit verbracht, ehe sie mit ihrem Vater herzog."

Rayna hörte Rudolph gerne zu. Er besaß eine angenehme Stimme, und wie er von seiner Familie sprach, gefiel Rayna. Sie wollte gerne mehr über ihn erfahren.

„Hatte deine Mutter nie das Bedürfnis zurückzukehren?", fragte sie.

Rudolph schüttelte den Kopf. „Sie lernte meinen Vater kennen. Ihre Heimat war Zinn, aber mein Großvater spricht noch oft von Detroit."

„Er lebt noch?" Rayna wusste aus eigener Erfahrung, wie es war, mit der Familie zusammenzuleben. Großeltern hatte sie jedoch nie besessen, und auch ihren Vater musste sie viel zu früh verlieren, denn das, was von ihm übrig geblieben war, konnte sie nicht mehr wirklich als Vater bezeichnen.

„Ja."

Weiter kam Rudolph nicht, denn da erschien Irmi mit einer Tasse Kaffee und einem Stück lecker aussehendem Erdbeerkuchen.

Rayna bedauerte es sofort, nicht in den Laden gegangen zu sein. Ihr Magen knurrte, während sie gierig auf das Kuchenstück starrte, das die Verkäuferin mit einem Lächeln vor Rudolph abstellte.

Gerade wollte sich Rayna auch ein Stück bestellen, da wünschte die Frau Rudolph einen „Guten Appetit" und war auch schon wieder verschwunden.

Rayna lief beim Anblick des Kuchens das Wasser im Mund zusammen. Sie versuchte sich auf Rudolph zu konzentrieren, schließlich war es ziemlich unhöflich, auf seinen Teller zu starren und ihm das Essen zu neiden. In aller Seelenruhe goss er Milch und Zucker in seinen Kaffee.

„Was machst du beruflich?", fragte er, während er mit einem Löffel in seiner Tasse rührte.

„Ich studiere noch", gab Rayna abwesend Auskunft. Das

Loch in ihrem Bauch glich einem Krater. „Deswegen kann ich es mir auch leisten, ein paar Wochen Auszeit zu nehmen."

„Klingt sehr interessant." Rudolph nahm die Gabel zur Hand und begann zu essen.

Rayna trank eilig ihre Tasse Kaffee aus, damit sie nicht auf dumme Ideen kam.

„Und was willst du nach deinem Studium machen?"

Etwas hilflos zuckte sie mit den Schultern. Sie hatte absolut keine Ahnung. Darren kümmerte sich hervorragend um die Plantage, und Eric hatte in der Weberei alles unter Kontrolle. Für sie blieb nichts. Natürlich würde keiner ihrer Brüder etwas dagegen haben, wenn sie mitarbeitete, aber Rayna wollte etwas Eigenes, etwas, wofür nur sie verantwortlich war.

Wieder schob sich Rudolph ein Stück Kuchen in den Mund.

Zu dumm, dass Raynas Tasse leer war. Verkrampft saß sie auf ihrem Stuhl.

„Der Erdbeerkuchen schmeckt himmlisch. Hast du ihn schon probiert?"

Na super. Warum musste er ihr auch noch unter die Nase reiben, wie ausgezeichnet es schmeckte? Rayna presste die Lippen aufeinander und schüttelte den Kopf.

„Hier." Rudolph schob ihr den Teller mit dem Kuchen zu. „Das ist der beste Erdbeerkuchen, den du weit und breit finden wirst."

Zögernd griff Rayna nach dem Teller und zog ihn zu sich. Sie nahm ihren Löffel und trennte ein kleines Probierstück ab.

Als sie es in den Mund schob, explodierten sämtliche Geschmacksnerven. Der Kuchen war unglaublich lecker. Um ihn sich auf der Zunge zergehen zu lassen, schloss sie die Augen. Der helle Boden war luftig weich. Die Creme darauf schmeckte nach Vanille, aber nicht zu süß. Das waren die reifen, saftigen Erdbeeren. Eines stand fest, sie brauchte auch ein Kuchenstück.

„Der schmeckt fantastisch", stellte Rayna begeistert fest und wollte Rudolph den Teller wieder hinüberschieben.

„Iss nur."

„Ich kann mir auch …“

Er winkte ab. „Ich habe gut zu Mittag gegessen.“

Rayna ließ sich nicht länger bitten. Gierig nahm sie einen weiteren Bissen. Wieder eine herrliche Geschmacksexplosion auf der Zunge.

„Wie lange wirst du bleiben?“, wechselte Rudolph das Thema.

„Vermutlich noch ein paar Tage“, gab Rayna bewusst ungenau Auskunft. Ethan und sie wollten die Unfallstelle besichtigen, und je nachdem, was sich dort ergab, würden sie ihren weiteren Aufenthalt planen.

Wow, der Kuchen schmeckte einfach göttlich. Sie musste morgen unbedingt noch einmal herkommen und sich noch ein Stück gönnen oder sogar zwei. Vielleicht würde sie Ethan mitnehmen. Der Gedanke an ihn versetzte ihrer Euphorie einen Dämpfer. Vielleicht war das doch keine so gute Idee.

„Am Freitag findet hier auf dem Dorfplatz ein Fest statt. Ich würde mich sehr freuen, wenn du mich begleitest.“

„Ein Fest?“ Rayna zögerte. Ihr letztes Fest, die Party auf dem Schiff, war ein wenig entgleist. Noch immer erinnerte sie sich nicht wirklich an diese Nacht, was vielleicht auch besser so war. Dumm nur, dass Ethan jede Einzelheit wusste. Er hatte ihr nicht viel über diese Nacht erzählt, und sie hoffte einfach, dass sie sich nicht zu sehr danebenbenommen hatte.

„Die Bewohner dieses idyllischen Ortes feiern sehr gerne. Es gibt ein Tanzparkett und ein Bierzelt. Keine Sorge, es wird ein ganz lockerer Abend.“

Rudolphs Beschreibung machte Rayna neugierig. Nur zu gerne würde sie bei dem Fest dabei sein, außerdem wollte sie die Bräuche der Deutschen kennenlernen.

„Gerne.“ Entschied sie spontan.

Rudolph strahlte sie an. „Ausgezeichnet. Ich werde dich am Freitag gegen sechs Uhr vor dem Gasthaus erwarten.“

Rayna nickte. Bauchentscheidungen waren etwas Großartiges. Sie freute sich darauf. Erst jetzt schoss ihr die Frage durch den Kopf, was Ethan dazu sagen würde. Trotzig entschied sie, dass es ihr egal sein konnte. Sie würde gemeinsam mit Rudolph zu diesem Fest gehen, und wenn Ethan dorthin wollte, war es sein gutes Recht. Sie war ihm keine Rechenschaft schuldig, und sie war hier, um Urlaub zu machen, und den würde sie auch genießen.

Rayna schob sich den letzten Löffel in den Mund. Sie hatte den ganzen Kuchen verputzt. Genüsslich leckte sie sich über die Lippen, kostete den Geschmack der Erdbeeren aus.

„Ich freue mich sehr darauf."

Rayna lächelte ihr Gegenüber an. „Gibt es etwas, was ich beachten muss?"

Rudolph überlegte kurz. „Nein, eigentlich nicht. Sei einfach wie immer. Das Fest ist total zwanglos."

Er schaffte es tatsächlich, dass sie errötete. Verlegen strich sie sich eine Strähne hinters Ohr.

Irmi kam, um das Geschirr einzusammeln. Rayna wollte die Chance nutzen und zahlen. Deshalb kramte sie hastig in der Tasche nach ihrer Geldbörse.

„Das geht auf mich", erklärte Rudolph und hielt Irmi einen Geldschein hin. „Stimmt so."

Breit grinsend nahm die Verkäuferin den Schein entgegen. Das Trinkgeld musste demnach ziemlich großzügig ausgefallen sein. Die Frau sammelte eilig das Geschirr ein und trug es hinein.

„Danke schön", murmelte Rayna. „Das wäre nicht nötig gewesen."

Rudolph winkte ab. „War ja nur ein Kaffee."

Rayna betrachtete den Springbrunnen und vermied, das Kuchenstück zu erwähnen, das zum Großteil sie verputzt hatte.

„Ich werde mich nun auf den Rückweg machen", verkündete Rayna und stand auf.

„Soll ich dich fahren?", erkundigte er sich.

Rayna schüttelte den Kopf. Der Weg war nicht weit, und das Wetter lud förmlich zum Spazierengehen ein. „Nein, das ist nicht nötig."

„Dann begleite ich dich", entschied Rudolph und kam um den Tisch herum.

Gemeinsam machten sie sich auf den Weg und schlenderten die verlassene Hauptstraße entlang.

„Wohnst du in einem der Häuser?“, fragte Rayna plötzlich.

Rudolph lachte herzlich.

Verlegen senkte sie den Kopf. Hatte sie etwas Falsches gesagt?

„Ich wohne auf einem Anwesen, und *Anwesen* ist dabei nicht gelogen. Es ist nicht wirklich ein Schloss, aber als Herrenhaus kann man es durchaus bezeichnen. Es liegt nördlich von hier, ziemlich genau zwischen Klein- und Großzinn“, erklärte er.

Rayna kam sich unendlich dumm vor. Was hatte sie von einem deutschen Adeligen erwartet? Dass er in einem einfachen Häuschen wohnte?

Rudolph überspielte ihre Verlegenheit, indem er eine nette Anekdote aus seinen Kindertagen erzählte, und ehe sie sichs versah, waren sie bereits vor dem Gasthaus angekommen.

„Da wären wir“, stellte Rudolph fest und blieb stehen.

„Vielen Dank, dass du mich hergebracht hast.“ Sie sah ihn an, wusste nicht, wie sie sich verhalten sollte. Rudolph war kein unbedarfter Student. Er war ein erwachsener Mann, und im Gegensatz zu Ethan, den sie schon ihr ganzes Leben kannte, war er ihr vollkommen fremd. Sie konnte ihn überhaupt nicht einschätzen.

„Wir sehen uns dann am Freitag“, sagte er und blickte ihr dabei tief in die Augen.

Rayna vermochte nicht wegzusehen, starrte ihn an. Sie erlaubte ihm sogar, dass er ihr eine Haarsträhne hinter das Ohr schob. Ihr Herz begann zu klopfen. Würde er sie jetzt küssen? Hier, am helllichten Tag, mitten auf der Straße? Es wäre ihr zweiter Kuss innerhalb von wenigen Stunden. Sie atmete tief durch, sog die Luft in ihre Lungen, und da wusste sie es. Er würde es tun. Angst und Vorfreude ergriffen sie.

In diesem Augenblick ging die Tür auf.

„Da bist du ja endlich. Ich habe dich schon überall gesucht!“, hörte sie Ethans Stimme wie durch einen dichten Nebel zu sich dringen.

Ertappt wich sie zurück. Der Moment war zerstört.

„Ich war im Dorf", rechtfertigte sie sich eingeschnappt und verschränkte die Arme vor der Brust. Eigentlich wollte sie sich nicht vor ihm verteidigen, tat es aber dennoch.

„Wir sehen uns also Freitag", verabschiedete sich Rudolph, nickte Ethan grüßend zu und verschwand.

„Was hast du mit ihm zu schaffen?", fragte er schroff und trat neben sie auf die Straße, um dem Adeligen hinterherzusehen.

„Geht dich das etwas an?" Rayna lief an Ethan vorbei ins Haus. Sie war noch völlig durcheinander. Rudolph hätte sie beinahe geküsst. Und wenn Ethan nicht dazwischengekommen wäre, hätte sie es sogar zugelassen. Seit wann warf sie sich den Männern derart an den Hals? Dabei empfand sie für den sympathischen Adeligen nichts – ganz im Gegensatz zu einem dunkelhäutigen, äußerst gut aussehenden aber furchtbar verwirrenden Mann.

Mit lautem Krach warf sie die hölzerne Zimmertür hinter sich ins Schloss. Sie war endlich allein.

KAPITEL 37

Das Klopfen an ihrer Zimmertür wollte einfach nicht aufhören.

Rayna überlegte, auf den Balkon zu gehen, aber auch dort würde Ethan sie finden.

„Mach auf oder ich trete die Tür ein!“, befahl er ihr.

Seufzend öffnete Rayna die Zimmertür. Es war aussichtslos, ihm aus dem Weg gehen zu wollen.

„Was hast du mit ihm zu schaffen?“, verlangte Ethan zu wissen und baute sich breitbeinig vor ihr auf. Mit dem Fuß warf er die Tür zu, die abermals krachend ins Schloss fiel.

„Er hat mich für Freitag zu einem Dorffest eingeladen.“ Rayna legte ihre Strickjacke zur Seite. Es war so warm geworden, dass sie diese heute nicht mehr brauchte. Sie schmiss ihre Handtasche aufs Bett und schlüpfte aus den Schuhen.

„Aber du hast höflich abgelehnt?“ Ethan hob eine Augenbraue.

„Warum? Warum sollte ich das tun?“

„Weil du ihn kaum kennst. Du kannst doch nicht einfach mit einem Wildfremden zu einem Dorffest gehen."

Rayna verschränkte die Arme vor der Brust. „Er ist kein *Wildfremder.*" Sie betonte das Wort. „Wir haben zusammen Kaffee getrunken und uns ganz nett unterhalten."

„Und deswegen gehst du gleich mit ihm auf ein Fest."

„Es ist vollkommen harmlos. Das Fest findet auf dem Dorfplatz statt, und ich gehe sehr gerne mit ihm dorthin."

Ethans Miene verfinsterte sich. „Ich halte das nicht für eine besonders gute Idee. Du kennst den Kerl kaum."

„Spar dir das! Du bist weder mein Bruder noch mein Freund." Wütend funkelte sie ihn an. Sie sah genau, wie ihre Worte Ethan trafen und er verletzt das Gesicht verzog.

„Ich bin für dich verantwortlich, Rayna", versuchte er es in einem sanfteren Ton.

Sie stemmte die Hand in die Hüfte. „Das musst du nicht. Ich bin erwachsen und kann sehr gut auf mich selbst achtgeben."

„Das wollte ich damit auch nicht sagen. Verdammt, Rayna!" Wie ein gefangenes Tier schritt er vor ihr auf und ab. „Es tut mir leid", brachte er schließlich hervor.

Rayna schluckte. Der Schmerz, den sie gefühlt hatte, war noch frisch. Es tat noch immer weh. Aber das würde sie vor Ethan nicht eingestehen. „Du brauchst dich nicht zu entschuldigen. Das heute Morgen war eine blöde Sache." Sie warf theatralisch die Hände in die Luft. „Schließlich sind wir beinahe wie Geschwister aufgewachsen. Du warst übermüdet, da kann so etwas schon vorkommen. Dennoch war es ohne Bedeutung, zumindest für mich, und ich mache dir keine Vorwürfe", log sie.

Ethans Schultern sackten in sich zusammen.

Hatte sie das Falsche gesagt? Sie wollte ihm eine Last abnehmen und ihn nicht vollkommen auf den Boden drücken. Schließlich konnte er nichts dafür, dass sie sich bis über beide Ohren in ihn verliebt hatte.

„Ich bin froh, dass du das so siehst." Ethan klang hölzern, sein Gesicht war seltsam versteinert. „Ich möchte nur …" Er suchte nach den richtigen Worten. „… dass das nicht zwischen uns steht. Du bist mir sehr wichtig."

„Es war doch nichts. Nur ein bisschen Geknutsche. Völlig bedeutungslos." Sie würde nicht so tief sinken und ihm beichten, dass sie seine Küsse unglaublich genossen hatte und sich schon jetzt wieder sehnlichst in seine Arme wünschte. Aber der Gedanke, Ethan zu verlieren, nahm ihr die Luft zum Atmen. Lieber verzichtete sie auf seine Liebe, wenn sie ihn dadurch als Freund behalten konnte. Die Vorstellung, nie wieder mit ihm Zeit verbringen zu können, war viel, viel schlimmer.

Ethan nickte. Wirkte er tatsächlich erleichtert? Es versetzte ihr einen schmerzhaften Stich im Herzen.

„Ich bin froh, dass wir über die Sache reden konnten und du es mir nicht übel nimmst. Ich bin einfach kein Mann für eine feste Beziehung, mehr als eine Nacht ist nicht drin. Das mit uns würde nie funktionieren."

Rayna spürte, wie ihr die Farbe aus dem Gesicht wich und hoffte, dass er es nicht merkte. Hatte er ihr gerade durch die Blume erklärt, dass er gerne mit ihr ins Bett gestiegen wäre? Ihr wurde abwechselnd heiß und kalt. Abrupt drehte sie sich um, ging hinüber zum Fenster und starrte hinaus. Sie musste sich sammeln, sich wieder unter Kontrolle bringen.

„Ich soll dir übrigens einen schönen Gruß von Darren ausrichten."

Rayna atmete erleichtert auf. Es war vorbei. Sie hatten die Fronten geklärt, und Ethan ging davon aus, dass alles wieder so wie früher war. Rayna würde ihr Möglichstes dafür tun, aber sie war nicht sicher, ob die Zeit auch diese Wunde heilen konnte. Sie schloss die Augen und verbannte den Schmerz in einen hinteren Winkel ihres Herzens.

Darren hatte also angerufen. Die Wut, die sie noch immer verspürte, wenn sie an ihren Bruder dachte, tat ihr gut. „Danke", murmelte sie und drehte sich zu Ethan um.

„Du solltest ihn anrufen und dich mit ihm aussprechen."

Von Aussprachen hatte sie für den Moment genug. Sie musste den Verrat, den Darren an ihr begangen hatte, erst noch verarbeiten und hatte absolut keine Ahnung, ob ihr das je gelingen würde.

„Das kann ich nicht", sagte sie und wich seinem Blick aus.

Ethan lehnte sich mit der Hüfte an die Kommode. Jene Kommode, auf die er sie am Morgen gesetzt hatte, während seine Hände sie gestreichelt hatten. Rayna schloss die Augen. Sie musste diese Bilder aus dem Kopf bekommen.

„Darren hat einen Fehler gemacht. Wie lange willst du ihn noch schmoren lassen?"

„Ist ja klar, dass du auf seiner Seite stehst." Sie fühlte sich alleingelassen und von Ethan verraten.

„Ich stehe auf überhaupt keiner Seite", korrigierte er sie. „Ich betrachte das alles aus einer gewissen Distanz, und die erlaubt es mir, neutral zu sein."

Rayna gab einen verächtlichen Laut von sich. „Also ist es vollkommen okay, dass Darren meine Freundin besticht, ihn regelmäßig zu informieren? Dass mein Bruder einen Typ engagiert, den ich nett finde, damit er mit mir ausgeht? Hast du eine Ahnung, wie sich das anfühlt? Ich bin keine Gefangene, aber in New Orleans kam ich mir vor wie in einem Käfig." Sie hatte sich in Rage geredet. „Bei jedem meiner Freunde muss ich mir die Frage stellen, ob er oder sie vielleicht auch auf Darrens Gehaltsliste steht. Das ist ein schreckliches Gefühl." Sie hatte Tränen in den Augen.

Ethan kam auf sie zu, blieb unschlüssig vor ihr stehen.

Würde er sie jetzt in den Arm nehmen und trösten, wie er es schon oft getan hatte? Doch diesmal durfte sich Rayna nicht an seiner starken Brust ausweinen. Er reichte ihr lediglich ein Taschentuch. Rayna griff danach, murmelte ein „Danke" und tupfte sich die nassen Augen.

„Er ist dein Bruder und er liebt dich."

Rayna lachte bitter.

„Auch wenn er nicht das Recht hat, dein Leben zu kontrollieren, hat er es dennoch getan, weil er dich liebt. Du musst mit ihm reden, dann werdet ihr eine Lösung für die Zukunft finden."

Rayna nickte. Sie liebte Darren, so war es nicht, aber noch

war die Verletzung zu frisch. „Das werde ich“, versprach sie ihm. „Ich brauche nur noch ein wenig Zeit.“

Ethan nickte und legte ihr eine Hand auf die Schulter. „Ich bin mir sicher, dass du das Richtige tun wirst.“

Die Berührung tat ihr gut. Gab ihr Kraft. Geräuschvoll putzte sie sich die Nase. Dann fühlte sie sich besser.

„Willst du heute noch zur Unfallstelle?“, wollte sie von Ethan wissen.

„Ja, ich dachte, dass wir uns ein verspätetes Mittagessen gönnen und dann aufbrechen.“

Sie strahlte ihn an. „Das hört sich wundervoll an.“ Ihr Magen knurrte nämlich schon wieder. Das Kuchenstück hatte bei Weitem nicht ausgereicht, um das Loch in ihrem Bauch zu füllen. Es musste an der vergangenen Nacht liegen. Die Gepardin war viel gelaufen und hatte ordentlich Kalorien verbrannt. Es war Zeit, dass sie etwas Ordentliches zu essen bekam.

KAPITEL 38

Das warme Essen in der Gaststube war reichlich gewesen. Total satt hatten sie sich auf den Weg gemacht. Aus den Akten kannte er die genauen Koordinaten des Unfallorts. Einige Kilometer konnten sie mit dem Auto zurücklegen, dann würden sie laufen müssen.

Ethan versuchte sich seine schlechte Laune nicht anmerken zu lassen. Eigentlich sollte er froh sein, dass Rayna so verständnisvoll reagierte. Dennoch fühlte er sich innerlich leer. Immer wieder redete er sich ein, dass es gut war, wenn Rayna es so locker nahm. Schließlich hatten sie nur ein wenig geknutscht. Das waren doch ihre Worte gewesen. Sie hörten sich so lächerlich an. Bitter schluckte er und gestand sich ein, dass es kein belangloses Geknutsche gewesen war. Zumindest ihm bedeutete es mehr. Aber es blieb müßig, sich darüber Gedanken zu machen und Worte auf die Goldwaage zu legen. Rayna hatte sich gegen ihn entschieden, und ohne ihn war sie besser dran. Damit musste er sich abfinden.

Ethan warf Rayna einen raschen Blick zu. Sie saß entspannt neben ihm und blickte aus dem Fenster. Sie war einfach wunderschön. Stundenlang hätte er sie anschauen und ihrer wunderbaren Stimme lauschen können. Er wollte wissen, was in ihr vorging, wollte sie verstehen, den Moment, den Augenblick mit ihr teilen. Doch sie hatte eine klare Grenze gesetzt, und so war es besser, seine Aufmerksamkeit wieder Richtung Fahrbahn zu lenken.

Ja, verdammt, er war eifersüchtig auf diesen Adeligen. Er wollte mit ihr auf dieses Fest gehen, mit ihr tanzen, sie zum Lachen bringen und sie glücklich machen. Sie in den Armen zu halten, ihren weichen Körper an seinem zu spüren, war ein Privileg. Aber Rayna hatte sich entschieden, mit Rudolph auf das Fest zu gehen. Er sah gut aus, und im Gegensatz zu ihm war der Blaublütige Rayna gesellschaftlich ebenbürtig. Vermutlich war er ein netter Kerl, dennoch mochte Ethan ihn einfach nicht.

Von dem Dorffest hatte er keine Ahnung gehabt. Trotz allem würde er sie nicht allein zu diesem Fest gehen lassen. Er würde sie begleiten und diesen Rudolph von Zinn im Auge behalten. Wer wusste schon, welche Leichen er in seinem Keller verbarg? Am Ende verliebte sich Rayna noch Hals über Kopf in ihn, und dann stellte sich vielleicht heraus, dass der feine Kerl nicht mit der Gepardin umgehen konnte. Er wusste nur allzu gut, wie schmerzhaft es sein konnte, wenn der Partner das Tier nicht akzeptierte. Nein, das durfte Rayna auf keinen Fall passieren.

Sie erreichten den Parkplatz, und Ethan stellte den Wagen ab. Ihr Auto war das einzige weit und breit. Die Gegend war bei den Wanderern um diese Jahreszeit wohl nicht so beliebt. Oder – und das schien ihm wahrscheinlicher – Brain und Alex hatten bewusst diesen abgelegenen Ort gewählt.

Während Rayna ausstieg, ging er zum Kofferraum und holte den Rucksack heraus.

„Können wir?“, fragte er, während er das Gepäck schulterte.

„Ja. Weißt du, wohin wir genau müssen?“, erkundigte sich

Rayna und sah etwas zwiespältig den Weg an, der zwischen den Bäumen verschwand. Ethan holte sein Handy heraus und glich ihre Position mit der digitalen Wanderkarte ab.

„Etwa eine halbe Stunde in die Richtung, dann sehen wir weiter.“ Er ließ das Mobiltelefon wieder in die Hosentasche gleiten und ging voran.

Rayna folgte ihm.

Einige Zeit lang liefen sie schweigend hintereinanderher. Der Waldweg wurde immer schmaler und steiler. Etliche Höhenmeter hatten sie inzwischen zurückgelegt. Ethan zog ab und an sein Handy aus der Tasche, um zu überprüfen, ob sie noch auf dem richtigen Weg waren.

Dann verließen sie den Wald. Kahle Felsen zierten die Landschaft. Nur hier und da ein paar Sträucher und Wildblumen.

„Bist du wirklich sicher, dass wir auf dem richtigen Weg sind?“, fragte Rayna skeptisch.

Ethan blieb stehen. „Ja, das sind wir“, versicherte er ihr und deutete auf eine Bergkuppe, die etwa einen halben Meter über ihnen emporragte. „Wir müssen um das Ding herum. Auf der anderen Seite liegt unser Ziel.“

Rayna atmete tief durch, und Ethan kam der Gedanke, dass es vielleicht keine so gute Idee gewesen war, Rayna mitzunehmen. Brain war schließlich ihr Bruder gewesen, und sein Mord belastete sie emotional viel stärker. Natürlich hatte er Brain gekannt, aber er war derjenige der Morgan-Geschwister gewesen, mit dem er am wenigsten zu tun hatte. Als er die Staaten verließ, war letztlich der Kontakt zu ihm völlig abgebrochen.

Rayna hatte sich schon wieder in Bewegung gesetzt, ging ihm nun voran. Den Weg konnte man schließlich nicht verfehlen, deswegen störte es ihn nicht, dass sie vor ihm lief. Im Gegenteil. So konnte er sie viel besser im Auge behalten und ihren wundervollen Hintern, der in der Jeans sehr gut zur Geltung kam, bewundern. Seit wann war er masochistisch veranlagt?

Der Weg wurde immer steiler. Ein kleines Stück mussten sie

sogar klettern. Ohne die Baumwurzeln und Felsvorsprünge wäre es ein Ding der Unmöglichkeit gewesen, hinaufzukommen.

„Soll ich dir helfen?“, bot Ethan Rayna an, als sie kurz vor dem Ziel innehielt und verschnaufte.

Doch sie schüttelte nur den Kopf, und er lächelte in sich hinein. Natürlich war sie zu stolz, um Hilfe anzunehmen. Etwas anderes hätte er auch nicht erwartet. Er war so dicht hinter ihr, dass er sie auffangen könnte, sollte sie den Halt verlieren und abstürzen.

Rayna lehnte sich schwer atmend an den kahlen Felsen. Endlich hatten sie es geschafft. Von hier aus führte ein steiniger Weg beinahe senkrecht um die felsige Kuppe herum. Ethan hielt an, sah sich aufmerksam um. Die Gegend kam ihm bekannt vor. Er zog sein Handy aus der Tasche und überprüfte ihre Position. Wenn er sich nicht täuschte, mussten genau hier die Fotos und das Video von Alex' Handy entstanden sein. Er suchte nach einem Orientierungspunkt.

„Hier“, sagte er schließlich und wies auf einen etwas größeren Vorsprung. „Das ist der Ort im Video, an dem Alex an der Felswand lehnt.“

Ethan trat näher an den Fels heran, legte seine flache Hand auf den Stein und wartete auf den Widerhall. Nur ganz leise, kaum spürbar, nahm er ein Vibrieren an den Fingerspitzen wahr.

Rayna ließ ebenfalls ihre Hand über den Stein gleiten, streichelte ihn beinahe sanft. Spürte auch sie die Seele des Ortes? Er war sich nicht sicher, wie geschult sie darin war, Magie zu erspüren.

„Hier wurden sie aufgefunden?“, wollte Rayna wissen.

„Nein, dazu müssen wir noch ein Stück weitergehen.“

Rayna drehte sich um, folgte dem Weg, der noch ein Stück um den Felsen herumführte und dann bergab ging. Er beeilte sich aufzuholen. Es war mehr ein Trampelpfad als ein Schotterweg, und er musste sich auf jeden Schritt konzentrieren, um nicht ins Rutschen zu kommen. Hier konnte man ziemlich leicht abstürzen. Kein Wunder, dass die Polizei davon ausging, dass es ein Unfall gewesen war.

Ethan blickte nach rechts, wo es steil nach unten ging. Ein paar karge Büsche, die an dem Felsen wuchsen, konnten einen Sturz nicht auffangen oder abfedern.

Rayna hielt sich an der Wand fest. Ethan war ganz nahe bei ihr, so nahe, dass er ihren Duft in der Nase hatte.

„Wir sind gleich da."

Sie blickte sich nicht zu ihm um, sondern konzentrierte sich auf den Weg. Jeder Fußtritt musste wohlüberlegt sein. Endlich hatten sie das Plateau erreicht, auf dem die beiden Leichen gefunden worden waren.

„Hier ist es", stellte Ethan überflüssigerweise fest.

Rayna war stehen geblieben. Sie hatte die Arme schützend vor der Brust verschränkt und starrte andächtig vor sich hin.

Ethan fand es gut, dass sie sich die Zeit nahm, und wollte sie nicht stören. Akribisch suchte er die Umgebung ab. Den Dokumenten der Staatsanwaltschaft konnte er entnehmen, dass die Spurensicherung nicht vor Ort gewesen war, da der Gerichtsmediziner von einem tragischen Unfall ausging. Erst als klar war, dass die Männer bestohlen worden waren, wurden sie ausgeschickt, aber da hatten Gerichtsmedizin und Polizei den Unfallort bereits verunreinigt.

Er wusste selbst nicht so genau, wonach er suchen sollte. Einen Zettel mit der genauen Beschreibung, was hier geschehen war, würde er nicht finden. Genau das brauchte er eigentlich. Doch er hatte auch andere Möglichkeiten, um herauszufinden, was hier passiert war. Ethan kniete sich hin und schloss die Augen, um sich zu konzentrieren und mit der Umgebung eins zu werden. Er versuchte eine Resonanz aufzuschnappen, und tatsächlich, da war etwas. Schwach spürte er ein leises Echo. Es wäre also möglich, hier Magie zu wirken. Dennoch barg so ein Unterfangen ein großes Risiko. Er kannte die Energie an diesem Ort nicht, wusste nicht, ob sie ihm wohlgesinnt war. Wenn er sie anrief, wollte er Rayna nicht dabeihaben. Außerdem musste er den Schutz der Nacht abwarten. Er konnte schließlich nicht riskieren, entdeckt zu werden.

KAPITEL 39

Der Besuch des Ortes, an dem ihr Bruder gestorben war, ging nicht so spurlos an Rayna vorbei, wie sie dachte. Sie glaubte, Brains Tod verarbeitet zu haben, aber als sie das Plateau betrat, fühlte sie sich ihm so nahe wie schon lange nicht mehr. Beinahe so, als wäre sein Geist noch immer dort. Rayna wusste, dass das totaler Blödsinn war, dennoch hatte sie innegehalten und auf mentaler Ebene nach ihm gesucht, mit ihm gesprochen. Wie zu erwarten, hatte er nicht geantwortet. Dafür hatte sie etwas anderes gespürt. Eine Energiequelle. Nicht besonders stark, aber mächtig genug, um sich mit diesem Ort zu verbinden. Die Gepardin in ihr sehnte sich danach, endlich wieder die gewohnte Resonanz zurückzubekommen. Schon viel zu lange war sie von Cheetah Manor getrennt. Was sie dazu brauchte, war ein Salzkreis, ein geweihtes Messer und ihr Blut. Die beiden ersteren Dinge konnte sie aus der Küche bekommen. Das Messer müsste sie nur vor dem Ritual weihen.

Ihr Blick fiel auf Ethan. Dieser würde ihr Vorhaben sicher

nicht gutheißen. Magie zu wirken, beinhaltete immer ein Restrisiko, und wenn schon ihre Brüder immer darauf bedacht waren, sie lediglich als Anker an den Ritualen teilnehmen zu lassen, würde Ethan kaum zustimmen, dass sie sich mit diesem Ort verband.

Sie musste es also ohne sein Wissen tun. Eine schwere Aufgabe in Anbetracht der Tatsache, dass sie die meiste Zeit zusammen verbrachten. Nur in den Nächten war jeder auf seinem Zimmer. Sie hielt inne. Das war die Lösung. Nachts würde Ethan nicht mitbekommen, wenn sie sich aus dem Gasthaus stahl. Ihr Herz klopfte schneller.

„Ich habe jeden Stein umgedreht. Hier ist nichts. Absolut nichts", erklärte Ethan und blieb vor ihr stehen. „Wie geht es dir?", erkundigte er sich sanfter.

„Gut." Eilig wandte sich Rayna ab. Sie wollte nicht, dass Ethan mitbekam, was in ihr vorging.

„Dann können wir aufbrechen."

Abwesend nickte sie und wunderte sich gleichzeitig ein wenig, warum es Ethan plötzlich so eilig hatte.

Sie verließen das Plateau. Ethan blieb ungewöhnlich schweigsam. Oder lag es an ihr?

Sie nahmen einen anderen Weg zurück. Ethan lief vor ihr, und Rayna starrte auf seinen Rucksack. Was schleppte er überhaupt auf den Berg mit? Manchmal wünschte sie sich, den Mann vor sich besser zu verstehen. In Momenten wie diesen war er ihr ein völliges Rätsel.

War Ethan enttäuscht, dass er nichts gefunden hatte? Aber damit musste er doch gerechnet haben. Es war Monate her, da waren inzwischen alle Spuren vernichtet. Warum war es Ethan eigentlich so wichtig gewesen, herzukommen? Was versprach er sich von diesem Ausflug?

Rayna hatte mehr Fragen als Antworten. In den vergangenen Tagen hatte Ethan sie stets in seine Überlegungen einbezogen, doch nun schwieg er beharrlich. Rayna wünschte sich sehnsüchtig, dass ihr Verhältnis nicht so angespannt wäre.

Würde Ethan bald nach München aufbrechen wollen? Rayna wollte nicht aus Kleinzinn fort. Das Dorffest stand noch aus, und sie hatte Rudolph versprochen, mit ihm hinzugehen. Ihretwegen konnte Ethan auch allein zurückfahren, sie würde auf jeden Fall noch ein paar Tage bleiben. Die Umgebung gefiel ihr gut. Die Berge waren wundervoll, und die Gepardin in ihr sehnte sich danach, das Geröll zu erforschen und die schmalen Waldpfade entlangzulaufen. Sie starrte auf seinen Hinterkopf und überlegte, wie lange sie mit dem Auto gefahren waren. Wenn sie zu Fuß den Ort verließ und den restlichen Weg als Katze zurücklegte, sollte sie relativ zügig hier ankommen. Die Idee nahm immer mehr Gestalt an und begeisterte nicht nur das Tier, das vor Freude aufgeregt herumsprang. Es würde auch für Rayna eine Wohltat sein, sich zu verbinden, endlich wieder eine Resonanz zu bekommen.

Sie war so in Gedanken versunken, dass sie nicht bemerkte, wie Ethan innehielt, und prompt lief sie gegen ihn.

„Tut mir l…“, wollte sie sich bei ihm entschuldigen. Dann blieben ihr die Worte im Hals stecken. Vor ihnen lichtete sich der Wald und gab den Blick auf einen glitzernden Bergsee frei. Verzückt seufzte Rayna auf und konnte sich überhaupt nicht sattsehen.

Ethan lächelte sie spitzbübisch an. „Hast du Lust, einen kleinen Abstecher an den See zu machen?“

„Oh ja“, hauchte Rayna sehnsüchtig und fühlte sich wie ein kleines Kind, dem man ein wunderbares Geschenk überreichte. Sie konnte es kaum abwarten, zum Wasser zu gelangen und die Füße hineinzustrecken.

Rayna fühlte sich unbeschwert und frei. Sie rannte los.

„Warte!“, rief ihr Ethan nach. Er lief ihr ein Stück hinterher und gab dann auf.

„Erste“, juchzte Rayna und hielt keuchend am Ufer an. Das Wasser war klar und strahlte in einem satten Blau. Es war fast zu schön hier, um wahr zu sein. Beinahe wie in einem Traum. In Ufernähe, an den seichteren Stellen, konnte man kleine Kieselsteine am Grund sehen. Der See war riesig. Er lag umgeben von kahlen Felsen und unwegsamem Gelände. Weit in der Ferne, am anderen Ende, befanden sich ein paar vereinzelte Häuser. Doch sie waren zu weit weg, um mit bloßem

Auge mehr erkennen zu können.

„Es ist wunderschön", seufzte Rayna verträumt.

Ethan hatte den Rucksack abgestellt und packte eine Decke aus. Raynas Augen wurden vor Überraschung groß.

„Ich bin gerne auf alles vorbereitet." Er grinste sie an, und beinahe war es so, als hätte es diese blöde verfahrene Situation zwischen ihnen nie gegeben.

„Hast du gewusst, dass es den See hier gibt?"

„Nun ja", gab er zu und breitete die Decke aus. „Ich habe auf der Karte gesehen, dass es hier einen relativ großen See gibt und wir direkt an ihm vorbeikommen. Allerdings habe ich nicht gewusst, dass er so schön und idyllisch liegt."

Rayna setzte sich neben Ethan auf die Decke und schnürte ihre Schuhe auf. Die Strümpfe folgten. Die Jeans krempelte sie kurzerhand bis zu den Knien hoch.

Ethan streckte sich neben ihr aus und bettete seinen Kopf auf den Rucksack. In stiller Eintracht saßen sie da, genossen das herrliche Wetter, die Sonne und den umwerfenden Ausblick.

„Ich hasse Wasser", gestand Ethan unvermittelt.

Rayna starrte ihn an. „Warum?"

Er zuckte mit den Schultern. „Ich habe mit meinen Eltern in Deutschland gelebt."

In Raynas Kopf überschlugen sich die Gedanken. Was Ethan ihr da erzählte, war völlig neu für sie. Rayna hatte keine Ahnung gehabt. Wenn das Thema auf seine Vergangenheit zu sprechen kam, war er ihr stets ausgewichen. Aber es erklärte, warum er so gut Deutsch sprach.

„Mein Vater hatte als Diplomat einen guten Job in Bonn, der damaligen Regierungsstadt, bekommen."

Rayna lauschte angestrengt. Sie wollte keine Silbe verpassen, und es ehrte sie, dass er ihr etwas aus seiner Vergangenheit anvertraute.

„Meine Mutter arbeitete dort als Übersetzerin. Ich war damals zehn Jahre alt und wurde auf eine Jungenschule gesteckt mit Politikersprösslingen, die sich für etwas Besseres hielten." Er schüttelte den Kopf, als müsse er unliebsame

Gedanken vertreiben.

Rayna ahnte, dass nun keine schönen Erinnerungen folgen würden.

„Sie spotteten regelmäßig über mich."

„Dazu hatten sie kein Recht."

Er lächelte sie traurig an, und etwas zog schmerzhaft in Raynas Bauch. Sie wollte ihn berühren, ihn spüren lassen, dass jetzt alles gut war, doch sie wagte nicht, den Moment zu zerstören.

„Ich war anders. Schwarz."

„Etwas Besonderes", warf sie ein.

Wieder schüttelte er den Kopf. „Abschaum." Er spie das Wort förmlich aus. „Regelmäßig lauerten sie mir auf dem Nachhauseweg im Park auf, zerrten mich zum Deich und tauchten mich unter. Immer und immer wieder." Er schloss kurz die Augen.

Rayna blinzelte die Tränen fort. Wie konnten sie so etwas Gemeines tun?

„Ich habe keine Luft bekommen, schluckte Wasser." Ethan war in einer völlig anderen Welt. „Als ich meinen Eltern davon erzählte, sagte mein Vater nur, ich solle mich nicht so haben und mich anpassen." Freudlos lachte Ethan auf. „Als ob es möglich wäre, sich mit dieser Hautfarbe anzupassen."

Rayna konnte sich nicht vorstellen, wie es für Ethan gewesen sein musste. Es gelang ihr kaum, sich den jugendlichen Ethan vorzustellen. In ihren Augen war er immer so erwachsen und stark gewesen.

„Ich habe es überlebt." Er lächelte sie matt an. „Als ich fünfzehn Jahre alt war, zogen wir nach New Orleans um, und dort lernte ich Darren kennen."

Ethan schloss die Augen.

„Danke, dass du mir das erzählt hast", flüsterte Rayna andächtig.

Er schwieg.

„Ich werde ins Wasser gehen", erklärte Rayna entschieden und sprang auf. Fragend sah sie Ethan an, doch er schüttelte nur den Kopf. So ging sie allein auf den Bergsee zu und hielt erst inne, als ihre Füße das erste Mal eintauchten. Das Wasser hatte plötzlich eine andere Bedeutung bekommen, erinnerte sie an Ethans Geschichte. Sie hatte mit kaltem Wasser gerechnet, aber es war überraschend angenehm. Natürlich nicht so, wie sie es aus Louisiana kannte, aber die Sonne hatte zumindest die flachen Stellen erwärmen können. Sie watete ein wenig am Ufer entlang, bis ihr das Wasser bis zu den Waden reichte. Dann bückte sie sich, tauchte die Hände ein und spritzte sich Wasser ins Gesicht. Das Leben war einfach herrlich. Einem Impuls folgend, streckte sie die Arme und das Gesicht nach oben, ließ sich von der Sonne küssen und genoss die Luft. In Louisiana war es immer feucht und schwül, hier war die Luft klar und roch nach Erde und Bäumen.

Rayna liebte diese atemberaubende Natur der wilden Berge, und sie konnte Brain nur zu gut verstehen, dass er sich als neue Heimat für Deutschland entschieden hatte.

Sie setzte ihren kleinen Spaziergang am Rand des Sees fort und bedauerte es etwas, keine Badekleidung dabeizuhaben.

Nach einiger Zeit kehrte sie zu Ethan zurück, der mit geschlossenen Augen noch immer auf der Decke lag. Schlief er? Sie setzte sich neben ihn, pflückte einen Grashalm und kitzelte damit seine Nase. Sich das Lachen verkneifend wartete sie auf eine Reaktion.

Blitzschnell schoss seine Hand vor, hielt ihre fest, als sie ihn ein weiteres Mal kitzeln wollte.

„Wage es nicht“, brummte er, und Rayna quietschte überrascht auf. Er öffnete die Augen und sah sie an.

„Ich dachte, du schläfst“, brachte sie zu ihrer Verteidigung vor. Seine Finger waren noch immer um ihr Handgelenk geschlossen. Er zog an ihr, sodass Rayna Mühe hatte, ihr Gleichgewicht nicht zu verlieren.

„Hey!“, protestierte sie, doch er gab nicht nach. Schließlich konnte sich Rayna nicht mehr halten und fiel direkt auf ihn. Ihre Hand war wieder frei.

„Eigentlich sollte ich dich durchkitzeln“, sagte er mit rauer Stimme.

Panik überfiel sie. Ethans Hände auf ihrem Körper wäre

mehr, als sie ertragen könnte. Wieder wurde ihr schmerzlich bewusst, dass sie ihm nichts bedeutete. Hastig rappelte sich Rayna auf, griff nach ihren Schuhen und den Strümpfen und flüchtete. Einige Meter von Ethan entfernt lag ein umgestürzter Baumstamm. Dort fühlte sie sich sicher. Sie nahm Platz und zog sich an.

„Du hast recht", beschloss Ethan, erhob sich ebenfalls und faltete die Decke zusammen. „Wir sollten zurückkehren, damit wir es noch vor Einbruch der Dunkelheit schaffen."

Der schöne Ausflug hatte ein jähes Ende gefunden.

KAPITEL 40

Nach einem gemeinsamen Abendessen mit Ethan verabschiedete sich Rayna in ihr Zimmer. Die Zeit kroch nur langsam dahin. Es fühlte sich wie eine Ewigkeit an, bis sie es schließlich wagte, aus der Zimmertür in den Flur zu spähen. Aus Ethans Zimmer war nichts zu hören, und so schlich sie leise ins Erdgeschoss.

Hoffentlich begegnete sie Vroni nicht, denn mit ihr stünde die Chance für ihr Vorhaben ziemlich schlecht. Bei Seb dagegen hatte sie viel bessere Karten. Hastig ließ sie den Blick durch den Gastraum gleiten und freute sich über ihr Glück. Vroni war weit und breit nicht zu sehen. Nur zwei Männer saßen am Ecktisch und unterhielten sich. Rayna klopfte an der Tür zur Küche und streckte den Kopf hinein.

„Ich komme gleich", ertönte die gut gelaunte Stimme von Seb. Als er sie erblickte, die Hände gerade an seiner Schürze abwischend, lächelte er breit. „Wie kann ich dir helfen?"

Raynas Herzschlag beschleunigte sich. Was sollte sie ihm

erzählen? Sie hatte keine Ahnung, wie sie ihre Bitte begründen sollte. „Ich brauche ein scharfes Messer und Salz, viel Salz."

Einen Augenblick schien Seb verwirrt, dann grinste er sie wissend an. „Hast wohl einen Fisch gefangen, wie?"

Etwas ratlos zuckte Rayna mit den Schultern und lächelte ihn an.

„Soll ich dir beim Einsalzen behilflich sein?", erkundigte er sich.

„Äh ..." stotterte sie. „Ich komm schon allein klar."

Seb nickte achselzuckend. „Kannst dich ja melden, wenn es nicht klappt." Er verschwand kurz und kam mit einem Messer und einem Schraubglas mit Salz zurück. „Wenn du mehr benötigst, melde dich. Aber das Messer will ich zurück. Und pass auf, es ist richtig scharf."

„Danke", murmelte Rayna und nahm die Gegenstände in Empfang. Sie sah sich um. Die Männer am Ecktisch waren in ein Gespräch vertieft und beachteten sie nicht, und so kehrte sie eilig in ihr Zimmer zurück.

Erleichtert, dass Ethan nichts davon mitbekommen hatte, legte sie das Messer und das Salz auf ihrem Bett ab. Wie sollte sie es nur zum Plateau transportieren? Die Gegenstände waren so groß, dass sie die Verwandlung nicht mitmachen würden. Angestrengt dachte sie nach, bis ihr eine Idee kam. Sie holte ihr kleines Handtäschchen hervor und entleerte es, denn auf Taschentücher, Lippenstift und diverse andere Kleinigkeiten würde sie diesmal verzichten können. Dann zwängte sie das Salzglas und das Messer hinein und verschloss die Handtasche. So würde es gehen. Die Gepardin konnte die Tasche wunderbar im Maul tragen.

Es wollte und wollte einfach nicht Nacht werden. Rayna sah sehnsüchtig aus dem Fenster und war beinahe erleichtert, als sich der Himmel rot verfärbte. Es dauerte allerdings noch eine weitere Stunde, bis es endlich so dunkel war, dass sie sich traute, sich auf den Weg zu machen. Rayna schlüpfte in ihre Turnschuhe. Diese würden reichen, schließlich wollte sie als Tier durch die bergige Landschaft streifen. Sie griff nach ihrer Strickjacke und zog leise die Tür hinter sich zu. Auf dem Flur verharrte sie einen Moment, lauschte. Aus Ethans Zimmer war nichts zu hören. Schlief er schon? Jedenfalls schien er nicht mitbekommen zu haben, dass sie ihr Zimmer verlassen hatte. So leise, wie es ihr möglich war, schlich sie die Treppe hinunter. Das Knarzen der alten Holzdielen ließ sich nicht ganz vermeiden, aber jedes Mal, wenn sie stehen blieb und lauschte, hörte sie keine verdächtigen Geräusche. Nur die Stimmen aus der Gaststube, die lauter wurden, je näher sie ihnen kam. Rayna spähte um die Ecke. Die Tür zur Wirtsstube war geschlossen. Jetzt war deutlich mehr los als vorhin. Schnell, bevor jemand die Tür öffnete, huschte sie vorbei, stieß die Haustür auf und verließ das Gasthaus ungesehen. Es wäre auch kein Drama gewesen, wenn sie von einem der Wirtshausbesucher entdeckt worden wäre, schließlich konnte sie sich jederzeit mit einem abendlichen Spaziergang herausreden. Dennoch war es ihr so lieber.

Sie lief zügig durch die Straßen, um die Häuser schnell hinter sich zu lassen. Bald schon erreichte sie das Dorfende. Noch immer traute sich Rayna nicht, sich zu verwandeln. Die Angst, dass jemand sie sehen könnte, war zu groß. So legte sie den Weg bis zum nächsten Hügel zu Fuß zurück. Erst als sie sich ganz sicher sein konnte, dass sie außer Sichtweite des Dorfes war, stellte sie die Handtasche auf den Boden und schlüpfte in ihre Strickjacke. Alles, was sie direkt am Körper trug, würde sich auflösen und erst zurückkehren, wenn sie sich wieder in einen Menschen verwandelte. Rayna ließ zu, dass die Gepardin die Oberhand gewann, und wechselte die Gestalt.

Das Tier schüttelte sich, hob den Kopf und hielt die Nase in den Wind. Mit dem Maul schnappte sie nach der Handtasche, dann machte sie sich auf den Weg. Sie wählte ein zügiges, aber nicht allzu schnelles Tempo. Was nützte es ihr, nach einem kurzen Sprint völlig fertig zu sein? Die Strecke war ein ganz schönes Stück, aber überwindbar. Die Katze orientierte sich an der Straße, lief aber weit genug von ihr entfernt über Felder und Wiesen. Wenn ein Auto käme, könnte sie sich verstecken.

Doch sie hatte Glück, und je näher sie dem Berg kam, desto

unwahrscheinlicher war es, hier auf einen Menschen zu treffen. Nach gut zwanzig Minuten erreichte sie den Wald, schlug sich durch das Unterholz, bis sie oberhalb des Parkplatzes auf den Wanderweg stieß, der zum Bergsee führte.

Vorfreude ergriff Rayna. Es würde nicht mehr lange dauern, und sie könnte vereint mit dem Ort über den Berg streifen. Als die Gepardin jedoch am Bergsee vorbeikam, hielt sie inne. Der Bergsee glitzerte im Mondlicht und sah noch viel schöner aus, als Rayna es sich ausgemalt hatte. Das Wasser strahlte etwas Friedliches aus, und sie hätte sich beinahe damit zufriedengegeben, sich am Waldrand niederzulassen, um die Schönheit der Natur zu bewundern. Doch sie wollte weiter, wollte das Plateau erreichen. Das Raubtier erhob sich und merkte plötzlich auf. Etwas stimmte nicht. Die Katze spitzte die Ohren und hörte … nichts. Es war still – viel zu still. Kein Eichhörnchen, keine Eule, kein Igel. Sämtliche nachtaktiven Tiere waren verstummt. Rochen die eine Gefahr? Doch die Gepardin konnte weder etwas Verdächtiges erschnuppern noch hören. Unruhe ergriff sie. Sie lief über die Wiese. Im Wald versprach sie sich mehr Schutz. Ein Hauch von Magie empfing sie zwischen den Bäumen, und die Katze schnappte überrascht nach Luft. Das war unmöglich, das konnte, durfte nicht sein. Ein leichtes Beben erschütterte den Boden. Jetzt war sich Rayna ganz sicher. Hier in der Nähe traf jemand Vorbereitungen für ein Ritual. In Kürze würde hier die Luft vor Magie flimmern. Doch wer mochte dazu in der Lage sein?

Sie musste herausfinden, wer es war. Wieder ging ein Vibrieren durch den Waldboden, und Rayna gelang es, die Richtung zu bestimmen, aus der es gekommen war. Sie lief los. In immer kürzeren Abständen folgten nun die Erschütterungen, wurden immer stärker, bis sie schließlich ausblieben. Angespannt hielt sie inne, wusste nicht, in welche Richtung sie weitergehen sollte. Der Wald war immer noch verstummt. Wer oder was auch immer sich hier befand, war noch nicht verschwunden. Die Gepardin strich leise durch den Wald. Sie näherte sich dem Plateau, auf dem sie am Nachmittag mit Ethan gewesen war. Der Duft von Salz wehte zu ihr herüber.

Salz? Das konnte doch nicht …

Die Katze sprintete los. Sie wusste, wohin sie musste. Ihr Ziel, das Plateau, war nicht mehr weit entfernt. Mitten im Laufen wandelte sie die Gestalt. Rayna stolperte, musste sich erst an das menschliche Tempo und zwei anstatt vier Füße gewöhnen. Eilig hastete sie weiter. Sie hatte keine Zeit zu verlieren.

Das war Wahnsinn, absolut bescheuert. Er durfte es nicht tun, nicht allein. Auch wenn sie nicht genau wusste, was er vorhatte, war ihr doch klar, wie viele Gefahren sein Unterfangen barg. Ihr Herz klopfte schneller, ihre Lungen brannten, doch Rayna setzte unbeirrt ihren Weg fort. Das eigene Vorhaben, sich mit dem Ort zu verbinden, war vergessen.

„Nicht!", schrie sie, als sie die dunkle Gestalt in der Mitte des Plateaus sah. Sie konnte nicht schneller rennen, war völlig aus der Puste und wurde langsamer.

Der Mann drehte sich zu ihr um und schien überrascht, sie zu sehen. „Du?"

„Bist du völlig übergeschnappt?" Sie kam näher. Angst vor ihm hatte sie nicht, aber sie sorgte sich um ihn. Schließlich blieb sie stehen. Ihre schlimmsten Befürchtungen bestätigten sich, als sie auf den Salzkreis hinter Ethan blickte.

„Was machst du hier?" Er wirkte nicht sonderlich erfreut, sie zu sehen.

„Dasselbe könnte ich dich fragen", blaffte sie ihn an.

„Es ist gefährlich, allein durch die Gegend zu wandern", wies er sie zurecht. „Du solltest nicht hier sein."

„Erzähl mir nichts von Gefahr." Wütend deutete sie auf ihn und den Salzkreis. „Was soll das hier werden?"

„Das geht dich nichts an." In Ethans Hand blitzte ein Dolch, den er hinter seinem Rücken zu verstecken versuchte. Doch sie hatte ihn längst entdeckt.

Rayna atmete tief durch. Er plante nicht nur Magie zu wirken, er hatte vor, mit dem Berg einen Blutspakt einzugehen. Diese Art von Magie war noch viel gefährlicher. Selbst Darren führte solche Beschwörungen nie allein durch. Viel zu groß war das Risiko, sich selbst zu verlieren und so zu werden wie ihr Vater.

„Ich möchte sofort wissen, was du vorhast!“ Sie würde sich keinen Millimeter bewegen, solange er sie nicht in seinen Plan einweihte. Die Angst klammerte sich um ihren Brustkorb wie eine feste Manschette und ließ ihr kaum genug Luft zum Atmen.

„Wie bist du überhaupt hergekommen?“, wollte Ethan wissen.

„Zu Fuß.“

Sie sah im Mondlicht, wie er die Lippen fest zusammenpresste. „Das ist viel zu gefährlich. Was ist, wenn dich jemand gesehen hat?“

„Hältst du mich für blöd? Ich kann auf mich aufpassen. Mich hat niemand bemerkt.“

„Und was hast du vor?“

Trotzig verschränkte sie die Arme vor der Brust. Er starrte sie an. Sie starrte zurück. Schließlich schüttelte er den Kopf. „Du willst nicht wirklich Cheetah Manor gegen diesen Ort tauschen.“

Rayna schob eigensinnig die Oberlippe vor, antwortete ihm nicht.

„Bist du von allen guten Geistern verlassen? Cheetah Manor ist groß, stark und mit unendlicher Magie versehen, während diese paar Quadratmeter im Nullkommanichts versiegt sind.“

Sie schwieg immer noch.

„Du darfst so etwas Wertvolles wie die Verbindung zu deiner Heimat nicht einfach wegwerfen. Jeder andere Gestaltwandler würde sich unendlich glücklich schätzen, wenn er so ein Geschenk erhalten hätte.“

Sie kniff die Augen zusammen. „Jeder andere Gestaltwandler?“, fragte sie.

„Ja, verdammt“, fluchte Ethan aufgebracht. „Du glaubst doch nicht, dass Cheetah Manor seine Energie leichtfertig teilt. Damit verbunden zu sein ist ein unglaubliches Privileg.“

Rayna hatte darüber noch nie nachgedacht. Cheetah Manor war immer da, gehörte zu ihrem Leben. Aber sie wollte sich doch nicht für immer trennen. Sobald sie zurück in Louisiana wäre, würde sie die alte Verbindung wiederherstellen. Wie das Ritual durchzuführen war, wusste sie. Es gehörte zu den ersten Dingen, die ein Gestaltwandler lernte, es beinahe instinktiv konnte.

Ethan ging zur Felswand. Erst jetzt sah Rayna den Rucksack, den er mitgenommen hatte. Derselbe wie am Nachmittag.

„Ich fahre dich zurück." Er verstaute den Dolch in der Tasche.

„Vergiss es!" Sie war ihm gefolgt und stand nun direkt neben ihm. „Du glaubst doch nicht, dass ich dich das tun lasse."

Er blickte auf, seine Miene war ausdruckslos, verschlossen. „Ich kann nicht anders."

„Das stimmt nicht."

„Ich muss herausfinden, was hier geschehen ist. Das ist mein Job."

„Und wie willst du das tun?" Raynas Stimme war ruhiger geworden, auch wenn in ihr vor unterdrücktem Zorn und Angst alles in Aufruhr war.

„Ich werde die Erinnerung dieses Ortes beschwören. Dann weiß ich, wer der Mörder ist und kann ihn jagen. Es muss zu Ende gebracht werden. Solange er noch lebt, bist du, sind wir alle in Gefahr."

Raynas Härchen im Nacken stellten sich auf. Im Moment sorgte sie sich einzig und allein um Ethan. Was brachte es ihnen, wenn er sich in der Gestalt des Panthers verlor? Damit war niemandem geholfen. Erinnerungs-Magie. Das war unglaublich. Sie hatte keine Ahnung gehabt, dass so etwas möglich war. Soweit sie wusste, hatte selbst Darren so etwas noch nie probiert.

„Ein Blutritual?" Sie musste ganz sichergehen.

„Ja." Ethan erhob sich und sah sie an. Sie standen sich nun direkt gegenüber. „Aber bevor ich das tue, werde ich dich zurück ins Gasthaus bringen."

Das würde sie nicht zulassen. Sie würde sich nicht von der Stelle rühren. Wenn Ethan wegen ihr etwas zustieße, könnte sie damit nicht leben. Rayna hatte Tränen in den Augen, als sie den Kopf in den Nacken legte, um ihn ansehen zu können. Der Drang, sich mit diesem Ort zu verbinden, war groß, aber die Aussicht, endlich zu wissen, wer der Mörder ihres Bruders war, noch größer. Ethan allein zu lassen, war jedoch keine Option. Womöglich fand er nach dem Ritual den Weg nicht mehr zurück. Ein Panther in dieser Gegend würde für Aufsehen sorgen. Es wäre nur eine Frage der Zeit, bis Menschen auf ihn stießen, die aus Angst Jagd auf ihn machten. Sie konnte es einfach nicht zulassen, dass er so mit seinem Leben spielte.

„Ich werde bleiben und dein Anker sein", erklärte sie und schlüpfte aus ihrer Strickjacke, die sie achtlos neben seinen Rucksack warf.

„Nein, Rayna."

Geflissentlich überhörte sie seinen Protest, ging in die Hocke und schnürte ihre Schuhe auf. Sie wusste, was zu tun war. Schon einige Male hatte sie gemeinsam mit der Familie ein Ritual abgehalten. Dabei waren es immer Darren und Eric gewesen, die Magie wirkten. Sie und ihre Mutter Moira fungierten als Anker. Mit Ethan würde es kaum anders sein.

„Rayna", versuchte er es noch einmal.

„Was?", schnauzte sie ihn an. „Glaubst du, ich kann dich nicht halten?"

Herausfordernd sah sie ihn an. Ethan schloss kopfschüttelnd die Augen. Sie wusste, sie hatte gewonnen. Er gestand ihr zu, zu bleiben.

Rayna zog sich die Strümpfe von den Füßen. Sie spürte die winzigen Steinchen unter ihren Sohlen, die sich ein wenig schmerzhaft in ihr Fleisch bohrten. Aber sie würde den Schmerz aushalten. Für Ethan.

Sie reckte den Kopf in die Höhe, wollte sich ihre Bedenken, ihre Sorgen nicht anmerken lassen. „Können wir?"

Ethan nickte. Er zog ebenfalls die Schuhe aus und stand im Nu barfuß neben ihr. Sein Hemd folgte. Rayna versuchte nicht zu sehr auf seinen definierten Oberkörper zu starren. Eigentlich war sie von ihren Brüdern einen männlichen Oberkörper gewohnt. Doch bei Ethan war es etwas völlig anderes.

Um sich abzulenken, ging Rayna auf den Salzkreis zu und blieb davor stehen. Nur Ethan würde ihn betreten. Es war sein Kreis. Sie verband ihn lediglich mit der Außenwelt. Er war nicht besonders groß. Etwa einen Meter Durchmesser. Darren hatte ihr erzählt, die Größe des Kreises bestimmte über die Magie, die floss. Rayna hoffte sehr, dass Ethan wusste, was er hier tat. Wenn er den Kreis zu groß angelegt hatte, konnte keine Macht der Welt ihn halten.

Ganz wohl war ihr noch immer nicht bei der Sache, aber sie würde das Ethan nicht allein machen lassen.

KAPITEL 41

Ethan ging vor dem Rucksack in die Hocke und holte den Dolch heraus. Er ließ sich Zeit, brauchte einen Moment, um sich zu sammeln. Rayna war hier. Er konnte es immer noch nicht fassen. Sie hier bei sich zu haben, ließ den Panther triumphieren. Der Mann dagegen war unsicher. Er wünschte sich für Rayna Sicherheit und das, was er im Begriff war zu tun, war alles andere als sicher. Er redete sich ein, Rayna könnte nichts passieren. Sie würde keine Magie wirken, nur seine Verbindung zur Welt sein. Die Chancen, Erfolg zu haben, waren mit ihr deutlich größer. Sie mochte es nicht wissen, aber mit ihr an seiner Seite fühlte er sich stärker, beinahe unbesiegbar. Auf sie als Fokus konnte er sich verlassen. Wo immer die Magie ihn hinführte, ihr würde es gelingen, ihn zurückzuholen.

Seine Hand schloss sich um den Griff des Dolches. Mit einem Ruck zog er ihn aus der Scheide. Es war Zeit. Das Heft fühlte sich glatt an. Er versuchte sich ganz auf das Leder zu konzentrieren. Das half ihm, noch einmal das Ritual im Kopf durchzugehen.

Ethan atmete tief durch, dann betrat er den Salzkreis und positionierte sich vor Rayna. Sie blickte ihn mit ihren großen Augen an, und er las darin eine gewisse Stärke und unendliches Vertrauen in ihn. Das gab ihm Kraft. Er würde diesen komplizierten Zauber wirken, und er würde zurückkommen, weil sie auf ihn wartete, weil sie ihn rufen würde.

„Bereit?"

Rayna warf die Haare über die Schulter, federte leicht mit den Knien, um ihren Stand zu prüfen. Dann nickte sie. Es war so weit. Ihre Hände legten sich auf seine Brust. Er spürte die Wärme ihrer Finger, sehnte sich danach, dass diese Hände über seinen Körper glitten, ihn erkundeten. Noch einmal atmete er tief durch, dann hob er den Dolch und schnitt sich in die Hand. Die blutbenetzte Klinge versenkte er mit einem gezielten Wurf inmitten des Kreises. Seine Hand ballte er zur Faust, wartete auf den Blutstropfen, der ebenfalls innerhalb der Begrenzung den Boden berühren musste. Wie in Zeitlupe sah er den roten Lebenssaft von seinem kleinen Finger tropfen, durch die Luft fallen und schließlich innerhalb des Salzkreises einen kleinen Kieselstein benetzen.

Ethan spürte den Energieschub, als er die Allianz mit der Erde unter sich einging. Er hatte grenzenlosen Zugang zu der Magie des Berges. Für einen Moment erlag er der Faszination, dann besann er sich. Sein Körper streckte sich, seine Muskeln spannten sich. Er sah Rayna an, blickte ihr fest in die Augen. Sie war sein Dreh- und Angelpunkt. Sie durfte er nicht verlieren. Was auch immer geschah, er musste zu ihr zurückfinden.

Worte sprudelten aus seinem Mund, so alt wie die Gestaltwandler. Magische Worte in einer Sprache, die ihm über die Jahre immer vertrauter geworden war, deren Bedeutung er jedoch ebenso wenig kannte wie ihre Herkunft. Mit jedem Wort, das über seine Lippen kam, entfernte er sich weiter von der realen Welt. Pure, berauschende Energie waberte durch seinen Körper, setzte sich in jedem Molekül fest. Und als er glaubte, in tausend winzige Scherben zu zerspringen, sprach er das letzte Wort. Nebel, aus dem Nichts kommend, stieg um ihn herum auf, hüllte ihn und Rayna ein. Ethan sah die winzigen Sprenkel in ihrer Iris, konzentrierte sich völlig auf sie. Er musste sich festhalten, durfte die Verbindung zu ihr nicht verlieren. Stimmengewirr schwoll an, lauter und immer lauter. Seine Ohren dröhnten. Es war fast zu viel. Die Lautstärke der Stimmen zwang ihn beinahe in die Knie. Das war zu viel, zu viele Menschen, zu viele Ereignisse. Er wollte sehen, was an jenem Tag hier geschehen war, wollte nicht das Wissen von Jahrtausenden in sich aufnehmen. Auch wenn es ihm schwerfiel, Rayna loszulassen, er musste sich völlig auf besagten Tag konzentrieren. So schloss er die Augen, ließ sich treiben und fixierte jenen Tag, an dem zwei Männer auf tragische Weise ihr Leben ließen. Aus den Nebeln wurden Gestalten sichtbar. Ethan hob den Kopf und konnte das Fell des Gepards sehen. Er hatte die Krallen in die Felswand geschlagen, versuchte alles, um sich zu halten. Das Tier bäumte sich auf, brüllte mit letzter Kraft. Es verlor den Halt und stürzte hinab auf das Plateau. Ethan spürte die Erschütterung, als der schwere Körper auf die Steine krachte. Er hörte das Brechen der Knochen, das gequälte Aufschluchzen des Gepards. Die Gestalt des Tieres mochte nur aus Nebel sein, dennoch waberte sie, löste sich beinahe auf, bevor sie sich als menschlicher Körper verfestigte. Brain lag auf dem Boden, die Gliedmaßen seltsam verdreht, der Kopf umgeben von Blut.

„Brain!“, hörte Ethan jemanden schreien. Das musste Alex sein. „Brain, nein!“ Er blickte abermals hinauf, konnte aber niemanden sehen. Nur Geräusche drangen an sein Ohr. Fand dort oben ein Gerangel statt? Kämpfte Alex gegen Brains Mörder? Mit einem schrillen Schrei stürzte ein weiterer Körper hinab in die Tiefe, zerschmetterte wenige Meter von dem Salzkreis entfernt. Alex war auf dem Bauch gelandet, das Gesicht dem Boden zugewandt. Er bewegte sich nicht mehr. Ethans Blick ging in die Richtung, aus der Alex gestürzt war. Und da sah er ihn. Den Mann, den er schon so lange verfolgte, das Phantom, das bis dato unerkannt geblieben war. Er sah direkt zu Ethan hinunter. Schwarze, leicht schief gestellte Augen blickten ihn an, als könnten sie ihn sehen. Ein rundes, faltiges Gesicht, mit markanter Nase, dicken Lippen und einem hervorstehenden Jochbogen, umrahmt von schlohweißen Haaren. Die Hautfarbe war eine Mischung aus Gelb und Olivbraun, wie es für die Indianer typisch war. Es bestand kein Zweifel, dass er ein Nachfahre der Eingeborenen Amerikas sein musste. „Mögen die ewigen Jagdgründe euch verschlingen und nie wieder freigeben." Die krächzende Stimme auf Deutsch. Dennoch hörte man einen leichten amerikanischen Akzent heraus. In diesem Moment verschwand der Mann über ihm, und die Nebel begannen sich aufzulösen. Ethan fiel. Er hatte nichts, woran er sich festhalten konnte. Seine Hände griffen immer wieder ins Leere.

„Ethan!"

Rayna. Gott sei Dank. Wo war sie? Er konnte sie nicht sehen.

„Ich bin hier. Komm zurück! Mach die Augen auf, sieh mich an!", hörte er ihre sanfte Stimme auf ihn einreden.

Sie war hier. Auch wenn es ihm nicht gelang, die Lider zu heben, folgte er dem Klang ihrer wunderbaren Stimme, lauschte ihren melodiösen Worten. Sie war bei ihm, obwohl er sie nicht spüren konnte. Wie ein Blinder irrte er in einem Labyrinth umher, fand den Ausweg nicht.

„Du darfst nicht aufgeben. Hörst du mich?"

Wärme durchflutete seine Brust. Er fühlte ihre Hände, die noch immer auf seinem nackten Oberkörper lagen, ihn erdeten, konnte sie spüren. Sie war da, hielt ihn fest und wies ihm den Weg aus dem Irrgarten, in dem er sich verlaufen hatte. Er blinzelte, und endlich gelang es ihm, die Augen zu öffnen. Es war so schön, ihr vertrautes Gesicht zu sehen. Ihr Lächeln wärmte seine Seele. Es kostete ihn einige Anstrengung, bis ihm sein Körper vollends gehorchte, doch dann schlang er die Arme um Rayna, zog sie an sich.

Vertrauensvoll bettete sie den Kopf an seine Schulter, schmiegte sich an ihn. „Ich bin so froh, dass du wieder da bist." Ihre Stimme zitterte ein wenig.

Er konnte noch nichts sagen, ihr nicht antworten. So hielt

er sie fest an sich gedrückt, brauchte den Körperkontakt, musste sie einfach spüren. Sie noch immer im Arm haltend, trat er schließlich aus dem Salzkreis heraus. Dieser hatte seine Schuldigkeit getan. Er kannte das Gesicht des Mörders.

„Du warst großartig", flüsterte Rayna.

Erst jetzt bemerkte er, dass sie weinte. Wegen ihm? Oder hatte sie dasselbe gesehen wie er? Musste sie den Tod ihres Bruders mit ansehen? In ihren Augen las er die Antwort. Er könnte sich ohrfeigen. Wenn er gewusst hätte, dass Rayna das sähe, was er sah, hätte er nie zugelassen, dass sie an dem Ritual teilnahm.

„Es ist okay", erklärte sie und wischte sich die Tränen fort. „Ich kann damit umgehen. Es ist ja nicht so, als hätte ich nicht gewusst, was passiert ist." Sie schluckte und er konnte nichts anderes tun, als sie fester an sich zu drücken. Wenn es möglich wäre, hätte er ihr den Schmerz genommen. Er wollte alles tun, nur damit es ihr gut ging. „Es tut mir so leid", murmelte er in ihr Haar.

„Danke, dass du mir den Mörder meines Bruders gezeigt hast."

Dazu konnte er nichts sagen. Er bewunderte Rayna für ihren Mut. Sie war so unglaublich stark. Es war ein Geschenk, sie in den Armen zu halten, und er genoss jede Sekunde, wusste er doch, wie kostbar diese gestohlenen Minuten waren.

Dann war es an der Zeit, Rayna loszulassen. Er musste aufräumen, die Spuren beseitigen. Sobald sich die Sonne über die Baumwipfel erhob, sollte nichts mehr auf das stattgefundene Ritual hinweisen. Er wusste zwar nicht, wo er den Mörder finden sollte, doch wäre dieser noch in der Nähe, könnte ihn jede Unachtsamkeit auf sie aufmerksam machen. Dieses Risiko durfte er nicht eingehen.

Rayna stand etwas abseits, sah ihm zu, wie er den Dolch reinigte und mit einem mitgebrachten Besen die Salzkristalle in alle Himmelsrichtungen fegte, bis nichts mehr auf einen Salzkreis hindeutete. Der Wind trug den Geruch des Salzes davon.

Er packte seinen Rucksack und schulterte ihn. „Gehen wir!"

Als er sicher war, dass ihm Rayna folgte, ging er los.

KAPITEL 42

Von Stunde zu Stunde wurde Rayna aufgeregter. Sie freute sich auf das Dorffest.

Die Nacht des Rituals hatte Spuren hinterlassen. Rayna holte den Schlaf am nächsten Tag nach, und auch Ethan, den sie zum Mittagessen traf, sah müde und völlig entkräftet aus. Für ihn musste es viel anstrengender gewesen sein als für sie, und so fand sie es eine gute Idee, dass er sich nach ihrer gemeinsamen Mahlzeit verabschiedete, um sich noch eine Runde aufs Ohr zu legen.

Die Gepardin war beleidigt, doch Rayna wusste, dass es richtig war, ihre eigenen Bedürfnisse, sich mit dem Land zu verbinden, zugunsten eines größeren Zieles hinten anzustellen. Immerhin kannten sie nun Brains Mörder. Jetzt mussten sie nur noch den Namen dazu herausfinden und dann … ja dann … Was plante Ethan eigentlich? Sie beschloss ihn danach zu fragen, wenn sie ihn wiedersah. Da er jedoch schlief, fuhr sie in die benachbarte Stadt, um dort ein Kleid für das Stadtfest zu kaufen.

Jetzt, da es Zeit wurde, sich für das Fest fertig zu machen, wuchs ihre Unsicherheit. Außerdem sorgte sie sich ein wenig um Ethan. Seit dem Mittagessen hatte sie ihn nicht mehr gesehen. Bevor Rudolph sie abholte, wollte sie noch einmal nach ihm sehen.

Rayna schlüpfte in das Dirndl und drehte sich begeistert vor dem Spiegel. Das Kleid stand ihr gut und zauberte ihr Rundungen an Stellen, wo sie eigentlich flach wie ein Brett war. Die Haare hatte sie bereits nach einer Internetanleitung sorgfältig nach oben gesteckt. Was jetzt noch fehlte, waren die bequemen Schuhe, denen sie nicht hatte widerstehen können. Aber im Gegensatz zu dem Kleid würde sie diese auch in New Orleans noch anziehen können. Blieb nur noch die Frage nach einer passenden Handtasche. Rayna hatte zwei Stück dabei. Eine relativ große Tasche, die eher zum Shoppen geeignet war, und das Täschchen, in dem sie das Salz transportiert hatte. Ihr schoss die Röte ins Gesicht, als sie daran dachte, wie sie beim Mittagessen beides Vroni zurückgegeben hatte, die sie ansah, als wäre sie nicht ganz dicht.

„Wovon man nichts versteht, das sollte man am besten lassen", hatte sie spitz gesagt und die Sachen mit in die Küche genommen.

Rayna atmete tief durch. Sie musste eine Entscheidung treffen. Etwas Geld und der Schlüssel würden allerdings auch in den kleinen Beutel unter der Schürze passen. Ja, das musste reichen.

Aufgeregt wischte sie sich die schweißnassen Hände am Rock ab. In wenigen Minuten würde Rudolph kommen und sie abholen. Wenn sie noch bei Ethan vorbeischauen wollte, musste sie sich beeilen. Sie verließ ihr Zimmer und klopfte nebenan. Geräusche waren zu hören und dann ging die Tür auf. Ethan trug eine Jogginghose und ein T-Shirt. Auch wenn er erschöpft und müde wirkte, sah er doch ausgesprochen gut aus. Der dunkle Bartschatten am Kinn war deutlich sichtbar und machte ihn noch unwiderstehlicher. Rayna zog scharf die Luft ein. Der bereits vertraute Schmerz war wieder da, der sie daran erinnerte, dass Ethan sie nicht haben wollte.

Er riss überrascht die Augen auf, als er sie erblickte. Gefiel ihm ihr Kleid nicht?

„Kann ich so gehen?“, fragte sie verunsichert.

Hastig nickte Ethan. „Auf jeden Fall. Du siehst … großartig aus.“

„Danke schön.“ Sie blickte verlegen zu Boden. Auch wenn sie es nie zugeben würde, bedeutete ihr sein Kompliment viel. Viel zu viel, wenn man es genau nahm.

„Wie fühlst du dich?“, wollte sie wissen.

„So langsam geht es wieder. Ich bin noch ein wenig erschöpft, so als hätte ich drei Nächte durchgearbeitet.“

„Das war eine bescheuerte Idee.“

Ethan warf ihr einen warnenden Blick zu. Sie wusste, dass sie nicht auf dem Flur darüber reden sollte, aber erstens hatte sie nichts Konkretes gesagt und zweitens war ohnehin keiner da.

„Gehst du auch auf das Fest?“, wechselte sie das Thema.

„Vermutlich schon.“ Er betrachtete sie noch einmal von oben bis unten. „Zumindest hoffe ich, dass sie mich auch ohne traditionelle Kleidung ins Festzelt einlassen.“

Rayna grinste ihn an. „Ich kann ja ein gutes Wort für dich einlegen.“ Es war gut, wieder zur vertrauten Unbeschwertheit zurückzukehren.

Das entlockte ihm ein Lächeln. Er sah unglaublich gut aus, wenn sich die Grübchen um seinen Mund vertieften. Am liebsten hätte Rayna die Hand nach ihm ausgestreckt und die

Furchen mit dem Finger nachgezeichnet. Sie wollte sich an ihn kuscheln, seine Nähe spüren. Gemeinsam würden sie die Zukunft planen. Wie wollte Ethan Brains Mörder finden? Was wollte er dann mit ihm tun? Es schmerzte sie, dass er sie nicht mehr in seine Planung mit einbezog. Und jetzt, gerade auf dem Sprung, war es ohnehin der falsche Moment für ein Gespräch.

„Rudolph holt mich in ein paar Minuten ab“, erklärte sie fast schon ein wenig panisch. „Ich wollte dir eigentlich nur sagen, dass ich gleich weg bin.“

Ethans Miene wurde wieder ernst. „Ich wünsche dir viel Spaß und einen schönen Abend.“

Das hörte sich so endgültig an. Würde Ethan doch nicht nachkommen? Sie blieb stehen und wartete. Worauf, wusste sie selbst nicht einmal.

„Ist noch etwas?“, erkundigte sich Ethan.

Sie schüttelte den Kopf und kämpfte gegen die Leere an, die sich in ihr ausbreiten wollte. Das durfte sie nicht zulassen, sie durfte sich nicht so abhängig von ihm machen.

Vor dem Haus ertönte eine Hupe.

„Ich glaube, das ist dein Date.“

Rayna atmete tief durch und nickte.

„Ich wünsche dir einen schönen Abend“, verabschiedete er sich und schloss die Tür.

Rayna rang die plötzlich aufsteigenden Tränen nieder. Sie durfte jetzt nicht weinen. Ihr ganzes Make-up würde verschmieren, und unten wartete Rudolph auf sie. Es fühlte sich falsch an, ohne Ethan zu gehen. Aber jetzt einen Rückzieher zu machen, wäre Rudolph gegenüber nicht fair. Sie atmete noch einmal tief durch und begab sich dann auf den Weg.

KAPITEL 43

Als Rayna vor das Haus trat, wartete Rudolph bereits auf sie. Er trug eine schwarze Lederhose, die über den Knien endete, dazu weiße Kniestrümpfe und ein Hemd mit etwas zu großen, hölzernen Knöpfen. Lässig lehnte er an seinem Auto. Rayna beschloss, dass ihr die typisch bayrische Tracht an Männern nicht wirklich gefiel. Rudolph, auch wenn er als stattlicher Mann bezeichnet werden konnte, sah mit der kurzen Lederhose und den langen Socken ziemlich nach Karneval aus.

Als Rudolph sie erblickte, stieß er sich ab und kam mit einem strahlenden Lächeln auf sie zu. „Schön, dich zu sehen." Er begrüßte sie mit einem Küsschen auf beide Wangen.

Rayna ließ es über sich ergehen.

„Ich habe noch etwas für dich." Spitzbübisch lächelte er sie an und hielt ihr die Faust hin.

„Was ist das?", wollte Rayna neugierig wissen.

„Eine alte Tradition.“ Rudolph öffnete die Hand und reichte Rayna ein kleines Kettchen. Es war golden und hatte winzige filigran geformte Rosenglieder, in denen leuchtend rote Steinchen eingearbeitete waren.

„Das ist …“ Rayna wusste nicht, was sie dazu sagen sollte. Das Kettchen sah wertvoll aus, und sie würde unmöglich so ein Geschenk akzeptieren.

Rudolph grinste sie breit an. „Du kannst es ruhig annehmen. Es ist ein billiges Souvenir, das man für ein paar Cent bekommt.“ Seine Miene wurde gleich darauf wieder ernst. „Aber es hat Tradition, und diese ist mir wichtig. Erweise mir die Ehre, dir dieses Fußkettchen anzulegen.“ Seine Worte beruhigten sie ein wenig. Sie hätte das Schmuckstück nicht annehmen können, wenn es tatsächlich wertvoll gewesen wäre.

„Welche Tradition ist das?“, erkundigte sich Rayna.

„Meine Tradition“, entgegnete Rudolph gut gelaunt.

Rayna war ein wenig enttäuscht, hatte sie doch angenommen, es wäre bei einem Dorffest üblich, dass der Mann seiner Begleitung ein Kettchen schenkte.

Rudolph ließ sich vor ihr zu Boden sinken, bis er vor ihr kniete. Rayna war es etwas unangenehm. „Du gestattest?“, fragte er und umfing ihren rechten Fußknöchel. Sie ließ zu, dass er ihren Schuh auf seinem Oberschenkel abstellte und ihr das Kettchen umlegte.

In der Regel mochte Rayna keinen Goldschmuck. Er wirkte alt und gesetzt, passte daher nicht zu ihr. Doch zu dem Dirndl harmonierte das Fußkettchen ausgezeichnet. Und es war ja nicht so, dass es sich um etwas Auffälliges handelte. Es war ein Modeaccessoire und für den heutigen Anlass perfekt.

„Heute Abend werde ich eindeutig die hübscheste Frau an meiner Seite haben.“ Mit einem anzüglichen Grinsen stand Rudolph auf, ließ den Blick ausgiebig über Rayna schweifen und legte einen Arm um sie.

Rayna war der Körperkontakt unangenehm. Sie schlängelte sich aus seiner Umarmung. „Vielen Dank“, murmelte sie verlegen. „Können wir los?“

„Mein Cabrio steht dort drüben“, verkündete Rudolph und deutete auf seinen schwarzen Flitzer.

Rayna war ein wenig irritiert. „Wollen wir nicht laufen?“ Der Spätnachmittag war warm, und der Weg bis ins Dorfzentrum dauerte nur wenige Minuten.

„Nein, wir werden fahren.“ Seine harsche Art machte ihr deutlich, dass er nicht bereit war, mit ihr darüber zu diskutieren. „Ich fahre dich hin, schließlich habe ich vor Ort einen Parkplatz.“ Er führte sie zu seinem Cabrio und öffnete ihr die Tür. Rayna ließ sich in den tiefen Sitz des Sportflitzers nieder. Rudolph umrundete das Auto, nahm neben ihr Platz, setzte eine Sonnenbrille auf und fuhr in gemächlichem Tempo los. Auf den Straßen war ungewöhnlich viel los. Das ganze Dorf schien auf den Beinen zu sein. Außer ihnen kamen jedoch alle zu Fuß. Rudolph grüßte nach allen Seiten, während er im Schritttempo vorbeifuhr. Rayna kam sich vor wie auf dem Präsentierteller und hätte sich am liebsten im Fußraum verkrochen.

Dann erreichten sie den Dorfplatz. Ein riesiges Zelt erstreckte sich von der einen zur anderen Seite. Der Brunnen musste sich im Zeltinneren befinden.

Rudolph parkte sein Cabrio direkt neben dem Zelt, wo bereits ein paar Lieferwagen und ein großer Mercedes standen. Er stieg aus, beeilte sich, ihr die Tür zu öffnen, und reichte ihr dazu eine Hand. Einige Kinder, die vergnügt am Rande des Dorfplatzes spielten, hielten inne und sahen ihnen zu. Rayna ließ sich beim Aussteigen helfen. Aus dem Zelt drang bereits Blasmusik, die sich so ganz anders anhörte als die vertrauten Jazz-Klänge, die sie aus New Orleans kannte.

„Wenn wir etwas können, dann ist es Feste feiern“,

versprach ihr Rudolph und führte sie zum Eingang des Zeltes.

Als sie es betraten, fühlte sich Rayna wie in einer anderen Welt. Es waren schon etliche Besucher da. Frauen und Männer jeden Alters saßen auf den Bierbänken, tranken aus großen gläsernen Krügen und aßen die hier so beliebten deftigen regionalen Speisen. Auf der anderen Seite des Zeltes befand sich eine große hölzerne Fläche, beinahe eine kleine Bühne. Einige Männer in Tracht saßen dort und machten die gewöhnungsbedürftige Musik. Ein paar Kinder tanzten vergnügt auf dem Parkett.

Rudolph führte Rayna an der Tanzfläche vorbei zu einer Bierbank. Gerne hätte sie sich an den Rand gesetzt, um sich in Ruhe unterhalten zu können, doch Rudolph steuerte einen Platz an vorderster Front an. Dort saßen bereits einige Paare, die vom Alter her durchaus ihre Eltern sein könnten.

„Rudolph", grüßte ein stattlicher Mann mit einem riesigen Schnauzer ihren Begleiter und winkte ihn zu sich. Den Rest verstand Rayna nicht, weil er in Deutsch sprach. Aber selbst wenn, hätte sie es wohl nicht verstanden, da er sehr stark nuschelte.

Rudolph führte Rayna an den Tisch, sagte ihren Namen und stellte ihr dann die Anwesenden vor. Mit dabei der Bürgermeister und seine Gattin und noch einige andere Männer, die wichtige Ämter in der Gemeinde innehatten und von ihren Ehefrauen begleitet wurden. Rayna lächelte in die Runde und hoffte, dass es ihr niemand krummnahm, dass sie die Namen der einzelnen Personen schon jetzt vergessen hatte. Rudolph setzte sich gegenüber dem Bürgermeister und wies Rayna den Platz neben sich zu. Kaum saßen sie, kam ein junges Mädchen, um ihre Bestellung aufzunehmen. Ohne Rayna zu fragen, wählte Rudolph für sie. Gerne hätte Rayna gefragt, was er für sie bestellte, doch in Anwesenheit der anderen Festbesucher traute sie sich das nicht. Sie kam sich etwas verloren vor.

Rudolphs Freunde nahmen keine große Notiz von ihr, sondern unterhielten sich weiter, als wäre sie nicht da. Der Bürgermeister hatte Rudolph in ein Gespräch verwickelt. Da sie die Sprache nicht beherrschte, saß sie gelangweilt herum und beobachtete die tanzenden und umherspringenden Kinder sowie die anderen Besucher. Die meisten von ihnen trugen Tracht. Nur vereinzelt hatten Männer und Frauen alltägliche Kleidung an und fielen damit ziemlich auf. Rayna war froh, dass sie sich das Dirndl gekauft hatte und somit nicht unangenehm aus der Masse stach.

Das junge Mädchen kam zurück, beladen mit fünf großen Glaskrügen. Schwungvoll stellte sie einen Humpen vor Rayna ab. Die Schaumkrone schwappte über, und ein Rinnsal ergoss sich über den Tisch. Auch die anderen Gläser schwappten beim Abstellen über. Niemand schien das zu stören.

Rudolph griff nach seinem Getränk, hob es in die Höhe und stieß mit dem Bürgermeister, seiner Frau und dem Mann neben sich an. Hastig griff Rayna nach ihrem Krug. Das Glas war ganz schön schwer, und sie brauchte zwei Hände dazu. Rudolph stieß mit ihr an, prostete den weiter entfernt sitzenden Leuten zu und nahm einen Schluck. Rayna hob den Glaskrug an den Mund und trank ebenfalls. Bier. Sie hatte noch kein endgültiges Urteil gefällt, ob ihr das deutsche Bier schmeckte, das deutlich stärker war als jenes, das sie gewohnt war. Sie nahm noch einen Schluck, bezweifelte jedoch, dass sie an diesem Abend das ganze Glas schaffte.

Das Essen kam. Kloß mit Soße und Schweinebraten. Die Leute hier aßen so etwas sehr gerne. Rayna hatte bereits im Gasthaus Schweinebraten versucht und festgestellt, dass er ihr schmeckte. Eigentlich hätte sie auch gerne etwas anderes probiert. Das panierte Fleisch, das die Bürgermeistergattin ihr gegenüber mit Pommes aß, sah sehr appetitlich aus. Schade, dass Rudolph sie nicht gefragt hatte. Ihr Magen knurrte, und der Schweinebraten würde sicher auch sättigen. Mit Heißhunger machte sie sich über ihren Teller her.

Rayna hatte ihn schon zur Hälfte geleert, als Ethan das Bierzelt betrat. Beinahe verschluckte sie sich an ihrem Essen. Er trug eng sitzende Jeans und ein weißes Hemd. Schon wegen seiner dunklen Hautfarbe stach er aus dem bunten Haufen heraus – jedoch nicht unangenehm. Ihr Herz machte einen Hüpfer. Noch immer stand Ethan am Eingang und ließ den Blick über die Menge schweifen, bis er sie sah. Ihre Blicke begegneten sich. Rayna war beinahe ein wenig erleichtert, dass er gekommen war. Sicher würde er sich zu ihr setzen, sich mit ihr unterhalten. Sie würden das Fest, den Abend, zusammen genießen. Von Rudolphs Gastgeberqualitäten war sie mehr als enttäuscht. Sie saß ziemlich in der Mitte der Bank. Wenn Rudolph aber ein klein wenig rutschte, konnte sich Ethan neben sie setzen. Sie hatte bereits den Mund geöffnet, um ihn zu bitten, Platz zu machen, als Ethan auf sie zukam. Er nickte ihr zwar grüßend zu, ging dann aber einfach an ihr vorbei. Schnell senkte sie den Kopf, wollte nicht, dass jemand ihre Enttäuschung bemerkte. Mit großer Anstrengung stocherte sie auf ihrem Teller herum. Aus dem Augenwinkel sah sie, wie sich Ethan einige Tische von ihr entfernt auf einer freien Bierbank niederließ. Das junge Mädchen, das auch bei ihnen gewesen war, ging zu ihm. Aber anstatt einfach seine Bestellung aufzunehmen, unterhielt sie sich mit ihm. Shit! Ethan flirtete tatsächlich mit ihr? Und ihr schien das ziemlich gut zu gefallen. Sie strahlte ihn an, als würde sie dafür einen Preis gewinnen. Missmutig nahm Rayna einen großen Schluck Bier und versuchte damit ihren Ärger hinunterzuspülen.

„Ich hoffe, es gefällt dir hier“, wandte sich Rudolph in ihrer Sprache an sie.

„Ja“, log Rayna und versuchte sich auf ihren Gesprächspartner zu konzentrieren. Es fiel ihr schwer, den Blick von

Ethan und dem Mädchen loszureißen. „Es ist äußerst faszinierend.“

„Wir verstehen es zu feiern“, wiederholte er seine Worte von vorhin. „Die Vorbereitungen dauern über zwei Monate, aber inzwischen sind wir ein eingespieltes Team.“ Eine genaue Aufstellung, wer wofür verantwortlich war, folgte. Rayna schaltete bereits nach wenigen Sätzen ab und hörte nur noch mit halbem Ohr zu. Es war ja ganz nett, dass Rudolph sich endlich mit ihr unterhielt, aber ein etwas spannenderes Thema hätte sie sich schon gewünscht. Zwei Mal unternahm sie den vergeblichen Versuch, durch eine geschickte Frage das Gespräch, das vielmehr ein Monolog war, in eine andere Richtung zu lenken. Dann gab sie resigniert auf. Immer wieder schielte sie zu Ethan hinüber. Das Mädchen hatte sich inzwischen verabschiedet. Dennoch war Ethan nicht lange allein geblieben. Vroni saß nun neben ihm. Sie unterhielten sich, lachten zusammen. Ethan schien sich gut zu amüsieren, was ihrer guten Laune nicht gerade förderlich war.

Völlig abrupt beendete Rudolph seinen Vortrag über die Festvorbereitungen und sah sie fragend an. Hastig lächelte sie und murmelte: „Wunderbar.“ Etwas Besseres fiel ihr auf die Schnelle nicht ein, aber es war wohl genau das Richtige.

„Hast du Lust zu tanzen?“, fragte er schließlich.

Rayna schielte auf das Parkett. Die Tanzschritte waren ihr nicht bekannt, und sie befürchtete, sich ziemlich zu blamieren.

„Ich weiß nicht, ob das eine so gute Idee ist.“

„Ach was.“ Rudolph stand auf und zog sie hoch. Der Bürgermeister und seine Frau betraten bereits die Tanzfläche, und auch die anderen Paare, mit denen sie zusammengesessen hatten, eroberten das Parkett.

Rayna war nicht begeistert, wollte aber vor den Leuten keine Szene machen und ließ sich deshalb von Rudolph mitziehen. Unsicher sah sie nach rechts und links, wo sich die anderen Paare bereits aufgestellt hatten. Die Musik setzte ein, und Rudolph riss Rayna etwas grob an sich. Sie musste aufpassen, nicht das Gleichgewicht zu verlieren. Er führte sie, und das Tanzen klappte überraschend gut. Dennoch fühlte sie sich in seinen Armen nicht wirklich wohl. Bei jedem Schritt stieß sein Oberschenkel sie an. Zuerst glaubte sie, es gehörte zum Tanz, und nahm die Distanzüberschreitung hin. Dann stellte sie jedoch fest, dass die anderen Paare einen gewissen Abstand zwischen sich wahrten.

„Das Dirndl steht dir wirklich ausgezeichnet", flüsterte er ihr ins Ohr. „Ich habe einen ganz zauberhaften Ausblick."

Rayna musste ihn nicht ansehen, um zu wissen, dass er direkt auf ihr Dekolletee starrte. Sie fühlte sich nackt und schutzlos. Am liebsten wäre sie von der Tanzfläche gestürmt und zu Ethan geflüchtet.

„Ich freue mich darauf, dich den ganzen Abend für mich zu haben."

Ihr Blick suchte Ethan, der inzwischen nicht mehr mit Vroni allein saß. Es waren noch mehr jüngere Leute zu ihnen gestoßen, und Ethan unterhielt sich angeregt mit dem neben ihm sitzenden Mann.

Rayna konzentrierte sich auf den Tanz, darauf, dass sie weder über ihre eigenen noch über Rudolphs Füße stolperte. Immer wieder schwand ihre Aufmerksamkeit, und sie suchte Ethan. Vroni hatte sich neben ihn gesetzt und flirtete ihn ungeniert an. Rayna presste die Lippen aufeinander. Sie konnte Ethan nicht verbieten, sich mit der Damenwelt zu unterhalten, obwohl sie im Augenblick gerne genau dies tun würde. Ethan war attraktiv und er beherrschte es ausgezeichnet, einer Frau das Gefühl zu geben, dass sie etwas ganz Besonderes war. Aber sie hatte auch den ernsten Ethan kennenlernen dürfen, der beharrlich seine Ziele verfolgte. Den grandiosen Anwalt, der sie mit Leichtigkeit verbal in die Tasche stecken konnte, und den verletzlichen Ethan, der ihr ein Stück seiner Vergangenheit anvertraut hatte.

Trotz der Verbundenheit zu ihm hatte er ihr deutlich klar gemacht, dass er nicht daran interessiert war, ihre Beziehung zu vertiefen. Sie musste endlich lernen, damit umzugehen, auch wenn es noch so sehr schmerzte. Es würde die Zeit kommen, in der Ethan eine feste Beziehung hätte. Sicher nicht mit Vroni, aber sie konnte schon anfangen zu üben, wie es sich anfühlte, eine Frau an seiner Seite zu sehen. Aber ausgerechnet Vroni? Sie konnte nicht verhindern, dass es sie ziemlich wurmte.

„Du bist etwas abgelenkt. Was geht dir durch deinen hübschen Kopf?", fragte Rudolph.

Ertappt fuhr Rayna zusammen. „Nichts, nichts!", beeilte sie sich zu sagen und lächelte ihn entschuldigend an.

Fragend zog er eine Augenbraue nach oben, und Rayna plagte sofort ein schlechtes Gewissen. Sie war einfach keine überzeugende Lügnerin, und alles, was sie nun sagte, wäre unglaubwürdig. So schwieg sie einfach.

„Ich genieße das Tanzen mit dir", raunte er ihr zu.

Inzwischen hatte sie sich an die Tanzschritte gewöhnt und musste sich nicht mehr allzu sehr darauf konzentrieren. In diesem Moment wirbelte Rudolph sie völlig unvorbereitet um die eigene Achse, sodass ihr die Luft wegblieb. Sie landete in seinen Armen.

„Wollen wir ein wenig frische Luft schnappen?"

Rayna brauchte einen Moment, um durchzuatmen. Nein, sie wollte nicht mit Rudolph hinausgehen, an einen dunklen Ort, wo sie vollkommen allein mit ihm war.

„Ich tanze lieber mit dir." Sie versuchte die Abfuhr mit einem Lächeln abzumildern.

„Tatsächlich?" Seine Stimme klang plötzlich distanziert.

Er musste gespürt haben, dass sie mit ihrer Aufmerksamkeit nicht bei ihm war. Ertappt schlug sie die Augen nieder.

KAPITEL 44

Ethan hatte schlechte Laune. Auf das Fest zu gehen, kostete ihn mehr Kraft, als er gedacht hatte. Allgemein fühlte er sich noch immer unheimlich erschöpft. Was ihm fehlte war eine Energiequelle, an der er sich wieder aufladen konnte. Doch seine goldene Skulptur lag sicher verwahrt in Louisiana, an dem sichersten Ort, den er kannte. So musste er warten, bis er sich von selbst regenerierte.

Missmutig griff er nach seiner Maß und trank einen Schluck. Das Bier schmeckte gut. Die Deutschen verstanden etwas von der Braukunst und von hübschen Mädchen. Die Kellnerin hatte offensiv mit ihm geflirtet. Das kam ihm gerade recht, um sich von Rayna abzulenken.

Mit dem Kleid, das sie trug, welches aufreizend ihre Brüste nach oben schob, konnte sie durchaus mit all den anderen Frauen hier konkurrieren. Nein, sie war nicht nur konkurrenzfähig, sie überstrahlte all die anderen. Ihre blonden Haare waren zu einem hübschen Krönchen geflochten, sie war eine Königin. Er ging ihr aus dem Weg, denn er konnte es nicht ertragen, sich zu ihr zu gesellen und zu wissen, dass sie lieber mit diesem Adeligen auf das Fest gegangen war als mit ihm.

Auch ein weiterer großer Schluck Bier half ihm leider nicht darüber hinweg, dass er eifersüchtig war. Das einzugestehen – wenn auch nur vor sich selbst –, kostete ihn viel Überwindung.

Mit finsterer Miene sah er zu, wie sich Rudolph von Zinn Rayna zuwandte und sich mit ihr unterhielt. Er brauchte mehr Alkohol. Etwas Stärkeres. Ein alter Whiskey wäre jetzt genau richtig, aber wenn er sich in dem Bierzelt umsah, bezweifelte es, dass es hier so etwas gab.

„Darf ich mich zu dir setzen?" Vroni stand vor ihm. Sie hatte ihre dunklen Haare zu zwei Zöpfen geflochten, die über ihre Schultern hingen. Das Dirndl mit dem kurzen Rock stand ihr ausgezeichnet und entblößte ihre makellosen Beine, die durch die High Heels noch länger wirkten.

Er nickte. Jede Ablenkung war gut, und dass Vroni an ihm interessiert war, hatte sie bereits im Gasthaus gezeigt. Warum also nicht ein harmloser kleiner Flirt?

Mit einem Lächeln stellte Vroni ihren Bierkrug ab und setzte sich zu ihm.

„Bist du ganz allein hier?", erkundigte sie sich.

„Ja." Eigentlich wollte er nicht darüber reden. „Sie ist mit diesem Lackaffen hier." Finster starrte er zu Rayna hinüber.

„Vielleicht suchst du etwas Zerstreuung?" Sie untermalte ihr Angebot mit einem gekonnten Augenaufschlag.

Ethan fand Vroni durchaus attraktiv. Sie war an den richtigen Stellen gut bestückt und geizte nicht, dies aller Welt zu zeigen. Über ihre dunklen Haare konnte er hinwegsehen, ebenso über die für seinen Geschmack etwas zu großen Brüste. Im Prinzip gefiel sie ihm. Das Problem war eher, dass sie einfach nicht Rayna war, und solange er sie nicht aus dem Kopf bekam, konnte keine andere Frau mithalten. Eigentlich war es ihr gegenüber nicht fair.

„Ich glaube nicht …“

„Lass uns etwas trinken, ein wenig unterhalten und dann einfach sehen, wohin es führt“, fiel sie ihm ins Wort. „Ich möchte nur ein wenig Spaß haben.“

Lange sah er sie an. Ihr Angebot war äußerst verlockend. Spaß, das war genau das, wonach ihm war.

„Du hast mich überzeugt.“

Vroni grinste breit, hob ihre Maß und sagte: „Auf einen interessanten Abend.“

Ethan stieß mit ihr an. „Auf einen interessanten Abend.“

Eine Gruppe jüngerer Leute betrat das Bierzelt, und Vroni winkte ihnen begeistert zu.

„Das sind Freunde von mir“, erklärte sie und stand auf, um ebendiese zu begrüßen. Im Nu saßen sie nicht mehr allein. Ethan fühlte sich nicht so wirklich dazugehörig, aber Max, ein unkomplizierter Bursche, verwickelte ihn in ein Gespräch. Er war Landwirt in einem der Nachbardörfer und unterhielt die Gruppe mit einem Bericht über seine neueste Maschine, die anscheinend alles konnte.

Er blickte hinüber zu Rayna, die etwas verloren aussah. Gerade überlegte er, ob er hinübergehen und sich ein wenig mit ihr unterhalten sollte, als die Leute um sie herum aufstanden und paarweise auf die Tanzfläche zusteuerten. Rudolph wandte sich ihr zu und redete so lange auf sie ein, bis sie sich erhob und mit ihm zum Tanz ging.

Verärgert griff er nach seinem Bier und nahm einen Schluck. Neben Vroni saß Anne, eine etwas kräftig gebaute Kleinere, die Ethan immer wieder vielsagende Blicke zuwarf. Vielleicht mochte sie ganz nett sein, aber sie war überhaupt nicht sein Fall. Er hatte keinen Nerv, sich mit ihr zu unterhalten, also musste er zu beschäftigt sein.

„Hast du Lust zu tanzen?“, fragte er Vroni absichtlich laut über den Tisch hinweg.

Etwas überrascht sah sie auf. Sie war gerade in ein Gespräch vertieft, das er dadurch etwas unschön unterbrochen hatte.

„Gerne doch.“ Sie nahm noch einen Schluck von ihrem Bier, ließ die Zunge über die Lippen gleiten und leckte die Reste der Schaumkrone fort. Dann erhob sie sich und ließ sich von Ethan zur Tanzfläche führen.

„Ich hoffe, du nimmst es mir nicht übel, dass ich kein besonders guter Tänzer bin“, gestand er ihr.

Vronis glockenhelles Lachen war ansteckend. „Lass mich raten. Anne hat dich ein wenig genervt.“

Er brummte etwas Unverständliches, was als Zustimmung gedeutet werden konnte.

„Ich dachte immer, ihr Schwarzen habt Musik im Blut.“

Ethan warf der Musikgruppe einen skeptischen Blick zu. „Gospel, Blues, Jazz, Soul. Alles kein Problem, aber das …“ Er deutete auf die Blechbläser. „… hat mit Black Music absolut nichts zu tun.“

Vroni schmiegte sich in seine Arme. Die Blasmusik mochte nicht nach seinem Geschmack sein, dennoch hatte er Rhythmus im Blut, und so tanzten sie etwas unkonventionell, aber nicht weniger rhythmisch als die anderen Paare. Vroni nutzte die Nähe, um sich unauffällig an ihm zu reiben. Immer wieder berührte sie ihn mit ihren vollen Brüsten. Sie war größer als Rayna, reichte ihm etwa bis zur Nasenspitze. Er brauchte nur hinabzublicken und bekam die ganze Pracht ihres Dekolletees zu sehen. Das nächste Lied war noch langsamer, und Vroni ging weiter auf Tuchfühlung. Er konnte es nicht verhindern, dass er nach Rayna Ausschau hielt. Sie lag in Rudolphs Armen und ließ sich von ihm übers Tanzparkett führen. Dabei sah sie ihren Begleiter schmachtend an.

Unwillkürlich verspannte er sich. In diesem Augenblick drängte sich Vroni noch etwas näher. Immer wieder stieß sie wie zufällig gegen ihn. Sie musste aufhören. Er umfing ihre Hüfte fester, hinderte sie, sich ein weiteres Mal an ihm zu reiben.

„Du solltest aufhören“, flüsterte er ihr warnend ins Ohr.

Mit einem unschuldigen Augenaufschlag sagte sie: „Ich mache doch gar nichts.“

„Du bist ganz schön gerissen.“

Kess grinste sie ihn an.

Auch er konnte dieses Spiel spielen. Kurzerhand drängte er Vroni an den Rand der Tanzfläche, packte dann ihre Hand und zog sie durch einen Hinterausgang hinaus aus dem Zelt.

KAPITEL 45

Er war gegangen. Er war wirklich mit dieser Tussi abgehauen. Fassungslos starrte Rayna Ethan hinterher, der sich mit Vroni aus dem Staub machte. Es war ihr nicht einmal mehr möglich, sich aufs Tanzen zu konzentrieren, und so stolperte sie. Um ein Haar wäre sie gefallen, wenn Rudolph sie nicht aufgefangen hätte.

„Ist alles okay?"

„Tut mir leid", entschuldigte sich Rayna bei ihm. Sie war bedient, und auf Tanzen hatte sie absolut keine Lust mehr. „Kannst du mich zu unserem Tisch zurückbringen?"

Rudolph zog überrascht eine Augenbraue nach oben, stellte aber keine weiteren Fragen, sondern führte Rayna durch die tanzenden Paare.

Dankbar ließ sie sich auf die harte Bierbank nieder und griff nach ihrem Krug. Das Bier mochte stärker sein als das in

Louisiana, aber es hatte lange nicht genug Alkohol, um ihren Frust und Ärger fortzuspülen. Ethan war tatsächlich mit Vroni gegangen. Er hatte sie aus freien Stücken mitgenommen. Sie an Ethans Seite zu sehen, war eine Sache, bei der sie durchaus bereit war zu lernen damit umzugehen, sie sich aber in seinen Armen vorzustellen, verursachte ihr Übelkeit. Sie hatte gesehen, wie Vroni ihn anschmachtete. Noch immer hatte sie das Bild deutlich vor Augen.

Am liebsten hätte sie hier alles stehen und liegen lassen und wäre Ethan nachgeeilt. Andererseits wollte sie die beiden nicht sehen – und hören noch viel weniger. Dass Ethan so etwas wie Vroni nötig hatte! Ihr drehte sich beinahe der Magen um, als sie sich vorstellte, wie sich die beiden in Ethans Zimmer vergnügten. Wie dick waren eigentlich die Wände im Gasthaus?

Rayna hatte so viel Wut im Bauch, wusste aber nicht wohin mit ihrem Ärger. Sie musste fort, brauchte ein wenig Zeit, um sich abzureagieren.

„Ist wirklich alles in Ordnung mit dir?“ Rudolph schien ernsthaft besorgt. „Vielleicht war das alles ein wenig viel für dich. Sollen wir eine Runde frische Luft schnappen?“

Rayna atmete tief durch und wollte schon den Kopf schütteln, als sie plötzlich innehielt. Spazieren gehen brauchte Zeit, das war genau das, was sie benötigte. „Vielleicht ist das keine so schlechte Idee“, murmelte sie und erhob sich.

An Rudolphs Seite steuerte sie den Ausgang an und trat hinaus in die kühle Nacht.

Rayna fröstelte ein wenig, aber dafür war die nächtliche Bergluft rein und klar. Sie merkte erst jetzt, wie stickig es im Bierzelt gewesen war, und konnte endlich wieder frei atmen.

„Komm, wir gehen hier entlang.“ Rudolph bot ihr seinen Arm an, und Rayna legte ihre Hand in seine Armbeuge.

„Es ist eine wunderschöne Nacht“, sagte sie und betrachtete versonnen den Sternenhimmel.

„Ja, das ist es."

Sie schwiegen beide einige Zeit. Der Dorfplatz lag längst hinter ihnen. Sie liefen in die entgegengesetzte Richtung zum Gasthaus. Rayna war es egal, wohin es ging. Sie brauchte nur etwas Zeit, um nachzudenken und ihre Gedanken zu sortieren.

„Es tut mir sehr leid, wenn ich dir heute Abend etwas viel zugemutet habe. Die vielen Menschen und die fremde Umgebung. Du siehst reichlich erschöpft aus", entschuldigte sich Rudolph.

Das war sie auch. Aus unerfindlichen Gründen fühlte sie sich vollkommen ausgelaugt. Vielleicht lag es an der vergangenen Nacht, in der sie kaum Schlaf bekommen hatte.

„Ich bin nur etwas müde", redete sich Rayna heraus.

„Dann solltest du dich hinlegen und schlafen. Wir sind gleich am Gasthaus."

Rayna sah sich irritiert um. Sie hatten doch eine andere Richtung eingeschlagen. Das Gasthaus musste … Sie drehte sich um die eigene Achse und versuchte sich zu orientieren.

„Wir haben das Dorf beinahe umrundet. Zwei Straßen noch, dann gelangen wir zurück auf die Hauptstraße."

Prüfend blickte sich Rayna um. Die Häuser kamen ihr nicht bekannt vor. Allerdings hatte sie außer der Hauptstraße auch noch nicht viel von Kleinzinn gesehen.

Es dauerte tatsächlich nicht lange, da erreichten sie die Hauptstraße. Rayna atmete erleichtert auf. Ihr Kopf fühlte sich so leer an, ihr Körper so müde. Sie war froh, als das Gasthaus nicht weit entfernt sichtbar wurde. Schweigend legten sie die letzten Meter zurück.

„Da wären wir also", verkündete er und blieb vor der Tür stehen.

„Der Abend war sehr interessant", sagte Rayna. Wenn man von der Langeweile, die zum Großteil durch die Sprachbarriere entstanden war, absah, war der Abend ziemlich unterhaltsam gewesen. Doch jetzt war sie einfach nur froh, sich gleich ins Bett legen zu können und zu schlafen.

„Es war mir eine Freude, mit dir auf das Fest zu gehen. Vielleicht sehen wir uns noch einmal vor deiner Abreise."

Rayna nickte abwesend und tastete nach dem Täschchen unter ihrer Schürze, in dem sie den Schlüssel aufbewahrte.

Prüfend sah Rudolph sie an, und Rayna fühlte sich ziemlich unwohl unter seinen Blicken. Hatte sie etwas falsch gemacht, sich falsch verhalten?

„Gute Nacht", murmelte sie, als es ihr endlich gelang, die Tür aufzuschließen. „Und danke für alles."

„Schlaf gut", erklärte er distanziert.

Rayna konnte sich nicht erklären, was Rudolph so verwandelt hatte. Hatte sie etwas gesagt, das ihn verletzt hatte? Es war ihr ein Rätsel.

Aber sie war auch zu müde, um darüber nachzudenken. Selbst um sich weiter über Ethan zu ärgern, war sie zu erschöpft. Sie wollte einfach nur in ihr Bett.

KAPITEL 46

Rayna war so müde gewesen, dass sie es am vergangenen Abend nicht einmal fertiggebracht hatte, sich auszuziehen. Sie hatte sich einfach auf das Bett fallen lassen und war sofort eingeschlafen.

Das Aufwachen zögerte sie so lange wie möglich hinaus. Aber die Sonne blendete sie unbarmherzig, also schlug sie schließlich die Augen auf, nur um sie gleich darauf wieder zu schließen und sich das Kopfkissen übers Gesicht zu legen. Sie wollte nicht aufstehen, sie war doch noch so müde. Wie viel Uhr war es? Was hatte sie heute Nacht gemacht, dass sie sich noch immer total gerädert fühlte? Rayna tastete nach ihrem Wecker und lugte unter dem Kissen hervor. Etwas erschrocken stellte sie fest, dass es bereits kurz nach elf Uhr war. Rayna dachte an den vergangenen Tag zurück, an das Dorffest, an Rudolph. So spät hatte er sie doch eigentlich überhaupt nicht vor dem Gasthaus abgeliefert.

Allzu gut hatte sie die Verabschiedung vor Augen, war sich des abweisenden Verhaltens, das Rudolph an den Tag gelegt hatte, überdeutlich bewusst. Wenn sie Kleinzinn verließen, würde sie ihn ohnehin nicht mehr sehen, und so wichtig war ihr der deutsche Adelige dann doch nicht, dass sie ihm eine Träne nachweinte.

Sehnsüchtig warf Rayna einen Blick auf ihr Bett. Sollte sie sich noch mal hinlegen? Oder doch besser duschen, um wach zu werden? Sie entschied sich für die zweite Option. Auf dem Weg ins Bad ließ sie ihre Kleidung zu Boden fallen. Ihre Armbanduhr legte sie auf das Brett unter dem Spiegel und warf einen prüfenden Blick hinein. Sie sah fürchterlich aus. Die Schminke war ziemlich verwischt. Da sich einige Nadeln gelöst hatten, standen die Haare nach allen Seiten ab, und ihre Frisur erinnerte eher an eine Vogelscheuche als an einen geflochtenen Kranz. Sie zupfte die einzelnen Nadeln heraus und schüttelte die Haare durch, um zu überprüfen, ob sie auch alle erwischt hatte.

Gerade als sie in die Dusche steigen wollte, sah sie das Fußkettchen, Rudolphs Tradition. Das billige Schmuckstück würde das Wasser nicht besonders gut vertragen, daher wollte sie es ablegen. Rayna bückte sich, um den Verschluss zu öffnen. Seltsam. Sie versuchte es noch einmal, aber etwas klemmte. Sie bekam das Fußkettchen einfach nicht ab. Dann eben nicht. Sollte es doch korrodieren und dann von selbst abfallen. Oder sie fand etwas, um es aufzubiegen. Achselzuckend stieg Rayna unter die Dusche.

Das Wasser, auch als sie es ordentlich kalt stellte, half ihr nicht so recht wach zu werden. Ihre Glieder fühlten sich auch nach dem Abrubbeln noch seltsam schwer an. Tatsächlich war Rayna sehr versucht, sich einfach wieder ins Bett zu legen und auszuschlafen. Aber die Gepardin hatte etwas dagegen. Sie begehrte auf, verlangte nach Auslauf, Energie. Schwankend hielt sich Rayna am Waschbecken fest.

„Ich habe keine Energiequelle“, erklärte Rayna ihrem Spiegelbild. „Das Plateau ist leer gesaugt. Es war wichtig, Brains Mörder zu sehen. Bald kehren wir nach Louisiana zurück, und dann kannst du dich nach Herzenslust auf Cheetah Manor austoben.“

Völlig unbeeindruckt von Raynas Worten rebellierte die Gepardin weiter. Die innere Unruhe machte Rayna völlig wahnsinnig. Sie würde das Tier nicht mehr lange zurückhalten können. Hastig zog sie sich an, eine Jeans und ein T-Shirt. Sollte sie Ethan Bescheid geben? Ethan. Sie schloss für einen Moment die Augen, als das nagende Gefühl der Eifersucht über ihr zusammenschwappte wie eine Welle, die sich am Felsen brach. Hatte er wirklich Vroni mit in sein Zimmer genommen, mit ihr die Nacht verbracht? Wenn sie ehrlich zu sich selbst war, wollte sie das nicht so genau wissen. Es schmerzte nur. Sie und Ethan … es sollte einfach nicht sein. Sie musste lernen, mit diesen Gefühlen klarzukommen. Es gab auch andere Männer auf der Welt, und eines Tages würde sie dem Mann begegnen, der für sie bestimmt war.

Der Aufruhr in ihrem Inneren nahm zu. Rayna wusste, sie musste die Gepardin in die Freiheit entlassen, sonst würde sie völlig außer Kontrolle geraten. Hinter Ethans Rücken wollte sie das jedoch nicht tun. Also ging sie hinüber und klopfte. Niemand öffnete ihr. Rayna klopfte noch einmal, aber die Tür blieb verschlossen, und auch so rührte sich nichts.

Hatte Ethan die Nacht nicht hier verbracht? Sie biss die Zähne fest zusammen und redete sich ein, dass es ihr egal sein musste. Auch bei Vroni würde er nicht länger als eine Nacht bleiben. Trotzig warf sie die Haare über die Schulter und atmete tief durch.

Rayna ging zurück in ihr Zimmer, überlegte, ob sie auf

Ethan warten sollte. Das Waldstück fand sie auch allein. Zu Fuß würde es zwar länger dauern, es zu erreichen, aber dafür war sie von Ethan unabhängig. Sie blickte auf die Uhr, während die Gepardin die Krallen wetzte. Sie würde sich nicht mehr lange zurückhalten lassen.

Entschlossen griff sie nach ihrem Handy und wählte Ethans Nummer. Die Mailbox ging sofort dran. „Ethan, hier ist Rayna. Wo bist du? Ich habe geklopft, aber du hast nicht aufgemacht. Jedenfalls werde ich jetzt zu dem Waldstück laufen. Die Gepardin braucht etwas Auslauf. Mach dir keine Sorgen, ich komme im Laufe des Nachmittags zurück."

Sie schlüpfte in die Turnschuhe, nahm für alle Fälle die Strickjacke mit und machte sich auf den Weg. Die Vorfreude der Gepardin war deutlich zu spüren. Sie brannte darauf, durch das Unterholz zu stürmen, sich völlig zu verausgaben und ihr Können unter Beweis zu stellen, indem sie Kleintiere jagte.

Ein paar vergnüglichen Stunden stand nichts mehr im Weg.

KAPITEL 47

Die Gepardin schlich durch das Unterholz. Die Unruhe, die Rayna verspürte hatte, war noch schlimmer geworden und auch die Verwandlung in Tiergestalt hatte nicht dazu beigetragen, dass es besser wurde. Sie hasste diesen Ort, der so leblos, so leer war. Ihr ganzes Sein sehnte sich nach Resonanz, nach einem Widerhall.

Sie war schon eine ganze Zeit ziellos durch das Waldstück gelaufen. Lust Kleintiere zu jagen, hatte sie keine. Da streifte sie etwas. Die Gepardin hob den Kopf und stellte die Ohren auf. Sie hörte nichts Ungewöhnliches, hatte nur eine vage Ahnung. Ihre Schnurrhaare vibrierten. Energie. Nicht weit von hier musste es einen Ort geben, der voll mit Magie war. Dieser schrie geradezu nach ihr.

Ohne nach rechts und links zu sehen, rannte die Gepardin los. Rayna war einfach erschöpft und viel zu verwirrt, um ihr

Einhalt zu gebieten. Die Raubkatze lief immer weiter. Schon längst hatte sie den schützenden Wald hinter sich gelassen. Eigentlich war das Risiko, über die Felder zu rennen, viel zu groß, aber das interessierte gerade niemanden. Bald fühlte sie die Erschöpfung, und das Tier wurde langsamer, ließ sich jedoch nicht von seinem Weg abbringen. Rayna hatte absolut keine Ahnung, wo sie sich befand oder wie lange sie gelaufen war, als sie eine unsichtbare Barriere überschritt. Ein Hauch, dunkel und düster, streifte sie, sodass Rayna augenblicklich fröstelte. Der Ort strotzte nur so vor Energie, unglaublich mächtig, aber seltsam schwer und erdrückend. Eigentlich sollte sie auf der Stelle umdrehen, doch die Neugier siegte. Wo war sie hier? Die Vernunft riet ihr, vorsichtig zu sein, das Tier dagegen fragte sich nur, ob sie ein Messer und Salz auftreiben konnte, um sich mit der magischen Erde zu verbinden. Ethans Worte, dass sie Cheetah Manor aufgab, sobald sie eine neue Verbindung einging, waren vergessen. Sowohl die Raubkatze als auch Rayna sehnte sich mit jeder Faser ihres Körpers nach diesem Ort.

In einiger Entfernung, auf einer kleinen Erhebung, stachen umringt von hohen Baumkronen Dächer hervor. Wieder fragte sich Rayna, wo sie gelandet war. Vorsichtig schlich sie durch das dicht bewachsene Gebiet. Solange sie im Schatten der Haselnusssträucher und Büsche blieb, konnte sie sich verstecken, sollte überraschend ein Mensch vorbeikommen. Dann erreichte Rayna eine steinerne Mauer. Sie musste etwa zwei Meter hoch sein und verlief zu beiden Seiten. Die Gepardin war wendig, aber sie sah weit und breit keinen Baum, der hoch war und nah genug stand, damit sie auf ihn klettern und von dort über die Mauer springen konnte. So entschloss sie sich an ihr entlangzugehen. Nach ein paar Minuten kam eine gepflasterte Einfahrt in Sicht, die durch einen rosenbewachsenen Torbogen in das Innere führte.

Die Raubkatze blieb stehen. Wider alle Vernunft verwandelte sich Rayna und ging durch das Tor. Dahinter lag ein riesiger Innenhof. Den Mittelpunkt bildete das lang gestreckte Haupthaus mit den drei versetzten Türmchen. Mehrere kleinere Gebäude schlossen sich daran an. Rayna kannte große Häuser, schließlich war sie in einem Plantagenhaus aufgewachsen. Gegen diese Villa erschien ihr das Haus von Cheetah Manor winzig. Sie war beinahe ein Schloss.

Bei jedem Schritt, den sie näher kam, spürte sie ein Frösteln. Der Hof war zum Glück leer. Eigentlich müsste sie jetzt umdrehen, doch die Sehnsucht trieb sie an. Überall um sich nahm sie Magie wahr. Der Ort lebte, atmete. Er war unglaublich präsent, mächtig wie Cheetah Manor, und erneut keimte der Wunsch in ihr, sich auf der Stelle mit diesem Land zu verbinden.

Eilig, immerhin wusste sie nicht, wer hier wohnte, lief sie über den offenen Hof. Ein Geräusch. Rayna zuckte zusammen und hastete weiter. Außer Atem presste sie sich mit dem Rücken an eines der Nebengebäude. Sie wartete, doch nichts war zu hören. So schlich sie ganz leise weiter. Etwas versetzt dahinter befand sich eine Scheune. Doch die Entscheidung, dorthin zu laufen, war keine besonders glückliche gewesen. Die Pferde, die im Stall untergebracht waren, begannen unruhig zu werden und zu wiehern. Sie witterten die Raubkatze. Die frei laufenden Pferde auf der Koppel hasteten davon, versuchten möglichst viel Platz zwischen sich und Rayna zu bringen.

Sie schlich am Stall vorbei, hoffte, dass niemand die Tiere bemerken würde. Am liebsten hätte sie sich einfach auf den Boden gesetzt und wäre eingeschlafen. Sie war so erschöpft, so müde. Aber das konnte sie unmöglich tun. Sie brauchte Energie, und es erschien ihr als das Natürlichste der Welt, sich mit diesem Ort zu verbinden.

Erwartungsvoll sah sich Rayna um, als sie sich zwischen ein

paar weiteren Büschen hindurchdrängte und in einem wunderbaren Rosengarten stand. Für ein paar Sekunden ließ sie den herrlichen Anblick auf sich wirken, konnte sich an der bunten Blütenpracht kaum sattsehen. Vor ihr breitete sich ein unendliches Meer aus gelben, weißen, roten, lila und rosafarbenen Rosen in sämtlichen Variationen aus. Verträumt seufzte sie, wünschte sich, noch länger an diesem wunderbaren Ort verweilen zu können. Doch sie musste weiter, musste ein Messer und Salz finden. Sie schlenderte durch den Rosengarten, bis sie schließlich durch einen Torbogen auf einen gepflegten Rasen hinaustrat. Das musste die Rückseite des Haupthauses sein, denn das Gras endete an einer großen Terrasse.

Aus der geöffneten Tür kam jemand heraus und stellte etwas auf dem Tisch ab. Hastig trat sie den Rückzug an und versteckte sich hinter dem Torbogen. Der Mann drehte sich Richtung Haus und sprach mit jemandem.

Spätestens jetzt wäre es an der Zeit gewesen, sich zurückzuziehen, doch die Raubkatze sträubte sich vehement. Rayna war so erschöpft, dass sie sich kaum gegen die Gepardin wehren konnte. Wenn sie ganz ehrlich mit sich war, wollte auch sie nicht gehen. Sie brauchte Energie, und vielleicht konnte sie einfach den Mann nach dem, was sie benötigte, fragen. Wenn dann das belebende Pulsieren dieses Ortes durch ihre Adern floss, würde sie endlich Ruhe finden und diese bleierne Müdigkeit abschütteln.

Sie rang gerade mit sich, ob sie über die Wiese auf den Bewohner zugehen sollte oder es besser wäre, von hier zu verschwinden und auf der anderen Seite des Haupthauses nach einer Klingel zu suchen. Aber dann müsste sie noch einmal an den Pferden vorbei.

Sie sah noch erneut zu dem Mann hinüber, der gerade zum zweiten Mal auf die Terrasse trat. Er kam ihr seltsam bekannt vor. Seine Bewegungen, die Körpersprache. Es war Rudolph. Mit einem Mal wusste sie, wo sie sich befand. Das herrschaftliche Anwesen war Zinn.

Etwas raschelte in ihrer Nähe, und Rayna wollte gerade zurückweichen, als Rudolph aufblickte, direkt in ihre Richtung. Reglos verharrte sie. Zuerst kniff er die Augen zusammen, dann kam er mit schnellen Schritten auf sie zu.

„Rayna?", rief er verblüfft.

Zum Fortlaufen war es zu spät.

Er hielt vor ihr an, musterte sie eingehend. „Was machst du hier?"

„Einen Überraschungsbesuch", stammelte Rayna geistesgegenwärtig und hoffte, dass Rudolph diese Ausrede schluckte.

„Nett", murmelte er und blickte Richtung Terrasse. „Wir wollten eben Kaffee trinken. Du bist natürlich herzlich eingeladen." Etwas in seiner Stimme wirkte seltsam, und sie beschlich der Gedanke, dass sie ungelegen kam.

„Wenn es unpassend ist, kann ich auch wieder gehen?", bot sie an.

Rudolph schüttelte den Kopf. „Komm mit!"

So folgte sie ihm über die Wiese.

„Mit *wir* meinst du deinen Großvater?", erkundigte sich Rayna vorsichtig.

„Ja. Mein Sicheii wird sich freuen, dich zu sehen." Und wieder schwang da ein undefinierbarer Unterton mit.

„Ich weiß nicht, ob das so eine gute Idee ist", unternahm Rayna einen erneuten Versuch.

„Aber du bist doch extra den weiten Weg vom Dorf hergekommen, oder?"

Was sollte sie tun? Hilflos nickte sie, dann hatten sie auch schon die Terrasse erreicht.

„Bitte!", forderte Rudolph sie auf und schob ihr einen Stuhl zurecht.

Rayna setzte sich.

„Warte einen Moment, ich hole noch ein Gedeck und meinen Sicheii.“ Damit verschwand Rudolph.

Rayna verschränkte die Arme vor der Brust. Sie fühlte sich nicht wohl, aber jetzt einfach zu verschwinden, würde ihr Rudolph vermutlich sehr übel nehmen. Vielleicht wenn sie sich mit Kopfschmerzen und Müdigkeit entschuldigte?

In diesem Augenblick kam Rudolph zurück. Er trug ein weiteres Gedeck. Und er war nicht allein. Sein Großvater war bei ihm. Rayna stockte der Atem, als sie die imposante Gestalt erkannte. Seine dicken Lippen und der hervorstehende Jochbogen verrieten deutlich seine indianische Abstammung. Sie hatte sein Gesicht schon einmal gesehen. Es hatte sich tief in ihren Geist eingeprägt. Niemals wieder würde sie es vergessen. Rudolphs Sicheii war nicht nur ein Indianer, er war der Mörder ihres Bruders.

KAPITEL 48

Ethan hatte verschlafen. Es war schon nach halb zwölf. Dabei war er doch am vergangenen Abend nicht wirklich spät zu Bett gegangen. Das Ritual hatte ihn mehr ausgelaugt, als er dachte.

Nachdem er gestern Abend das Fest mit Vroni verlassen hatte, trennten sich ihre Wege bald. Er hatte den Anblick von Rayna zusammen mit Rudolph einfach nicht länger ertragen. Vroni dagegen deutete ihren Aufbruch etwas anders und lud ihn zu sich nach Hause ein, was er dankend ablehnte. Stattdessen war er allein zum Gasthof zurückgekehrt.

Eines war ihm in dieser Nacht klar geworden, als Vroni ihm ein eindeutiges verlockendes Angebot machte. Vor ein paar Wochen hätte er sie sicherlich nicht von der Bettkante gestoßen. Eine unverbindliche Nacht ließ er sich für gewöhnlich nicht entgehen. Doch er wollte Vroni nicht, und das lag allein an Rayna. Seine Gedanken kreisten unentwegt um sie.

Er wollte bei ihr sein, die gleiche Luft wie sie atmen, wissen, was in ihrem Kopf vorging, was sie beschäftigte. Was er für sie fühlte, war mehr, als er jemals für eine andere Frau empfunden hatte. Rayna ging ihm regelrecht unter die Haut. Das Schlimmste war jedoch, dass ihm ein Leben ohne sie so unendlich leer erschien.

Während er duschte, dachte er weiter über Rayna nach. Sie war nicht wie Curley, ganz und gar nicht, und die Gefühle, die er ihr entgegenbrachte, gingen längst über das hinaus, was er jemals für seine Exfreundin empfunden hatte. Er wollte sie in seinem Leben haben, und das schloss sein Bett mit ein. Er musste mit Rayna sprechen, sich ihr erklären. Vielleicht hatte er noch eine Chance, und Rayna war bereit, es mit ihm zu versuchen.

Wild entschlossen, nicht länger zu warten, zog er sich zügig an und klopfte kurz darauf an Raynas Zimmertür. Niemand öffnete. Auch nach zwei weiteren Versuchen blieb die Tür verschlossen. War sie unterwegs? Sein Handy war ausgegangen, hatte keinen Strom mehr. Natürlich hatte er mal wieder vergessen, es aufzuladen. Genervt hängte er es ans Stromnetz und fuhr den Laptop hoch. Bis das blöde Ding aufgeladen war, konnte er auch arbeiten.

Einige wichtige E-Mails trafen ein, und Ethan nahm sich ein paar digitale Akten vor. Als er vom Laptop hochblickte, waren zwei Stunden vergangen, so vertieft war er in die Unterlagen gewesen. Er griff nach dem Mobiltelefon und registrierte, dass einige Nachrichten auf der Mailbox waren. Eine Mandantin hatte angerufen. Es war nichts Wichtiges und konnte bis zu seiner Rückkehr warten. Die zweite Nachricht war von Rayna. Erleichtert seufzte er auf. Sein Herzschlag beschleunigte sich jedoch wieder, als sie ihm mitteilte, was sie vorhatte. Es missfiel ihm, dass Rayna allein unterwegs war, besonders, wenn sie sich verwandeln wollte – noch dazu am

Tag. Sie mochte zwar vernünftig sein, aber es wäre ihm lieber gewesen, wenn er dabei sein könnte. Denn wenn ihr etwas zustieße, würde er sich das nie verzeihen.

Gerade als er seine Sachen zusammenpackte, um sich auf den Weg zum Waldstück zu machen, klingelte sein Handy. Wurde Zeit, dass Darren ihn zurückrief. Eigentlich hatte er bereits gestern mit dem Anruf gerechnet. Er warf einen kurzen Blick auf das Display, das ihm verriet, dass der Anrufer nicht sein Freund, sondern eine unbekannte Nummer war.

„Ja?", meldete er sich.

„Ein wenig freundlicher könntest du mich schon begrüßen", wurde er von einer kratzigen Frauenstimme zurechtgewiesen.

Er musste schmunzeln. Das war so typisch für sie. „Lenore", begrüßte er die ältere Dame. Er hoffte, dass sie gute Neuigkeiten für ihn hatte. Sie rief nur zu einem denkbar ungünstigen Zeitpunkt an. Allerdings hatte Rayna die letzten Stunden auch ohne ihn verbracht, und auf ein paar Minuten mehr oder weniger kam es auch nicht an.

„Ethan …" Lenore seufzte geräuschvoll. „Du hast mich vor eine ganz schöne Herausforderung gestellt, mein Lieber."

Sie liebte das Geplänkel drum herum, und so lehnte er sich zurück und stellte sich auf ein etwas längeres Gespräch ein. Das Ergebnis ihrer Nachforschungen zu wissen, brannte ihm unter den Nägeln, dennoch nahm er sich die Zeit für ein wenig Small Talk.

„Es wäre doch furchtbar gewesen, wenn du dich gelangweilt hättest. Gib es doch zu, du liebst die Herausforderung." Er griff nach einem Kugelschreiber und zog sein Notizbuch zu sich heran, damit er sich gleich den Namen notieren und ihn anschließend recherchieren konnte. Je mehr man über den Feind wusste, umso besser.

Sie lachte kehlig. „Du kennst mich einfach zu gut."

Es kostete ihn Mühe, ruhig zu bleiben, sich zu beherrschen und Lenore nicht anzufahren, dass sie ihm endlich sagen sollte, wem dieser Ring gehörte.

„Bist du in der Stadt? Sollen wir uns zu einem Gläschen Champagner treffen?"

Ethan verdrehte die Augen. Wie lange wollte Lenore ihn noch auf die Folter spannen? „Bedaure, ich bin nicht in den Staaten."

„Schade", seufzte sie theatralisch. „Also gut. Dann muss es über das Telefon gehen."

Endlich kamen sie der Sache näher. Ethan atmete tief durch.

„Ich habe sämtliche Kontakte spielen lassen und einige Gefallen einfordern müssen."

„Du wirst deinen Champagner bekommen", versprach Ethan.

„Das weiß ich doch. Also." Sie machte eine kurze Pause. „Ein Kontakt in Deutschland konnte mir tatsächlich weiterhelfen."

Das traf sich ausgezeichnet. Er konnte ein paar Tage dranhängen und vor Ort einige Nachforschungen anstellen.

„Der Ring gehört zu einem alten deutschen Adelsgeschlecht."

Ethan, der schon den Stift angesetzt hatte, hob überrascht den Kopf. Adelsgeschlecht? Er hatte mit allem möglichen gerechnet, aber nicht mit Adeligen. Er suchte keine alteingesessene deutsche Familie, sondern einen Indianer. Schließlich hatte der Mann eindeutig die typischen Merkmale der amerikanischen Ureinwohner besessen und sich auch wie sie ausgedrückt.

„Der Ring ist sehr alt und wertvoll. Es ist das Wappen der Familie von Zinn."

Klackernd fiel der Stift zu Boden. Er musste sich verhört

haben!

„Zinn?“, brüllte er ins Telefon. Es waren nur Sekunden, in denen er unbeherrscht war. Der Panther saß dicht an der Oberfläche, wartete nur darauf, dass Ethan ihm die Kontrolle überließ. Aber diesen Gefallen würde er ihm nicht tun. „Tut mir leid“, entschuldigte er sich bei Lenore. „Habe ich dich richtig verstanden? Zinn?“

„Ja. Kennst du die Familie etwa? Sie kommt aus dem Süden von Deutschland. Muss dort wohl ziemlich abgelegen sein.“

„Ich fürchte ja“, murmelte er. „Es tut mir leid, dass ich dich so abwürgen muss, Lenore. Du hast mir unheimlich geholfen. Ich werde mich bei dir erkenntlich zeigen, aber jetzt muss ich leider unser Gespräch beenden.“ Er wartete nicht darauf, dass Lenore etwas erwiderte, und legte einfach auf. Das Tier in ihm drängte ihn, loszustürmen und alles stehen und liegen zu lassen. Doch das wäre nicht vernünftig gewesen, also hielt er den Panther zurück und klappte stattdessen den Laptop auf. In die Suchmaschine gab er *von Zinn* ein und wartete. Der Browser lud und lud.

Gleichzeitig dachte er darüber nach, was wichtiger war: Rayna zu finden oder den Mörder zur Strecke zu bringen? Sie konnten von Glück reden, dass noch nichts Schlimmes passiert war und Rudolph von Zinn und seine Verwandten bisher nicht eins und eins zusammengezählt hatten. Schon allein die Vorstellung, dass sie Jagd auf Rayna machen würden, verursachte ihm Übelkeit.

Endlich zeigte die Suchmaschine die ersten Ergebnisse an. Er klickte auf einen Link, der das Anwesen Zinn etwas näher vorstellte und auch die Familiengeschichte aufführte. Hastig überflog Ethan die Zeilen, bis er schließlich an den Namen hängen blieb, nach denen er Ausschau gehalten hatte. Rudolphs Mutter, Galilahi von Zinn, hatte in die Adelsfamilie eingeheiratet. Gebürtig kam sie jedoch aus den Staaten, genauer aus Detroit. Ethan zog scharf die Luft ein. In der Nähe von Detroit gab es etliche Indianerreservate. Da hatte er also schwarz auf weiß die Verbindung zwischen den von Zinns und den Indianern. Die einzelnen Puzzleteile setzten sich zusammen und ergaben plötzlich ein Bild. Der dunklere Teint von Rudolph, sein exotisches Aussehen. Blieb nur noch zu klären, ob nur die Familie des Adeligen auf Gestaltwandler Jagd machte oder Rudolph auch mit unter der Decke steckte.

Es war Zeit, das herauszufinden, gerade da er dies ohne Rayna tun konnte. Eilig schnappte er sich seinen Dolch, wollte nicht unbewaffnet dem Mörder gegenübertreten. Er verfluchte Darren ein weiteres Mal, der immer noch nicht zurückgerufen hatte, griff nach seinem Handy und stürmte hinaus. Während er zum Auto lief, warf er das Navi an und gab *Zinn* ein.

Ethan startete den Motor, während das Navi noch die Strecke berechnete. Dann wurde die kürzeste Route angezeigt. Mit quietschenden Reifen parkte er aus und gab Gas.

KAPITEL 49

„Das hier ist mein Sicheii.“ Rudolph wies auf den alten Mann. „Sicheii, ich möchte dir gerne Rayna Morgan vorstellen.“

Rudolphs Großvater streckte ihr die Hand entgegen und murmelte: „Es ist schön, Sie kennenzulernen.“

Rayna nickte, zu mehr war sie nicht imstande. Noch immer überforderte sie die Situation vollkommen. Sie stand dem Mörder ihres Bruders gegenüber und wusste nicht, wie sie sich verhalten sollte. Wusste Rudolph, was sein Großvater getan hatte?

Der Händedruck des Indianers war fest. Die Männer setzten sich, und Rayna blieb nichts anderes übrig, als es ihnen gleichzutun. Wenn es nicht furchtbar unhöflich gewesen wäre, hätte sie sich auf der Stelle verabschiedet und wäre von dem Anwesen geflohen. Aber dazu war es zu spät. Nun musste sie sehen, wie sie aus der verzwickten Situation herauskam, ohne dass der alte Indianer Verdacht schöpfte. Wusste er, was sie war?

„Möchtest du Kaffee oder Tee?", erkundigte sich Rudolph und spielte den perfekten Gastgeber.

Der Indianer saß ihr gegenüber. Für sein Alter wirkte er noch ziemlich fit, jede seiner Bewegungen war kraftvoll und geschmeidig.

„Kaffee, bitte." Wie in Trance sah Rayna zu, wie Rudolph zuerst in ihre, dann in die anderen zwei Tassen das schwarze Getränk eingoss.

In der Mitte des Tisches lagen Gebäckstücke und Erdbeerkuchen.

„Der Kuchen ist aus dem Dorf", erklärte Rudolph, lud auf den Tortenheber ein Stück und schaute Rayna fragend an: „Magst du?"

Raynas Magen glich einen Steinklumpen. Sie würde keinen Bissen hinunterbekommen, und so schüttelte sie stumm den Kopf. Achselzuckend nahm sich Rudolph das Kuchenstück, während sich sein Großvater ein Gebäckstück auftat.

„Rudolph erzählte, Sie sind nicht allein hier in Deutschland."

„Nein", sagte Rayna etwas steif, wollte nicht näher darauf eingehen. Je weniger dieser Mann wusste, umso besser für sie und Ethan.

„Sie sind in Begleitung eines Mannes unterwegs?"

Wenn er das wusste, warum fragte er dann nach? „Ja." Rayna rang sich zu einem Lächeln durch.

„Ein Mitglied Ihrer Familie?"

„Nein." Rayna überlegte noch, ob sie erklären sollte, dass Ethan ein Freund der Familie war. „Mein Anwalt", sagte sie knapp. Er arbeitete zwar momentan nicht direkt für sie, aber für ihre Familie, und dass Ethan Anwalt war, entsprach zumindest der vollen Wahrheit.

Rudolphs Großvater sah nun noch finsterer aus. Rayna fühlte sich immer unwohler. Hastig griff sie nach ihrem Kaffee. Sobald die Tasse ausgetrunken war, würde sie sich verabschieden. Mit großen Schlucken kippte sie den Kaffee hinunter und sah dann demonstrativ auf ihre Armbanduhr. „Es ist schon ziemlich spät. Ich muss langsam los. Vielen Dank für alles."

Rudolph und sein Großvater tauschten Blicke.

„Ich fürchte, das ist nicht möglich", sagte Rudolph beiläufig.

Rayna glaubte, sich verhört zu haben. „Wie bitte?"

„Ich sagte, ich fürchte, das ist nicht möglich", wiederholte er seine Worte und sah von ihr zu seinem Großvater.

„Miss Morgan." Der ältere Mann räusperte sich. „Ich weiß nicht, was Sie über mich oder mein Volk wissen."

Raynas Puls beschleunigte sich. Ihr schwante nichts Gutes. Selbst die Gepardin in ihr, die sich vehement nach Zinn gesehnt hatte, drängte zum Aufbruch. Alles in Rayna riet ihr, davonzurennen, aber sie zwang sich zur Ruhe. „Ich verstehe Sie nicht." Zum Glück zitterte ihre Stimme nicht.

„Du bist hier, und ich weiß warum." Sein Blick durchbohrte sie förmlich.

Unfähig, sich zu regen, saß Rayna da, wusste nicht, was sie tun sollte.

„Ich möchte dir gerne die Geschichte meines Volkes erzählen."

Unsicher spähte sie zu Rudolph hinüber, der gelassen dasaß und seinem Großvater zuhörte.

„Bevor der weiße Mann unsere Heimat entdeckte, lebten wir im Einklang mit der Natur. Wir waren eins mit ihr, kannten viele Geheimnisse. Doch dann kamen die Weißen, nahmen uns unser Land, unsere Identität."

Rayna runzelte die Stirn. Der Geschichtsunterricht mochte

zwar ganz interessant sein, aber sie verstand nicht, was das mit ihr zu tun hatte.

„Sie nahmen uns unsere Pferde, gaben uns dafür Gewehre, die nur den Tod brachten." Es lag so viel Traurigkeit und Schmerz in der Stimme des alten Indianers, dass es Rayna ganz schwer ums Herz wurde. Sie fühlte mit, verstand seinen Ärger und seine Wut, und gleichzeitig konnte sie nichts dagegen tun.

„Sie nahmen unser Land, trieben uns zusammen wie Vieh und sperrten uns fort. Wir waren Gefangene." Die Hände des Indianers, die auf dem Tisch lagen, ballten sich zu Fäusten. „Sie stahlen uns alles. Und als ob das noch nicht genug gewesen wäre, stahlen sie unsere Tiere und damit die magischen Fähigkeiten, uns mit besonderen Orten und Objekten zu verbinden."

Die Geschichte war wirklich traurig, rührte Rayna zutiefst, dennoch konnte sie nichts dafür. Sie war nicht diejenige, die die Indianer von zu Hause vertrieben hatte. Sie hatte sie nicht in Reservate gesteckt und ihnen auch nicht die Möglichkeit genommen, sich in Tiere zu verwandeln. Rayna war klar, dass seine letzten Vorwürfe genau auf sie abzielten. Er wusste, was sie war! Aber sie war mit der Gabe, sich in eine Gepardin zu verwandeln, geboren worden, sie hatte niemanden bestohlen.

„Das tut mir sehr leid", sagte Rayna ernst.

„Tatsächlich?" Ein hämisches Lächeln erschien auf dem Gesicht des alten Mannes. „Ich weiß, wer du bist, was du bist. Cheetah."

Rayna verkrampfte sich. Was sollte sie sagen? Wie sollte sie sich zur Wehr setzen? Ausflüchte finden und alles abstreiten? Aber würde ihr das etwas nützen? Sie war, was sie war: eine Gestaltwandlerin. Auf eine ganz befremdliche Art und Weise fühlte sie sich nackt und schutzlos.

„Du wirst sicher verstehen, dass wir dich nicht gehen lassen können."

Die Panik überrollte Rayna einfach und es kostete sie unheimlich viel Anstrengung, nicht kopflos fortzulaufen. Hilfe suchend blickte sie zu Rudolph, der immer noch vollkommen gelassen dasaß, als unterhielten sie sich über das Wetter.

„Rudolph?", fragte Rayna zögernd. Er musste doch etwas sagen, ihr beistehen.

„Es tut mir leid, Rayna. Ich mag dich, sehr sogar, aber du musst verstehen, dass ich in erster Linie meiner Familie verpflichtet bin."

Ein dicker Kloß bildete sich in ihrem Hals, der ihr das Atmen erschwerte. „Bitte!", flüsterte sie atemlos.

„Soll ich dir erzählen, was ich mit deinem Bruder gemacht habe?"

Rayna schüttelte den Kopf. Sie wollte es nicht hören, wollte nicht noch einmal die letzten Sekunden von Brain durchleben. Einmal hatte ihr gereicht.

„Der Cheetah war mit einem Freund in den Bergen unterwegs. Sie waren oft hier. Es hat mich drei Jahre gekostet, um herauszufinden, dass er ein Gestaltwandler ist."

Sie konnte die Tränen, die sich in ihren Augen sammelten, nicht unterdrücken und wischte schnell mit der Hand über ihre Wangen.

„Warum?" Die Frage brach einfach aus Rayna heraus. Ihre Stimme überschlug sich dabei.

„Weil wir euch dasselbe antun werden, was ihr meinem Volk angetan habt. Wir werden euch vertreiben, euer Land nehmen und euch töten. So lange, bis die Magie zu uns zurückkehrt."

„Aber ich habe doch mit all dem überhaupt nichts zu tun", stammelte Rayna. Die Zeit wurde knapp. Sie musste unbedingt einen Ausweg suchen, brauchte einen Fluchtplan.

„*Wir* haben auch nichts gemacht. Dennoch ist es so weit gekommen."

„Bitte, was auch immer ihr von mir wollt, könnt ihr gerne haben, nur lasst mich gehen."

„Nun ..." Rudolphs Großvater sah sie lange und bedächtig an. „Du wirst sterben."

„Nein!", stieß Rayna nun panisch hervor. Hilfe suchend blickte sie Rudolph an. „Das kannst du doch nicht zulassen. Du bist kein Mörder. Egal, was dein Großvater getan hat, du musst nicht denselben Fehler machen. Ich weiß, dass du mit Brains und Alex' Tod nichts zu tun hast."

„Ich mag dich wirklich, und deswegen werde ich dir einen schnellen Tod schenken. Halte einfach still, dann ist es kurz und schmerzlos."

Er stand auf und Rayna sah das Messer in seiner Hand. Verzweifelt kämpfte sie gegen die Tränen. So sehr hatte sie gehofft, dass Rudolph ihr helfen würde, dass er kein Monster wie sein Großvater war. Sie konnte nicht länger warten. Wenn sie die Chance zur Flucht ergreifen wollte, musste sie es jetzt tun. Ihr Blick huschte über den Rasen. Dahinter lag der Rosengarten. Von dort gelangte sie in den Hof. Wohin sie dann sollte, wusste sie nicht. Zuerst einmal war es wichtig, den Männern zu entkommen und Zinn hinter sich zu lassen. Alles Weitere würde sich dann finden.

„Rudolph, bitte!", flehte sie noch einmal.

„Es wird alles gut", versprach er ihr.

Rayna schloss die Augen, spürte Rudolph dicht hinter sich. Sie atmete tief durch. Jetzt oder nie. Während sie aufstand, schob sie den Stuhl mit einem schnellen, heftigen Ruck zurück, sodass Rudolph schwankte. Gleichzeitig machte sie einen großen Satz Richtung Wiese und verwandelte sich. Die Landung federte sie elegant mit den Vorderpfoten ab. Ohne sich umzublicken, rannte sie los. Ihr Ziel der rettende Rosengarten. Zu Fuß waren die Männer zu langsam. Die Flucht konnte gelingen. Sie brauchte nur noch zwei, drei Sprünge, dann wäre sie außer Sichtweite. In diesem Moment erhob sich vor ihr eine Feuerwand. Die Gepardin fauchte erschrocken und bremste ab. Vor den Flammen hatte das Tier Angst und wich zurück. Rayna blickte sich um, suchte nach einer anderen Möglichkeit zu entkommen, doch es gab keinen Weg. Ein Kreis aus Flammen schloss sich um sie. Sie war in die Falle getappt. Die Gepardin drehte sich kopflos um die eigene Achse, bis Rayna sie schließlich zur Ruhe zwang. Die Flammen fraßen sich langsam näher. Erschrocken wanderte ihr Blick über das Feuer. Es musste doch einen Weg geben, aus dem Kreis zu entkommen. Doch da war nichts. Niemand, der ihr half. Auf der anderen Seite des Feuers nahm sie Rudolph und seinen Großvater wahr. Aber die würden ihr sicherlich nicht helfen.

Völlig unvorbereitet traf sie das Wasser. Das Feuer kämpfte dagegen an, loderte immer wieder hoch. Die Gepardin kauerte sich auf den Boden. Mit schnellen Schritten kam Rudolph auf sie zu, stülpte ihr etwas über den Mund und zog es unangenehm fest. Es war ein Maulkorb, der ursprünglich wohl für einen Hund gedacht war, denn an der Schnauze passte er nicht. Die Nasenlöcher wurden unangenehm zusammengedrückt, sodass sie nur schwer Luft bekam. Das Schlimmste jedoch war, der Maulkorb hatte etwas an sich, das verhinderte, dass sie sich zurückverwandeln konnte.

Das Feuer um sie herum erstarb endgültig, und auch die Wasserfontäne versiegte. Rudolphs Großvater legte den Gartenschlauch beiseite.

„Weißt du nun, warum ich auf die Feuerringe bestanden habe?“, sagte der Indianer.

„Der schöne Rasen“, murmelte sein Enkel mit Blick auf die verbrannte Erde.

„Bring sie in den Käfig! Ich will ihr beim Sterben zusehen“, wies Rudolphs Großvater ihn ungerührt an.

Rayna stemmte die Hinterpfoten in den Rasen, wehrte sich.

Unbarmherzig zog Rudolph an ihr. Dann spürte sie einen brennenden Schmerz am Hintern und einen zweiten auf dem Rücken. Der Indianer hatte einen Stock in der Hand und schlug sie. Um weiteren Hieben zu entgehen, trottete sie mit Rudolph davon. Er führte sie um das Haus herum, wo es ebenfalls gepflastert war. In der Mitte der Fläche standen ein paar Käfige mit eisernen Gitterstäben.

Die Gepardin wollte fauchen, doch der Maulkorb hinderte sie daran. Sie wand sich, sah hinter sich den alten Mann mit dem Rohrstock. Es gab kein Entrinnen. Widerstrebend betrat sie den Käfig. Die Tür schwang hinter ihr zu, und Rudolph ließ das Schloss einschnappen.

„Du sahst so harmlos, so unschuldig aus. Doch mein Sicheii hatte recht. Hinter einem unschuldigen Gesicht verbergen sich die gefährlichsten Dinge. Aber du wirst nie wieder jemandem Schaden zufügen."

Mit diesen Worten ließ Rudolph sie zurück.

Rayna kauerte sich am Boden zusammen. In ihrer Gestalt waren ihr die Hände gebunden. Der Maulkorb hinderte sie nicht nur daran, den Mund zu öffnen, sondern drückte unangenehm.

Sie schniefte verzweifelt. Das durfte nicht sein. Alles entwickelte sich zu einem absoluten Albtraum. Sie wollte die Krallen in etwas schlagen, aber da waren nur massive Käfigstangen. Sie war so erschöpft. Müde ließ sie sich auf den Boden sinken, legte den Kopf auf die Vorderpfoten. Es wäre so schön aufzuwachen und festzustellen, dass sie nur geträumt hatte. Sie wollte noch nicht sterben, nicht jetzt. Ethan. Sie wünschte sich so sehr, bei ihm zu sein. Rayna mochte es, ihn um sich zu haben, liebte seine Stimme, seine Art zu lachen. Sie liebte einfach alles an ihm und hatte versäumt, ihm das zu sagen. Ihre Gefühle für ihn waren keine harmlosen Schwärmereien mehr. Er bedeutete ihr mehr als ihr Leben. Sie würde sterben, ohne ihm sagen zu können, was sie für ihn empfand.

Leise winselte sie vor sich hin. Der Kampf war vorbei, und sie hatte ihn verloren. Müde schloss sie die Augen, gab sich ganz der Erschöpfung hin.

KAPITEL 50

Ethan riss das Lenkrad herum und bog scharf ab. Den Wegweiser nach Zinn hätte er beinahe übersehen. Als die Straße wieder gerade wurde, trat er erneut aufs Gas. Es konnte nicht mehr weit sein. Hier in der Nähe musste das Anwesen der von Zinns liegen.

Ein heftiger Ruck ging durch ihn hindurch, und reflexartig legte er eine Vollbremsung hin. Die Hände gegen das Lenkrad gestützt, saß er keuchend da. Was war das? Er spürte deutlich die dunkle Kraft, die sich unter ihm sammelte, versuchte in ihn hineinzukriechen. Ethan schloss die Augen, konzentrierte sich auf das Hier und Jetzt. Er fühlte die Magie des Ortes. Warum überraschte es ihn nicht, dass Zinn lebte und atmete? Aber die Energie hier war dunkel und düster. Er legte keinen Wert darauf, nähere Bekanntschaft mit dieser unheimlichen Kraft zu machen. Alles, was er wollte, war den Mörder zu stellen.

Der riesige Hof lag verlassen vor ihm. Er parkte neben Rudolphs Sportwagen und sah sich aufmerksam um. Alles war ruhig. Er tastete nach dem Dolch, der unter seinem T-Shirt im Hosenbund steckte. Unbewaffnet wollte er den Männern nicht gegenübertreten. Dann stieg er aus. Rasch schaute er sich um, sah aber niemanden. Er trat die Stufen zur Eingangstür hinauf und suchte vergeblich nach einer Klingel, bis er schließlich den großen Türklopfer sah. Laut pochte er gegen das Holz. Einmal. Zweimal. Hörte ihn jemand? Ethan trat einen Schritt zurück, suchte die Fensterreihen mit den Augen ab. Doch nirgendwo war eine verdächtige Bewegung zu sehen.

Wenn nicht sofort jemand käme, würde er sich auf eigene Faust auf den Weg machen und so lange suchen, bis er die Bewohner fand.

„Hallo?“, rief er laut und pochte noch einmal mit dem schweren Metallring gegen die Tür.

Er wollte sich gerade abwenden, als er Geräusche hörte. Schritte näherten sich, und dann wurde die Tür geöffnet. Vor ihm stand ein hochgewachsener älterer Mann mit schlohweißem Haar, der seine indianische Abstammung nicht verbergen konnte. An seiner rechten Hand prangte der Siegelring. Ethan atmete tief durch. Nun stand er Brains Mörder gegenüber. Bis ins kleinste Detail hatte er sich ausgemalt, was er mit ihm machen würde.

„Wie kann ich Ihnen helfen?“, erkundigte sich sein Gegenüber wenig begeistert über sein Erscheinen.

Ethan setzte ein strahlendes Lächeln auf. „Guten Tag! Wir kennen uns noch nicht. Mein Name ist Ethan Washington“, stellte er sich vor.

„Was kann ich für Sie tun?“

„Vielleicht bitten Sie mich kurz herein. Ich möchte die Angelegenheit ungern vor dem Haus besprechen“, schlug er vor.

„Kein Interesse", erklärte der Weißhaarige und wollte ihm schon die Tür vor der Nase zuschlagen. Eilig stellte Ethan einen Fuß in den Spalt und verhinderte so, dass der Indianer die schwere Holztür schließen konnte.

„Ich würde gerne mit Ihnen und Rudolph sprechen", sagte Ethan bestimmt.

„Rudolph? Ich weiß nicht, ob er zu Hause ist."

„Das ist er. Sein Cabrio steht doch hier. Er muss da sein, denn zu Fuß kommt man in dieser Gegend nicht weit." Er blickte dem Alten fest in die Augen, machte ihm deutlich, dass er nicht nachgeben würde.

„Folgen Sie mir!", brummte der Indianer missmutig. Er wandte sich ab, wartete nicht, ob Ethan ihm folgte, und sah sich auch nicht noch einmal nach ihm um.

Ethan trat ein. Die Einrichtung des Hauses war eine Mischung aus stilvollen Antiquitäten und traditionellen typisch indianischen Utensilien. So hing am Fenster ein Traumfänger, über dem Kaminsims befand sich neben einer Standuhr ein Lapislazuli.

Ethan musste vorsichtig sein. Die indianischen Medizinmänner belegten diese Steine gerne mit einem Zauber. Ob der alte Indianer dieses Handwerk auch verstand, konnte er nicht beurteilen. Er musste also weiterhin wachsam bleiben.

Der Alte führte ihn durch ein prunkvoll eingerichtetes Speisezimmer auf eine geräumige Terrasse. Ein eigenartiger Geruch hing in der Luft, den er nicht so recht deuten konnte, bis sein Blick auf den verbrannten Rasen fiel.

Rudolph erhob sich von einem Stuhl, er hatte sich gerade mit seinem Smartphone beschäftigt, das er mit einer geübten Bewegung in der Hosentasche verschwinden ließ.

„Ethan", begrüßte ihn Rudolph freundlich. „Was verschafft mir die Ehre?"

„Nett ist es hier", stellte Ethan fest und musterte weiter den

Rasen.

„Wir hatten vorhin ein kleines Feuerwerk. Zum Glück war der Gartenschlauch in der Nähe. Nichts Schlimmes, nur eine kleine Unachtsamkeit“, erklärte Rudolph, der Ethans Blicken gefolgt war.

Wenig interessiert nickte Ethan. Die verbrannte Stelle sah kreisrund aus und schien von außen nach innen gebrannt zu haben. Ein dummer Zufall? Sein Blick streifte den Tisch. Drei Gedecke. Der Teller des weiteren Gastes war zwar unbenutzt, aber die Tasse war in Gebrauch gewesen. Eine schlimme Vorahnung beschlich ihn und er wechselte kurzerhand die Strategie „Ich bin auf der Suche nach Rayna.“

„Rayna?“ Rudolph sah ihn überrascht an, aber Ethan entging die angespannte Körperhaltung nicht. „Ich habe keine Ahnung.“ Seine rechte Schulter hob sich dabei.

Ethan kniff die Augen zusammen. Für ihn ein deutliches Anzeichen, dass er gerade angelogen wurde. Aber das Spiel, das Rudolph spielte, beherrschte er schon lange. Er war nicht umsonst ein gut bezahlter Anwalt.

„Sollte ihr etwas passieren, werde ich dich höchstpersönlich zur Rechenschaft ziehen!“, erklärte er ruhig und sah Rudolph dabei tief in die Augen.

Spöttisch verzog dieser den Mund. „Willst du mir etwa drohen?“

„Muss ich dir drohen?“

Rudolph wurde immer unruhiger, seine Bewegungen abgehackter, fahriger. Er hatte eindeutig etwas zu verbergen, Ethan wusste nur noch nicht, was. Aber je länger er hier war und darüber nachdachte, umso wahrscheinlicher erschien es ihm, dass Rayna in ernst zu nehmender Gefahr war. Hatten sie die Gepardin im Waldstück erwischt? Sein Blick fiel abermals auf den verbrannten Rasen. War sie hier gewesen?

Ethan sah hinter sich etwas aufblitzen und sprang zur Seite.

In letzter Sekunde wich er dem Messer aus, das der Indianer gezogen hatte und ihm gnadenlos in den Rücken gerammt hätte.

„Es ist dein Pech, dass du hergekommen bist“, sagte Rudolph und lehnte sich gegen einen großen Blumenkübel. „Dass diese Viecher immer jemanden im Schlepptau haben müssen.“

Ethan sah sich suchend um. Rudolph hatte also seine Maske fallen lassen. Das bedeutete, Rayna musste hier irgendwo sein.

„Was machen wir mit ihm?“, fragte Rudolph seinen Großvater.

„Wir könnten ihn zur Katze in den Käfig sperren.“

Sie hatten Rayna gefangen und eingesperrt. Ethan musste sich beherrschen, damit der Panther nicht seine Klauen ausfuhr. Das Raubtier war sein Trumpf. Keiner der beiden ahnte, wer oder vielmehr was er tatsächlich war.

„Rayna ist bei den Katzen?“, erkundigte sich Ethan unwissend und zog fragend eine Augenbraue nach oben. „Wo ist sie?“

Rudolphs Blick glitt nach links, dort, wo die Terrasse weiter ums Haus führte. In dieser Richtung hatten sie also Rayna versteckt.

„Der andere Kerl wusste zumindest über seinen Freund Bescheid“, kommentierte der alte Indianer hämisch. „Du hältst dich für überaus klug und hast doch keine Ahnung, für wen du arbeitest. Hast du gewusst, dass deine Freundin ein ganz besonders wildes Kätzchen ist?“

Ethan blickte zu Boden. Er spürte die negative Energie, die unter ihm waberte, darauf wartete, von ihm Besitz zu ergreifen. Er müsste dieser Kraft nur Einlass in sein Innerstes gewähren, dann hätte er die Macht, die Männer zu besiegen. Aber er hatte keinen Salzkreis, mit dem er die Energie lenken konnte.

Er sah den alten Mann an, versuchte abzuschätzen, welche magischen Kräfte er besaß. Er wusste, dass sich die Indianer nicht mit der Magie verbinden konnten. Aber sie konnten die Magie in begrenzter Form in Objekte leiten und diese mit Flüchen belegen. Der direkte Zugang zur Macht war nur den Gestaltwandlern vorbehalten. Ihm. Er könnte sich mit Zinn verbinden, war aber nicht besonders scharf darauf, sich der dunklen Kraft auszusetzen. Er wollte diesen Mist nicht in sich haben. Aber wenn es seine einzige Chance war, Rayna zu retten, würde er den Preis dafür zahlen. Er hatte kein Salz und er hatte keinen Anker, nichts, woran er sich festhalten konnte. Eine unkontrollierte Macht ohne Begrenzung, ohne einen festen Halt anzuzapfen, war mehr als unvernünftig, ja bodenloser Irrsinn. Doch er hatte alles, was er dazu brauchte: den Dolch und sein Blut. Das Ritual würde funktionieren, doch ob er es überleben würde, blieb fraglich.

Das Messer in der Hand des Indianers blitzte in der Sonne auf.

Er musste es versuchen, musste Rayna retten. Wenn er sich dabei selbst verlöre, dann wäre es eben so. Niemand wusste besser als er selbst, wie es war, als Raubtier zu leben. Er hatte viel Zeit in der Gestalt des Panthers verbracht, hatte beinahe den Bezug zur Realität verloren. Es ging um Rayna, Darrens Schwester. Darren hatte ihm damals das Leben gerettet. Nun war er an der Reihe, ein weiteres Mal seine Schulden zurückzuzahlen. Aber auch wenn es Darren nicht gegeben hätte, für Rayna würde er alles tun. Ihr Leben war mehr wert als seins. Ihre blitzenden Augen, ihr Lächeln. Wenn er ihr die Freiheit schenken konnte, würde er nichts unversucht lassen.

Seine Hand griff nach hinten an seinen Bund, ertastete den Griff des Dolches.

„Ihr habt absolut keine Ahnung“, erklärte er, zog den

Dolch hervor und ritzte sich den Oberarm auf. Mit einem gezielten Wurf landete die Waffe im Rasen, sein Blut verband sich mit dem Ort.

Rudolph schaute den Dolch verdutzt an. Verwirrung war in seinem Gesicht zu lesen. Sein Großvater dagegen verstand sehr wohl, was Ethan soeben getan hatte.

„Nein!“, rief er und wurde bleich.

Doch da war es bereits zu spät. Rituelle Worte, älter als die Zeit, sprudelten aus Ethans Mund. Dunkle Rauchschwaden stiegen aus der Tiefe empor, krochen wie Schlangen über den Boden. Aus allen Ecken und Enden des Anwesens kam die Macht herbei, sammelte sich. Die Nebelfäden schlossen sich zusammen, bis sie ähnlich wie zwei Säulen aussahen.

„Geh, such Rayna, befreie sie!“, befahl Ethan der einen Nebelgestalt, die zu Boden sank und um die Hausecke kroch.

Die andere Säule dirigierte er mit der Hand auf Rudolph zu. Sie schlängelte sich um sein Bein, stieg an seinem Körper empor. „Sicheii!“, rief der Adelige panisch nach seinem Großvater. Die Augen des alten Mannes weiteten sich, als er tatenlos zusehen musste, wie sich die Schlange aus Rauch um den Körper seines Enkels schlängelte, sich um dessen Hals zog und zudrückte.

Rudolph keuchte, rang nach Atem, versuchte mit den Händen das nicht vorhandene Etwas wegzudrücken. Aber er griff nur ins Leere, denn da war nichts. Er röchelte. Seine Augen traten hervor. Er schlug um sich, zappelte und sank dann in sich zusammen zu Boden.

Ethan kämpfte gegen die Schatten an, die sich in ihm breitmachten, ihn zu verschlingen drohten. Zinn forderte seinen Preis, verlangte mehr, und er konnte nicht anders, als nachzugeben. Sein Körper begann sich aufzulösen, sich zu verformen. Er spürte, wie sich sein Kiefer veränderte, die Zähne länger wurden. Sein Körper fiel nach vorne, streckte sich. Fell bedeckte seine Haut. Der Panther erhob sich und schoss auf den Indianer zu. Es dauerte nur Bruchteile von Sekunden, da hatte er den Alten schon erreicht. Noch bevor dieser das Messer heben und ihn verletzen konnte, schlug der Panther seine Zähne in die Schulter des Mannes. Die Katze schmeckte Blut, biss ein weiteres Mal zu. Der Mann schrie vor Schmerz, drehte sich weg. Ethan hatte eigentlich auf die Halsschlagader abgezielt, aber, da er sich abwandte, lediglich die Schulter erwischt. Das war nicht schlimm. Die Raubkatze würde nicht aufgeben und ihr Opfer nicht mehr gehen lassen. Es verlängerte nur den Todeskampf des Indianers. Der Panther in ihm wollte mit seiner Beute spielen, sie laufen lassen und wieder einfangen. Ein Entkommen würde es ohnehin nicht geben. Doch Ethan hatte Erbarmen mit ihm. Der alte Indianer musste sterben, aber das konnte er auch schnell machen. Mit einem Satz sprang er dem Alten an die Kehle, warf ihn dabei zu Boden. Diesmal biss der Panther an der richtigen Stelle zu, zerfetzte die Luftröhre. Ethan hörte ein Röcheln und Gurgeln, den Todeskampf des Mannes. Es dauerte nicht lange, dann war er tot.

Der Panther wandte sich nicht ab, sondern betrachtete sein Werk. Ethan bereute nichts, absolut nichts. Diese Männer hatten den Tod verdient. Es war keine Sache der Gesetzlichkeit, es war eine Angelegenheit zwischen dem Tier und den Männern, die seinesgleichen genommen, schwer geschadet hatten und weiteres Verderben bringen würden.

Dunkle Energie floss in ihn, umnebelte seinen Verstand. Die Magie war außer Kontrolle und zu mächtig, um sich ihr in den Weg zu stellen. Ethan hatte es gewusst. Ein Kampf wäre aussichtslos, und am Ende würde er ohnehin verlieren. So hieß er die Nebel willkommen, ließ zu, dass die Realität vor ihm verschwamm.

Seine letzten Gedanken galten Rayna. Sie war frei. Niemand würde ihr mehr ein Leid antun. Das war alles, was zählte.

KAPITEL 51

Die Gepardin hob den Kopf und stellte die Ohren auf. Ein Rauschen, tief und dunkel, beinahe ein Dröhnen war zu hören. Sie spürte das Vibrieren einer gewaltigen Präsenz. Da kam etwas unglaublich Mächtiges direkt auf sie zu. Der Wunsch sich mit diesem Ort zu verbinden, war angesichts der übermächtigen Dunkelheit wie weggeblasen. Wenn sie gekonnt hätte, wäre sie geflohen und hätte sich ein sicheres Versteck gesucht.

Nebel schoss in einer unglaublichen Geschwindigkeit um die Ecke, raste ihr entgegen. Die Raubkatze sprang auf, drängte sich gegen die Eisenstäbe. Das konnte nichts Gutes bedeuten. Angstvoll sah sie, wie der Nebel die Gitterstäbe ihres Gefängnisses überwand, sie einhüllte.

Rayna spürte die dunkle Energie und verschloss sich innerlich davor. Sie wusste, was sie umgab. Die gelenkte, aber ungefilterte Magie von Zinn. Die Nackenhaare der Gepardin stellten sich auf. Der Nebel umgab sie, verschlang sie völlig. Sie spürte, wie sich der Maulkorb löste und zu Boden fiel. Mit einem Klacken sprang die Tür auf. Sie war frei. Ungläubig blickte sie sich um, sah, wie die Nebelschwaden zurück in den Boden krochen und verschwanden.

Rayna wartete nicht auf eine weitere Einladung. Sie zwängte sich aus dem Käfig und drängte die Gepardin zurück. Sie musste wissen, was hier gespielt wurde, und dafür benötigte sie einen klaren Verstand, der nicht von niederen Instinkten geleitet wurde. Sie verwandelte sich.

Zuerst hob sie den Kopf, stand auf und streckte den Rücken durch. Es tat gut, aufrecht zu stehen. Von den Nebeln war weit und breit nichts zu sehen. Eine abgeschwächte Form der Energie spürte sie aber bei jedem Schritt. Zinn war präsenter, als sie es zuvor wahrgenommen hatte. Rayna kam sich beobachtet vor, aber sooft sie sich auch umblickte, es war niemand zu sehen. Vorsichtig spähte sie um die Ecke, denn sie wollte weder Rudolph noch seinem Großvater in die Arme laufen. Ihr stockte der Atem, als sie zwei leblose Gestalten am Boden liegen sah, und rannte los. Übelkeit erfasste sie, während sie an dem Indianer vorbeilief, dessen Kehle zerfetzt und dessen gesamter Körper blutüberströmt auf dem Rasen lag. Nicht weit von ihm befand sich Rudolph. Er hatte die Augen weit aufgerissen und starrte in den Himmel. Mitten auf dem Rasen stand ein schwarzer Panther und fauchte sie an. Ethan. Rayna wusste nicht, ob sie ihm vor Freude um den Hals fallen oder entsetzt über das Blutbad sein sollte. Sie stürzte auf ihn zu und ging vor ihm in die Knie. Das Tier wich zurück, als würde es sie nicht kennen. Dann schien es sich jedoch zu erinnern und beschnupperte sie.

„Ethan?“, fragte sie vorsichtig.

Der Panther stupste sie an. Das war nicht Ethan, das war

der Panther. Wo war Ethan? Er musste doch irgendwo in dem Tier sein. Als sie die Arme nach ihm ausstreckte und ihre eine Hand über seine Flanke streichen ließ, spürte sie das Dunkle, das von ihm Besitz ergriffen hatte. Fassungslos schüttelte sie den Kopf. Wut und Trauer strömten auf sie ein. „Ethan, nein!", schluchzte sie. Tränen bildeten sich in ihren Augen. „Was hast du getan?" Ihr Herz schmerzte, als wäre es ihr aus der Brust gerissen worden.

Er hatte Magie gewirkt, hatte sich bereichert an diesem dunklen, düsteren Ort, der vergiftet war von dem Hass seiner ehemaligen Bewohner. Er hatte sie befreit, doch welchen Preis musste er dafür zahlen?

Rayna war nicht bereit, ihn gehen zu lassen. Sie streifte die Turnschuhe und Socken von den Füßen, brauchte die direkte Verbindung zum Erdboden. Dann schlang sie die Arme um den Hals des Panthers und drückte ihn an sich. Sie schloss die Augen, tastete im Geist die Umgebung ab. Es war alles dunkel und neblig. Völlig blind tappte sie umher. Ethan musste hier sein. Immer und immer wieder schrie sie stumm nach ihm, hoffte, er würde es hören. Sie war sein Anker. Das würde ihm nur nichts nützen, wenn sie ihn nicht fand. Weder Ethan noch der Panther waren in diesem Nebelschleier auffindbar. Rayna rief noch einmal nach ihm, lauschte. Sie tastete sich vorwärts, sah kaum die Hand vor den Augen. Mit dem Fuß stieß sie gegen etwas, und Rayna wich erschrocken zurück. Sie konnte nichts sehen, ließ sich auf die Knie sinken und kniff die Augen zusammen, um die Umrisse besser erkennen zu können. Da war er. Ethan. Zusammengerollt wie ein Embryo lag er da.

„Ethan!", sie griff nach ihm, rüttelte an seiner Schulter. „Ethan, wach auf!" Ihr Herz klopfte schnell, pochte in ihren Ohren. „Ethan!" Sie schrie ihn an. Er musste aufwachen, musste sie ansehen. „Du musst kämpfen. Sieh mich an! Bitte!"

Er stöhnte.

Rayna weinte vor Glück. Das war ein gutes Zeichen, denn es bedeutete, sie hatte ihn noch nicht ganz verloren. Tränen rannen über ihre Wangen, benetzten sein Gesicht. Seine Lider flatterten, dann öffnete er die Augen und blickte sie verwundert an. Er verzog die Lippen zu einem Lächeln, streckte die Hand nach ihr aus und streichelte ihre Wange.

„Es ist schön, dass du da bist, dann bin ich nicht so alleine in diesem Gefängnis“, sagte er leise, kraftlos.

„Nein, Ethan!“, widersprach sie ihm bestimmt. „Ich bin nicht da, um dir Gesellschaft zu leisten. Ich bin hier, um dich zurückzuholen.“

Sein Lächeln schwand. „Dafür ist es zu spät“, murmelte er traurig.

Rayna saß neben ihm, eingehüllt in dichten Nebel. Stück für Stück verdichteten sich die Schwaden, wurden zu erstickendem Rauch.

„Nein!“, weinte sie erschöpft. Sie wollte ihn halten, doch der Rauch, der sie nun völlig einhüllte, saugte ihr die Kraft aus, ließ sie matt und entkräftet zurück. Rayna wurde fortgetrieben. Ethans Traumwelt entglitt ihr.

„Nicht!“, flüsterte sie und schlug die Augen auf. Ihre Sicht klärte sich. Den Panther hielt sie immer noch fest umschlungen. Er hatte sich in ihre Arme gekuschelt und genoss ihre Nähe. Nur ein leises Schnurren war zu hören.

„Oh, Ethan! Du darfst nicht gehen. Komm zu mir zurück. Bitte. Ich liebe dich.“ Sie strich über den Hals des Tieres, barg ihr tränennasses Gesicht in seinem Fell. Sie hatte ihn verloren. Leise weinte sie, glaubte, der Schmerz würde sie umbringen. Unter ihren Händen spürte sie das Wabern der Energie. Die Dunkelheit schwoll an, dünnte sich aus und kämpfte sich dann erneut zurück in den Körper des Panthers. Rayna wagte nicht, sich zu rühren. Durfte sie Hoffnung schöpfen? Sie traute sich nicht, ihn loszulassen. Eine Ewigkeit bangte sie um ihn. Dann spürte sie die Veränderungen unter ihren Händen. Der Körper des Panthers dehnte sich, das Fell wich muskulösen Männermuskeln. Rayna klammerte sich mit aller Kraft an ihn. Die Schnauze verschwand, formte sich zu einer menschlichen Nase. Dann blickte Ethan sie an und begann zu lächeln. Rayna weinte noch immer, diesmal vor Glück und Erleichterung. Sie saß im Gras, die Arme fest um seinen Hals geschlungen. Ethan ließ den Kopf erschöpft auf den Rasen sinken und zog sie dabei mit sich. Erschrocken japste sie.

Wieder lachte er, leise und befreit. „Lass mich nicht los, lass mich einfach nie mehr los“, murmelte er und schloss die Augen.

„Ich sollte dich hassen, für das, was du getan hast. Wie kann man nur so bescheuert sein?“, schimpfte sie mit ihm. Sie ließ ihn los, und ihre Arme glitten von seinem Hals. Nun war er es, der sie an sich zog.

„Ich brauche dich“, murmelte er an ihrer Schläfe und küsste sie auf die Stirn.

„Ich bin da“, versprach sie ihm. „Ich werde immer da sein, wenn du mich brauchst.“

Sie sah zu ihm auf, begegnete seinem Blick, der seltsam ernst war.

„Ich werde dich immer brauchen. Denkst du, wir könnten es miteinander versuchen?“

Erschrocken weiteten sich Raynas Augen. War das gerade … Sie konnte den Gedanken nicht in Worte fassen, war völlig überwältigt.

„Ja“, hauchte sie.

Da näherten sich seine Lippen den ihren, und sie trafen sich zu einem langen Kuss. Danach hatte sich Rayna so lange gesehnt. Sie war so unendlich glücklich.

„Wir sollten gehen“, mahnte Ethan und löste sich von ihr.

Irritiert sah sich Rayna um. Sie hatte ihre Umgebung völlig

vergessen. Die Toten lagen noch immer da. „Was machen wir mit ihnen?“

„Nichts“, entschied er. „Wir gehen zurück ins Gasthaus und werden morgen in aller Ruhe zurück nach München fahren.“

„Aber wenn sie jemand findet?“

„Das hoffe ich doch. Aber was hat das mit uns zu tun? Ich habe dich vom Kaffeetrinken abgeholt, und wir sind zurück ins Dorf gefahren. Als wir uns verabschiedeten, haben beide noch gelebt.“

Rayna sah ihn mit großen Augen an. Wie Ethan das erzählte, hörte es sich so absolut real an.

„Du glaubst doch nicht, dass wir mit dem Tod dieser beiden etwas zu tun haben?“, fragte Ethan sie überrascht. „Weder du noch ich besitzen einen Hund mit spitzen Zähnen. Und was mit dem armen Rudolph passiert ist, kann ich mir einfach nicht erklären.“ Er lächelte sie an, als ob er jedes einzelne Wort so meinte.

Rayna brach in schallendes Gelächter aus. „Richtig, wer will uns schon etwas nachweisen?“

Sie erhoben sich und machten sich auf in Richtung Hof, wo ihr Leihwagen parkte. Vor dem Haus war alles unverändert. Lediglich das verstörte Wiehern der Pferde war ein Hinweis darauf, dass nicht alles in bester Ordnung war.

Sie stiegen ein und fuhren zurück zu ihrer Unterkunft.

KAPITEL 52

„Na, einen schönen Nachmittag gehabt?", erkundigte sich Seb, der Wirt, als Rayna und Ethan das Gasthaus betraten.

„Ja, danke. Ich habe Rayna eben von Zinn abgeholt", verkündete Ethan gut gelaunt. „Wirklich nett, wie Rudolph und sein Großvater dort leben."

Rayna bewunderte seine schauspielerischen Fähigkeiten.

Seb nickte eifrig. „Ja, es ist einfach traumhaft, besonders der Rosengarten."

Rayna senkte den Kopf. Ihr war nicht danach, sich mit Seb zu unterhalten. Sie wollte auf ihrem Zimmer allein sein und musste erst die Ereignisse des Nachmittags verdauen.

„Geht es dir nicht gut?" Fragend musterte Seb sie.

„Doch, doch. Ich bin nur ziemlich müde." Das war nicht einmal eine richtige Lüge. Sie fühlte sich nämlich weiterhin furchtbar erschöpft. Nach den Ereignissen des Tages aber kaum verwunderlich. „Hast recht. Leg dich lieber etwas hin", pflichtete ihr Seb bei. Dann wandte er sich an Ethan. „Bleibt es bei morgen?"

„Natürlich. Wir planen nach dem Frühstück zurück nach München zu fahren."

Rayna hörte nur mit halbem Ohr zu. Sie war dankbar, dass Ethan alles regelte. Sie wollte gerade die Zimmertür hinter sich schließen, als Ethan noch schnell mit hineinschlüpfte.

„Ich denke, es ist keine gute Idee, jetzt allein zu sein", stellte er fest und zog Rayna einfach in seine Arme.

„Das ist okay." Sie genoss seine Umarmung, freute sich so über seine Nähe, dass sie keine weiteren Fragen stellte.

Dann küsste er sie wieder. Zuerst einfühlsam und zärtlich, dann fordernder. Seine Hände wanderten über ihren Körper, schoben sich unter ihr T-Shirt. Rayna drängte sich an ihn. Es war endlich an der Zeit, ihre Unschuld zu verlieren. Sie wollte nicht länger warten. Ethan war der Richtige.

Er unterbrach den Kuss und legte seine Stirn gegen ihre. „Wenn du mich jetzt nicht wegschickst, falle ich über dich her."

Sie lächelte. Nichts wünschte sie sich sehnlicher als genau das.

„Ich werde dich nie wegschicken", versprach sie ihm.

Ungestüm zog Ethan sie an sich. Seine Zunge drang stürmisch in ihren Mund ein. Erforschte, eroberte sie. Rayna stöhnte verzückt auf und bog sich ihm entgegen. Seine Hände unter ihrem T-Shirt wanderten nach oben. Sanft zog er an dem Stoff, und Rayna hob die Arme, damit er ihr das Kleidungsstück über den Kopf ziehen konnte. Sie hatte immer gedacht, sie würde sich entblößt fühlen, wenn sie nur mit BH vor einem Mann stünde, aber mit Ethan war es ganz natürlich, richtig. Mit den Lippen knabberte er an ihrem Hals, wanderte ihr Schlüsselbein entlang. Lustvoll stöhnte Rayna auf. Ihr Unterleib kribbelte, stand schon jetzt in Flammen. Wie sollte das werden, wenn Ethan sie … Weiter kam sie nicht. Ethan hatte den Jeansknopf geöffnet und schob nun seine Hand in ihre Hose. Er tastete über ihren bereits feuchten Slip, erreichte ihre empfindsame Stelle, die nur durch einen dünnen Stoff von ihm getrennt war. Ihr schwindelte, und sie war froh, dass sie sich an Ethan festhalten konnte.

Ihre Zungen tanzten miteinander, spielten, neckten sich. Rayna wollte protestieren, als er seine Hand fortzog. Sie presste die Beine fest zusammen, wünschte sich, ihn dort wieder zu spüren. Zum ersten Mal in ihrem Leben verstand sie, was es bedeutete, vor Lust zu vergehen.

Als wöge sie kaum etwas, hob Ethan sie hoch, trug sie zum Bett und ließ sie vorsichtig in die Kissen gleiten. Langsam zog er den Reißverschluss der Jeans auf, befreite sie von ihrer Hose. Jetzt lag sie nur noch mit Unterwäsche bekleidet vor ihm. Bewundernd ließ er seine Hand über ihren Körper gleiten.

„Du bist so wunderschön."

„Dann komm zu mir", lockte sie ihn und streckte die Arme nach ihm aus.

Hastig streifte sich Ethan das T-Shirt vom Leib, ehe er sich über sie beugte und sie mit ihren Zungen den Kampf der Liebenden weiter fochten. Ein Spiel, bei dem es nur Gewinner gab.

Seine linke Hand befreite ihre Brüste aus ihrem Gefängnis. Dann umfing er sie, wiegte sie hin und her, knetete sie. Er zupfte an ihren Brustwarzen. Rayna schrie vor Wonne leicht auf. Davon – von ihm, von seinen Berührungen – könnte sie regelrecht süchtig werden.

Als er sich an ihrem Slip zu schaffen machte, hielt sie seine Hand fest. Sie würde sein Streicheln nicht lange ertragen. Aber vielleicht war es auch ihre Unsicherheit. Noch nie hatte sie nackt und vollkommen schutzlos unter einem Mann gelegen. Jedenfalls würde sie sich besser fühlen, wenn er sich als Erster seiner Kleidung entledigte.

„Du zuerst“, raunte sie ihm zu und knabberte an seinem Ohr.

Ethan ließ sich das nicht zweimal sagen und schlüpfte eilig aus seiner Jeans. Die Unterhose zog er gleich mit aus.

Fasziniert blickte Rayna auf seine erigierte Männlichkeit. Es war nicht das erste Mal, dass sie einen nackten Mann sah, schließlich war sie mit drei Brüdern aufgewachsen. Ethan jedoch mit seiner dunklen Haut und in seiner ganzen Pracht, ohne sich für seine Nacktheit zu schämen, war etwas völlig anderes. Ihr Mund wurde ganz trocken und sie befeuchtete ihre Lippen mit der Zungenspitze.

„Weißt du eigentlich, wie sexy du bist?“, fragte er und beugte sich über sie.

Rayna spürte, wie ihr die Röte in die Wangen schoss. Hastig stemmte sie sich auf den Ellenbogen hoch, um Ethan zu küssen und so um eine Antwort herumzukommen. Er drückte sie zurück in die Kissen, dann schickte er seine Hände erneut auf Wanderschaft. Rayna stöhnte, klammerte sich an ihn. Er fühlte sich gut an, warm und männlich. Sie spürte seine samtene Männlichkeit an ihrem Oberschenkel. Rayna freute sich auf ihn, hatte allerdings auch ein wenig Respekt. Er war so groß, und sie wusste nicht, ob er ihr damit nicht wehtun würde. Doch Ethan verstand es, sie abzulenken. Er wusste genau, welche Stellen er berühren musste, damit ihr Körper in Verzückung geriet. Sie bog sich ihm verlangend entgegen, als er begann sich mit dem Mund nach unten zu arbeiten. Ihre Haut wurde übersät von winzigen Küssen. Dort, wo er sie berührte, begann es zu kribbeln, bis schließlich ihr ganzer Körper vor Lust prickelte. Rayna wurde immer unruhiger, als er ihren Bauchnabel erreichte. Er würde doch nicht … Er konnte doch nicht … Er konnte und er tat. Rayna stieß einen spitzen Schrei aus, als er ihr einen Kuss direkt auf ihre empfindsamste Stelle drückte. Und da war noch etwas. Warm, feucht und äußerst beweglich.

„Ethan?", keuchte sie und krallte die Finger in das Bettlaken.

„Entspann dich", murmelte er und versenkte seinen Kopf zwischen ihren Beinen.

Rayna stöhnte, wand sich hin und her. Es fühlte sich an, als stünde ihr Unterleib in Flammen. Wenn Ethan nicht aufhörte, würde sie vergehen.

„Ethan", krächzte sie. Zu mehr war sie nicht imstande.

Er ignorierte ihren Protest, setzte sein Spiel mit der Zunge fort. Das Kribbeln nahm zu, verstärkte sich. Rayna konnte nicht mehr, und dann löste sich alles um sie herum auf. Zuckend lag sie da und schrie völlig von Sinnen. Ethan war bei ihr, trug sie hindurch. Er hatte sie in den Arm genommen, hielt sie einfach fest und gab ihr Zeit, damit sich ihr Körper wieder beruhigen konnte.

So also konnte sich ein Orgasmus anfühlen. „Wow", sagte sie erschöpft und kuschelte sich in seine Armbeuge. Ihr Unterleib vibrierte immer noch. „Das war besser als alles andere, was ich je erlebt habe."

Ethan lachte. Sein Brustkorb bebte an ihrem Ohr. „Das war erst der Anfang", versprach er ihr.

Rayna fühlte sich ausgelaugt und bezweifelte, dass sie dazu in der Lage war, so etwas noch einmal zu überstehen. Aber da Ethan keine Anstalten machte, ihr Liebesspiel fortzusetzen, konnte sie seine Nähe uneingeschränkt genießen. Rayna war müde, und ihr fielen schon nach kurzer Zeit die Augen zu. Sie dämmerte ein wenig, bis sie von streichelnden Händen und Küssen geweckt wurde. Ethan hatte damit begonnen, ihren Körper wieder in Verzückung zu stürzen. Auch wenn sie vor Kurzem noch behauptet hätte, sie würde kein zweites Mal überleben, strafte ihr Körper sie Lügen. Schon wieder stand sie in Flammen. Zwischen ihren Beinen pochte es, und diesmal würde es nicht bei seiner Zunge bleiben. Rayna ließ ihre Hände über seinen Rücken gleiten, streichelte seinen Nacken und drängte sich verlangend an ihn. Ihre Münder fanden sich, verschmolzen miteinander, bis Rayna vollkommen atemlos war. Ethan spreizte ihre Beine, machte es sich dazwischen bequem. Ihr stockte der Atem, als sie seine harte und doch samtene Erektion direkt vor ihrer Mitte spürte. Sanft drückte er in sie. Es war etwas unangenehm, und Rayna war froh, als Ethan ihr Gesicht umfing und sie küsste. Sie spürte, wie sie sich dabei entspannte. Der leichte Druck gegen ihre Scham war nicht mehr so unangenehm. Mit der Zeit gewöhnte sie sich daran. Die Küsse waren atemberaubend, intensiv, und Rayna drängte sich von selbst näher an ihn. Sie wollte ihn. Jetzt. Manchmal war es schon ein wenig unheimlich, wie gut Ethan ihre innersten Wünsche und Gefühle kannte. Mit einer schnellen Bewegung drang er in sie ein. Rayna schrie auf, als es schmerzte, aber da hatte er sich bereits wieder zurückgezogen.

„Alles okay?“, erkundigte sich Ethan besorgt.

Rayna nickte. Sie war nicht aus Zucker, und durch so eine Lappalie sicher nicht kleinzukriegen. Verlangend strich sie über seinen Rücken.

„Ich möchte mehr“, forderte sie.

Augenblicklich kam Ethan ihrer Bitte nach und war erneut in ihr. Diesmal war es nicht mehr schmerzhaft, nur ein wenig unangenehm. Von Stoß zu Stoß gewöhnte sie sich an ihn, ja es gefiel ihr zunehmend. Sie spürte, wie sich die Spannung in ihrem Körper erneut aufbaute. Ethan hatte die Zähne zusammengebissen, keuchte angestrengt. Sie spürte, dass er sich wegen ihr zurückhielt. Rayna wollte das nicht. Er hatte ihr schon so viel gegeben, auch er sollte auf seine Kosten kommen. Sie wusste nur überhaupt nicht, wie sie ihn erregen konnte. Was gefiel einem Mann? Was gefiel Ethan? Rayna japste nach Luft, als er einen besonders empfindsamen Punkt in ihr berührte. Immer und immer wieder stieß er dagegen. Ihr Kopf war völlig leer, alle Gedanken hatten sich in Luft aufgelöst.

„Ethan?", fragte sie atemlos.

„Ja?", knurrte er mit zusammengebissenen Zähnen.

Rayna schloss die Augen, unfähig, einen zusammenhängenden Satz zustande zu bringen. Und dann kam sie noch einmal. Heftig. Sterne tanzten vor ihren Augen, und die Welt um sie herum blieb einfach stehen. Da war nur Ethan, nur sie. Er hatte ebenfalls den Gipfel der Lust erklommen und brach auf ihr zusammen. Sie hielten sich fest umklammert, brauchten einige Augenblicke, bis sie wieder zu Luft kamen.

„Ist bei dir alles in Ordnung?", fragte Ethan und strich ihr eine verschwitzte Strähne aus der Stirn.

Rayna nickte. Sie fühlte sich völlig ausgelaugt. Morgen tat ihr vermutlich jeder Muskel weh. Aber das war es wert gewesen, und sie würde es jederzeit wieder so wollen.

Ethan legte sich neben sie und zog sie in seine Arme. Rayna kuschelte sich an ihn. Es war warm an seiner Seite. Sie fühlte sich geborgen und sicher. Ihre letzten Gedanken galten ihm, als sie die Augen schloss und in die Traumwelt abdriftete.

KAPITEL 53

Ein Klopfen riss Ethan unsanft aus dem Schlaf. Er blickte auf Rayna, die sich vertrauensvoll an ihn kuschelte. Es klopfte wieder.

Vorsichtig zog er seinen Arm unter ihr fort und erhob sich, griff nach seiner Jeans und streifte sie eilig über. Wieder klopfte es gegen die Tür.

„Ich komme ja schon“, murmelte er missmutig und blickte auf die Uhr.

Es war erst neun, eine Zeit, zu der man durchaus noch im Bett liegen durfte. Wer wollte in aller Frühe etwas von ihm? Er hatte eine Vermutung, die sich bestätigte, als er die Tür öffnete und zwei Männern gegenüberstand. Sie trugen Zivil, dennoch war Ethan lang genug dabei, um zu wissen, dass er zwei Polizeibeamten vor sich hatte.

„Ja, bitte?“, erkundigte er sich und fuhr sich mit der Hand

durchs Haar. Vermutlich sah man ihm an, dass er gerade aus dem Bett gekommen war. Er lehnte sich gegen die Tür, sodass er den Blick auf das Zimmerinnere versperrte.

„Entschuldigen Sie die Störung“, erklärte der Kleinere mit dem leichten Bauchansatz. „Kriminalpolizei, Eberhard und Schilling“, stellte er sich und seinen Kollegen vor. Beide zogen ihre Dienstausweise hervor und hielten sie ihm entgegen. Er nickte wissend. Mit ihrem Besuch hatte er gerechnet, allerdings nicht morgens um neun Uhr.

„Wie kann ich Ihnen helfen?“, erkundigte sich Ethan.

„Wir möchten Ihnen gerne ein paar Fragen stellen. Sie waren gestern Nachmittag auf Zinn?“

„Ja“, entgegnete Ethan. „Rudolph von Zinn war so nett, meine Freundin zum Kaffeetrinken einzuladen. Ich habe sie dort abgeholt. Ist etwas nicht in Ordnung?“ Er versuchte interessiert zu klingen.

„Wir ermitteln in einem Mordfall. Sowohl Herr von Zinn als auch sein Großvater sind gestern am späten Nachmittag oder am frühen Abend unter seltsamen Umständen ums Leben gekommen.“

„Mord? Wie bedauerlich.“ Er versuchte ein überraschtes Gesicht aufzusetzen. „Als wir Zinn verlassen haben, erfreuten sich die beiden Herren bester Gesundheit. Was ist passiert? Sind sie überfallen worden?“

„Ich darf über laufende Ermittlungen leider keine Auskunft geben.“

„Natürlich“, bestätigte Ethan.

„Ist Ihre … Begleitung auch da?“, erkundigte sich der zweite Polizist aus dem Hintergrund. „Wir haben nebenan geklopft, aber da hat keiner aufgemacht.“

„Sie ist hier“, gab er vieldeutig lächelnd Auskunft. Die Männer schienen zu verstehen und grinsten zurück. „Sie schläft noch. Möchten Sie, dass ich sie wecke?“, bot Ethan bereitwillig an.

„Nein, nein!“, lehnte der Kleinere von ihnen ab, der wohl das Sagen hatte. „Ihnen ist also gestern nichts Ungewöhnliches aufgefallen?“

„Was meinen Sie mit ungewöhnlich?“

„Einfach etwas Seltsames. Komische Geräusche, eine unliebsame Begegnung?“

„Nein“, sagte Ethan völlig ahnungslos.

„Haben Sie Haustiere?“, wollte der hintere Mann wissen, der offenbar deutlich mehr Grips hatte als sein Kollege.

„Haustiere?“ Ethan spielte den Verblüfften. „Wir kommen aus Louisiana. Haustiere auf so eine weite Reise mitzunehmen, wäre doch sehr unvernünftig. Ich wohne in New Orleans und bin viel unterwegs, da bleibt keine Zeit für Haustiere.“ Er wies mit einer Kopfbewegung hinter sich. „Rayna studiert, da sind keine Haustiere erlaubt.“

Der kleinere Polizist winkte ab. „Schon gut. Falls Ihnen noch etwas einfällt, melden Sie sich bitte bei uns?“ Er reichte Ethan eine Visitenkarte. Der Kleinere war also Eberhard, dann musste der andere Schilling sein.

„Das mache ich, versprochen. Allerdings haben wir geplant, heute zurück nach München zu fahren. Ist das ein Problem?“

„Nein, nein“, entgegnete Eberhard eilig.

„Planen Sie das Land demnächst zu verlassen?“, erkundigte sich Schilling.

„Ja. Ich fürchte, unser Urlaub ist leider so gut wie vorbei.“

„Das ist doch kein Problem“, wies Eberhard seinen jüngeren Kollegen zurecht. „Das waren nur Routinefragen.“

„Hätten Sie Kontaktdaten, falls wir noch etwas wissen müssen?“ Schilling gab nicht nach.

„Aber sicher.“ Ethan hatte glücklicherweise seinen Geldbeutel in der Hosentasche, zog daraus eine Visitenkarte hervor und reichte sie Eberhard.

„Sie sind Anwalt?“, stellte der Polizist überrascht fest.

„Ja“, sagte Ethan knapp. „Allerdings in Louisiana.“

„Vielen Dank für das Gespräch und eine gute Heimreise“, bedankte sich Eberhard und tippte sich verabschiedend an die Stirn.

„Gerne. Ich hoffe, Sie finden den oder die Schuldigen.“

Ethan schloss die Tür hinter ihnen. Erleichtert atmete er durch. Es war genau so, wie er es vorausgesagt hatte. Sie waren keine Tatverdächtigen, sonst hätten die Männer sie nicht so bereitwillig gehen lassen. Aber was sollten zwei Touristen schon zu verbergen haben? Der Mord auf Zinn würde vermutlich nie aufgeklärt werden, und in einigen Wochen, wenn alle Spuren im Nichts verlaufen waren, zu den Akten gelegt werden.

Ethan kehrte zum Bett zurück und betrachtete Rayna. Sie schlief noch immer. Komisch. Raynas Erschöpfung wunderte ihn nach dem Tag gestern nicht. Ihr fester Schlaf, den nicht einmal die Polizisten gestört hatten, kam ihm dagegen etwas seltsam vor. Er setzte sich neben sie auf die Bettkante und streichelte ihr Gesicht. Sie war so unglaublich schön, wie sie dalag, die blonden Haare auf dem Kopfkissen ausgebreitet. Auf diesen Anblick hatte er sich so sehr gefreut. Es war ihm egal, was Darren dazu sagte, er war nicht bereit, Rayna aufzugeben. Sie wollte ihn, und er liebte sie. Er würde alles in seiner Macht Stehende tun, damit ihre Beziehung funktionierte. Verdammt, sie war schließlich Rayna.

Er beugte sich über sie und küsste sie auf die Wange. Sie regte sich nicht. Dennoch überkam ihn Verlangen, aber es war der falsche Zeitpunkt. Rayna war sicher noch wund von der vergangenen Nacht, und sie sollten langsam aufbrechen. Außerdem hatte sie sich eine Pause verdient.

Er schüttelte sie sanft, aber Rayna wachte nicht auf. Er packte etwas fester zu, achtete jedoch darauf, ihr nicht wehzutun.

„Rayna? Rayna, wach auf!“

Sie bewegte sich, und er dachte schon, sie erwachte, aber dann murmelte sie nur etwas Unverständliches und drehte sich auf die andere Seite. Ethan stutzte. Das gefiel ihm ganz und gar nicht. Er schlug die Decke zurück, auch das schien Rayna nicht zu stören. Noch einmal rüttelte er an ihrer Schulter. Ihre Augen öffneten sich kurz, dann schlossen sie sich wieder.

„Rayna, Rayna, bleib wach!“

Schon war sie wieder eingeschlafen. Das konnte doch nicht sein. Da stimmte etwas nicht. Er verschwand kurz im Bad und kam mit einem triefend nassen Waschlappen zurück. Wenn sie nicht auf die sanfte Tour aufwachte, musste er schwerere Geschütze auffahren. Er hielt den Lappen direkt über ihr Gesicht und wrang ihn aus.

Rayna quietschte, ihre Lider flatterten.

„Ethan?“, fragte sie abwesend.

„Auf geht es, du Schlafmütze. Zieh dich an, wir müssen los!“

„Ich bin so müde“, murmelte sie schlaftrunken und wollte sich wieder unter die Decke kuscheln.

Ethan verhinderte dies, indem er nach der Decke griff und sie auf den Boden warf, für Rayna unerreichbar. Unnachgiebig zog er sie an den Händen hoch, schob ihre Beine über die Bettkante, sodass sie am Rand zum Sitzen kam.

„Wir müssen zurück nach München.“ Er sah sie eindringlich an.

Rayna hatte sichtlich Mühe, die Augen offen zu halten.

„Du musst dich anziehen. Verstehst du mich?“

Rayna nickte. „Ich will doch nur schlafen.“

„Das kannst du im Auto machen. Jetzt müssen wir erst einmal packen.“ Zweifelnd blickte er Rayna an, die es kaum fertigbrachte aufzustehen. Er ging neben ihr in die Hocke.

„Was ist mit dir?" Etwas stimmte nicht. Ihr Zustand war keinesfalls normal.

„Ich weiß nicht, ich bin nur so furchtbar müde. Bitte lass mich schlafen." Immer wieder klappten ihr die Augen zu.

„Nein!", entschied Ethan bestimmt. „Komm, ich helfe dir."

Er hakte Rayna unter, half ihr beim Aufstehen und brachte sie ins Bad.

KAPITEL 54

Ethan blickte zu Rayna hinüber, die neben ihm auf dem Beifahrersitz saß und schlief. Sie anzuziehen und ihre Sachen zu packen, war eine Tortur gewesen. Er hatte sie ins Auto gesetzt und das Hotelzimmer bezahlt. Als er zurückgekehrt war, schlief sie tief und fest. Das war vor über einer Stunde gewesen. Sie hatten bereits die Ausläufer von München erreicht und würden in Kürze bei Sarahs Haus ankommen.

Raynas Müdigkeit war nicht normal. So viel Schlaf brauchte kein gesunder Mensch. Fieber hatte sie heute Morgen nicht gehabt, da war er sicher. Aber er würde noch mal ihre Stirn fühlen, wenn sie angekommen waren. Vielleicht stieg ihre Körpertemperatur zwischenzeitlich, und sie wurde einfach nur krank.

Eigentlich sollte er Darren anrufen, ihm mitteilen, dass der Mörder von Brain seine gerechte Strafe erhalten hatte. Aber dann müsste er Darren auch von Rayna erzählen, und davor scheute er sich. Darren war sein bester Freund, und eigentlich vertrat Ethan die Ansicht, dass seine Freundschaft zu ihm durch nichts getrübt werden könnte. Das war allerdings gewesen, bevor sich Rayna als seine Traumfrau entpuppt hatte. Eine Beziehung mit ihr war eine Grenze, die er ganz klar überschritten hatte. Ethan hatte gewusst, dass es kompliziert würde. Er bereute die Nacht nicht, würde es jederzeit wieder so machen. Dennoch war er nicht besonders erpicht auf den Streit, den er unweigerlich mit Darren haben würde, und das musste nicht am Telefon sein.

Ethan bog in die Straße ein, in der sich Sarahs Haus befand. Noch ein paar Meter, dann hatten sie ihr Ziel erreicht. Er parkte in der Einfahrt und stellte den Motor ab.

„Rayna?“ Sanft stieß er sie an, doch sie reagierte nicht. Er schüttelte sie heftiger. „Rayna, wir sind da!“ Sie machte keine Anstalten, sich zu rühren. Ethan fühlte ihre Stirn. Die Körpertemperatur fühlte sich normal an. Er beschloss, Rayna erst einmal ins Haus zu schaffen. Nachdem er die Türen geöffnet hatte, holte er sie aus dem Auto, trug sie direkt in das große Schlafzimmer, wo er sie sorgfältig aufs Bett legte. Sie hatte sich kein einziges Mal geregt. Was auch immer das war, was Rayna befallen hatte, er musste es schnellstens beheben. Vorsichtig beugte er sich über sie.

„Rayna, hörst du mich?“ Er klatschte direkt neben ihrem Ohr in die Hände. Eigentlich hätte sie zusammenzucken müssen, doch sie lag immer noch vollkommen reglos da. Ethan fühlte ihren Puls. Er brauchte drei Anläufe, bis er ihn fand, und für seinen Geschmack war er viel zu langsam. Verdammt. Lag es daran, dass sie schon lange nichts mehr zu sich genommen hatte? Hatte sie gestern überhaupt etwas gegessen? Er verschwand in der Küche und kam mit einem Glas Saft zurück. Der Kühlschrank war leider leer, und etwas Besseres hatte er auf die Schnelle nicht gefunden. Er lehnte Rayna gegen ein Kissen, sodass sie halbwegs aufrecht saß. Dann versuchte er noch einmal sie zu wecken. Sie stöhnte. Die Augen blieben geschlossen.

„Du musst etwas trinken“, erklärte er ihr und hielt ihr das Glas hin. Sie schluckte brav. Einmal, zweimal, dann schüttelte sie nur den Kopf. Ethan stellte das Glas auf dem Nachttisch ab und legte Rayna wieder hin. Sie ließ die Prozedur vollkommen widerstandslos über sich ergehen, und Ethan musste sich frustriert eingestehen, dass er nicht mehr weiterwusste. Nachdenklich sah er sie an. Er musste anrufen. Darren würde es ihm übel nehmen, wenn er ihn nicht informierte. Telefonieren konnte er von überall aus, und so blieb er an Raynas Seite sitzen, zog sein Handy aus der Tasche und wählte die entsprechende Nummer. Er betete, dass Darren wusste, was mit Rayna los war, und einen Weg kannte, ihr zu helfen.

„Ethan, wird Zeit, dass du dich meldest. Ist bei euch alles in Ordnung?“

Er war erleichtert, die Stimme seines Freundes zu hören. Hatte er sich nicht melden wollen? Nun, das war inzwischen auch egal. „Nicht wirklich“, murmelte er und atmete tief durch. „Mit Rayna stimmt etwas nicht. Sie schläft ununterbrochen und ist nicht wach zu bekommen.“

„Wie schlimm ist es?“, wollte Darren in sofortiger Alarmbereitschaft wissen.

„Ihr Puls ist ziemlich schwach.“

„Verdammt!“ Es herrschte kurz Stille. „Was hat sie gemacht? Wie lange geht das schon so?“

Ethan erzählte ihm alles, was er wusste, über Zinn, über Rudolph und über seinen Großvater. Schweigend hörte Darren zu, bis er schließlich geendet hatte.

„Bist du dir sicher, dass diese dunkle Energie auf Zinn geblieben ist?“, erkundigte sich Darren.

„Ja. Ich hätte es gespürt, ehrlich." Spätestens als er mit ihr schlief, hätte er bemerkt, wenn etwas von diesem dunklen Ort in ihr zurückgeblieben wäre. Aber das sagte er Darren natürlich nicht. Es war nicht der richtige Zeitpunkt.

„Wie nahe bist du ihr gekommen? Bist du sicher, dass du nichts übersehen hast?"

„Ja!", grummelte Ethan. Es missfiel ihm, dass Darren an seiner Urteilsfähigkeit zweifelte. Aber er wusste auch, dass er das nur tat, weil es um Rayna ging.

„Bist du in der Nähe eines magischen Ortes, um sie mit Energie zu versorgen?"

Ethan hob den Kopf. Die Idee war gut. Allerdings lag der nächste magische Ort dort, wo sie herkamen, und die Energie am Bergsee war inzwischen beinahe versiegt. Er bezweifelte, dass sie ausreichen würde. Er hatte schon Probleme gehabt, das Ritual ordentlich zu Ende zu führen. Zinn würde er Rayna nicht überlassen, niemals. Er hatte es gespürt, hatte die Dunkelheit in sich gehabt. Das war sicher keine Alternative.

„Nein", sagte er schließlich.

„Ihr seid in Sarahs Haus?", erkundigte sich Darren.

„Ja", murmelte Ethan missmutig.

„Ich werde alle Hebel in Bewegung setzen und euch abholen lassen", versprach Darren.

Ethan kniff die Augen zusammen. „Was hast du vor?", fragte er vorsichtig. Wenn es um Rayna ging, traute er Darren beinahe jede Dummheit zu.

„Ich werde ein Privatflugzeug chartern, um euch abholen zu lassen. Auf Cheetah Manor kann ich ihr helfen."

Ethan fuhr sich mit der Hand über das Gesicht. Der Plan war gut. So konnte es tatsächlich klappen. Vorausgesetzt, Darren beeilte sich. „Melde dich, wenn du Genaueres weißt."

Die Leitung klickte, und das Gespräch war beendet. Ethan saß da und starrte vor sich hin. Dann drehte er sich um, sah

Rayna an. „Ich hoffe, Rettung ist rechtzeitig hier“, sagte er zu ihr.

Rayna reagierte nicht. Sie sah blass aus, die Wangen eingefallen. Erinnerungen an wenige Monate zuvor stiegen in ihm auf. Damals war sie in einem ähnlichen Zustand gewesen, als ein Amulett die Kraft von Cheetah Manor aufgesogen und damit auch die Cheetahs entkräftet hatte.

Seine Augen weiteten sich, als ihm klar wurde, dass die Lösung so einfach und simpel war und die ganze Zeit direkt vor seinen Augen lag. Es musste etwas geben, das Rayna die Energie raubte. Konzentriert dachte er nach. Sie hatten den Ort gewechselt, es konnte also nicht daran liegen. Die Kleidung konnte es auch nicht sein, heute Morgen hatte sie nichts getragen als … Er erstarrte und riss die Decke fort. Hastig schob er ihre Jeans ein paar Zentimeter nach oben und entblößte ihren Knöchel. Dort war dieses Fußkettchen, welches er an ihr noch nie zuvor gesehen hatte. Es war wirklich hübsch, sauber und filigran gearbeitet. Winzige Rosen umschlangen die Kettenglieder. Er suchte den Verschluss und wollte die Kette öffnen, aber das ging nicht.

„Scheiße!“, fluchte er vor sich hin. Dieser verdammte Verschluss ging einfach nicht auf, beinahe so, als wäre er verflucht. Sosehr er es probierte, sosehr er zog und zerrte, es geschah einfach nichts. Er musste schwerere Geschütze auffahren. Dafür brauchte er Werkzeug. Ethan bildete sich ein, dass er in der Garage eine Werkbank gesehen hatte. Eilig stürmte er hinaus. Zum Glück musste er nicht lange suchen. An der Garagenwand, über der Werkbank, befand sich ein gut sortierter Schrank. Dort fand er einen Seitenschneider. Damit müsste es ihm gelingen, das Fußkettchen aufzubekommen. Er machte sich auf den Weg zurück.

„Rayna, ich werde das Kettchen jetzt abschneiden“, informierte er sie. Er hatte zwar keine Ahnung, ob sie etwas von der Außenwelt mitbekam, aber wenn sie noch in ihrem Körper war und die Möglichkeit bestand, dass sie ihn hörte, sollte sie zumindest wissen, was er vorhatte. Ethan setzte den Seitenschneider an und drückte den Griff zusammen. Nichts tat sich. Er versuchte es noch einmal, aber auch diesmal hinterließ er nicht eine Kerbe in dem Schmuckstück. Fluchend legte er das Werkzeug zur Seite. Es war chancenlos. Dieses Ding war kein normales Fußkettchen, so viel stand fest. Wenn es nicht zu öffnen war, musste es mit Magie belegt sein. Er hätte Rudolph umbringen können für das, was er getan hatte. Der Kerl hatte Glück, dass er bereits tot war.

Ethan legte sich neben Rayna, wollte sie im Arm halten und ihr etwas Nähe geben. Oder er selbst brauchte die Nähe, so genau konnte er das nicht sagen. Im Stillen betete er, dass sich Darren beeilte. Sie mussten es einfach rechtzeitig schaffen. Ethan wusste nicht, was er sonst tun würde. Er durfte Rayna nicht verlieren, nicht jetzt, da er sie endlich gefunden hatte. Ihren leblosen Körper an sich zu drücken und sich zu vergewissern, dass sie noch lebte, half ihm, die Hoffnung nicht zu verlieren. Er durfte Rayna nicht aufgeben, musste für sie beide kämpfen.

Als sein Handy klingelte, atmete er erleichtert auf und klammerte sich an die Hoffnung, dass Darren gute Nachrichten für sie hatte.

„Also, hör zu“, erklärte ihm sein bester Freund ohne Umschweife. „Ich bin bereits auf dem Weg nach New Orleans und komme mit einem Privatjet zu euch. Die Deutschen und ihre Bürokratie … Jedenfalls ist das der schnellste Weg. In rund fünfzehn Stunden bin ich bei euch. Sorg einfach dafür, dass Rayna transportbereit ist, wenn ich ankomme.“

Ethan atmete erleichtert auf. Das war zwar länger als gedacht, aber Rayna würde es schon schaffen.

Erleichtert sank er in die Kissen zurück. „Ich werde mich

nicht von Rayna fortbewegen und alles vorbereiten“, versprach er.

Darren verabschiedete sich knapp und legte auf.

Ethan lag da, starrte an die Decke. Rettung nahte. Jetzt musste Rayna nur noch so lange durchhalten. Er stützte sich auf den Ellenbogen, um sie ansehen zu können.

„Rayna“, sagte er sanft und strich ihr eine Haarsträhne aus dem Gesicht. „Du musst durchhalten. Es dauert nicht mehr lange, dann kommt Darren und bringt uns nach Hause.“

Sie reagierte nicht. Natürlich nicht. Er schalt sich einen Dummkopf. Es tat weh, Rayna so zu sehen. So lange hatte er sich dagegen gewehrt, diese Frau zu lieben. Weil sie Darrens Schwester war, weil er sie bereits sein ganzes Leben kannte und weil er der Ansicht war, dass er sie nicht verdiente. Dieser Meinung war er noch immer, aber das ignorierte er geflissentlich. Rayna hatte es trotz allem geschafft, sich in sein Herz zu stehlen und es zu erobern. Er konnte sich ein Leben ohne sie nicht vorstellen.

Ethan legte sich zu ihr aufs Bett, nahm sie in den Arm. Er brauchte ihre Nähe, und vielleicht war sie noch in ihrem Körper und konnte ihn ebenfalls spüren.

KAPITEL 55

Zehn Stunden waren vergangen. Ethan saß auf Kohlen. Darren befand sich in der Luft, war auf direktem Weg zu ihnen, aber sie mussten mit Rayna erst noch zurückfliegen, bevor sie ihr die Energie von Cheetah Manor zuführen konnten. Es würde also noch fast einen Tag dauern, bis sie die Baumwollplantage erreichten. Ethan wusste nicht, ob Rayna noch so viel Zeit hatte. In den letzten Stunden hatte sie sich verändert. Ihre Haut war regelrecht grau, und ihr Puls war noch flacher geworden. Ethan wollte sich nicht ausmalen, was geschah, wenn Darren zu spät kam. Schon seit Stunden saß er an ihrer Bettkante und hielt ihre Hand. Wenn er es könnte, hätte er auf der Stelle mit ihr den Platz getauscht. Lieber läge er hier im Sterben als sie. Sie war noch so jung und hatte noch ihr ganzes Leben vor sich.

Ethan hielt es nicht mehr aus. Er sprang auf und flüchtete

in die Küche. Dort stand noch der Rest der Pizza, die er sich vor einigen Stunden bestellt hatte. Auch kalt schmeckte sie bestimmt noch gut, aber er hatte keinen Hunger. Rayna hatte er nicht zum Essen bewegen können. Selbst das Trinken hatte sie verweigert. Er hatte alles versucht, sie aber nicht mehr wach bekommen. Frustriert lehnte er an der Arbeitsplatte, die Arme vor der Brust verschränkt, und starrte finster Richtung Wohnzimmer. Es musste doch etwas geben, das er tun konnte.

Normalerweise war er nicht sonderlich nah am Wasser gebaut. Er war ein Mann, und Männer weinten nicht oft. Aber jetzt erschien es ihm richtig, und so ließ er es zu. Es war niemand da, der ihn sehen konnte. Bis Darren in ein paar Stunden ankommen würde, hätte er die Verzweiflung längst überwunden. Jede Träne, die er vergoss, tat gut, reinigte seine gepeinigte Seele. Sein Blick fiel auf die hölzerne Skulptur, Brains Gepard. Schade, dass in ihr kein Funken Magie mehr war. Denn damit hätte er Rayna helfen können. Er stieß sich von der Küchenzeile ab und hielt plötzlich inne. Konnte das die Lösung sein? Die Idee war wahnsinnig und gefährlich, aber er würde nicht zögern, jedes Risiko einzugehen, wenn er Rayna damit retten konnte. Er wischte sich eilig die restlichen Tränen aus dem Gesicht und verließ das Haus. Im Auto befand sich noch das Gepäck. Er hatte Rayna nicht allein lassen wollen, und in wenigen Stunden würden sie ohnehin auf dem Weg nach Louisiana sein – so hoffte er zumindest. Er suchte nach dem Rucksack, fand ihn schließlich und zog das Salz heraus. Den Dolch hatte er im Handschuhfach gelassen. Auch ihn holte er, dann ging er zurück ins Haus.

War Rayna in der letzten halben Stunde noch blasser geworden? Ethan fühlte ihren Puls. Er war so schwach, dass es ihm richtig flau im Magen wurde. Sein Vorhaben musste einfach klappen. Er zerrte das riesige Bett in die Mitte des Raumes und begann einen Salzkreis außen herumzuziehen.

Der Kreis war nicht viel größer als das Bett, denn mehr Platz hatte Ethan nicht. Er hoffte, dass die Größe ausreichte. Je kleiner der Kreis war, umso sicherer war er, andererseits würde es Rayna auch nicht weiterhelfen, wenn der Kreis nicht die nötige Energie kanalisieren konnte. An erster Stelle stand sie, danach kam er.

Es war alles erledigt. Er konnte beginnen. Doch da gab es noch eine Sache, die er davor machen musste. Er griff nach seinem Handy und wählte Darrens Nummer.

„Wir landen in zwei Stunden", verkündete Darren. Die Anspannung in seiner Stimme konnte Ethan trotz des leichten Plaudertons heraushören.

„So viel Zeit haben wir nicht mehr", erklärte er knapp.

Darren fluchte laut und ausgiebig.

Ethan wartete, bis sein Freund fertig war, und sagte dann: „Wenn du hier ankommst, wird die Tür offen sein. Unser Gepäck ist im Mietwagen, der vor dem Haus steht."

„Was hast du vor?", wollte Darren wissen.

„Ich werde alles in meiner Macht Stehende tun, damit Rayna überlebt. Es ist das Fußkettchen. Wenn du sie nach Cheetah Manor bringst, musst du es lösen." Damit hatte er Darren über alles Wichtige informiert.

„Ethan!" Darrens Stimme wurde lauter. „Sag, was du vorhast!"

Ethan legte auf. Er wollte nicht mit Darren über sein Vorhaben diskutieren. Es wäre ohnehin sinnlos, denn er hatte sich längst entschieden, es durchzuziehen, egal, was Darren dazu sagte.

Er atmete tief durch und setzte sich neben Rayna ans Bett. Ein Platz, der ihm in den letzten Stunden äußerst vertraut geworden war. „Ich werde jetzt Magie wirken." Zärtlich strich er ihr über die Wange. „Du brauchst genug Kraft, um die Rückreise nach Louisiana zu schaffen. Ich verspreche dir, es wird alles gut. Es ist nur möglich, dass ich nicht da sein werde." Er hielt kurz inne, wartete vergeblich auf eine Reaktion. „Es gibt hier keinen magischen Ort, also werde ich die Quelle sein." Er beugte sich zu ihr hinab und küsste sie. „Ich liebe dich!", hauchte er. Nie hätte er sich träumen lassen, diese Worte zu einer Frau zu sagen, schon gar nicht zu Rayna. Aber sie entsprachen der Wahrheit, und er schämte sich nicht dafür. „Du musst leben. Sei stark für mich."

Er konnte nicht sagen, ob sie sich jemals wiedersehen würden. Er wünschte es sich so sehr. Dennoch war Raynas Überleben wichtiger als sein eigenes.

Er beugte sich noch einmal über sie, schmiegte seine Wange an ihre. Es war so weit, er musste beginnen. Raynas Füße waren bereits nackt. Er entledigte sich seiner Strümpfe und seines T-Shirts. Mit dem Dolch ritzte er sich leicht den Arm auf. Die blutbenetzte Waffe warf er auf den Boden, wo sie schwingend in einer Diele stecken blieb. Er positionierte sich zu Raynas Füßen und stellte sich vor das Bett, sodass er unter sich die Holzdielen spürte. Seine Hände berührten ihre nackten Fußsohlen. Dann sprach er die magische Formel, uralte Worte, deren Bedeutung er selbst nicht verstand. Er schloss die Augen und konzentrierte sich ganz auf Rayna, stellte sich vor, mit ihr verbunden zu sein. Spürte, wie die Energie seinen Körper verließ, in sie floss. Der Panther fauchte. Was Ethan tat, gefiel ihm überhaupt nicht. Vehement drängte er das Tier zurück. Er konnte sich jetzt keine Auseinandersetzung mit der Raubkatze leisten, er musste sich auf Rayna konzentrieren. Mit jedem Atemstoß schickte er eine neue Welle Energie zu ihr. Er spürte, wie ihn die Kräfte verließen, weigerte sich aber aufzuhören. Immer weiter floss die Lebensenergie. Ethan schwankte. Er klammerte sich an Rayna fest, wollte noch ein, zwei Kraftstöße in ihre Richtung schicken, bevor er die Besinnung verlor. Der Panther riss sich von seiner inneren Kette los. Doch da war es schon zu spät. Er taumelte und sank kraftlos in sich zusammen. Noch bevor die Raubkatze die Kontrolle übernehmen konnte, hüllte ihn vollkommene Schwärze ein.

KAPITEL 56

Rayna spürte ein feines Kribbeln, das sich durch ihren ganzen Körper zog. Erst war es ganz sanft, dann wurde es immer stärker. Es war, als ob alles eingeschlafen wäre und nun wieder ordentlich durchblutet würde. Energie durchflutete ihren Körper, hatte ihren Ursprung in der Hand, die auf ihrer Schulter lag. Sie versuchte die Augen zu öffnen, doch das wollte ihr nicht gelingen. Das Rauschen des Windes in den alten Eichen war zu hören. Vertraute Geräusche. Schwüle, erdrückende Luft umgab sie und der leicht modrige Geruch der Sümpfe. Konnte es wirklich wahr sein? War sie tatsächlich auf Cheetah Manor?

Noch während sie darüber nachdachte, wie sie hergekommen war, hörte sie die Stimme ihres Bruders.

„Rayna?“

War es seine Hand? Sie wollte etwas sagen, sich ihm

bemerkbar machen, aber ihre Lippen bewegten sich nicht. Pulsierend strömte die klare und machtvolle Energie von Cheetah Manor in ihren Körper und breitete sich aus. Das Atmen fiel ihr immer leichter, und die Beklemmung in ihrer Brust verschwand. Schließlich gelang es ihr, die Lider zu öffnen. Sie lag auf dem Boden, über ihrem Kopf das Blätterdach der alten Eichen. Darren kniete neben ihr, seine Hand berührte ihre nackte, linke Schulter. Er war es tatsächlich. Verwundert sah sie ihn an. Träumte sie? Rayna wollte etwas sagen, aber ihre Stimmbänder hatten ihren Dienst noch nicht wieder aufgenommen. Sie war auf Cheetah Manor, und sie fragte sich ein weiteres Mal, wie sie hergekommen war. Das Letzte, woran sie sich erinnerte, war die gemeinsame Nacht mit Ethan. Danach war alles nur noch ein tiefschwarzes Loch. Wie viel Zeit war seitdem vergangen? Wo war Ethan? Panik erfasste sie. Die Gepardin in ihr streckte sich aus, wetzte die Krallen. Wenn es nach ihr gegangen wäre, hätte sich Rayna augenblicklich verwandelt und wäre durch die Sümpfe der Plantage gejagt. Aber das konnte der Mensch in ihr nicht zulassen. Sie musste wissen, wo Ethan war, ob es ihm gut ging. War er am Ende für die Morde auf Zinn verhaftet worden? Es gelang ihr, den Kopf zu drehen, und da sah sie ihn. Ethan lag neben ihr, die Augen geschlossen. Ihr Herz klopfte schneller. Er regte sich nicht. War er tot? Was war nur geschehen?

„Ethan“, krächzte sie mit belegter Stimme und streckte die Hand aus, um ihn zu berühren. Ihre Fingerspitzen erreichten ihn jedoch nicht.

„Rayna“, seufzte Darren erleichtert und ließ sie los. Der Energiestrom, den er durch sie hindurchgeleitet hatte, versiegte, aber das war nicht so wichtig. Sie war so weit bei Kräften, dass sie selbst in der Lage war, die Energie von Cheetah Manor zu absorbieren.

„Was ist mit Ethan?“, verlangte sie zu wissen, auch wenn sie ihrer Stimme nicht den Nachdruck verleihen konnte, wie sie es gerne getan hätte.

„Das weiß ich noch nicht“, murmelte Darren. Er saß neben ihr auf dem Boden, die nackten Füße sowie die Hände dem Erdboden entgegengestreckt. Wenn er sie mit Energie versorgt hatte, musste er sich selbst erholen.

Rayna versuchte sich aufzurichten, aber es gelang ihr nur schwer. Sobald ihre Hände den Kontakt zum Boden verloren, versiegte der Energiestrom, und sie fühlte sich müde und kraftlos. Rayna war das egal. Sie musste zu Ethan.

„Bleib!“, forderte Darren sie auf. „Es nützt nichts, wenn du wieder das Bewusstsein verlierst. Ich werde mich um ihn kümmern.“ Ihr Bruder stand auf und ging zu Ethan hinüber.

„Was ist passiert?“, fragte Rayna und fürchtete sich ein wenig vor der Antwort.

„Er hat dafür gesorgt, dass du lebend hier ankommst.“ Darren ging neben Ethan in die Hocke und befühlte seinen Puls am Hals.

Ethans Oberkörper war nackt, die Füße ebenso.

Anstatt Ethan zu helfen, richtete sich Darren wieder auf und sah sich um.

„Warum tust du nichts?“, warf ihm Rayna ungeduldig vor. Ihr Bruder musste ihm doch helfen. Ethan war sein bester Freund.

„Ich warte auf Sarah. Sie ist bereits auf dem Weg.“

Verwundert sah ihn Rayna an. Wofür brauchte er Sarah? Cheetah Manor hatte genug Energie, um auch Ethan zu versorgen.

Darren seufzte. „Rayna, ich weiß nicht, was Ethan dir über sich erzählt hat.“

Rayna rappelte sich auf. Sie schwankte ein wenig, aber es gelang ihr, die paar Schritte zu Ethan zurückzulegen. Erschöpft ließ sie sich vor ihm auf die Knie sinken, beugte sich über ihn.

Sie musste ihn berühren und sich vergewissern, dass er noch lebte, wenn ihr Bruder ihm schon nicht helfen wollte, dann musste sie es tun.

„Ich weiß alles über ihn“, erklärte sie mit erstickter Stimme und kämpfte gegen die Tränen an, während sie ihm liebevoll über die Wange strich. „Bitte, Darren. Du musst ihm helfen. Er ist doch dein Freund.“ Sie schluchzte und wischte sich mit dem Arm über das Gesicht.

Verwundert sah Darren sie an. „Wenn du weißt, was er ist, weißt du auch, dass er nicht mit Cheetah Manor verbunden ist.“

Raynas Augen weiteten sich. Er konnte Ethan doch nicht einfach so sterben lassen. Es musste etwas geben, womit Ethan verbunden war.

Sich schnell nähernde Motorengeräusche waren zu hören. Das musste Sarah sein. Mit quietschenden Reifen hielt der dunkelblaue SUV in ihrer Nähe, und Sarah sprang heraus. In ihrem Arm hielt sie ein Bündel, dass sie eng an ihre Brust gedrückt trug. Sarah rannte auf sie zu.

„Mein Gott, Rayna. Dir geht es gut“, stieß Sarah erleichtert aus, drückte Darren das Bündel in die Hand und umarmte sie.

Rayna freute sich, ihre Schwägerin zu sehen, doch ihre Aufmerksamkeit galt im Moment Ethan.

Darren wickelte das Bündel aus, und zum Vorschein kam eine goldene Skulptur. Sie war ziemlich groß und offenbar aus purem Gold. Wenn das Ding massiv war, musste es ein Vermögen wert sein.

„Sarah!“, wies Darren seine Frau an, die sofort verstand. Sie ging zu Rayna und half ihr beim Aufstehen.

„Wir müssen etwas weiter fort, sonst kann Darren ihm nicht helfen.“

Das war der einzige Grund, warum sich Rayna fortführen ließ. Nicht weit, dann blieben sie stehen. Sarah hatte ihr einen

Arm um die Schulter gelegt und hielt sie fest.

Darren zog einen Salzkreis um Ethan und hockte sich neben ihn. Er zog seinen Dolch hervor, benetzte ihn mit seinem Blut und stieß ihn in die Erde. Eine Hand legte er auf seine nackte Brust, die andere auf den goldenen Panther. Rayna ballte die rechte Hand zur Faust und hielt sie vor den Mund. Erwartungsvoll sah sie zu und flehte, dass es Darren gelingen würde, Ethan zu heilen.

Darren murmelte vor sich hin. Rayna spürte ein leichtes Vibrieren unter ihren Füßen. Still stand sie da, sah ihrem Bruder zu. Konnte das klappen? Darren hielt die Augen geschlossen, verharrte in dieser unbequemen Stellung. Er versuchte die Energie von der Skulptur in Ethans Körper zu leiten.

„Funktioniert es?“, flüsterte Rayna.

„Ich weiß es nicht“, antwortete Sarah ratlos.

Darren keuchte. Die Zähne fest aufeinandergebissen saß er da. Schweißperlen bildeten sich auf seiner Stirn.

Etwas stimmte nicht. Etwas verlief nicht nach Plan. Rayna konnte nicht sagen, woran es lag, wusste nicht, was schiefgegangen war. Sie schluchzte und barg ihr tränennasses Gesicht an Sarahs Schulter, die sie tröstend umarmte.

„Er darf nicht sterben“, schniefte sie.

Ethan konnte sie doch nicht allein lassen. Sie waren hier auf Cheetah Manor, es gab genug Energie. Wenn diese beschissene Goldskulptur nicht dazu in der Lage war, Ethan zu helfen, dann musste sie es tun. Und dabei war es ihr egal, was Darren dazu sagte. Rayna hielt nichts mehr. Sie stürzte auf Ethan zu.

„Nein!“, schrie Sarah, wollte sie festhalten.

Doch Rayna war schon auf dem Weg.

Sarahs Schrei hatte allerdings auch Darren gewarnt, dessen Gemurmel augenblicklich verstummte. Im selben Moment, als

Rayna in den Salzkreis rannte und die unsichtbare Barriere durchbrach, hatte er seine Magie beendet. Rayna spürte, wie die Energie im Boden versickerte.

„Bist du bescheuert? Willst du dich umbringen?"

„Nein!", schnauzte Rayna zurück. „Ich werde ihn retten."

Darren schüttelte den Kopf. „Und wie soll das funktionieren?"

Rayna warf ihrem Bruder einen zornigen Blick zu, ließ sich aber nicht beirren. Sie griff nach dem Dolch und wischte ihn im Gras ab.

„Rayna", sagte Darren scharf.

Sie wirbelte zu ihm herum und fuchtelte mit der Waffe. „Geh mir aus dem Weg, Darren. Ich werde Ethan nicht sterben lassen."

Beschwichtigend hob Darren die Arme. „Sei doch vernünftig", beschwor er sie. „Was auch immer du vorhast, du wirst ihn damit umbringen."

„Ich bin nicht blöd", zischte sie und hielt die Gepardin zurück, die bereits die Krallen ausgefahren hatte. Sie ritzte sich mit dem Dolch in die Handfläche, wie sie es schon so oft bei ihren Brüdern gesehen hatte. Es mochte das erste Mal sein, dass sie Magie wirkte, dennoch wusste sie genau, was sie tat. Sie kannte die Energie, hatte sie unzählige Male durch ihren Körper fließen lassen. Wie auch ihre Brüder hatte sie in ihrer Kindheit sämtliche Sprüche auswendig gelernt.

„Du kannst mit im Kreis bleiben oder ihn verlassen", sagte sie zu Darren. Ihr Innerstes war völlig ruhig, ihr Kopf klar und besonnen. Die Gepardin war im Einklang mit dem Menschen. Sie beide wollten Ethan zurück.

Darren öffnete den Mund, um etwas zu sagen, schloss ihn jedoch wieder. Er schüttelte den Kopf und verließ den Salzkreis. „Ich werde dich erden", beschloss er. „Aber ich muss dir sagen, dass Cheetah Manor ihn nicht halten wird. Er gehört nicht zur Familie."

Rayna hatte keine Zeit, Darren mit einem wütenden Blick zu bedenken und ihn zu korrigieren. Ethan gehörte zur Familie, er gehörte zu ihr, und deshalb würde Cheetah Manor ihn akzeptieren. Aber das würde Darren noch früh genug selbst herausfinden, dann nämlich, wenn das Ritual glückte.

Sie warf den Dolch zu Boden und ballte die Hand zur Faust. Blut tropfte hinab und Rayna spürte, wie kraftvolle Energie durch sie hindurchschoss. Gleichzeitig fühlte sie Darrens Hand in ihrem Nacken, kraftvoll erdend. So also fühlte sich das an. Sonst war sie immer diejenige außerhalb des Kreises gewesen. Sie schloss die Augen und murmelte die Worte, die wie von selbst aus ihr heraussprudelten. Die Hände legte sie auf Ethans Brust. Deutlich nahm sie ihn wahr, spürte seine Anwesenheit und das kaum fühlbare Schlagen seines Herzens. Sie stellte die Verbindung zwischen Cheetah Manor und dem Panther her und spürte, wie das Land zögerte, Ethan zu akzeptieren. Die Energie breitete sich in ihrem Körper aus und nahm jeden Winkel ein. Rayna ließ es zu, legte ihre Gedanken und Gefühle offen. Sie hatte nichts zu verbergen, sie wollte lediglich Ethan retten, und Cheetah Manor sollte ruhig mitbekommen, dass sie für Ethan bereit war, bis zum Äußersten zu gehen. Die Gepardin begehrte auf. Ihr ging es viel zu langsam. Sie wollte Ethan, und sie wollte den Panther. Doch der vernünftige Teil in Rayna hielt das Tier zurück. Mit einem heftigen Ruck strömte die Energie aus ihrem Körper. Rayna war froh, Darrens Hand im Nacken zu spüren, der sie damit stützte und sie erdete, sonst wäre sie vermutlich zusammengebrochen. Die Magie bahnte sich ihren Weg, nahm Ethans leblosen Leib in Besitz. Cheetah Manor hatte ihn akzeptiert. Er war nun ein Teil des magischen Ortes, er gehörte zu ihr.

Rayna murmelte die abschließenden Worte des Rituals,

vergewisserte sich der Hand in ihrem Nacken und zog sich an Darrens Stimme, der nach ihr rief, zurück in die Gegenwart. Die Magie flammte noch einmal kurz auf und erlosch dann. Rayna atmete tief durch. Sie hatte ihr erstes Ritual durchgeführt, hatte Magie beschworen. Sie fühlte sich ausgelaugt. Erschöpft trat Rayna aus dem Kreis und stolperte in die Arme ihres Bruders.

Ethan besaß eine direkte Verbindung zu Cheetah Manor und würde so lange Magie absorbieren, bis er genügend Kraft aufgenommen hatte.

„Wenn du nicht meine Schwester wärst, würde ich dich jetzt einen Kopf kürzer machen“, grummelte Darren. An der Art, wie er sie festhielt, spürte sie allerdings, dass er erleichtert war. Rayna barg ihren Kopf kraftlos an seiner Brust, ließ sich von ihm halten.

„Er kommt zu sich“, sagte Sarah, die näher gekommen war.

Rayna machte sich von Darren los und rannte zu Ethan. Neben ihm sank sie zu Boden. „Ethan? Ethan, hörst du mich?“

Seine Lider flatterten, und dann sah er sie an. „Du lebst“, war alles, was er hauchte, ehe sich seine Augen wieder schlossen.

Rayna weinte leise. Sie hatte es geschafft, sie hatten es beide geschafft. Ethan lebte, und er war ein Teil von Cheetah Manor. Er war Teil ihres Lebens, und niemand – nicht einmal Darren – würde daran etwas ändern können.

KAPITEL 57

Wie Rayna in ihr Bett gekommen war, konnte sie nicht mehr genau sagen. Sie glaubte sich zu erinnern, dass Sarah sie begleitet hatte. Mitten in der Nacht war sie jedoch wach geworden. Die Gepardin in ihr war unruhig und wollte nach Ethan sehen. Das Tier musste sich vergewissern, dass es ihm gut ging. Rayna wusste, dass er in einem der Gästezimmer lag und schlief. Zuerst versuchte sie, die Gepardin zu ignorieren, aber die Vehemenz der Katze brachte Rayna dazu, um halb drei Uhr nachts aufzustehen, ihr Zimmer zu verlassen und die Gästezimmer nach Ethan abzusuchen. Beim dritten Anlauf wurde sie fündig. Leise schloss sie die Tür hinter sich und schlich auf das Bett zu. Ethan schlief tief und fest. Rayna wollte ihn nicht wecken, und so legte sie sich vorsichtig neben ihn. Sie musste bei ihm sein, seine Nähe spüren. Zufrieden schnurrte die Gepardin, und Rayna war im Nu eingeschlafen.

Als sie wieder aufwachte, schien ihr die warme Sonne direkt ins Gesicht. So schön es in Deutschland auch gewesen war, es ging nichts über Louisiana, und sie war froh, wieder hier zu sein.

Ethan, der einen Arm um sie gelegt hatte, regte sich. Es war ein wunderbares Gefühl, neben ihm aufzuwachen. Verschlafen blinzelte er sie an, küsste sie noch halb im Schlaf. Ja, daran konnte sie sich gewöhnen.

„Habe ich das alles nur geträumt?", murmelte er und ließ seine Hand spielerisch an Raynas Seite entlanggleiten.

Genießerisch schnurrte sie. „Was?"

Plötzlich war die Hand weg. Ethan saß hellwach im Bett und sah zum Fenster hinaus. Mit einem Satz verließ er fluchtartig das Bett, öffnete die Balkontür und war schon hinaus, ehe Rayna überhaupt blinzeln konnte.

„Du hast …" Er brachte den Satz nicht zu Ende, sah nur gebannt den Sümpfen entgegen.

„Was habe ich getan? Mich bei dir revanchiert und auch dir das Leben gerettet? Dir eine Heimat gegeben?" Sie schluckte unsicher. War er damit nicht einverstanden? Sie hatte sich ausgemalt, wie schön es sein musste, zu erwachen und festzustellen, dass man zu Hause war. So etwas durfte Ethan noch nie spüren, und sie hatte ihm dieses Geschenk gemacht.

Ethan riss sich vom Anblick der Sümpfe los und kehrte ins Zimmer zurück. Seine Miene wirkte angespannt, als er sich neben Rayna auf das Bett setzte.

Sie zog die Decke fester um sich, wie einen schützenden Panzer. Obwohl sie bekleidet war, fühlte sie sich nackt und schutzlos. Wollte Ethan sie am Ende überhaupt nicht? Hatte sie ihn gegen seinen Willen an sich, an Cheetah Manor gebunden?

„Ich kann nicht leugnen, dass ich zutiefst dankbar bin, noch am Leben zu sein, und ich weiß, dass ich das nur dir zu verdanken habe. Aber …" Er atmete tief durch und starrte auf seine Hände. „Ist dir bewusst, was du getan hast?"

Die Beklemmung, die Rayna verspürte, nahm zu.

„Ich habe mich für dich entschieden. Aber wenn du nicht willst, werden wir sicher einen Weg finden …"

Rayna wurde von Ethan in die Kissen gedrückt, sein Mund auf ihrem. Er küsste sie, bis ihnen beiden die Luft wegblieb und sie heftig atmeten.

Ethan legte seine Stirn an ihre. „Ich will dich, mehr als du ahnst."

Rayna schloss überglücklich die Augen. Sie hatte alles bekommen, was sie sich wünschte, und noch viel mehr. War sie die Reise doch angetreten, um Darren und seinem Kontrollwahn zu entfliehen, so hatte sie die Liebe ihres Lebens gefunden.

„Ich hoffe, du wirst es nicht bereuen", schob Ethan hinterher.

„Das werde ich nicht. Sicher nicht", bekräftigte Rayna.

„Das ist gut, denn ich liebe dich, und ich werde dich nie wieder gehen lassen."

Ehe Rayna, überrumpelt von seinem Liebesgeständnis, noch etwas sagen konnte, küsste er sie wieder, bis sich ihre Gedanken in Luft auflösten.

„Und ich werde dafür sorgen, dass du zukünftig keinen Schmuck mehr von anderen Männern annimmst."

Automatisch strich sich Rayna mit dem linken Fuß über ihren rechten Knöchel, um sich zu vergewissern, dass das Fußkettchen wirklich nicht mehr dort war. Darren hatte sie davon befreit und es inzwischen entsorgt.

„Es tut mir leid", entschuldigte sich Rayna. Hätte sie gewusst, welche Folgen das vermeintlich billige Souvenir mit sich brachte, hätte sie es nie angenommen.

„Du hast es nicht wissen können." Ethan zog sie an sich

und küsste sie auf die Stirn.

Es war schön, in seinen Armen zu liegen und seinen warmen Körper zu spüren.

„Wie ich deine Familie kenne, wird sie uns am Frühstückstisch erwarten“, seufzte Ethan.

Rayna stöhnte. Er hatte recht. Auch wenn sie sich nichts sehnlicher wünschte, als den ganzen Tag mit ihm im Bett zu verbringen, mussten sie doch der Familie gegenübertreten.

„Darren wird toben“, vermutete Ethan.

Rayna blickte zur Seite. „Hast du Angst, dich ihm zu stellen?“, fragte sie unsicher. Sie würde es nicht ertragen, wenn ihre Beziehung zu Ethan zwischen den beiden Freunden stünde.

Ethan lachte. „Nein, sicher nicht.“

Sie war erleichtert. Es hätte sie sehr enttäuscht, wenn Ethan die Auseinandersetzung mit Darren gescheut hätte.

„Darren und ich kennen uns lange genug. Er wird eine Runde toben und sich dann wieder einkriegen. Außerdem bin ich ein zu guter Anwalt, als dass er mich feuern würde.“ Er zog Rayna in seine Arme und küsste sie noch einmal. Dann ließ er sie los. „Gehen wir uns fertig machen und uns den Geparden stellen.“ Vergnügt zwinkerte er ihr zu und erhob sich, um ins Bad zum Duschen zu gehen.

KAPITEL 58

Raynas Herz schlug schneller, als sie die Treppe hinunterlief, um ins Speisezimmer zu gehen, wo sie gemeinsam mit Ethan ihrer Familie gegenüberstehen würde. Sie hätte nicht gedacht, dass es ihr so wichtig war, dass die Morgans Ethan akzeptierten.

Was, wenn Darren nicht dazu bereit war, ihre Liebe hinzunehmen? Was, wenn ihre Mutter etwas gegen Ethan hatte? Ihre Kehle zog sich immer weiter zusammen, sodass sie kaum noch Luft bekam.

Ethan ergriff ihre Hand und nickte ihr aufmunternd zu. „Wir schaffen das!“, sprach er ihr Mut zu, ehe er die Tür öffnete und mit Rayna im Schlepptau das Speisezimmer betrat.

Wie zu erwarten, saßen ihre Mutter, Darren und Sarah am Tisch. Eric war auch gekommen. Normalerweise freute sie sich, ihn zu sehen, aber gerade war sie einfach nur panisch.

Moiras Blick war fest auf die ineinander verschlungenen Finger von Ethan und ihr gerichtet. Rayna wartete auf ihre Reaktion. Doch die blieb aus. Moira Morgan sagte kein Wort. Niemand sagte ein Wort.

Es war schließlich Eric, der das Schweigen beendete. „Da hast du dir im fernen Deutschland aber ein nettes Raubkätzchen angelacht. Hättest doch überhaupt nicht so weit reisen müssen, Schwesterchen."

Verlegen blickte Rayna zu Boden. Sie wollte sich von Ethan lösen, doch er hielt sie fest.

„Pass auf, das Raubkätzchen hört mit", warnte Ethan. Dann nickten sich die beiden Männer freundschaftlich zu.

Sarah sprang auf und kam um den Esstisch herum auf sie zu. „Also ich freue mich für euch", stellte sie klar und umarmte erst Rayna, dann Ethan.

Tief durchatmend erhob sich nun auch Moira. Rayna wagte kaum Luft zu holen. Die Meinung ihrer Mutter war ihr so unglaublich wichtig.

Ethan drückte leicht ihre Hand, rief ihr so das Versprechen vor der Tür in Erinnerung.

„Eine Mutter wünscht sich immer das Beste für ihre Kinder." Etwas hilflos zuckte sie mit den Achseln. „Du hast dich entschieden."

War das ein Okay? Zeigte sich Moira mit der Wahl ihrer Tochter einverstanden oder nahm sie nur hin, was sie nicht ändern konnte?

„Ich habe dich immer als einen Sohn betrachtet." Zu Raynas Überraschung wandte sich Moira direkt an Ethan. „Wenn ich mir einen Schwiegersohn hätte aussuchen dürfen, wärst du es gewesen."

Raynas Augen wurden immer größer. Hatte das ihre Mutter gerade wirklich gesagt? Ethan ließ ihre Hand los und umarmte Moira.

„Pass gut auf mein kleines Mädchen auf", sagte sie, während sie sich von Ethan umarmen ließ.

„Das werde ich", versprach er.

Rayna wischte sich verstohlen eine Träne aus dem Augenwinkel. Sie fühlte sich so unglaublich erleichtert. Ihre Familie akzeptierte ihre Beziehung zu Ethan. Alle hatten ein paar wohlwollende Worte für sie gefunden. Alle außer Darren. Ihr ältester Bruder saß mit finsterer Miene am Tisch und beobachtete das Schauspiel.

Es würde nicht leicht werden, wenn sich Darren gegen ihre Beziehung aussprach. Rayna würde das schon aushalten und wenn nötig ihrem Bruder die Stirn bieten. Aber Ethan würde es ziemlich zusetzen. Er und Darren waren, so lange sie denken konnte, die besten Freunde, die engsten Vertrauten. Wenn ihre Beziehung zu Ethan einen Keil in die Männerfreundschaft trieb, würde nicht nur Ethan, sondern auch sie ziemlich darunter zu leiden haben.

Sarah stupste ihren Mann an, forderte ihn dazu auf, dass nun er an der Reihe war. Doch Darren weigerte sich, starrte nur wütend vor sich hin.

„Du musst dich nicht für uns freuen." Ein harter Zug legte sich um Ethans Mund, als er seinen Freund ebenso finster ansah.

„Ich würde dir am liebsten die Fresse polieren", entgegnete Darren mühsam beherrscht.

Unauffällig schob Ethan Rayna zur Seite. „Wenn es dir danach besser geht, nur zu." Ethan ging am Esstisch vorbei, öffnete die Terrassentür und trat hinaus. Rayna schnappte nach Luft, als sich Darren tatsächlich erhob und seinem besten Freund folgte.

Die beiden würden sich doch nicht tatsächlich auf der Terrasse wegen ihr prügeln. Rayna musste sie aufhalten. Das konnte sie auf keinen Fall zulassen. Aber sosehr es ihr auch widerstrebte, so wenig sie Ethan oder Darren mit einem blauen Auge oder aufgeplatzter Lippe sehen wollte, so wusste sie doch, dass Ethan genau das Richtige tat. Er würde um sie, um ihre Liebe kämpfen, und das war der einzige Weg, Darren dazu zu bringen, ihre Beziehung gutzuheißen.

Darrens Faust flog durch die Luft und traf Ethan am Kinn.

„Willst du dich von mir zusammenschlagen lassen?", blaffte er Ethan an.

„Wenn es etwas bringen würde, ja."

„Verdammt! Wehr dich!", brüllte Darren und holte erneut zum Schlag aus.

Diesmal duckte sich Ethan jedoch und machte einen Satz nach hinten.

Rayna konnte kaum hinsehen. Jedes Mal, wenn die beiden Männer aufeinandertrafen, blieb ihr beinahe das Herz stehen. Sie liebte sie beide. Darren als Bruder und Ethan als Mann. Ethan landete einen Treffer auf Darrens Brust, der ihn zurücktaumeln ließ.

„Mehr hast du nicht zu bieten?", fragte Ethan höhnisch.

Darren stürzte erneut auf ihn zu. Während Ethan einen Treffer austeilte, griff Darren weitere drei Mal an. Die Schläge konnte Ethan ganz gut parieren, doch beim letzten kassierte er einen Treffer. Ein kalkuliertes Risiko? Raynas Nerven lagen blank, aber sie zwang sich, ruhiger zu werden und die beiden Kämpfenden genauer zu beobachten. Darren powerte sich zunehmend aus, während Ethan seine Kraft geschickter einteilte. Darren kam außer Atem, wohingegen Ethan noch immer mühelos fortsprang. War das die Taktik von Ethan? Darrens Bewegungen wurden fahriger, er wurde allgemein unkonzentrierter. Ethan konnte mehr und mehr Treffer setzen, und dann war es so weit. Mit einem gezielten Schlag ging Darren zu Boden. Ethan warf sich auf ihn, und die beiden rauften am Boden weiter, bis Darren schließlich bewegungsunfähig auf der

Erde lag. Keuchend kniete Ethan über ihm.

„Okay, du hast gewonnen", schnaufte Darren.

Ethan ließ ihn los, hievte sich hoch und streckte seinem Freund versöhnlich die Hand entgegen.

Darren schlug ein und ließ sich hochziehen. „Wenn du ihr wehtust, breche ich dir jeden Knochen." Sie umarmten sich kameradschaftlich.

„Sei froh, dass ich es bin, und ich dich so gut kenne. Jeder andere hätte Reißaus genommen." Ethan lockerte seine Handgelenke, schlenderte dann grinsend zu Rayna herüber und küsste sie ausgiebig vor Darrens Augen.

ENDE

Warum du dich für meinen Newsletter anmelden solltest

- lerne mich persönlich kennen
- begleite mich bei der Entstehung neuer Bücher
- bekomme wichtige Informationen schon vor allen anderen
- verpasse keinen Erscheinungstermin mehr
- erhalte Infos unabhängig von sozialen Netzwerken bequem zu dir nach Hause
- triff mich, egal wo du bist, indem du an Online-Lesungen teilnimmst
- beteilige dich an Gewinnspielen nur für Newsletterabonnenten
- lass dich beschenken und erhalte die kostenlose Kurzgeschichte »Kruento – Verloren«

Jetzt sofort anmelden unter
www.mel-david.de/newsletter

Melissa David

Cheetah Manor

Das Erbe

Jede Frau hat ihren Preis. Ich werde deinen herausfinden und dafür sorgen, dass du Cheetah Manor so schnell wie möglich wieder verlässt.“

Sarahs Leben bricht zusammen, als ihr Bruder Alex und ihr Ehemann Brain Morgan ums Leben kommen. Kurz darauf steht ein Anwalt aus Louisiana vor ihrer Tür, der ihr eine Verzichtserklärung für ihr Erbe unter die Nase hält.
Um ihr Haus in München halten zu können, will Sarah das Erbe antreten und fliegt nach Louisiana. Dort erwartet sie nicht nur eine bezaubernde Baumwollplantage im Südstaatenstil, sondern auch Darren, Brains Bruder, der alles daransetzt, sie wieder loszuwerden.
Als sie einem schrecklichen Geheimnis auf die Spur kommt, wird ihr von unerwarteter Seite Hilfe angeboten. Wird Sarah auf das Angebot eingehen oder ist es besser, Cheetah Manor für immer zu verlassen?

Eine packende Gestaltwandlergeschichte vor der Kulisse einer Südstaatenplantage.

Taschenbuch (Amazon), 308 Seiten
€ 9,99 [D]
ISBN 978-1520-50778-1

E-Book (Amazon)
€ 2,99 [D]

Melissa David

Kruento

Der Anführer

Eine taffe Polizistin, zwei Männer und ein Kampf, den nur einer überleben kann.

Mord gehört zu Sams Alltag, denn die junge Frau ist Detective bei der Bostoner Polizei. Und so wickelt sie auch ihren neuesten Mordfall routiniert ab - bis sie herausfindet, dass ihr Ex Leyton die Finger im Spiel hat.

Während sie ihren Ex beschattet, trifft sie in einem Nachtclub auf den charismatischen Darius. Zu ihm fühlt sie sich auf mysteriöse Weise hingezogen, obwohl sie noch etwas für Leyton empfindet.

Als ihre beste Freundin verschwindet, muss Sam alle Hebel in Bewegung setzen, um sie zu finden. Abermals läuft ihr Darius über den Weg, doch nicht nur er hütet ein düsteres Geheimnis. Auch Leyton scheint ihr gegenüber nicht ganz ehrlich zu sein.

Taschenbuch, 404 Seiten
€ 12,99 [D]
ISBN 978-3842-33851-7

E-Book (Amazon)
€ 2,99 [D]

Melissa David

Kruento

Der Diplomat

Ein Nachtclub, ein Undercoverjob und Geheimnisse, die Arnikas Leben für immer verändern.

Der Journalistin Arnika ist es gelungen, einen Job als Kellnerin im Club Fiftyfive zu ergattern. Ihr Ziel ist es eine Story über den Inhaber des Nachtclubs zu schreiben, denn Jendrael Collister ist nicht nur ein erfolgreicher Geschäftsmann, sondern auch einer der begehrtesten Junggesellen Bostons.
Verzweifelt setzt Arnika alles daran, in den VIP-Bereich des Clubs zu gelangen. Als es ihr endlich gelingt, betritt sie damit die Welt der Kruento.

Je näher sie Jendrael kommt, desto schwerer fällt es ihr, eine Titelstory über ihn zu schreiben. Schließlich muss Arnika sich entscheiden - nicht nur ob sie Jendrael verrät, sondern auch, wie ihr zukünftiges Leben aussehen wird.

Taschenbuch, 404 Seiten
€ 12,99 [D]
ISBN 978-3839-14150-2

E-Book (Amazon)
€ 3,99 [D]

Melissa David

Kruento

Der Diplomat

Zwei verfeindete Gruppierungen, ein gefährliches doppeltes Spiel und eine Liebe, die nicht sein darf.

Die Vampirin und Computerspezialistin Isada hat sich der Splittergruppe Gen Guards angeschlossen, deren erklärtes Ziel es ist, die Inimicus zu bekämpfen. Bei einem misslungenen Einsatz fällt ihr Laptop Pierrick, dem Aufräumer des Clans, in die Hände. Er bittet ausgerechnet Isada um Hilfe, das Sicherheitssystem ihres eigenen Rechners zu knacken.
Je länger sie für Pierrick arbeitet, desto mehr fühlt sie sich zu ihm hingezogen. Auch er scheint Gefühle für sie zu entwickeln, doch er ist bereits verheiratet - mit Isadas Schwester.

Für die junge Vampirin beginnt ein gefährliches Doppelspiel und schon bald ist nicht nur ihr Leben in Gefahr.

Taschenbuch, 440 Seiten
€ 12,99 [D]
ISBN 978-3842-35773-0

E-Book (Amazon)
€ 3,99 [D]

Jeanette Lagall

Die Reise des Karneolvogels

Der Wanderzirkus

Flucht war nicht der letzte Ausweg. Es war der einzige. Um der arrangierten Hochzeit zu entgehen, verkleiden sich die beiden 'höheren Töchter' Riki und Myra als Knaben und schließen sich einem Wanderzirkus an. Dank ihrer neuen Identität entkommen sie zwar den Fesseln der viktorianischen Gesellschaft, doch die Welt der Gaukler ist nicht nur bunter, sondern auch gefährlicher als erwartet. Der Karneolvogel, ein mächtiges Artefakt der Gaukler, ist verschwunden und sein Hüter Ramiro schwebt in Lebensgefahr, wenn es nicht bis zur großen Versammlung wieder auftaucht. Dass nun auch noch die Liebe ihre kapriziösen Finger ins Spiel bringt, verschärft die Situation zusätzlich - denn was würden die Zirkusleute tun, wenn die Lüge der beiden 'Knaben' ans Licht kommt? Das Geheimnis muss also um jeden Preis gewahrt bleiben. Aber wie, wenn ausgerechnet derjenige Gefühle für Riki entwickelt, der sich selbst niemals eingestehen könnte, einen Jüngling zu lieben - und für den Liebe und Verrat ohnehin Hand in Hand gehen. Während die Gaukler den Spuren des Artefaktes folgen und sich herauskristallisiert, dass womöglich ein Verräter unter ihnen ist, setzen die Familien der Mädchen alles daran, die Ausreißerinnen zu finden, und bringen damit den ganzen Wanderzirkus in Gefahr …

Taschenbuch (Amazon), 448 Seiten
€ 14,99 [D]
ISBN 978-1519-25059-9

E-Book (Amazon)
€ 3,99 [D]